Superintendent Natalie Price und ihr Kollege Leo Coscarelli haben einen neuen Fall: Die attraktive Sherry Buckley liegt ermordet im Treppenhaus vor ihrer Wohnung. Ihre fünfzehnjährige Tochter Jenni steht unter Schock. Nicht nur, dass sie ihre Mutter verloren hat, sie fürchtet, jetzt auch noch in die Obhut ihres verhassten Stiefvaters Aaron Buckley zu kommen. Als dieser in Verdacht gerät, seine Frau ermordet zu haben, und verhaftet wird, schweigt Jenni beharrlich.

Natalie und ihr Kollege beginnen, im Umfeld der Familie zu ermitteln. Doch auch die Morrow Farm, eine Seniorenresidenz, wo Sherry als Pflegerin gearbeitet hat, verbirgt hinter ihren Mauern einige Geheimnisse. Die Verdächtigen werden immer zahlreicher, der Fall immer undurchsichtiger. Und plötzlich wird Natalie in ihrer Wohnung zusammengeschlagen, und Jenni verschwindet spurlos …

Elise Title hat jahrelang als Psychotherapeutin im Sicherheitsstrafvollzug mit Schwerkriminellen in Massachusetts gearbeitet. Bereits ihr erster Thriller »Romeo« war ein internationaler Bestseller. Elise Title lebt mit ihrer Familie in Boston.

Unsere Adresse im Internet: www.fischerverlage.de

Elise Title

TACITA

Thriller

Aus dem Amerikanischen
von Ulrike Wasel
und Klaus Timmermann

Fischer Taschenbuch Verlag

Deutsche Erstausgabe
Veröffentlicht im Fischer Taschenbuch Verlag,
einem Unternehmen der S. Fischer Verlag GmbH,
Frankfurt am Main, Oktober 2008

Satz: Pinkuin Satz und Datentechnik, Berlin
Druck und Bindung: Nørhaven Paperback A/S, Viborg
Printed in Denmark
ISBN 978-3-596-16599-5

PROLOG

Die dreiundachtzigjährige Rose Morrison zog sich ihre graue Häkeljacke enger um die knochigen Schultern und machte es sich auf dem geblümten Chintzsofa vor dem Fernseher bequem. Vierzehn Uhr. Zeit für ihre geliebte Oprah-Winfrey-Show und etwas Süßes – diesmal ein Preiselbeermuffin aus dem Korb mit Ware vom Vortag in ihrer Lieblingsbäckerei auf der Centre Street. Dazu gab es eine Tasse heißen Orange-Pekoe-Tee in der blau-weißen Porzellantasse, die ihre Tochter ihr aus Irland mitgebracht hatte.

Die Sendung fing in diesem Moment an. Rose nahm die Fernbedienung, die neben ihr auf der Couch lag, und wollte gerade die Lautstärke höherstellen – abends ließ sie den Ton leiser, um die Nachbarn nicht zu stören –, als sie in der Wohnung über ihr einen entsetzlichen Krach hörte.

Instinktiv blickte sie hoch, rechnete schon fast damit, dass irgendwas durch die Decke gekracht kam. Natürlich geschah nichts dergleichen, obwohl Rose einen neuen Riss im Putz entdeckte – oder war das nur Einbildung?

Ganz bestimmt keine Einbildung war der laute Knall, mit dem Sekunden später oben die Wohnungstür zugeschlagen wurde, und auch nicht die polternden Schritte, die gleich darauf durchs Treppenhaus tönten und nach unten verschwanden.

Rose wusste nicht viel über die Familie, die über ihr wohnte. Nur dass der Mann Polizist war, die Mutter Altenpflegerin und die Tochter, na ja, ein etwas missratener Teenager. Mit ihrer wilden Haarmähne und den grässlichen Metallringen, Steckern

und – *Gott bewahre!* – Kreuzen, die sie an den Ohren und weiß der Himmel wo sonst noch alles trug, hätte sie auch im Zirkus auftreten können, fand Rose.
Sie verzog das Gesicht. Wenn das Mädchen ihre Enkelin wäre, würde es sich nicht so verstümmeln, garantiert nicht. Überhaupt, der ständige Krach da oben, das Geschrei, Gestampfe und Türenschlagen. Sie beklagte sich öfter bei ihrer Tochter darüber, wollte aber nicht, dass sie etwas unternahm. Schließlich war der Mann bei der Polizei. Und nach dem, was sie so alles in den Nachrichten und den Realityshows im Fernsehen mitbekam, war die Polizei nicht immer dein Freund und Helfer. Nicht auszuschließen, dass ihr Nachbar ebenso in kriminelle Aktivitäten verstrickt war wie die Verbrecher, die er verhaftete.
Die alte Frau wunderte sich. Zwei Uhr nachmittags. Um diese Zeit ging der Polizist doch sonst nie zur Arbeit. Und er hatte es auch nie so eilig. Überhaupt war er nachmittags selten zu Hause. Sie hatte ihn des Öfteren mit einer Sporttasche auf der Treppe getroffen. Normalerweise ging er am späten Vormittag aus dem Haus und kam nicht vor drei, vier Uhr zurück. Und dann verließ er die Wohnung wieder, wenn Rose zu Abend aß, so gegen fünf, und kam mit ruhigen Schritten die Treppe runter.
Vielleicht hatte er heute den Sport ausfallen lassen, weil er krank war. Vielleicht ging es ihm so schlecht, dass er schnellstens zur Notaufnahme ins nahe Faulkner Hospital wollte. Da Rose allein lebte, fand sie es beruhigend, dass es bis zum Krankenhaus nur ein Katzensprung war. Schließlich passierten ja die meisten Unfälle in den eigenen vier Wänden. Und falls der arme Mann sich verletzt hatte, war vermutlich niemand in der Wohnung, der ihn verarzten konnte, denn seine Frau arbeitete tagsüber und die Tochter war bestimmt noch in der Schule.
Gewissensbisse meldeten sich bei Rose, während die Schritte im Treppenhaus leiser wurden. Sie dachte, als gute Nachbarin hätte sie auf den Flur eilen und dem Polizisten ihre Hilfe anbieten müssen. Doch das Gefühl legte sich, als sie die Haustür ins Schloss fallen hörte. Gut, er war bereits unterwegs.
Später sollte sie es bereuen, dass sie sich nicht vom Sofa auf-

gerafft hatte, um aus dem Fenster zu schauen, wer da aus dem Haus gerannt war.
Die Fernbedienung noch immer in der blau geäderten, zittrigen Hand, drückte Rose den Lautstärkeknopf und ärgerte sich darüber, dass sie den Vorspann mit der Ankündigung der Gäste verpasst hatte. Egal, sie würde ja noch früh genug erfahren, wer diesmal in die Sendung eingeladen war.
Rose nahm einen Bissen von ihrem noch halbwegs frischen Muffin und kaute langsam, um den Genuss zu verlängern – und weil sie keine Lust hatte, ihre dritten Zähne einzusetzen. Kurz darauf hatte sie die kurze Unterbrechung vergessen und widmete sich ganz ihrer Lieblingstalkshow.
Es dauerte nicht lange – jedenfalls hatte Oprah noch nicht mal ihren ersten Gast ins Studio gerufen, das wusste Rose mit Sicherheit –, da hörte sie wieder ein Poltern, das diesmal aber nicht nach Schritten klang, sondern als würde irgendetwas Schweres von oben die Treppe runterfallen.
Rose fand das Geräusch weniger beunruhigend als vielmehr störend. Wahrscheinlich hatte die ungeratene Tochter auf dem Weg nach oben ihre vollgepackte Schultasche fallen lassen. Allerdings, sonst kam sie nicht so früh nach Hause. Bestimmt hatte sie die letzte Stunde geschwänzt. Die Eltern hatten das Kind wirklich nicht im Griff. Und es passierte häufig genug, heute Morgen war mal wieder ein Paradebeispiel gewesen, dass sie hörte, wie das Mädchen seine Eltern anschrie und dann die Wohnungstür hinter sich zuknallte, so laut, dass der Tisch in Roses Küche bebte. Und mit was für unflätigen Ausdrücken! Man sollte ihr den Mund mit Seife auswaschen.
Rose zuckte die Achseln. Und was da oben passierte, ging sie schließlich nichts an. Außerdem kam gerade George Clooney unter tosendem Applaus auf die Bühne spaziert. Oprah strahlte. Rose lehnte sich gemütlich zurück. Die Show fing vielversprechend an.
Einige Minuten später hörte Rose wieder ein Geräusch. Clooney erzählte gerade eine lustige Episode von den Dreharbeiten zu seinem letzten Film, und Oprah kicherte wie ein Schulmädchen. Rose versuchte, das Nebengeräusch auszublenden, was

bei der Lautstärke des Fernsehers eigentlich kein Problem war. Doch so ganz gelang es ihr nicht.
Es war eine Art Kratzen, wie von Fingernägeln auf einer Schiefertafel. Aber natürlich gab es im Treppenhaus keine Schiefertafel. Kam das Geräusch etwa von der anderen Seite ihrer Wohnungstür? Rose wurde nervös. Einmal, vor Jahren, hatte sie eine Maus durch ihre Küche huschen sehen und fast einen Herzinfarkt bekommen. Und jetzt, wo das Bostoner North End gerade eine einzige Riesenbaustelle war, hörte man zunehmend Klagen über Ratten, die aus ihren unterirdischen Löchern vertrieben wurden und sich in der ganzen Stadt ausbreiteten, sogar hier draußen in Jamaica Plain.
Als das Kratzen aufhörte, entspannte Rose sich ein wenig. Dann fing ein Werbeblock an, und Rose nutzte die Pause, um einen nervösen Blick zur Wohnungstür zu riskieren. Sie glaubte zwar nicht, dass sich eine Ratte unter der Holztür hindurchzwängen könnte, aber dennoch –
Was Rose erblickte, als sie die Augen auf den schmalen Spalt richtete, war allerdings keine Ratte. Es war ein Rinnsal, eine leuchtend rote Flüssigkeit, die unter der Tür hindurch in den alten, aber ungemein strapazierfähigen blassbeigen Teppichboden sickerte. Kauft gute Qualität, und ihr werdet es nicht bereuen, predigte sie ihren drei erwachsenen Kindern stets, wenn auch vergeblich.
Die alte Frau legte die Stirn in Falten, die sich jedoch in der ohnehin schon runzeligen, pergamentdünnen Haut verloren. Der Fleck im Teppich breitete sich rasch aus. Binnen weniger Augenblicke hatte sich eine rote Lache gebildet, die größer und größer wurde.
Rose Morrison schnappte nach Luft. »O mein Gott ...«

1

»Ach, komm, Jenni, ist doch nicht so schlimm.« Aber das Mädchen öffnet bereits den Reißverschluss der schwarzen, gelb abgesetzten Jacke ihres Freundes mit dem Emblem der Highschool-Basketballmannschaft, die sie jeden Tag trägt, seit sie fest miteinander gehen, also seit gut drei Monaten. Das heißt, sie zieht sie an, sobald sie das Haus verlässt, und wieder aus, bevor sie nach Hause kommt.
Will Burdett, der eine Daunenweste über einem Kapuzen-sweatshirt trägt, zieht den Reißverschluss der unförmigen Jacke wieder hoch und schiebt das junge Mädchen gegen eine große, kahle Ulme in dem Park gegenüber der Boston Tech Highschool. Gleichzeitig neigt der schlaksige Basketballspieler den Kopf und fährt seiner Freundin mit der Zungenspitze über das Ohrläppchen, an dem unter etlichen Steckern im untersten Loch ein kleines silbernes Kreuz baumelt. Wären sie an einem ungestörteren Ort, hätte er sich für seine Zunge lieber ein anderes Ziel gesucht: die kirschroten Brustwarzen mit den kleinen Silberreifen oder den hinreißenden Bauchnabel mit dem Diamantstecker darin.
Allmählich gehen dem Mädchen die Piercing-Stellen aus. Abgesehen von dem Ohrschmuck sind an den Ecken der Augenbrauen winzige Stahlhanteln durch die Haut gebohrt, im rechten Nasenflügel steckt ein Rubin, in den geschwungenen Lippen ein winziger Dreierring und aus der Zunge ragt ein glänzender Goldstecker.
Sie schimmert förmlich in der kühlen Spätnachmittagssonne.

Und sie zittert. Auch wenn die Sonne scheint, es ist die erste Woche im Dezember, und der Winter hat Neuengland fest im Griff. Vielleicht zittert sie aber auch vor Erregung und nicht vor Kälte. Will macht sich da so seine Hoffnungen.
Jennifer jedoch zieht seine Hand vom Reißverschluss der Mannschaftsjacke weg und hebt die Schulter, um seinen Mund von ihrem Ohr wegzuschieben.
»Es ist gleich vier, Will. Du kommst zu spät zum Training. Ich hab eigentlich gar nicht mit dir gerechnet.«
»Der Coach feiert krank. Ist nach der letzten Sportstunde nach Hause gegangen. Ich hab also frei, und wir ...« Er legt seine großen, sommersprossigen Hände an ihre kühlen, weißen Wangen – am linken Mittelfinger trägt er einen gravierten Highschoolring mit einem in Gold gefassten Onyxstein – und beendet den Satz mit einem zarten, aber doch herausfordernden Kuss.
»Mann, quäl mich nicht so, Will.«
»Wenn du sauer bist wegen der kleinen Sache zwischen Megan und mir gestern, da war nix, Baby. Ich meine, die wollte doch bloß –«
»Ich weiß, was sie wollte«, fällt Jennifer ihm barsch ins Wort.
»Und ich weiß, was du willst, Jen.«
Er nimmt ihre Hand und führt sie nach unten, damit sie seine Erektion in der ausgebeulten Jeans spüren kann. »Quäl mich nicht so, Kleines«, flüstert er.
Sie reißt ihre Hand weg. »Ich muss los. Buck kommt bald vom Sport nach Hause, und ich –«
»Wir könnten kurz zu mir. Meine Alten sind wieder in Hongkong, auf einem ihrer endlosen Einkaufstrips. Ich fahr dich nach fünf nach Hause, dann ist er schon zur Arbeit.«
Jennifer schüttelt den Kopf. »Ich kann nicht, Will.«
»Du bist noch immer sauer. Du regst dich wegen nichts und wieder nichts auf. Ehrenwort.«
Noch während er versucht, sie zu überzeugen, weiß er, dass seine Worte auf taube Ohren stoßen. Jenni ist heute mal wieder ziemlich aufgedreht. Er sieht es ihr an, er spürt es. Aber, verdammt, er selbst ist auch ziemlich aufgedreht. Und nach ihrer

SMS, er sollte in den Park kommen, hatte er gehofft, sie würde ihn ein wenig entspannen. Und umgekehrt.
Ein Jammer, dass es hier draußen so scheißkalt ist, denkt er. Hier im Park haben sie sich zum ersten Mal geliebt. Aber das war Mitte September, als die Sonne am frühen Abend noch warm war, und dank der noch grünen Bäume und Sträucher war es leicht gewesen, ein abgeschiedenes Plätzchen zu finden.
Natürlich könnte er mit seiner American Express ein Hotelzimmer nehmen, aber sein Vater überprüft die Belege immer haargenau …
Plötzlich packt Jenni seine Daunenweste und sieht ihn besorgt an. »Du hast Megan doch nichts gesagt, Will? Was ich dir erzählt habe, muss unter uns bleiben.«
Ihre Worte und der ängstliche Unterton in ihrer Stimme ersticken jeden Gedanken daran, dass es heute noch was werden könnte.
»Hey, Baby, ich dachte, du vertraust mir.« Seine sinnlichen Lippen verziehen sich fast zu einem Schmollmund, und er blickt sie mit diesen strahlend blaugrünen Augen an, die sie gleich am ersten Tag fasziniert haben – ihrem ersten Tag an der Boston Tech Highschool. Nie im Leben hätte sie gedacht, dass sie bei ihm überhaupt eine Chance hätte, dem beliebten Basketballspieler aus der Oberstufe, mit den rotblonden Haaren und dem Schlafzimmerblick. Aber nicht nur sie hatte das elektrische Knistern gespürt. Zwei Wochen später wurden sie ein Paar.
Jennifer bückt sich zu ihrem Rucksack auf dem Boden und entknotet die Ärmel ihrer schwarzen Secondhand-Motorradjacke, die sie an einen der Tragegurte gebunden hat.
»Ich fahr dich nach Hause.«
»Nein«, sagt sie schneidend, zieht sich die Sportjacke aus und drückt sie Will in die Hand.
»Weil der liebe Stiefdaddy da sein könnte? Der kann mich mal.«
»Er glaubt, wir haben Schluss gemacht.« Sie schlüpft rasch in ihre Jacke, denn die frostige Luft dringt sofort durch die dünne Bluse. »Und das soll er ruhig weiter glauben.«
»Er ist ein richtiges Arschloch.« Will zieht ein angewidertes

Gesicht. Er lästert oft über ihren Stiefvater. Und meistens macht Jenni dabei mit.
Sobald der Cop von der Sitte Wind davon bekam, dass seine Stieftochter mit Will Burdett ging, sah er im Polizeicomputer nach und wurde prompt fündig: Will war aktenkundig. Er erzählte Jenni und ihrer Mutter brühwarm von Wills diversen Konflikten mit dem Gesetz, so zum Beispiel wegen des Verkaufs von Steroiden und allerlei Glückspillen an seine Mannschaftskameraden im letzten Jahr.
Will konnte Jenni davon überzeugen, dass die Verdächtigungen total aus der Luft gegriffen waren, schließlich hatten ihm die Cops rein gar nichts nachweisen können. Jenni hatte das Argument gegenüber Buckley angeführt. »Das ist noch lange kein Beweis für seine Unschuld«, hatte der entgegnet. »Aber auch nicht für seine Schuld«, hatte Jenni gekontert.
Aber eine Sache hatte man Will doch anhängen können. Letztes Frühjahr hatte er sich in den Ferien mit drei Mannschaftskameraden in einem schäbigen Hotel im nahen Watertown einquartiert, wo sie sich bekifft und dann in zugedröhntem Zustand das Zimmer demoliert hatten. Der Hotelmanager rief die Polizei, und alle vier Jungs wurden in Gewahrsam genommen. Während seine Kumpel für dreißig Tage in den Knast mussten, kam Will mit einem Jahr Bewährung und fünfzig Tagen gemeinnütziger Arbeit davon. Buck erklärte das damit, dass Will das verwöhnte Söhnlein reicher Eltern war, die sich teure Anwälte leisten konnten, um ihren Filius rauszuhauen.
Will hatte Jenni gleich zu Anfang von der Sache erzählt, weil er sich dachte, dass ihr Stiefvater darauf rumreiten würde. Eines hatte er ihr allerdings verschwiegen – sie erfuhr es dann von Buckley –, und zwar, dass zunächst noch weitere Vorwürfe gegen ihn und seine Freunde erhoben worden waren. An der kleinen Soiree in dem Hotel hatte auch eine junge Frau teilgenommen. Sie hatte zunächst gegen alle vier Jungs Anzeige erstattet, wegen Körperverletzung und Vergewaltigung. Als Jenni Will deshalb zur Rede stellte, beichtete er ihr, dass die Frau eine Prostituierte war und für ihre Dienste, die sie bereitwillig und überaus engagiert geleistet hatte, gut bezahlt worden war.

Sie hatte die Anzeige ja dann auch kurz darauf zurückgezogen. Buck wies Jennis Vorwurf, er habe ihr bewusst unterschlagen, dass die Frau eine Nutte war, vehement zurück. Die Frau sei keine Nutte gewesen, beteuerte er, schließlich kenne er alle Prostituierten in der Stadt. Will und seine Freunde säßen nur deshalb nicht hinter Gittern, weil Wills Eltern die Frau geschmiert hätten. Daraufhin bezeichnete Jenni ihren Stiefvater als dreckigen Lügner.

Aber dann machte sie Will zur Schnecke, weil er eine Nutte engagiert hatte. Er schwor ihr hoch und heilig, dass er das nur aus Jux getan habe, und nur das eine Mal, und dass es nie wieder vorkommen würde.

»Hör mal, Jen, wenn dein Dad aus dem Knast kommt und du bei ihm wohnst, kannst du diesem miesen Buckley sagen, er soll sich ins Knie ficken.«

Er sieht, wie ein Schatten über Jennis Gesicht huscht.

»Hey, genauso läuft das, wart's nur ab. Hast du nicht gesagt, dass die Leiterin von dem Zentrum, mit der du dich ganz gut verstehst, auf deiner Seite ist?«

»Ich will jetzt nicht darüber reden«, sagt sie mit finsterem Blick.

Will weiß, das ist ein heikles Thema. Seit er Jenni kennt, redet sie ständig davon, dass sie, sobald ihr Dad aus diesem Entlassungsvorbereitungszentrum kommt, wo er den Rest seiner Strafe absitzt, für sie beide eine Wohnung suchen wird, damit sie bei ihm wohnen kann. Sie hat ihm auch erzählt, dass ihre Mutter und ihr Stiefvater strikt dagegen sind und Jenni sich deshalb seit Monaten mit ihnen in den Haaren liegt.

Will weiß, dass Jennis Dad noch im Knast ist, weil er gegen Bewährungsauflagen verstoßen hat, aber er weiß nicht, weshalb Charlie Dunbar ursprünglich verknackt wurde. Darüber will Jenni einfach nicht reden. Und anfänglich hat sie sich auch dagegen gesträubt, ihm zu erzählen, weshalb genau er wieder eingesperrt worden war. Aber schließlich war sie doch mit der Sprache rausgerückt. Jennis Mom hatte eine einstweilige Verfügung gegen ihren Ex bewirkt, von dem sie sich hatte scheiden lassen, als er das erste Mal im Gefängnis war. Damals war Jenni acht Jahre alt. Laut Jenni war es purer Zufall, dass ihr Dad vor über drei Jahren, ein paar Monate nach seiner Freilassung auf Bewährung, ihrer Mom und Buck in einer Bar über den Weg lief. »Er wollte nur kurz mit meiner Mom reden, aber Buck ist ausgerastet. Er hat meinen Dad provoziert. Ich weiß, Buck hat ihn absichtlich gereizt, bis Dad sich nicht mehr beherrschen konnte und ihm eine reingehauen hat.«

Jenni, so hatte sie es zumindest Will erzählt, hatte ihrer Mom schließlich gedroht, sie würde von zu Hause weglaufen, wenn Buck ihren Dad anzeigen würde. Ein tätlicher Angriff gegen einen Polizeibeamten hätte ihrem Vater eine wesentlich schärfere Verlängerung seiner Haftstrafe eingebracht. Offenbar hatte ihre Mom die Drohung wohl ernst genommen, denn sie überredete Buck, die Sache auf sich beruhen zu lassen. Aber trotzdem war nicht daran zu rütteln, dass Jennis Vater gegen die Bewährungsauflagen verstoßen hatte: Erstens war er in einer Bar gewesen, und zweitens hatte er seine Exfrau angesprochen, was ihm aufgrund der einstweiligen Verfügung untersagt war. Seine Freilassung auf Bewährung wurde aufgehoben, und er musste erneut hinter Gitter. Für drei Jahre. Will weiß, dass das für Jenni ein schwerer Schlag war.

Aber Will weiß auch, wie glücklich Jenni war, als Charlie Dunbar vor zwei Monaten aus einer geschlossenen Vollzugsanstalt ins Entlassungsvorbereitungszentrum – dem Horizon House – in Boston verlegt wurde. Statt der einstündigen Fahrt mit dem Bus zur Strafanstalt Norton brauchte sie jetzt einfach nur in die U-Bahn zu steigen und war in zwanzig Minuten im Horizon House. Und auch die Besuchszeiten im Zentrum waren großzügiger. Jenni verpasste sie so gut wie nie – sie kam mittwochabends, samstagmorgens und sonntagnachmittags. Einmal hatte sie Will mitgenommen, aber da er nicht auf der genehmigten Besucherliste stand, durfte er nicht hinein. Er hatte draußen gewartet, aber Jenni hatte ihrem Vater beim Abschied gesagt, er solle gleich mal aus dem Fenster zur Straße hinausschauen. Sie hatte sich neben Will gestellt und seinen Namen für ihren Dad mit den Lippen geformt. Und der hatte ihnen zugezwinkert und den Daumen hochgestreckt. Will hatte die Geste erwidert.

Charlie soll am 14. März entlassen werden. Genau rechtzeitig zu Jennis sechzehntem Geburtstag. Sie schmiedet schon Pläne für eine Party. Aber Will weiß, was sie sich am meisten zum Geburtstag wünscht: dass ihre Mom und ihr Stiefvater ihr erlauben, mit ihrem Dad zusammenzuziehen.

Will sieht Tränen in Jennis Augen.

»Hey, Baby, ist ja gut. Das wird schon. Du musst nur dran glauben«, sagt Will und nimmt sie in die Arme. Er spürt, dass sie zittert.

Zuerst schmiegt sie sich an ihn, doch plötzlich weicht sie zurück. »Ich bin's leid, mir dauernd irgendwelche Lügereien anzuhören, von dir, von denen –«

»Hey, ich versuch doch nur –«

»Ja, klar«, murmelt sie. Dann blickt sie ins Leere und sagt: »Heute Morgen hatten Mom und Buck einen Riesenkrach, und sie sagte: ›Ich weiß nicht, was schlimmer ist – mit einem Kriminellen verheiratet zu sein oder mit einem Cop.‹« Jennis Gesicht verdunkelt sich. »Ich mag das nicht, wenn sie über meinen Dad herzieht. Es macht mich stinksauer. Und das hab ich ihr auch gesagt.«

»Stimmt, sie ist echt nur am Motzen über deinen Dad.«

Will ist erleichtert, dass Jenni ihm diese Bemerkung durchgehen lässt. Normalerweise darf nur sie ihre Mom kritisieren. Aber wenn er dann mal was Positives über sie sagt, wirft Jenni ihm gleich vor, er hätte sich in ihre Mom verguckt. Schon vor einer Weile hat er deswegen beschlossen, sich möglichst jede Bemerkung über Sherry Buckley zu verkneifen.

»Worum ging's denn bei dem Krach zwischen Buck und deiner Mom?«

»Dreimal darfst du raten.«

»Um den Doc in dem Seniorenheim, wo sie arbeitet? Glaubt Buck noch immer, dass zwischen den beiden was läuft?«

Jenni presst die Lippen aufeinander.

Den Blick kennt Will zur Genüge. »Okay, okay, vergiss es.«

»Ja, vielleicht sollten wir einfach alles vergessen.«

»Mensch, Jen, jetzt fang nicht schon wieder mit mir und Megan an. Übrigens, ich hab sie nach der letzten Stunde getroffen, und

sie hat mir erzählt, dass du heute nicht in der Schule warst. Wo bist du gewesen?«
»Bist du neuerdings bei der Schulschwänzerpolizei, Will? Das geht mir echt –«
»Nun reg dich nicht gleich wieder auf, Jen. Ich hab mir einfach Sorgen gemacht, du wärst krank oder so.«
»Seh ich krank aus?«, fragt sie provozierend.
»Nein, du siehst genervt aus –«
»Und wo warst du heute Nachmittag?« Sie feuert die Frage ab wie einen Schuss.
»Ich hab donnerstags immer schon um zwölf Schulschluss. Das weißt du genau.«
»Ich hab nicht gefragt, wo du nicht warst. Ich hab gefragt, wo du warst.«
Er verdreht die Augen. »Ich war nicht mit Megan Richards zusammen, wenn du das meinst.« Er seufzt. »Na schön, wenn du's unbedingt wissen willst: Ich hab ein paar Besorgungen für Freda gemacht. Sonst hätte sie das erledigen müssen und ich bei Grandma bleiben. Und du weißt, wie hart das für mich ist. Entweder hält sie mich für ihren Mann, oder sie weiß überhaupt nicht mehr, wer ich bin. Neulich hat sie gedacht, ich wäre der Lieferjunge vom Supermarkt. Ich schwör dir, wenn meine Eltern aus Hongkong zurück sind, red ich Klartext mit ihnen. Die alte Lady gehört in ein Pflegeheim. Wir wissen doch beide, dass Dad sie nur zu Hause behalten will, weil Grandma in der Firma, die Dad für sie leitet, noch immer die Aktienmehrheit hält. Und er hat sie bis jetzt nicht dazu bringen können, ihn statt ihren Anwalt als ihren Vermögensverwalter einzusetzen. Das muss er hinkriegen, ehe sie völlig den Verstand verliert.«
»Ich muss los«, sagt Jenni unvermittelt.
Will wirft die Hände hoch. »Von mir aus. Ich hab sowieso das Gefühl, mit einer Wand zu reden. Wenn du mal zurück zum Planeten Will möchtest, ruf mich an.« Er wendet sich ab, doch sie hält ihn am Ärmel fest.
»Hey, tut mir leid. Ich bin bloß –« Statt den Satz zu beenden, lehnt sie sich gegen ihn, zieht seinen Kopf nach unten und küsst ihn hungrig auf den Mund. Als sie sich voneinander lösen, blickt

sie ihm in die Augen. »Ich liebe dich, Will. Ich glaub, ohne dich käm ich nicht mehr klar.«
Will sieht sie besorgt an. »Das musst du ja auch nicht, Jen. Aber ich mach mir Gedanken um dich. Du vermasselst dir alles, wenn du dauernd blaumachst.«
»Heute Morgen zu Hause, wo jeder jeden anbrüllt, das war total beschissen. Mir war einfach nicht danach, den ganzen Tag in der Schule zu hocken.«
»Wo warst du denn?«, fragt er wieder. »Ich hab ein paarmal auf deinem Handy angerufen, aber du bist nicht drangegangen.«
Jenni mustert ihn mit einem eiskalten Blick. »Ich werd schon zu Hause genug ins Verhör genommen.«
Er hebt kapitulierend die Hände. »Ich blick bei dir nicht mehr durch, Jen. Mal bist du heiß, dann wieder kalt.«
Jenni lehnt sich nach hinten gegen den Baumstamm, die blaugrünen Augen auf die Erde gerichtet, die mit trockenem braunen Laub bedeckt ist. »Das liegt an Buck«, murmelt sie. »Dauernd meckert er an mir rum. Ich hab's satt.«
Will streichelt ihr windzerzaustes Haar. »Du darfst dich nicht davon fertigmachen lassen, Baby.«
»Keine Ahnung, was Mom an dem Arschloch gefunden hat.«
»Das kannst du laut sagen. Aber ich weiß, was er an ihr gefunden hat.« Die Bemerkung ist Will so rausgerutscht. »Oh, Scheiße. Jetzt steig mir nicht gleich wieder aufs Dach. Ich meine doch nur, dass sie gut aussieht. Was soll ich denn machen? So tun, als wär sie 'ne hässliche alte Schachtel?« Er blickt in Jennis Gesicht, hofft, ihr wenigstens den Anflug eines Lächelns zu entlocken. Aber ihr Gesicht ist wie versteinert.
»Meine Mutter kommt nicht deinetwegen zu deinen Spielen, Will. Vergiss das nicht.«
»Das hab ich nie gesagt.«
»Das musst du auch nicht sagen.«
Wills Stirn legt sich in Falten. »Lass uns nicht wieder damit anfangen, Jen.«
»Genau«, sagt sie. »Lieber nicht.«
Will nimmt eine lange Strähne von Jennis schrill pinkfarbenem Haar und dreht sie sich um den Finger. Die Farbe der Woche.

Seit er sie kennt, hat sie sich das lange glatte Haar schon in allen Regenbogenfarben getönt. »Du bist genauso schön wie deine Mutter«, murmelt er. »Auf deine Art.«

»Gar nicht«, sagt Jenni. »Sie ist tausendmal schöner.« Und dabei schwingt etwas in ihrer Stimme mit. Neid? Groll? Trauer? Will kann es nicht genau sagen. Manchmal ist Jenni Dunbar ein einziges Rätsel für ihn. Aber genau das macht sie umso verführerischer.

2

Jamaica Plain wird in den Medien häufig als das Schmuckstück von Boston bezeichnet, ein Stadtteil, der von herrlichen Parks und dem Jamaica Pond umgeben ist, einem See, auf dem man sogar segeln kann. Und das Viertel selbst hat so einiges zu bieten. In JP, wie die Einheimischen sagen, lebt ein buntes Völkergemisch, darunter die größte hispanisch-amerikanische Gemeinde in Boston. Eine Zeitlang waren die Mieten und Immobilienpreise hier niedriger als in anderen schicken Stadtteilen, was viele junge, aufstrebende Familien anlockte, die von einem eigenen Häuschen am Stadtrand träumten. Inzwischen tummeln sich Scharen von Kindern auf den Spielplätzen oder gehen mit Mommy oder Babysitter in den Streichelzoo im Franklin Park. Umweltbewusste, politisch engagierte Eltern besuchen Ökofestivals, Jugendliche spielen Basketball auf den diversen öffentlichen Plätzen oder treffen sich auf der Centre Street, der Haupteinkaufsstraße von JP.

Doch bevor die Yuppies anfingen, sich die schönen alten zwei- und dreistöckigen Stadthäuser in den engen Straßen unter den Nagel zu reißen und damit die Mieten in die Höhe zu treiben, war JP ein ziemlich ärmliches Viertel. Und etliche dieser Armen sind geblieben. Was Probleme mit sich bringt. Einbrüche, Drogen, Vandalismus, Bandenkriminalität.

JP hat bei weitem nicht die höchste Verbrechensrate der Stadt, dennoch hat das 13. Revier auf der Washington Street alle Hände voll zu tun. Mord allerdings ist wahrhaftig nicht an der Tagesordnung. Daher wurden, als um 14.16 Uhr der Anruf einging, sofort zwei Beamte, die in JP Streife fuhren, über Funk verständigt und zur Sedgewick Street 316 geschickt, wo sie eine Leiche und eine hysterische, zahnlose alte Dame vorfanden.

Um 14.38 Uhr biegt Lieutenant Leo Coscarelli vom Morddezernat in die Sedgewick Street. Glücklich ist er nicht darüber, denn der Anruf hat die kostbare Freizeit unterbrochen, die er gerade mit seinem kleinen Sohn verbrachte. Jakey, der im Februar sechs wird, geht noch in den Kindergarten, dienstags und donnerstags bis zwölf, an den übrigen drei Tagen auch noch nachmittags, damit Leos Mutter Anna, die bei ihnen wohnt, auch mal etwas unternehmen kann. Heute hatte Leo seinen Sohn ausnahmsweise selbst abgeholt, als Überraschung. Sie waren im Naturkundemuseum, als der Anruf kam, und Leo musste seinen in Tränen aufgelösten Jungen förmlich wegschleifen, noch ehe Jakey an der Reihe war, eine Schlange anzufassen.

Coscarelli hält vor dem blassgrünen dreistöckigen Haus, wo bereits sein neuer Partner wartet, der erst vor fünf Tagen im Morddezernat angefangen hat. Dan Silver, ein kräftiger und gutaussehender Sunnyboy mit braunen Augen und rotblondem Haar, ist sechsundzwanzig. Aufgewachsen ist er nicht etwa im sonnigen Kalifornien, wie man bei seinem Aussehen vermuten könnte, sondern auf einer Milchfarm im tiefsten Nebraska. Er ist Absolvent der Boston University und wechselte nach einem Jahr als Versicherungsmakler auf die Polizeiakademie, wo er sich sehr gut machte. Nach einem raschen Aufstieg bei der Bostoner Polizei war er endlich da gelandet, wo er hinwollte – im Morddezernat. Silver konnte seinen ersten Mordfall kaum erwarten, und wie es aussieht, hat sich an diesem Tag sein Wunsch erfüllt.

Der frischgebackene Detective betritt das Gebäude und eilt, immer zwei Stufen auf einmal nehmend, in den ersten Stock. Coscarelli, mit seinen achtunddreißig Jahren ein alter Hase, folgt ihm. Er wollte zuerst noch ein paar Worte mit den beiden Kollegen von der Streife wechseln, aber die Cops haben alle Hände voll mit der noch immer hysterischen alten Lady zu tun sowie mit der wachsenden Zahl von Anwohnern, die aus den Nachbarhäusern kommen und wissen wollen, was passiert ist.

Im ersten Stock angekommen, sieht Coscarelli, wie sein neuer Partner zielstrebig die gut fünf Schritte zu der nackten Toten geht, die auf dem Bauch im Flur liegt.

Der ältere Detective nimmt die tote Frau mit routiniertem Blick in Augenschein, während er sich bewusst im Hintergrund hält. Gute Figur, lange Beine, muskulös, aber nicht zu durchtrainiert. Blondes, leicht welliges Haar, das ihr im Stehen über die Schultern fallen würde. Jetzt liegt es über ihrem Gesicht, das halb von ihm abgewandt ist. Könnte ihre natürliche Haarfarbe sein. Blasse Haut, wo sie nicht mit Blut bedeckt ist. Und das ist sie fast überall, vor allem am Rücken. Aus dieser Entfernung würde er sie auf ungefähr Mitte dreißig schätzen.

Unter dem Opfer ist eine Blutlache. Sie hat sich durch die geöffnete Tür auf dem beigefarbenen Teppich in der Wohnung der alten Dame ausgebreitet, die bei der Polizei angerufen und einen *entsetzlichen Unfall* gemeldet hat. Coscarelli schaut zu, wie Silver durchsichtige Plastikhandschuhe aus der Tasche seines gut sitzenden, grauen Garbadineanzugs fischt. Er zieht sie sich über wie ein Chirurg vor einer Operation. Da Coscarelli in seinem Rücken steht, kann Silver das schwache Lächeln im Gesicht seines älteren Kollegen nicht sehen. Und er weiß auch nicht, was der Lieutenant denkt: *Mal sehen, wie lange du es schaffst, den Cop zu spielen, Danny-Boy.*

Nicht lange. Keine dreißig Sekunden. Silver geht in die Knie, um sich das Opfer genauer anzusehen, wobei er aufpasst, keine Spuren zu verwischen, als er auch schon zur Seite kippt, ehe er ganz in der Hocke ist. Die Ohnmacht kommt so plötzlich, dass Silver keine Chance mehr hat, den Sturz abzufangen. Und Coscarelli ist zu weit weg, um zu verhindern, dass sein junger Kollege auf den abgelaufenen braunen Fliesenboden knallt. Zum Glück fällt er aus der Hocke nicht tief und schlägt zuerst mit der Schulter auf, nicht mit dem Kopf.

Das Lächeln verschwindet aus Coscarellis Gesicht, und er eilt zu seinem Partner, der schon wieder zu sich kommt.

»Ganz ruhig«, sagt Leo mitfühlend, als Silver gleich wieder aufstehen will. »Alles in Ordnung?«
Der junge Cop blickt seinen Partner benommen an. »Was ist denn passiert?«
Ehe Coscarelli antworten kann, verfärbt sich das Gesicht des Neulings von kreideweiß zu dunkelrot.
»Ach du Scheiße«, murmelt er und weicht Leos Blick aus. »Das kommt davon, wenn man das Frühstück ausfallen lässt.«
»Seien Sie froh. Bei meinem ersten Mal hatte ich gerade ein dickes Mittagessen intus. Ein Blick auf die Leiche, und ich hab alles wieder von mir gegeben«, erwidert Coscarelli. Ein wenig übertrieben, in Wahrheit hatte der damals frisch gekürte Detective lediglich angefangen zu würgen und hätte sich vermutlich übergeben, wenn sein älterer, erfahrenere Partner ihn nicht rasch von seinem ersten Mordopfer weggeschoben hätte, einem siebzehnjährigen Schwarzen mit einem riesigen Einschussloch in der Stirn.
Leo hilft seinem Kollegen auf die Beine, führt ihn ein Stück von der Toten weg. Silver protestiert nicht, sondern murmelt nur: »Ich hab bei uns zu Hause auf der Farm zig tote Tiere gesehen, und so was ist mir noch nie passiert.«
»Ja«, sagt Leo. »Aber eine nackte Frau mit einer Stichwunde im Rücken ist auch nicht dasselbe wie eine tote Kuh.«
»Stichwunde?«, murmelt Silver und riskiert einen zweiten Blick auf die Tote. Aus der Entfernung war es leichter.
»Natürlich müssen wir abwarten, was der Gerichtsmediziner sagt. Aber ich glaube nicht, dass ich falsch liege.« Er fügt nicht hinzu, dass die fünf Zentimeter breite Wunde zwischen den Schulterblättern der Frau Bände spricht. Der kurze, aber erfahrene Blick, den er aus der Nähe auf die Leiche werfen konnte, hat ihm verraten, dass es sich um einen sauberen und tiefen Schnitt handelt, wie von der Klinge eines Fleischermessers. Aber ob die sichtbare Stichwunde auch die Todesursache war, wird sich erst noch zeigen müssen. Schließlich ist nicht abzusehen, was zum Vorschein kommt, wenn der Gerichtsmediziner die Tote auf den Rücken dreht. Auf jeden Fall hätte sie schon allein den enormen Blutverlust nicht überlebt.

»Der Gerichtsmediziner müsste jeden Augenblick da sein«, sagt Silver mit noch immer leicht zittriger Stimme. »Und die Spurensicherung und der Krankenwagen. Ich habe alle vom Präsidium aus verständigt, nachdem ich Sie angerufen hatte.« Er zögert. »Ich habe Ihren Jungen im Hintergrund gehört. Tut mir leid, wenn ich –«

Leo hebt eine Hand. »So ist unser Job nun mal.«

Silver nickt.

»Haben Sie eine Freundin, Dan?« Leo sieht keinen Ehering, obwohl das nichts heißen muss. Viele seiner verheirateten Kollegen tragen keinen Ring. Das ist mitunter ganz praktisch. Zum Beispiel, wenn besagte Kollegen sich in einer Bar ein bisschen außereheliche Abwechslung verschaffen wollen.

Silver antwortet nicht. Und er wirkt angespannt. Aber nicht so, als würde er gleich wieder aus den Latschen kippen. Eher verlegen, als wäre ihm das Thema unangenehm. Leo vermutet, dass der junge Mann vielleicht frisch getrennt ist. Oder vielleicht hat Leo auch ganz einfach die falsche Frage gestellt.

Leo zuckt mit den Schultern. Er wird nicht nachbohren. Das ist nicht sein Stil. Neugierig ist er nur von Berufs wegen. Oder wenn er meint, private Probleme könnten sich nachteilig auf die Arbeit auswirken. Bisher hat er mit seinen Partnern Glück gehabt. Sie konnten Privates stets von Beruflichem trennen. Leo versucht das auch. Aber nicht immer mit Erfolg.

»Geht's wieder?«, fragt Leo.

Silver antwortet nicht. Vielleicht ist er noch nicht so weit oder vielleicht will er sich etwas von der Seele reden. Bis die übrigen Kollegen eingetroffen sind, ist ohnehin nicht viel zu tun. Im Haus sind nur drei Wohnungen. Sein Partner hat ihm am Telefon gesagt, dass die Mieter im Erdgeschoss, vier Studenten, nicht zu Hause sind und dass die alte Frau, die die Leiche entdeckt hat, allein lebt und nicht vernehmungsfähig ist. Die beiden Streifenpolizisten hatten in der Wohnung der Ermordeten nachgesehen und niemanden vorgefunden – weder tot noch lebendig.

Also wartet Leo, während Silver weiter schweigt. Eine gute Minute vergeht.

»Dreierlei spricht gegen mich«, sagt der junge Detective schließlich mit leicht geröteten Wangen.
Leos einzige Reaktion ist eine kaum merklich hochgezogene Augenbraue.
Silver zählt sie an den Fingern ab. »Landei aus dem Mittleren Westen, Jude und ...« – eine deutliche Pause – »schwul.«
Leos Mundwinkel heben sich leicht. »Komisch, Sie sehen gar nicht aus wie ...« – er hält bewusst inne – »ein Jude.«
Die Anspannung weicht aus Dan Silvers Gesicht. Er lächelt schwach. »Sie sind nicht der Erste, der das sagt.«
»Das kann ich mir denken.«
Silver schiebt die behandschuhten Hände in die Taschen seines Jacketts. »Ich bin mit jemandem zusammen, Lieutenant, aber wir haben Probleme, Michael und ich. Vor allem jetzt, wo ich beim Morddezernat bin. Offen gestanden, er hat eine Heidenangst um mich. Er sagt, jedes Mal, wenn ich zur Arbeit gehe, fragt er sich, ob ich heil zurückkomme ... oder überhaupt.«
Leo nickt verständnisvoll. Dauerhafte Beziehungen sind bei Polizisten nicht die Regel, erst recht nicht beim Morddezernat. Ehefrauen, Ehemänner, Freundinnen oder Freunde kommen oft nur schlecht mit den Arbeitszeiten von Cops klar – und noch schlechter mit den grässlichen Dingen und den Risiken, denen sie ausgesetzt sind. Es gab mal eine Zeit, da hatte Leo sich glücklich geschätzt. Er hatte eine Frau, die Verständnis für das Polizistenleben hatte. Das Glück ist ihm noch nicht völlig abhandengekommen. Aber es wird immer weniger. Er würde die Entwicklung gern aufhalten, aber er hat noch keine Idee, wie er das anstellen soll. Außerdem ist er nicht mal sicher, ob seine Partnerin das überhaupt will.
»Sehen Sie mal da«, sagt Silver und deutet die Treppe in den zweiten Stock hoch. Sein Ton hat sich verändert. Jetzt, wo er losgeworden ist, was ihm auf der Seele brannte, ist er wieder durch und durch Polizist.
Leo sieht eine noch glänzende Blutspur.
»Ich war schon mal oben, bevor Sie eingetroffen sind. Die Tür steht auf. Keine Angst, ich habe gut aufgepasst, aber ich kann

nicht garantieren, dass die Kollegen von der Streife da nichts vermasselt haben.«

Leo nickt. »Und?«

»Jede Menge Blut in der Küche. Beistelltisch mit Marmorplatte im Wohnzimmer umgekippt. Keine Tatwaffe zu sehen. Die Blutspuren führen aus der Wohnung ins Treppenhaus. Die alte Dame hat gehört, wie etwas Schweres die Treppe runtergepoltert ist. Hat gedacht, es wäre eine Schultasche.« Er hält inne, verdreht die Augen, richtet dann den Blick wieder auf das Opfer. »Sie muss aus der Wohnung gekrochen sein, ist die Treppe runtergefallen und hat sich noch zur Wohnungstür von der alten Lady geschleppt, um sie zu alarmieren.« Er erzählt Leo, dass die alte Frau gedacht hat, eine Ratte würde an der Tür kratzen.

Silvers Blick ruht auf der Toten. Leo bemerkt, dass die Augen seines neuen Partners ein wenig wässrig sind, aber seine Gesichtsfarbe sieht besser aus. Er wird klarkommen.

Sie gehen hinauf in den zweiten Stock, achten genau darauf, wo sie hintreten. Diesmal geht Silver hinter Coscarelli.

»Wissen wir, wie das Opfer heißt?«, fragt Leo, als sie fast oben sind.

»Buckley. Sherry Buckley.« Silver räuspert sich. »Die alte Dame hat den beiden Kollegen erzählt, dass der Mann des Opfers – Polizist ist.«

3

»Da kommt sie. Das ist die Tochter.«

Jenni sieht die neugierige alte Ziege von unten mit einem Polizisten auf der Straße vor dem Haus stehen. Rose Soundso. Jenni kann sich nicht an den Namen erinnern. Sie kann ohnehin keinen klaren Gedanken fassen, weil die runzelige alte Schachtel sich an den Cop klammert und mit der anderen auf sie zeigt.

Jenni ist gerade um die Straßenecke gebogen, nachdem sie zwei Blocks entfernt an der U-Bahn-Station Forest Hills ausgestiegen ist. Noch ehe sie die alte Lady kreischen hörte, war sie bereits wie angewurzelt stehen geblieben, geschockt von den beiden Polizeiwagen und dem Krankenwagen vor dem Haus, das mit gelbem Plastikband abgesperrt ist. Außerdem sieht Jenni eine Schar von Gaffern hinter der Absperrung und auf der anderen Straßenseite.

Ein Mann kommt die Stufen der kleinen Eingangstreppe herunter, die oben neben der Haustür mit Fahrrädern von den vier Studenten aus dem Erdgeschoss zugestellt ist. Der Mann ist mittelgroß und schlank, trägt eine dunkelblaue Seemannsjacke und Jeans. Er geht auf den Streifenbullen zu, der jetzt versucht, die halb hysterische alte Frau von dem Haus wegzubugsieren. Während der Cop sie zu einem der Streifenwagen führt, weint und schreit sie. »Niemals … so was hab ich … noch nie erlebt … Ich geh da nicht wieder rein … Wie ist so was nur … Ach, das arme Kind …«

Während Rose lautstark weiterjammert, beobachtet Jenni, wie der Mann in der Jacke kurz mit dem Cop in Uniform spricht, sich dann umdreht und sie direkt ansieht. Sie sind höchstens zwanzig Schritte voneinander entfernt. Sie starrt den Mann an. Als er auf sie zukommt, spürt Jenni, wie ihr eine Panikwelle durch den Körper schießt und das Blut in den Ohren anfängt, so laut zu pochen, dass das Gezeter der alten Frau fast übertönt wird. Endlich ist der Polizist mit ihr am Streifenwagen und hilft ihr hinein.

Der Mann in der Seemannsjacke kommt weiter auf Jenni zu. Aus der Entfernung sah er jünger aus. Jetzt sieht sie sein abgespanntes Gesicht, die grauen Strähnen in dem dunklen Haar, die Falten in den Augenwinkeln. Seine Augen, findet sie, wirken besonders müde.

Als der Mann nur noch wenige Schritte von ihr entfernt ist, überkommt Jenni blankes Entsetzen. Sie dreht sich urplötzlich auf dem Absatz um und nimmt Reißaus, flüchtet um die nächste Ecke. Sehr weit kommt sie nicht, denn der Mann holt sie ein und hält sie am Ärmel fest.

»Jennifer? Ich bin Lieutenant Coscarelli.« Seine Stimme ist gelassen, ruhig, beruhigend.

Aber Jennis Panik ebbt nicht ab. Ehe er weiterreden kann, platzt sie heraus: »Wollen Sie mich festnehmen?«

Er lässt ihren Ärmel los, kneift leicht die Augen zusammen. »Weshalb?«, fragt er ohne hörbare Veränderung im Tonfall.

Die Spitze der gepiercten Zunge huscht über ihre trockenen Lippen, bis zu den goldenen Ringen im Mundwinkel. »Keine Ahnung.«

»Hast du denn irgendwas ausgefressen, Jennifer?« Leos Tonfall bleibt ruhig. Doch seine Augen kleben an der Jugendlichen.

Jenni schüttelt den Kopf.

»Wo kommst du jetzt her?«, fragt er.

»Schule«, murmelt sie.

Leo blickt auf die Uhr. Es ist kurz vor halb fünf.

»Was … was ist denn los?«

Für Leo ist es die unangenehmste Aufgabe überhaupt, den Angehörigen eines Opfers die traurige Nachricht zu überbringen, erst recht, wenn die Angehörigen noch halbe Kinder sind.

Doch ehe er dazu kommt, ertönt lautes Reifenquietschen, und

Jenni blickt an dem Detective vorbei. Ihr ganzer Körper erstarrt, als sie einen funkelnagelneuen grauen Jeep Cherokee sieht, der mitten auf der Straße neben dem Krankenwagen zum Stehen kommt.

Ein Cop in Uniform läuft die Eingangstreppe herunter und will den Fahrer verscheuchen, den er offenbar für einen sensationslüsternen Gaffer oder Reporter hält. Doch der Mann im Jeep springt unbeeindruckt aus dem Geländewagen.

Jenni schnappt unwillkürlich nach Luft, als sie sieht, wie Aaron Buckley um den Krankenwagen herum zum Bürgersteig rennt. Falls er Jenni gesehen hat, lässt er sich jedenfalls nichts anmerken. Er steuert auf das Haus zu, doch der Uniformierte stellt sich ihm in den Weg. Buckley will sich an ihm vorbeischieben. Ein zweiter Cop kommt aus der Tür, und alle drei Männer prallen auf den Stufen zusammen.

»Lasst mich ins Haus, ihr Arschlöcher. Das da oben ist meine Frau –« Buckley, ein großer, stämmiger Mann, der sich mit seinen sechsundvierzig Jahren körperlich topfit hält, versucht, die beiden beiseitezustoßen, hat aber gegen die ebenfalls kräftig gebauten Cops nicht den Hauch einer Chance.

Aaron Buckley wehrt sich mit Händen und Füßen und flucht lautstark, als die Cops ihn die Treppe hinunterziehen. »Ihr verdammten Schweine, ich will sie sehen. Sie ist meine Frau, ihr Arschlöcher. Es ist mein verdammtes Recht –«

»Buck«, ruft der Detective, der neben Jenni steht.

Buckley dreht sich um, als er seinen Namen hört, und sein Blick fällt zuerst auf Coscarelli und dann auf Jenni, aus deren Gesicht alle Farbe gewichen ist. Der Beamte vom Sittendezernat blickt seiner Stieftochter einige Sekunden lang in die Augen. Sein breites, vor Wut und Frust bereits gerötetes Gesicht läuft dunkel an. Dann stürzt er wie ein wild gewordener Stier auf die beiden zu.

Coscarelli stellte sich instinktiv vor Jenni, aber mit seiner schmächtigen Statur hat er keine Chance. Buckley stößt ihn zur Seite, als wäre er eine Stoffpuppe. Coscarelli fällt in einen Maschendrahtzaun, der den mickrigen Rasen eines Vorgartens umzäunt, während Buckley Jennis Arme packt und sie ein gutes

Stück vom Boden hochhebt, bis ihr kleines, verängstigtes Gesicht auf Augenhöhe mit ihm ist.
»Wieso, Jenni? Deine eigene Mutter. Sie hat dir das Leben geschenkt, und du machst so was?« Speichel fliegt ihr ins Gesicht, während er sie anschreit.
»Was … soll ich gemacht haben?« Jennis Stimme ist ein dünnes Piepsen. Dann drehen sich ihre Augen nach innen, und ihr ganzer Körper erschlafft. Sie ist ohnmächtig.

4

Natalie Price, Superintendent vom Horizon House, einem Entlassungsvorbereitungszentrum für Strafgefangene in der Bostoner Innenstadt, liest gerade den Bericht über einen Neuzugang, als Angelina Sanchez, ihre Sekretärin, die auch Insassin ist, sich über die Sprechanlage meldet.

»Hab ihn gerade reinkommen sehen«, sagt Angel, wie sie lieber genannt werden möchte.

»Danke.« Nat beendet den Aktenvermerk, den sie über den Insassen schreiben muss, der am Montag von CCI Norton, der Männerhaftanstalt mittlerer Sicherheitsstufe in Neuengland, ins Zentrum überstellt werden soll, und klappt die Akte zu. Dann verlässt sie ihr Büro, schreitet entschlossen über den Flur zum Büro ihres Stellvertreters und öffnet schwungvoll die Tür. Es ist fast halb fünf, und obwohl er höchstens zwei Minuten da sein kann, steht Jack Dwyer schon mit dem Rücken zu ihr am Fenster und telefoniert. Der Blick geht auf ein braunes Stück Rasen, der im Sommer als kleiner Garten für die Insassen dient. Er bricht mitten im Satz ab und wirft einen Blick über die Schulter.

»Mein *Boss* sieht aus, als würde sie jeden Moment Gift und Galle spucken. Ich meld mich später nochmal.« Er klingt völlig unerschrocken, als er das in den Hörer sagt, und beendet das Telefonat. Dann geht er mit humpelnden Schritten zurück an seinen Schreibtisch, der etwa drei Meter vom Fenster entfernt steht. Das Humpeln ist zwar echt, aber bewusst übertrieben.

»Versuchst du die Mitleidstour?« Die Frage klingt nicht ganz so sarkastisch, wie Nat es gern hätte. Schließlich ist es ihre Schuld, dass Jack Dwyer humpelt. Er hatte eine Kugel abgefangen, die für sie gedacht war. Knapp drei Monate musste er in einer Reha-Klinik verbringen. Eine unerträglich lange Zeit, auch für Nat, denn es stand in den Sternen, ob Jack je wieder ohne Hilfe würde gehen können. Heute war die schreckliche Geschichte fast auf den Tag genau ein Jahr her. Und dieser Tag würde Nat wahrscheinlich bis an ihr Lebensende verfolgen, aber nicht nur, weil Jack angeschossen wurde. An dem Tag hatte sie außerdem eine Fehlgeburt gehabt, das Baby verloren, das vielleicht von Jack war.

Aber nur vielleicht.

Ihr Stellvertreter grinst mit diesen sanften Augen, die so gar nicht zu seinem markanten Gesicht passen wollen. Jack Dwyer, neunundvierzig, ist ein etwas in die Jahre gekommener Marlboro-Mann. Er ist auch ein Mann, der zu viel trinkt. Mit diesem Problem schlägt er sich seit Jahren herum, und er ist schon so oft rückfällig geworden, dass seine Seele Hornhaut davon haben muss. Erschwerend hinzu kommt, dass man ihm, nachdem er angeschossen worden war, im Krankenhaus jede Menge Schmerztabletten verabreichte. Weiß Gott keine gute Idee bei einem Mann mit einem Suchtproblem. Und diese verhängnisvolle Kombination machte seinen Kampf gegen die Sucht mehr oder weniger zur Sisyphusarbeit.

Was auch der Grund ist, warum Nat jetzt im Büro ihres Stellvertreters steht. Und der Grund für ihre schlechte Laune.

»Ob du's glaubst oder nicht, das am Telefon war meine Betreuerin«, sagt Jack, der sich denken kann, warum Nat gekommen ist. Auf seinem Schreibtisch verteilt liegen nicht nur lose Blätter und Akten, sondern auch die Reste eines McDonald's-Mittagessen vom Vortag. Kann auch noch älter sein.

»Wir haben halb fünf«, stellt sie mit dem Tonfall eines Ausbilders fest, der einen aufsässigen Rekruten zusammenstauchen will.

Jack blickt auf die große alte Schuluhr an der Wand. »Dreiundzwanzig Minuten nach vier.«

»Du bist nicht ans Handy gegangen. Ich hab dich mindestens ein halbes Dutzend Mal angerufen.«

Jacks Lächeln wird leicht verführerisch. »Schön zu wissen, dass ich dir so gefehlt hab.«

Nat weiß, dass hinter dem Lächeln nichts steckt. Nicht mehr. Reine Gewohnheit, wenn sie sauer auf ihn ist. Seine Art, ihr den Wind aus den Segeln zu nehmen.

»Wieso bist du nicht drangegangen?«, bohrt sie nach.

»Akku leer.«

»Und was, wenn –«

»Ich hab mich ein paar Mal gemeldet.«

»Du hast weder mit mir gesprochen noch bei Angel eine Nachricht hinterlassen.«

»Ich hab mit Hutch gesprochen. Er hat gesagt, es wäre alles ruhig.«

»Hutch hätte mir Bescheid geben müssen, dass du angerufen hast.« Hutch war Gordon Hutchins, der leitende Aufseher im Horizon House.

»Klär das mit ihm.«

»Worauf du dich verlassen kannst«, faucht sie.

Beide schweigen. Es stimmt, sie wird auf jeden Fall ein ernstes Wort mit Hutch reden müssen. Er ist seit über dreißig Jahren im Vollzug tätig, wie sie weiß, und hat sich nie so ganz daran gewöhnen können, dass eine Frau im Horizon House das Sagen hat. Und noch dazu eine Frau, die halb so alt ist wie er und weit weniger Erfahrung in dem Metier aufzuweisen hat. Dennoch, im Laufe der Zeit hat Nat es geschafft, Hutch für sich zu gewinnen. Sie ist überzeugt, dass er sie mag, auch wenn er zuweilen allzu väterlich mit ihr umgeht. Und es ärgert sie, wenn er eigenmächtig handelt, weil er meint, die Chefin braucht nicht damit behelligt zu werden, was er auch diesmal wieder sagen wird, wenn sie ihn deshalb zur Rede stellt. Nat predigt ihren Mitarbeitern immerzu, dass es in diesem Haus nichts gibt, mit dem man sie nicht behelligen muss. Und je früher …

Jack schnippt mit den Fingern, reißt sie aus ihren Gedanken.

»Was liegt an?«, fragt er munter.

Nat ist wieder bei der Sache, aber noch nicht bereit, das Thema,

das sie eigentlich beschäftigt, zur Sprache zu bringen. »Dein Arbeitstag beginnt um neun Uhr morgens, Jack.«
»Es ist Donnerstag, Nat.«
»Ich weiß, dass –« Sie hält abrupt inne. »Ach ja. Stimmt.« Jetzt fällt es ihr wieder ein. In Framingham wird kommenden Monat ein neues Entlassungsvorbereitungszentrum eröffnet, und Jack war gebeten worden, den Dezember über einen Tag pro Woche bei der Personaleinarbeitung behilflich zu sein. Zwei Wochen zuvor hatten er und Nat sich auf den Donnerstag geeinigt. Und heute, am ersten Donnerstag des Monats, hat er seine Tätigkeit dort angetreten. Eigentlich hätte er gar nicht mehr im Horizon House vorbeischauen müssen, was das Ganze für Nat noch peinlicher macht.
Aber sie hat noch ein dringendes Problem mit ihrem Stellvertreter zu klären.
Jack, der an dem chaotischen Schreibtisch gelehnt hat, humpelt jetzt zu seinem lädierten Drehsessel, den er auf dem Flohmarkt entdeckt hat. Alles in Jacks Büro ist schäbig, der alte braune Ledersessel, ein verschlissenes Sofa, ein altersschwacher Schreibtisch, ein großer, rostiger Aktenschrank. Sogar das billige Rolling-Stones-Poster in dem Metallrahmen hängt schief an der Wand. Aber das Büro befand sich keineswegs von Anfang an in diesem Zustand. Als das ehemalige Frauenhotel auf der Providence Street vor über vier Jahren saniert und zum Horizon House umgebaut wurde, wirkte Natalie Price als frisch ernannte Chefin aktiv an der Innenausstattung mit. Das Zentrum war zwar ohne jeden Zweifel eine Strafanstalt, wenn auch ohne Betonmauern, Gitter oder Zellen, doch Nat konnte erreichen, dass das Innere nicht allzu sehr an ein Gefängnis erinnerte. Keine tristen grünen Wände oder das Behördenmobiliar. Trotz des mageren Etats sorgte Nat für etwas Farbe und Behaglichkeit. Und das galt auch für die Büros. Jack jedoch hatte sogleich die beiden Polstersessel, den Teakholzschreibtisch mit seinen klaren Linien und den Drehstuhl mit der Korblehne ausrangiert. Er nahm auch die Monet- und Degas-Drucke von den Wänden. *Hab mich nicht wohlgefühlt*, lautete sein knapper Kommentar, als sie die Umgestaltung bemerkte.

»Sonst noch was auf dem Herzen, Superintendent?« Sein überhebliches Lächeln verrät ihr, dass er die Antwort genau kennt. Aber er will es ihr nicht ganz so einfach machen.
Trotz seines Lächelns sieht Jack furchtbar aus, schlecht rasiert, die Haare ungewaschen und zu lang, dunkle Ringe unter den Augen. Und hatte er das blau-weiß gestreifte Hemd nicht gestern schon an? Ja, denkt Nat, als sie den Ketchup-Fleck direkt unter der Brusttasche sieht. *O Gott, ist er verkatert?*
»Warum warst du gestern Abend nicht bei dem Treffen?« Sie bemüht sich um einen neutralen Tonfall, hört aber den Vorwurf, der in ihrer Stimme mitschwingt.
»Das hat mich meine Betreuerin auch schon gefragt.« Er wirft einen Blick aufs Telefon.
»Nenn sie nicht immer deine Betreuerin«, faucht Nat.
»Wittere ich da Eifersucht?«
»Was du witterst, ist dein vergammelter Hamburger.« Sie starrt auf die McDonald's-Packung.
»Na schön. Nick. Zufrieden? Nick hat mich das auch schon gefragt.«
Nats Lippen zucken. Wieso stört es sie so, dass Jack Nicki Holden *Nick* nennt?
Keine Eifersucht. So einfach ist das nicht. Aber was, denkt Nat, war in ihrem Leben schon einfach? Die kurze, aber desaströse Affäre mit ihrem Stellvertreter vor einem Jahr? Die Beziehung, die sie seit fast drei Jahren mit dem Mann hat, der Nicki Holdens Exliebhaber und der Vater von Nickis Kind ist? Noch dazu eine Beziehung, die das vergangene Jahr beschissen gelaufen ist. Ganz zu schweigen davon, dass *Nick*, wie sie so liebevoll von Jack genannt wird, eine ehemalige Insassin des Horizon House ist. Und womöglich Jacks derzeitige Geliebte. Nat weiß, dass sie die Liste an Komplikationen, die das Flickenmuster ihres Lebens bilden, fortsetzen könnte, doch vorläufig reichen ihr diejenigen, die sie im Kopf bereits abgehakt hat.
»Und, wer hat mich verpfiffen?«, fragt Jack, noch immer mit unbekümmertem Ton. »Nein, nicht verraten. Charlie, stimmt's? Ich muss mal ein ernstes Wörtchen mit Dunbar reden. Was bei den Treffen so alles passiert, soll den Raum nicht verlassen.«

»Du warst nicht im Raum, Jack. Das ist es ja gerade.«
Jack blickt Natalie mit zusammengekniffenen Augen an und setzt ein sarkastisches Lächeln auf. »Dein Liebesleben liegt noch immer auf Eis, was?«
»Halt die Klappe.« Nat ist es unangenehm, dass Jack über ihre kaputte Beziehung Bescheid weiß. Aber daran ist sie selbst schuld. Und das ist nicht das Einzige, was sie sich vorwirft. Doch darüber möchte sie nicht nachdenken, sonst würde sie in eine so tiefe Verzweiflung stürzen, dass sie nie wieder rauskäme.
Jacks Miene wird freundlicher. »He, mach mich zur Schnecke, dann fühlst du dich besser.«
Sie wird sich nicht besser fühlen, und das weiß Jack genauso gut wie sie.
Sie wartet ein paar Sekunden, bis sie wieder klar denken kann. »Schläfst du mit Nicki?« *Verdammt. Die Frage wollte sie nun wirklich nicht stellen. Anscheinend ist sie doch noch nicht ganz klar im Kopf.*
Jack deutet auf das Sofa an der Wand – ein Fundstück vom Sperrmüll. Wo es auch hingehört. Nat beäugt das ramponierte, mottenzerfressene und vermutlich flohbefallene Möbel mit unverhohlenem Ekel. Sie würde sich eher in der Herrentoilette einer schäbigen Stripteasebar auf die Klobrille setzen als auf dieses Sofa. Andererseits ist es ihr unangenehm, so unschlüssig rumzustehen, daher entscheidet sie sich für die einzige andere Sitzgelegenheit im Raum. Sie muss erst einen Stapel Akten von dem Holzstuhl räumen, ehe sie Platz nehmen kann. Sie legt sich den Stapel einige Sekunden auf den Schoß, weil sie nicht weiß, wohin damit. Dann lässt sie ihn neben sich auf den Boden plumpsen.
»Wie kannst du bloß in diesem Chaos arbeiten?«, knurrt sie.
»Hast du Grund, dich über meine Arbeit zu beklagen, Boss?«
»Und nenn mich nicht immer *Boss*. Was soll das neuerdings?«
Ihr Zorn wächst. Schlimmer noch, sie sieht Jack Dwyer an, dass es ihm Spaß macht, ihn zu schüren.
Nat versucht, die Fassung zu bewahren. *Denk nach, ehe du den Mund aufmachst.* »Wir hatten eine Abmachung, Jack.« Ihr Ton ist ruhig, gemessen. »Du hast mir versprochen, keines der

Treffen zu verpassen, es sei denn, du hast einen ernsthaften Grund.«
»Und du kommst gleich hier reingestürmt, weil du felsenfest davon überzeugt bist, dass ich keinen ernsthaften Grund hatte.«
»Ich hab dich gefragt, warum du nicht hingegangen bist.«
Er lächelt gequält. Sie wissen beide, dass sie keine befriedigende Antwort erwartet hat.
Nat fühlt sich ertappt und seufzt. »Also schön, tut mir leid, wenn ich voreilige Schlüsse gezogen hab.«
»Wie die Schlussfolgerung, dass ich mit der Ex deines Freundes schlafe?«
Nat spürt, wie ihr die Hitze den Hals hochsteigt. »Das geht mich nichts an.« Aber dann blickt sie Jack ruhig in die Augen. »Nein, es geht mich sehr wohl was an. Nicki ist ein Exhäftling, Jack. Sie war sechs Monate hier bei uns. Sie ist –«
»Sie ist auch Jakey Coscarellis Mommy.«
»Ja«, sagt Nat ein wenig kleinlaut. »Das auch.«
»Dabei fällt mir ein«, sagt Jack. »Leo hat Jakey vor gut einer Stunde bei ihr abgeliefert, weil er zu einem Tatort in Jamaica Plain musste. Jakey war stinksauer, weil er nicht noch länger im Museum bleiben konnte. Jedenfalls, Leo hat sie vorhin vom Tatort angerufen, um zu fragen, ob Jakey sich wieder beruhigt hat. Und dabei hat er erwähnt, dass das Opfer eine Frau ist und der Mann des Opfers ein Cop, den Leo von früher kennt.«
»Hat Nicki gesagt, wer?«
»Einer von der Sitte. Der Nachname ist Buckley. Hab vergessen, wie er mit –« Er stockt mitten im Satz, als er sieht, wie Nat von ihrem Stuhl hochschießt.

5

»Was? Du kennst ihn auch?«, fragt Jack verwundert über Nats besorgtes Gesicht.
»Nein. Nein ...« Sie dreht sich um und will zur Tür.
»Nat? Was ist los?« Jack ist aufgestanden, und als er auf sie zugeht, humpelt er nicht mehr so stark.
Sie bleibt an der Tür stehen und blickt ihn mit trüben, grünen Augen an. »Ich kenne seine Stieftochter. Du übrigens auch.«
Jacks Miene bleibt verwirrt.
»Jenni.«
»Jenni? Du meinst –?«
»Jennifer Dunbar. Die Tochter von Charlie Dunbar.«
»O verdammt«, sagt Jack. »Dann ist Jennis Mom das Opfer, das –« Wieder lässt er den Satz unbeendet und tiefe Falten zerfurchen seine Stirn.
Nat nickt langsam. »Und Charlies Exfrau.«
»Verfluchter Mist«, knurrt Jack, als er die ganze Tragweite begreift.
»Wo arbeitet Charlie?« Nats Tonfall ist jetzt alles andere als ruhig.
Jack runzelt die Stirn. »Keine Ahnung.«
Nat reißt die Tür auf, und als sie den Flur entlanghastet, stößt sie beinahe mit ihrem leitenden Aufseher zusammen.
»Wo brennt's denn?«, fragt Hutch. Er sieht nicht übermäßig besorgt aus. In den vielen Jahren, die er schon im Geschäft ist, hat er alles gesehen und mehr erlebt, als ihm lieb ist, wie zum Beispiel die wilden Häftlingsaufstände im CCI Oakridge, dem

Hochsicherheitsgefängnis, in dem Hutch fünfundzwanzig Jahre beschäftigt war, ehe er den Posten im Horizon House ergatterte. Wie er selbst öfter festgestellt hat, ist die Arbeit in einem Entlassungsvorbereitungszentrum im Vergleich zu Oakridge sozusagen ein Spaziergang im Park. Allerdings hat er diese Aussage schon einige Male relativieren müssen, wenn sich nämlich der *Park* in ein Minenfeld verwandelte.

»Wo ist Charlie Dunbar?«, schleudert Nat ihm entgegen. Dass sie ihn eigentlich ins Gebet nehmen wollte, hat sie ebenso vergessen wie die Frage, warum Jack am Vorabend das Treffen der Anonymen Alkoholiker geschwänzt hat.

»Arbeiten.« Hutch, untersetzt, breitschultrig und mit Bauchansatz, blickt jetzt beunruhigt.

»Wo?«, fragt diesmal Jack von seiner offenen Bürotür aus.

Bevor Hutch sein Schulterzucken beenden kann, fegt Nat an ihm vorbei und rennt zu dem Büro am Ende des Korridors, das Sharon Johnson gehört, ihrer Berufsberaterin.

Alle Häftlinge, die ins Horizon House kommen, werden in weniger als neun Monaten entlassen. Dieses Zentrum, wie auch alle anderen Einrichtungen seiner Art in Neuengland, wurde ins Leben gerufen, um Gefangenen durch die Vermittlung von Jobs die Wiedereingliederung in die Gesellschaft zu erleichtern. Das Horizon House ist allerdings das einzige koedukative Entlassungsvorbereitungszentrum. Frauen und Männer sind zwar auf verschiedenen Etagen untergebracht, nehmen aber gemeinsam an internen Maßnahmen teil. Dank Natalies Überzeugungsarbeit gab der Commissioner, der Leiter der Strafvollzugsbehörde, schließlich grünes Licht für den Plan. Natürlich sind ihm das ein oder andere Mal Zweifel gekommen, ob seine Entscheidung klug war. Doch da die Rückfallquote von Natalies Schützlingen konstant niedriger ist als bei allen rein männlichen oder weiblichen Einrichtungen, ist der Commissioner nach wie vor auf ihrer Seite.

Für die Jobvermittlung und die laufende Betreuung der Männer und Frauen in ihren jeweiligen Jobs ist Sharon Johnson zuständig. Ein wichtiges Kriterium für den Erfolg des Entlassungsvorbereitungsprogramms ist die Bewährung in einem Job und die Bereitschaft, sich als verantwortungsbewusstes Mitglied der Gesellschaft zu beweisen – wer zu spät zur Arbeit kommt, vorzeitig Feierabend macht, schlecht arbeitet, sich ohne Erlaubnis von der Arbeitsstelle entfernt und nicht zu vereinbarten Zeiten wieder da ist, hat Disziplinarmaßnahmen zu erwarten und muss unter Umständen damit rechnen, den Rest seiner Haftstrafe wieder hinter Gittern abzusitzen.

Nat betet, dass nicht schon wieder einer ihrer Insassen unter Mordverdacht gerät. Das könnte nämlich katastrophale Folgen für ihr Zentrum und für sie persönlich nach sich ziehen.

Sharon Johnson führt gerade ein Gespräch mit einer Insassin, als Nat in das kleine, fensterlose Büro gestürmt kommt, das dank der farbenfrohen, dynamisch abstrakten Gemälde an den pastellblauen Wänden hell und freundlich wirkt: Arbeiten von Sharons Lebenspartnerin Raylene Ford. Jetzt, da gleichgeschlechtliche Ehen in Massachusetts legalisiert wurden, wollen die beiden Weihnachten heiraten.

Die Berufsberaterin blickt überrascht zu Nat auf. Normalerweise kommt ihre Chefin nicht so hereingeplatzt. Dann sieht sie den verstörten Ausdruck in ihrem Gesicht.

»Miss Mendez, würden Sie uns bitte einen Moment allein lassen«, sagt Sharon höflich zu der Insassin. Die junge Latina springt nervös auf und geht mit niedergeschlagenen Augen zur Tür.

»Entschuldigen Sie die Störung. Sie können draußen warten«, sagt Nat zu der irritierten Frau. »Es wird nicht lange dauern.«

Sobald sich die Tür hinter Miss Mendez geschlossen hat, kommt Nat zur Sache. »Du musst dringend für mich nachsehen, wo Charlie Dunbar arbeitet.«

»Das weiß ich auch so«, sagt Sharon. »Bei Goodman Printing in Brighton.«

»Ruf da an. Frag, ob er da ist. Ob er den ganzen Tag da war. Aber sag denen, dass du gesicherte Informationen brauchst. Ich muss wissen, ob er das Gebäude zwischendurch verlassen hat, und wenn sie das verneinen, hak nach. Ich muss wissen, ob er unbemerkt entwischt sein könnte.«

»Das würde ich auch gern wissen.«

Die Stimme, die Nat hinter sich hört, ist ihr nur allzu vertraut. Sie dreht sich um und sieht Leo Coscarelli in der offenen Bürotür stehen. Er schließt sie hinter sich, während Sharon in ihrem Palm Pilot die Nummer der Firma Goodman Printing heraussucht.

6

»Na, das ist ja mal eine erfreuliche Nachricht«, sagt Leo, nachdem er mit Nat in ihr Büro gegangen ist. Sharon Johnson hat sich vom Chef der Druckerei persönlich versichern lassen, dass Charlie Dunbar seinen Arbeitsplatz nicht verlassen hat und dass er ihn von seinem verglasten Büro aus den ganzen Tag sehen konnte.

»Und in der Mittagspause?«, hatte Sharon gefragt. Laut Goodman aß Dunbar zusammen mit seinen Kollegen im Pausenraum, und als Sharon mit der Antwort nicht zufrieden war, fragte der Chef bei zwei seiner Angestellten nach, die beide bestätigen konnten, dass Dunbar den Raum während der gesamten fünfundvierzig Minuten nicht verlassen hatte.

Nat ist heilfroh, dass ihr Insasse ein wasserdichtes Alibi hat, denn das Verhältnis zwischen ihm und seiner Exfrau war schon seit einiger Zeit zutiefst zerrüttet. Charlie Dunbar war vor sieben Jahren angeklagt worden, weil er einen Tennislehrer zusammengeschlagen hatte, der, wie er glaubte, seiner Frau nicht nur Tennisstunden gab. Während er auf Kaution frei war, erfuhr Dunbar vom Anwalt seiner Frau, dass sie die Scheidung eingereicht und eine einstweilige Verfügung gegen ihn beantragt hatte. Zu allem Übel sagte sie in seinem Prozess auch noch gegen ihn aus. Kurz nach seiner Verurteilung zu vier bis sechs Jahren Gefängnis wurde die Scheidung rechtskräftig. Und nicht mal ein Jahr später heiratete sie ausgerechnet einen Cop.

Nat konnte sich denken, dass Dunbar auf seine Exfrau nicht gut zu sprechen war, schließlich hatte er es ihr zu verdanken, dass er zurück ins Gefängnis musste. Gleich nach seiner Freilassung auf Bewährung ließ sie die einstweilige Verfügung gegen ihn erneuern. Und als sie ihn in der Bar sah, hatte sie schon über Handy die Polizei verständigt, ehe er überhaupt dazu kam, sie und ihren neuen Mann anzusprechen.

Der Insasse hat also reichlich Grund, seine Exfrau zu hassen. Aber das Opfer ist noch immer die Mutter seiner Tochter, einer Tochter, die er ganz offensichtlich vergöttert. Würde Dunbar die kostbare Beziehung zu ihr gefährden?

Offenbar nicht, es sei denn, sein Alibi stellt sich doch noch als lückenhaft heraus. Dennoch, selbst wenn Dunbar unschuldig ist, kann Nat einfach nicht sagen, wie er auf die Nachricht von dem Mord reagieren wird. So etwas kann eine Menge Emotionen auslösen, nicht selten überraschende. Aber eben auch Handlungen, die sowohl dem Insassen als auch dem Zentrum ernsthafte Probleme bescheren könnten.

»Willst du warten, bis Dunbar von der Arbeit kommt, um es ihm zu sagen?«, fragt Leo.

Nat sieht auf die Uhr. Kurz vor fünf. Von Sharon weiß sie, dass Dunbar von zehn bis sechs arbeitet. »Nein, Hutch soll ihn herholen. Was ist mit Jenni? Weiß sie es schon?« Seit Nat von der Sache erfahren hat, geht ihr das Mädchen nicht mehr aus dem Kopf.

Leo kneift die Augen zusammen, als hätte er Schmerzen. »Sie ist zusammengeklappt. Mein neuer Partner hat sie ins Faulkner Hospital gebracht. Sie ist auf der psychiatrischen Station –«

»Psychiatrie?« Die Information erschreckt Nat. »Ist sie selbstmordgefährdet?«

»Sagen wir einfach, sie ist extrem geschockt. Sie hat Medikamente bekommen, und sie soll vierundzwanzig Stunden zur Beobachtung da bleiben, dann wird weiter entschieden.« Er stockt. »Ihr Stiefvater war auch nicht gerade eine Hilfe für sie.«

»Dein Freund, der Cop?«

»Er ist kein Freund«, stellt Leo rasch klar. »Ich hab Aaron Buckley bestimmt schon seit sechs Jahren nicht mehr gesehen. Er war kurz mal beim Morddezernat, knapp achtzehn Monate, hat die Arbeit aber nicht gut verkraftet. Als bei der Sitte eine

Stelle frei wurde, hat er sie genommen. Seitdem haben sich unsere Wege nicht mehr gekreuzt.«
Es klopft an der Tür. Ehe Nat reagieren kann, geht die Tür auf, und Hutch steckt den Kopf herein. »Ich fahr Dunbar abholen.« Er setzt ein verzerrtes Grinsen auf, das bei dem Chefaufseher durchaus freundlich gemeint ist. »Ist doch sicher in deinem Sinne.«
»Nimm Mitchell oder Gomez mit«, sagt Nat und versucht, sich ihren Ärger darüber, dass Hutch die Entscheidung ohne ihr Zutun getroffen hat, nicht anmerken zu lassen.
»Ich glaub nicht, dass Charlie Schwierigkeiten macht, Nat.« Hutch denkt also, dass er mit dem Insassen allein fertig wird, Schwierigkeiten hin oder her.
Nat will ihm widersprechen, bremst sich aber, weil sie weiß, dass Hutch recht hat. Dennoch ist sie verstimmt, als er die Tür schließt, bevor sie ihm mit einem Nicken ihr Einverständnis geben kann.
Sie spürt Leos Augen auf sich. Die Zeit ist vorbei, dass Natalie Price sich für undurchschaubar hielt. Für die Männer in ihrem Leben ist sie leider inzwischen ein offenes Buch – für Jack und Hutch und vor allem für Leo.
Sie versucht gar nicht erst, sich nichts anmerken zu lassen. Zu anstrengend und sinnlos.
»Was meintest du vorhin damit, dass Jennis Stiefvater keine Hilfe für sie war?«, fragt sie Leo.
Er antwortet nicht. Er setzt sich in einen der beiden Ohrensessel vor dem Erkerfenster mit Blick über die Providence Street, eine Hauptverkehrsstraße, auf einen kleinen Park dahinter. Die kahlen Bäume und das weizengelb verfärbte Gras bieten einen trostlosen Anblick. In Verbindung mit dem schlammgrauen Himmel, denn es wird schon früh dunkel, vermag nichts da draußen Leos Stimmung zu heben. Aber hier im Raum gibt es auch nichts, was sie bessern könnte.
Nat, die zu aufgedreht ist, um sich hinzusetzen, lehnt sich an ihren nicht ganz antiken Eichenschreibtisch. Als ihr die Position unbequem wird, fängt sie an, auf und ab zu gehen. Ausreichend Platz, um ihre Nervosität abzumarschieren, hat sie weiß Gott.

Nats Büro, einst der Salon des ehemaligen Hotels, ist knapp fünfundvierzig Quadratmeter groß, ringsherum mit Eiche getäfelt, die eine honigfarbene Patina angenommen hat. An den Wänden hängen alte Drucke mit Motiven vom Bostoner Hafen sowie ein großes, goldgerahmtes Poster von Georgia O'Keeffe, einer Lieblingskünstlerin von Nat. Die vordere rechte Hälfte des Büros nimmt ein runder Mahagoni-Konferenztisch ein, an dem Mitarbeiterbesprechungen stattfinden.

Das Hin-und-her-Laufen macht Nat nur noch nervöser. Sie möchte am liebsten raus. Raus aus dem Büro. Raus aus dem Gebäude. Raus. Einfach nur raus.

Sie sieht wieder auf die Uhr. Kurz nach fünf. Sie könnte Feierabend machen. Aber nein, das geht doch nicht. Sie muss da sein, wenn Hutch mit Charlie Dunbar zurückkommt. Wie aufgewühlt wird er wohl sein? Auf jeden Fall wird er sich Sorgen um seine Tochter machen, da ist Nat ganz sicher.

Auch Nat macht sich Sorgen um Jenni. Sie hat die Jugendliche gleich von Anfang an ins Herz geschlossen. So ausgeflippt das Mädchen auch ist – mit den wilden, gefärbten Haaren, den vielen Piercings, der Nimm-mich-wie-ich-bin-oder-leck-mich-Haltung. Nat hat kein Problem, sie so zu nehmen, wie sie ist. Sie bewundert Jenni sogar für ihre Courage, für ihre Unverblümtheit, ihre Großspurigkeit. Doch was Nat regelrecht bezaubert hat, ist Jennis Anhänglichkeit ihrem Dad gegenüber. Wenn dieses vermeintlich rebellische Mädchen Charlie besucht, ist sie eine liebevolle Tochter, nicht mehr, nicht weniger.

Jenni strahlt genauso wie ihr Dad, sobald sie den Besucherraum betritt und ihn erblickt. Sie umarmen einander jedesmal, als ob sie sich seit einer Ewigkeit nicht gesehen hätten und nicht wüssten, ob sie sich je wiedersehen würden. Dann setzen sie sich auf eines der Sofas vor einem Bücherregal, das dank Nats Entschlossenheit, jede Bücherei in der Stadt zu einer Bücherspende ans Zentrum zu überreden, bis zum Bersten gefüllt ist, und Jenni redet ohne Unterlass. Charlie hört immer aufmerksam zu, schmunzelt oder lacht, wenn sie etwas Komisches erzählt, nimmt Anteil, wenn sie über etwas spricht, das ihr Kummer bereitet. Ein paarmal hat Nat Jenni weinen sehen, und der betroffene Ausdruck im Gesicht ihres Vaters war herzzerreißend. Zumal Nat einen ganz ähnlichen Blick bei ihrem eigenen Vater gesehen hatte, und das öfter, als sie sich in Erinnerung rufen wollte. Öfter, als sie je würde vergessen können.

7

Als Jenni ihren Vater die ersten Male besuchte, ertappte Nat sich dabei, dass sie die beiden beobachtete, wenn sie am Besucherraum vorbeikam. Irgendwann, an einem Samstagmorgen, winkte Jenni Nat zu sich. Nat dachte, Jenni wollte sich selbst einfach nur offiziell vorstellen. Doch das war nicht alles. Sie bat Nat, sich dazuzusetzen, und erzählte begeistert, dass sie mit ihrem Dad nach seiner Freilassung im März zusammenziehen wollte.

Weil Nat es einfach nicht über sich brachte, Jennis Vorfreude zu enttäuschen, verschwieg sie ihr, für wie unwahrscheinlich sie es hielt, dass der Bewährungsausschuss dazu sein Einverständnis geben würde. Oder Jennis Mutter. Ganz zu schweigen von Nats eigenen Bedenken, ob Charlie Dunbar mit einer Tochter im Teenageralter klarkäme, wo es ihm doch schon schwer genug fallen würde, nicht wieder Ärger mit dem Gesetz zu bekommen oder die Finger vom Alkohol zu lassen, sobald er auf freiem Fuße war.

Zumindest waren das Nats Gedanken, als Jenni ihr das erste Mal von dem Plan erzählte. Im Laufe der nächsten Besuche, bei denen Jenni stets auf einen Plausch bei Nat im Büro hereinschaute, begann Nat allmählich zu hoffen, dass Vater und Tochter das hinkriegen könnten. Sie wusste, dass sie in ihrer Beurteilung, die dem Entlassungsausschuss vorgelegt werden würde, unter anderem auch auf diesen Punkt eingehen musste. Nat durchschaute, dass Jenni, hochintelligent, wie sie war – immerhin hatte sie für die Boston Tech Highschool ein Vollstipendium erhalten – vielleicht ganz bewusst den Kontakt zu ihr suchte, um ihre Unterstützung zu gewinnen. Aber Nat spürte, dass das nicht der einzige Grund war. Jenni, die normalerweise in Gegenwart von anderen Mitarbeitern und sogar anderen Insassen extrem verkrampft wirkte, schien sich bei Nat richtig zu entspannen, gewährte ihr einen Blick auf das Mädchen in ihr. Und was Nat da sah, war Einsamkeit, Verwirrung, Furcht und Hunger nach Liebe und Zuwendung. Kurzum, ein Mädchen ganz ähnlich wie das Mädchen, das Nat in ihrem Alter gewesen war. Und sie hatten noch mehr gemeinsam, denn auch Nats Vater hatte im Knast gesessen, als sie etwa in Jennis Alter war.

»Nat, hörst du mir überhaupt zu?«

Leos Stimme unterbricht ihre Gedanken. Sie hatte fast vergessen, dass er da ist.

Es gab mal eine Zeit, da hätte sie das nicht vergessen. Eine Zeit, als Leo Coscarelli der wichtigste Mensch in ihrem Leben war. Aber es war von Anfang an kompliziert gewesen. Ein Kurvenblatt ihrer Beziehung hätte eine Reihe von Gipfeln und Tälern gezeigt. Doch dann, nach Nats Fehlgeburt, war das Tal so tief geworden, dass es schon nicht mehr aufs Blatt passte. Sie hatte Leo die Wahrheit gesagt – die Vaterschaft war fraglich. Das Kind, wenn es geboren worden wäre, hätte von ihm sein können. Oder von ihrem Stellvertreter.

Danach hatten sie beide versucht, ihre Beziehung wieder aus dem tiefen Tal herauszuholen. Weder die Leidenschaft war versiegt noch die Sehnsucht, einander nahe zu sein. Nat und Leo waren von dem gleichen Wunsch beseelt: Sie wollten den Schmerz, die Verletzung und Wut hinter sich lassen. Vielleicht brauchten sie noch etwas Zeit …

Dann, vor etwas mehr als zwei Monaten, hatte sie Leo eröffnet, dass sie nicht wisse, ob sie das schaffen würde.

»Du willst das Handtuch werfen?« Leos Stimme war barsch, aber Nat wusste, dass er genau wie sie den Tränen nahe war.

»Ich weiß nicht«, gestand sie. »Wir geben uns solche Mühe, aber genau das ist das Problem. Es sollte nicht so schwierig sein.«

»Wie wär's, wenn wir eine kleine Pause einlegen?«
Es war acht Wochen her, seit sie sich zuletzt gesehen oder auch nur miteinander telefoniert hatten.
Und nun brachte diese Krise sie wieder zusammen, ob es ihnen gefiel oder nicht. Nat entscheidet, dass es am sichersten ist, sich ganz auf das Berufliche zu beschränken. Wenn es ihr bloß genauso leicht fiele, sich an ihre Entscheidungen zu halten, wie sie zu treffen.
»Hast du schon irgendein Indiz, wer sie ermordet hat?« Nats Stimme klingt leicht heiser.
»Es fehlt ein Messer im Messerblock in der Küche. Die Jungs von der Spurensicherung suchen die ganze Gegend ab.« Er sagt das so, als hätte er keine große Hoffnung, dass es gefunden wird.
»Was sagt dir dein Instinkt?« Nat läuft nicht mehr auf und ab. Sie blickt Leo an, der noch immer in dem Sessel sitzt.
Er lächelt. Er hat ihr einmal gesagt, dass nur Amateure auf ihren Instinkt hören würden. Aber irgendwann hat er gelernt, sich auf ihren Instinkt zu verlassen, und gelegentlich sogar auf seinen eigenen.
Dennoch, er ist nicht bereit, darüber zu sprechen, was sein Instinkt ihm sagt. Stattdessen erzählt er ihr, was er bislang weiß, schiebt aber rasch nach, dass es sich bestenfalls um Hörensagen handelt.
»Natürlich befragen wir nochmal die alte Lady, sobald sie sich wieder beruhigt hat. Einer von der Streife hat sie zu ihrer Tochter gebracht, und die Tochter hat ihr prompt eine Schlaftablette verpasst und sie ins Bett gesteckt. Vor morgen werden wir kaum mit ihr sprechen können.«
»Was war das für ein Krach, den sie gehört hat? Jennis Mom, als sie hingefallen ist?«
»Die Buckleys haben ihr Wohnzimmer direkt über dem der alten Lady. Ein Beistelltisch mit einer Marmorplatte lag umgekippt neben dem Sofa. Der könnte einen gehörigen Rums gemacht haben.«
»Ein Kampf?«
»Oder er ist umgekippt, als jemand fluchtartig die Wohnung

verlassen hat«, sagt Leo, der aus jahrelanger Erfahrung weiß, dass man keine Möglichkeit ausschließen sollte.
»Und die Nachbarin hat einen Mann gehört, der die Treppe runtergerannt ist –«
»Sie weiß nicht, ob es ein Mann war, Nat. Die alte Frau hat nicht gesehen, wer die Treppe runter und aus dem Haus gerannt ist. Sie hat nur angenommen, dass es ein Mann war.«
»Nicht bloß irgendein Mann«, stellt Nat rasch klar. »Sie hat angenommen, dass es Jennis Stiefvater war.«
»*Angenommen*. Sehr richtig.«
»Hat er ein Alibi?«
»Das überprüfen wir noch«, erwidert Leo ausweichend.
»Was passiert mit Jenni, wenn sie aus dem Krankenhaus kommt?«
Ehe Leo antworten kann, fügt Nat hinzu: »Sie versteht sich nicht mit ihrem Stiefvater. Und falls er kein Alibi hat –«
»Mir behagt der Ausdruck in deinen Augen nicht, Natalie.«
»Ich mach mir Sorgen um Jenni.«
»Ich auch«, sagt Leo. Aber irgendetwas in seiner Stimme verrät Nat, dass ihre Sorgen unterschiedlicher Natur sind.
»Was ist, Leo?«
Sie sieht ihm an, dass er ihr etwas sagen wird, was sie lieber nicht hören würde.
»Jenni war heute nicht in der Schule.«
Nat starrt Leo an. »Wo war sie?«
Er blickt finster und in seiner Stimme schwingt eine Mischung aus Besorgnis und Müdigkeit mit. »Das will sie nicht sagen.«
Leo kennt das Mädchen zwar nicht, aber es geht ihm immer an die Nieren, wenn ein junger Mensch möglicherweise in ein Verbrechen verstrickt ist. Und falls sich herausstellt, dass die Tochter die Mutter ermordet hat … Sie selbst weigert sich, diese grässliche Möglichkeit überhaupt in Betracht zu ziehen.
»Jenni würde nie –«
Ehe Nat den Satz beenden kann, bringt Leo sie mit einer erhobenen Hand zum Schweigen.
Sie weiß, selbst wenn sie weiterspräche, würde ihre Stimme nicht überzeugend klingen. Die vielen Jahre im Strafvollzug

haben sie gelehrt, niemals *nie* zu sagen oder zu denken, wenn es um die ungeheuerlichen Verbrechen geht, zu denen Menschen fähig sind.

8

Leo ist schon wieder weg, als Hutch mit Charlie Dunbar im Horizon House eintrifft. Es ist fünf vor halb sechs. Aus der bedrückten Miene des Häftlings schließt Nat, dass Hutch ihm bereits erzählt hat, was passiert ist. Wieder hat er ihre Autorität missachtet. Und wieder muss sie ihre Verärgerung runterschlucken, zumindest vorläufig.

»Setzen Sie sich, Charlie«, sagt sie. Hutch steht neben ihm. Nat wirft ihrem Mitarbeiter einen eindringlichen Blick zu, um ihm zu signalisieren, dass er sie beide allein lassen soll. Hutch rührt sich nicht von der Stelle.

»Wo ist Jenni?«, will Dunbar wissen. Keine Spur mehr von dem höflichen, freundlichen Insassen. Aber das ist unter den gegebenen Umständen auch nicht verwunderlich.

»Es geht ihr gut, Charlie«, sagt Nat mit ruhiger Stimme. »Sie ist im Faulkner –«

Dunbars Gesicht verdunkelt sich. »Im Krankenhaus? Ist sie verletzt? Was ist mit ihr?« Er sieht aus, als wollte er auf dem Absatz kehrtmachen und bis zum Krankenhaus rennen.

»Sie ist unverletzt. Mein Ehrenwort«, sagt Nat rasch, um seine Besorgnis zu dämpfen. »Sie hat das alles nicht verkraftet, und der leitende Detective hat sie vorsichtshalber zur Beobachtung ins Krankenhaus bringen lassen.«

Nat verschweigt geflissentlich, dass Jenni auf der psychiatrischen Station liegt.

Dunbar scheint nur wenig beruhigt. »Was wird morgen?«

»Ich kümmere mich persönlich darum, dass sie gut versorgt

ist«, sagt Nat mit fester Stimme. Dunbar starrt sie lange an, dann nickt er schwach.
»Bitte setzen Sie sich«, sagt Nat wieder.
»Nun mach schon, Charlie.« Erst als Hutch ihre Aufforderung wiederholt, geht Dunbar zu einem der Polstersessel vor Nats Schreibtisch und nimmt Platz.
»Das wäre dann alles, Hutch«, sagte Nat schneidend. Es reicht ihr. Es ist schon schwer genug für sie, sich in diesem Männerberuf bei den Insassen Autorität zu verschaffen, da bleibt nur wenig Energie übrig, auch noch den Männern vom Personal klarzumachen, wo ihr Platz ist. In weniger angespannten Zeiten ist sie sogar einigermaßen stolz auf den Respekt, den sie sich bei den meisten ihrer Mitarbeiter – einschließlich Hutch – und der Mehrheit der Insassen erarbeitet hat. Interessanterweise tun sich die weiblichen Häftlinge schwerer damit, ihr Achtung und Kooperationsbereitschaft entgegenzubringen. Die meisten der Frauen sind nun mal die längste Zeit ihres Lebens von Männern herumkommandiert worden. Auch wenn sie es gehasst haben, manche von ihnen sogar so sehr, dass sie zu Mörderinnen wurden, neigen sie doch instinktiv dazu, Anweisungen von Männern zu befolgen, sie als Autorität zu akzeptieren. Daher brauchen sie länger, um eine Frau als Leiterin zu respektieren, und noch länger, um ihr zu vertrauen. Aber Natalie Price achtet ganz selbstverständlich alle ihre Schützlinge, hat Sinn für Fairness und hört erst einmal genau zu, statt vorschnell ein Urteil zu fällen, und das hat ihr bei den meisten Frauen im Horizon House Sympathie eingebracht.
Hutch lässt Nats scharfen Ton an sich abgleiten, salutiert übertrieben, vollführt eine militärisch zackige Drehung und verlässt den Raum. Die kleine Schau, die ihr Mitarbeiter da abzieht, findet Nat gar nicht lustig. Aber es geht hier nicht um Hutch, sondern um den Insassen, der angespannt in dem Polstersessel mit Paisleymuster sitzt. Nicht zum ersten Mal fällt Nat auf, was für ein gutaussehender Mann Charlie Dunbar ist – er könnte glatt Schauspieler sein, der einen Knacki spielt, ein Typ wie Tom Selleck mitsamt dem dichten, dunklen, welligen Haar, dem dicken Schnurrbart und der muskulösen Statur.

»Kann ich sie anrufen?«, fragt er. »Jenni?«
»Sie hat ein Beruhigungsmittel bekommen, Charlie. Sie müssen sich etwas gedulden.«
Er blickt sie finster an, aber dann nickt er. »Okay«, sagt er leise. Sein Zorn hat nachgelassen, und ein Anflug von Trauer überschattet sein Gesicht. Vielleicht nimmt ihn der Mord an seiner Exfrau doch mehr mit, als er zeigen will. Die Grenze zwischen Hass und Liebe ist oft fließend.
Nat steht auf, geht um den Schreibtisch herum und rückt den zweiten Sessel näher an Dunbars. Am liebsten würde sie ihm eine tröstende Hand auf die Schulter legen, aber Nat hütet sich bewusst vor jeder Form von körperlichem Kontakt zu den Insassen, ob männlich oder weiblich. Eine völlig harmlose Geste könnte falsch ausgelegt und ihr sogar zum Vorwurf gemacht werden. Also hält sie die Hände gefaltet im Schoß, während sie ihn anblickt. »Jenni schafft das schon, Charlie. Sie ist stark.«
Er reagiert nicht.
Nat zögert. »Es ist bestimmt ein Schock für Sie, dass Jennis Mom ermordet wurde.« Sie sagt bewusst *Jennis Mom* und nicht *Ihre Exfrau*.
»Nein, Superintendent, es schockiert mich nicht. Und Sie werden nicht erleben, dass ich wegen Sherry auch nur eine Träne vergieße. Die Frau war ein Flittchen, schlicht und ergreifend.«
»Der Tennislehrer?« Sie denkt kurz, dass Leo hätte bleiben sollen, dass er bei diesem Gespräch dabei sein müsste. Früher hätte sie Leo den Vorschlag gemacht. Früher hätte er das wahrscheinlich schon von sich aus vorgeschlagen. Jetzt war es, als hätte er es kaum erwarten können, sich zu verabschieden. Und obwohl sie schmerzlich spürt, dass die Kluft zwischen ihnen beiden unaufhaltsam größer wird, war Nat doch erleichtert, als er ging. Die Anspannung durch die Situation, die sie wieder zusammengeführt hat, reicht ihr voll und ganz. Aber Nat weiß, dass diese Spannung im Laufe der Ermittlungen durchaus noch zunehmen kann und sie vielleicht irgendwann die Beherrschung verliert. Sie wird lernen müssen, damit umzugehen, auch wenn sie schon immer Probleme damit hatte, ihre Impulsivität zu beherrschen.

Charlie Dunbar starrt inzwischen aus dem Erkerfenster. Draußen wird es dunkel. Nat kann den Dezember nicht ausstehen. Die Weihnachtszeit ist immer trübselig, immer deprimierend. So lange sie sich erinnern kann.

Nein, das stimmt nicht. Die letzten beiden Jahre war Weihnachten alles andere als trübselig und deprimierend. Da hatte sie Weihnachten nämlich mit Leo, seiner Mutter und seinem Sohn Jakey verbracht. Allein der Anblick, wie das Gesicht des kleinen Jungen beim Öffnen der Geschenke vor Freude strahlte, war für Nat das schönste Geschenk überhaupt.

Dieses Jahr wird sie Weihnachten wohl bei ihrer Schwester Rachel verbringen. Und Silvester ... darüber hatte sie noch nicht nachgedacht.

Dunbar hat Nats Frage noch immer nicht beantwortet. Überlegt er, was er erwidern soll, oder bereut er es, die Bemerkung überhaupt gemacht zu haben?

Nat hält sich an das, was sie von Leo bei etlichen Befragungen abgekuckt hat: Sie wiederholt die Frage nicht. Manchmal ist es gerade die Stille, die einen Befragten zum Reden bringt.

Auch diesmal ist das der Fall. Nach einer langen Minute stößt Charlie einen müden Seufzer aus. »Sherry war zu schön. Sie war darin gefangen, könnte man sagen. Ich hab sie mal gefragt, warum sie ausgerechnet Krankenschwester werden wollte. Ich meine, sie hätte Topmodel werden können oder Schauspielerin. Sie hatte alles, was dazugehört, blondes Haar, feine Gesichtszüge, Wangenknochen, um die sie selbst die junge Lauren Bacall beneidet hätte. Außerdem war sie einsachtundsiebzig, und wenn wir ausgingen und sie die hohen Absätze trug, war sie weit über einsachtzig.« Für Charlie Dunbar mit seinen über ein Meter neunzig war eine so große Frau kein Problem. Nat fragt sich, wie groß Aaron Buckley ist.

Dunbar hält inne, schließt die Augen. Sieht er sie vor sich?

Was für ein attraktives Paar die beiden gewesen sein müssen, denkt Nat. Dann fällt ihr ein, was sie in Dunbars Akte gelesen hat, dass er nämlich vor seiner Inhaftierung ein ernstes Alkoholproblem hatte. Er war betrunken, als er den Tennislehrer zusammenschlug, und als er in seiner Bewährungszeit in der

Bar festgenommen wurde, hatte er ebenfalls zu tief ins Glas geschaut.

Im CCI Norton und hier im Horizon House ging Charlie gewissenhaft zu den Treffen der Anonymen Alkoholiker, und er hatte sogar einige andere alkoholsüchtige Insassen beraten. Laut Bericht seines Bewährungshelfers war Charlie die ersten drei Monate nach seiner Freilassung nüchtern geblieben. Weshalb, fragt Nat sich, hatte Dunbar wieder zur Flasche gegriffen? Wieso war er an besagtem Abend in die Bar gegangen? War es wirklich purer Zufall, wie Charlie behauptet hatte, dass seine Exfrau und ihr neuer Mann auch dort waren? Oder war er ihnen in die Bar gefolgt? Hatte er aus Frust und Wut wieder mit dem Trinken angefangen, oder wollte er sich Mut ansaufen, um zu ihnen rüberzugehen?

Als Dunbar weiterspricht, klingt seine Stimme ein wenig lebendiger. »Sie hat gesagt, sie wollte Krankenschwester werden, weil ihr Vater immer meinte, mit ihrem Aussehen könnte sie alles erreichen, was sie wollte. Sie müsste nicht mal großartig was dafür tun … sie müsste sich einfach nur zeigen. Das hat sie stinksauer gemacht. Weil sie nämlich wusste, dass er recht hat. Und so ein Leben wollte sie auf keinen Fall führen. Krankenschwester war das genaue Gegenteil von einem Leben, in dem allein das Aussehen zählt. Sie war intelligent, Lernen machte ihr Spaß, und sie hat sich wirklich immer gern um andere Menschen gekümmert. Sie war eine gute Krankenschwester. Was das anging, kann man wirklich nichts Schlechtes über sie sagen.«

Nat vermutet, dass es andere Aspekte gab, über die man durchaus etwas Schlechtes sagen konnte. Und sie braucht nicht lange zu warten, bis Dunbar darauf zu sprechen kommt.

»Aber Krankenschwester hin oder her, das hat sie nicht davon abgehalten …« Er lässt den Satz unvollendet, und hat Mühe, nicht die Beherrschung zu verlieren. Er ballt die Hände zu Fäusten.

Nat muss sich auf die Lippe beißen, um ihn nicht zu unterbrechen.

»Männer konnten ihr einfach nicht widerstehen. Ich kann's ihnen nicht verübeln«, knurrt er.

»Aber Sie verübeln es ihr.« Nat formuliert das nicht als Frage. Noch eine Technik, die sie von Leo Coscarelli gelernt hat.
»Sie hatte Spaß am Sex. In den ersten beiden Jahren unserer Ehe dachte ich, sie wäre zufrieden im Bett. Aber Sherry langweilte sich schnell. Sie brauchte Abwechslung. Jede Menge Abwechslung.« Charlie blickt jetzt in ihre Richtung. »Dieser blöde Tennislehrer war nicht der Erste, weiß Gott nicht. Er hatte einfach nur das Pech, dass mir ausgerechnet bei ihm die Hutschnur gerissen ist«, fügt er düster hinzu.
»Wussten Sie, wer die anderen waren?«, fragt Nat nach.
»Wenn Sie meinen, ob ich Beweise hatte, nein. Aber auch wenn man nicht beweisen kann, dass man betrogen wird. Man kann es spüren, wissen Sie?«
Leider weiß Nat das nur allzu gut. Ihr Exmann hatte über ein Jahr lang eine Affäre, bevor sie sich trennten.
»Wusste Jenni von Ihren Verdächtigungen?«
Charlie verzieht das Gesicht. »Sie war acht, als ich ins Gefängnis kam. Wahrscheinlich hat sie oft gehört, wie ich mich mit ihrer Mom wegen anderer Männer gestritten habe, aber ich weiß nicht, wie viel sie davon kapiert hat. Bis auf die Sache mit dem Tennislehrer. Ich hab ihr selbst erzählt, warum ich ihn verprügelt habe. Ich wollte, dass sie die Wahrheit erfährt, bevor ihre Mutter ihr irgendwelche Lügen erzählt. Was sie natürlich getan hat. Sherry hat versucht, Jenni einzureden, ich würde mir die Affäre nur einbilden.«
»Wem hat sie geglaubt?«
»Wir haben nie darüber gesprochen, Jenni und ich. Ich hab das Thema ihrer Mutter stets so gut ich konnte umschifft. Sogar wenn Jenni sich bei ihren Besuchen hier über sie beklagt hat, hab ich immer nur zugehört.«
»Warum hat Jenni sich beklagt?« Nat kennt einen der Gründe: Sherry wollte nicht, dass ihre Tochter mit ihrem Dad zusammenzieht, wenn er aus dem Knast kommt.
Charlie antwortet erst nach einigem Zögern. »Sie wollte nicht, dass Jenni mich besucht. Dabei hat Jenni ihr gar nicht erzählt, wie oft sie wirklich herkam. Dann wäre Sherry nämlich komplett ausgerastet. Aber sie hat Jenni ständig Vorhaltungen gemacht,

was für ein schlechter Einfluss ich doch bin. Und natürlich hat ihr Mann, der Cop, gleich ins selbe Horn gestoßen. Wieso sie diesen Trottel überhaupt geheiratet hat, ist mir schleierhaft. Aber das hat sie sich wahrscheinlich selbst oft genug gefragt.« Er lächelt vielsagend.

Nat sieht ihn forschend an. »Glauben Sie, Ihre Exfrau hat Buckley betrogen?«

»So sicher wie das Amen in der Kirche.«

9

Leo hat bereits mit dem Mann Platz genommen, in dem Nat Aaron Buckley vermutet, als sie das Diner gegenüber vom Polizeipräsidium betritt. Leo rückt ein Stück, um für sie Platz zu machen. Buckley bleibt mitten auf der roten vinylgepolsterten Bank sitzen, die er mit seiner massigen Gestalt fast vollständig ausfüllt. Die hochgekrempelten Ärmel seines weißen Hemdes entblößen kräftige Unterarme, eine marineblaue Krawatte ist am Hals gelockert. Der oberste Hemdknopf steht offen. Eine Windjacke mit kariertem Wollfutter hängt über der Lehne.

Aaron Buckley sieht aus wie ein Cop – der wuchtige Körper mit breiter Brust, der Bürstenhaarschnitt, die wachsamen braunen Augen, die von zu viel Alkohol rot geäderte breite Nase. Seinen Bauch kann Nat hinter dem Tisch nicht sehen, aber sie vermutet, dass er da ist. Die muskulösen Arme verraten ihr allerdings, dass Buckley Krafttraining macht, was den Bauch wahrscheinlich in Schach hält.

Nat findet Buckley ganz und gar nicht attraktiv, und sie muss an Charlie Dunbars Worte denken: *Wieso sie diesen Trottel überhaupt geheiratet hat, ist mir schleierhaft.* Doch obwohl Buckley alles andere als ein gutaussehender Mann ist, kann Nat sich vorstellen, dass es reichlich Frauen gibt, die auf diesen Typ stehen. Offenbar auch Sherry Buckley, ganz gleich was ihr erster Mann dazu meint. Vielleicht hat Sherry gedacht, mit einer anderen Sorte Mann würde es besser funktionieren. Dass sie dann glücklicher wäre. Zufriedener.

Aber es hat wohl nicht funktioniert.

Zugegeben, es ist keineswegs sicher, dass Aaron Buckley für Sherrys Ende verantwortlich ist. Aber nach diesem kleinen Kaffeeklatsch sieht Nat vielleicht etwas klarer.

Beide Männer haben eine Tasse Kaffee vor sich stehen. Es ist kurz vor sieben Uhr abends. Als Nat Leos Anruf auf dem Handy erhielt, hatte sie sich gerade in dem Imbiss in der Nähe vom Horizon House ein überbackenes Käsesandwich bestellt. Sie versuchte, sich ihre Überraschung über seinen Anruf nicht anmerken zu lassen, fragte nicht, warum Leo sie bei dem Gespräch im Diner dabeihaben wollte, und sie sagte ihm auch nicht, dass sie sich darüber freute. Ach was, das wusste er doch sowieso. Sie stornierte ihre Bestellung und legte einen Zehndollarschein auf die Theke.

Als Nat auf die Bank neben Leo rutscht, fragt sie sich, wie er Buckley gegenüber wohl ihr Beisein bei diesem »inoffiziellen« Gespräch begründet hat. Wie auch immer, die Gründe müssen den Mann von der Sitte überzeugt haben, denn er begrüßt sie mit einem Kopfnicken und einem schwachen Lächeln.

Das Erste, was Nat bemerkt, als sie in Buckleys abgespanntes Gesicht blickt, ist die Verfärbung direkt unter dem linken Auge. Ein Bluterguss? Verursacht durch einen Kampf?

Buckley berührt instinktiv die Stelle. »Ich hab mich an der Autotür gestoßen, als ich rausgesprungen bin, weil ich …« – seine Stimme stockt – »… zu meiner Frau wollte.« Seine Lippen beben und er zieht sie zusammen, sodass sein Mund eine schmale, gerade Linie bildet.

Leo geht nicht weiter darauf ein, und sosehr es Nat auch juckt, nachzuhaken, sie will nicht riskieren, dass Leo sie gleich wieder wegschickt.

»Kaffee?« Leo blickt sie an.

Sie schüttelt den Kopf.

»Ich hab dir ein Vollkornsandwich mit überbackenem Käse bestellt.« Noch während Leo das sagt, bringt eine magere junge Kellnerin mit schlecht gefärbtem Hennahaar ein Tablett, auf dem drei Teller mit Essen stehen.

»Für wen sind die Hamburger?«

Leo deutet auf sich und Buckley. »Für mich ohne Pommes«,

fügt er hinzu, als die Kellnerin den falschen Teller vor ihn hinstellen will. Sie zuckt die Achseln, verteilt das Essen richtig und geht dann wieder.

Leo ruft ihr nach: »Bringen Sie uns bitte noch Wasser.«

Wieder ein Achselzucken.

Buckley starrt auf seinen Teller, schiebt ihn dann langsam weg. »Ich krieg nichts runter«, murmelt er.

Nat ist auch nicht sonderlich hungrig. Sie hatte sich das Käsesandwich in dem Imbiss bestellt, weil ihr Körper Nahrung braucht, nicht weil ihr unbedingt danach war. Das, was Leo netterweise für sie bestellt hat, will sie noch weniger.

Leo hebt den Deckel von seinem Brötchen und kippt etwas Ketchup auf den Burger. Sein Blick ist konzentriert, aber Nat beobachtet Buckley, der Leo gebannt zuschaut. Als die leuchtend rote Sauce fließt, zuckt Buckley zusammen.

»Woher wusstest du, was passiert ist?«, fragt Leo den Cop, nachdem er den Brötchendeckel wieder auf den Hamburger gelegt hat.

Buckley zuckt erneut zusammen. Er antwortet nicht sofort.

Leo gibt sich geduldig. Er beißt in seinen Burger. Nat knabbert an ihrem Sandwich herum.

»Ein alter Kumpel bei euch im Dezernat hat mich angerufen.« Buckleys Stimme ist heiser. »Ich hab's nicht geglaubt.« Er drückt die Fingerknöchel gegen die Kante des grauen Resopaltisches. Dann blickt er Leo direkt an.

»Wie heißt dein Kumpel?«, fragt Leo.

»Red Kelsey.«

Leo nickt. Er wird bei Kelsey nachfragen, aber Buckley hätte ihm den Namen wohl kaum genannt, wenn Kelsey die Geschichte nicht bestätigen würde. Dennoch, Kelsey kann auf keinen Fall wissen, wo Buckley war, als er ihn anrief.

»Man denkt, so was passiert einem nicht, aber das weißt du ja selbst. Ich meine … in unserem Job … bei dem, was wir so alles erleben … da denkt man, man ist vor so was gefeit. Man bleibt verschont … Das ist Schwachsinn, stimmt's? Ja, keiner ist immun dagegen. Es könnte deiner Freundin passieren, deinem Kind, deiner Mutter. Denk bloß nicht, das wär nicht so.«

»Apropos Kinder –«
Aber ehe Leo den Satz beenden kann, hebt Buckley eine Hand. »Ich weiß, was du mich fragen willst. Warum ich Jenni beschuldigt habe?«
Nat wirft Leo einen Blick zu.
»Ich war völlig von der Rolle, Leo. Ich hab nicht gewusst, was ich sage. Die beiden haben sich manchmal gefetzt, mehr nicht. Wie das eben so ist zwischen Mutter und Tochter. Und heute Morgen war Jenni stinkwütend auf Sherry. Hat rumgeflucht und ist aus dem Haus gestürmt. Aber das auf der Straße hätte ich nicht sagen dürfen. Ich hab das nicht so gemeint. Jenni hat ihre Mutter geliebt. Sie hätte ihr nie was angetan. Mein Gott, sie hätte ihr ganz sicher kein Messer in den Rücken gestoßen.«
Nat spürt, wie sich ihr Magen zusammenzieht, und sie kann ihr Sandwich nicht einmal mehr ansehen, aber Leo isst unbekümmert weiter.
Ein wehmütiger Ausdruck legt sich über Buckleys Gesicht. »Sherry war eine Schönheit. Die schönste Frau, die ich je gesehen habe. Und ich hab schon viele attraktive Frauen gesehen.« Buckley hält inne, lässt die Augen rasch über Nat gleiten. »Aber Sherry, o Mann, sie war Gottes Meisterstück. Ich konnte es nicht glauben, als ich sie das erste Mal gefragt hab, ob sie mit mir ausgehen will, und sie ja gesagt hat.«
Leo spült seinen Bissen mit einem großen Schluck Kaffee herunter. Auf das bestellte Wasser warten sie noch immer.
»Wie habt ihr zwei euch kennengelernt?«, fragt Leo im Plauderton.
Buckleys Mundwinkel gehen nach oben, aber das, was ein Lächeln sein soll, sieht eher aus wie eine gequälte Grimasse. »Durch die Arbeit. Ich hab einen ungeklärten Todesfall in der Morrow Farm Residence untersucht, das ist das Seniorenheim, wo Sherry arbeitet … gearbeitet hat.« Seine Stimme senkt sich, sein Blick ebenfalls.
»Inwiefern ungeklärt?«, fragt Leo. Auch Nat horcht interessiert auf.
Buckley blickt Leo düster an. »Eine Patientin auf Sherrys Station war gestorben, angeblich an einem Herzinfarkt. Aber ein

Mitbewohner behauptete, die alte Lady hätte vor ihrem Tod eine Spritze bekommen. Ich wurde mit der Untersuchung betraut.«
Leo nimmt wieder einen Schluck Kaffee. »Und?«
»Der Leichnam war bereits eingeäschert worden, konnte also nicht mehr obduziert werden. Und der alte Knabe, der Sherry von der Injektion erzählt hatte, litt an Alzheimer. Ich hab das Personal befragt und noch weitere Insassen … ich meine … Bewohner. Ich fand die Sache selbst auch verdächtig – die Verstorbene hatte dem Heim ein hübsches Sümmchen vermacht – aber ich hatte nichts in der Hand.«
»Na, so ganz leer sind Sie ja nicht ausgegangen«, entfährt es Nat, bevor sie sich bremsen kann.
Buckley funkelt sie an. »Wir mochten uns auf Anhieb, das ist ja wohl kein Verbrechen. Sherry war geschieden. Ich war alleinstehend. Wie wir beide uns kennengelernt haben, tut nichts zur Sache. Wir wussten beide ziemlich schnell, dass das mit uns was Ernstes ist.« Seine Unterlippe zittert, und er presst wieder die Lippen zusammen.
Leo nimmt einen weiteren Bissen von seinem Burger.
Die Kellnerin erscheint endlich mit nur zwei Gläsern Wasser, blickt dann etwas konfus, als sie überlegt, wem sie keins hinstellen soll.
»Bringen Sie noch eins«, sagte Leo zu ihr, stellt ein Glas vor Nat, das andere vor Buckley.
Buckley trinkt automatisch einen großen Schluck Wasser, stellt das Glas dann vorsichtig wieder auf den Tisch. »Ich hab sie nicht umgebracht, Leo«, verkündet er, ohne Coscarelli in die Augen zu blicken. »Ich hab sie geliebt.«
Liebe, wie Nat sehr wohl weiß, ist eines der Hauptmordmotive. Zu viel Liebe, die übergroße Hoffnung auf Gegenliebe, unerwiderte Liebe …
Hatte Charlie Dunbar recht? War Sherry Buckley in ihrer zweiten Ehe genauso untreu gewesen wie angeblich in ihrer ersten? Falls ja, und falls Buckley dahintergekommen war, was hatte er dann wohl getan?
»Wenn ich dich in Verdacht hätte, Buck, würden wir uns auf

dem Präsidium unterhalten und nicht hier«, sagt Leo und sieht seinem Kollegen vom Sittendezernat unverwandt in die Augen.
»Klar«, brummt Buckley ohne Überzeugung.
»Fürs Erste will ich dir bloß ein paar Fragen stellen. Okay?«
Buckley trinkt einen so großen Schluck, dass das Glas fast leer ist. Nat schiebt ihr unangetastetes Glas zu ihm rüber.
»Wie habt ihr zwei euch verstanden, du und deine Frau?« Leos Ton ist wieder lockerer.
»Verstanden? Gut. Super. Wie jedes Ehepaar.«
»Ich kenne jede Menge Ehepaare, die sich nicht gerade super verstehen«, sagt Leo trocken.
»Ja, gut, aber Sherry und ich gehörten nicht dazu.«
»Nichts, was sie genervt hat? Oder dich?«
Buckley bedenkt Leo mit einem eisigen Blick. »Jedenfalls nichts, weshalb ich ihr was angetan hätte. Niemals. Wenn du das fragst, weil Jenni dir irgendwelchen Mist erzählt hat –?«
»Hört sich an, als wären Sie und Ihre Stieftochter nicht gerade ein Herz und eine Seele«, wirft Nat ein.
Buckley verdreht die Augen. »Ich bin der böse Stiefvater. Ganz klassisch. Ich versuche nur, ihr ein paar Grenzen zu setzen, weil ihre Mom einfach zu nachsichtig ist, aber Jenni stellt mich auf eine harte Probe.«
»Inwiefern?«, fragt Nat.
»Sie lügt wie gedruckt. Sie ist wirklich gerissen. Glaubt, sie könnte mir was vormachen. Aber ich hab sie von Anfang an durchschaut. Und ich hab dafür gesorgt, dass Sherry ihre rosarote Brille abnimmt und sieht, was da wirklich läuft.«
Nats vage Überlegung, dass Jenni zu Hause bei ihrem Stiefvater bleiben könnte, hat sich hiermit erledigt. Morgen früh wird sie als Erstes zum Faulkner Hospital fahren und mit der Sozialarbeiterin über eine alternative Unterbringung sprechen. Vielleicht hat Jenni eine Tante oder eine Freundin, wo sie vorübergehend wohnen könnte. Bei dem Gedanken an das Mädchen wird Nat von einer tiefen Traurigkeit erfasst.
»Was denn so für Lügen?«, fragt Leo.
Buckley reißt den Blick von Nat los. Er nimmt geistesabwesend

eine kalte Pommes und schiebt sie sich in den Mund. »Na, alles Mögliche.«
»Zum Beispiel?«, bohrt Leo nach.
»Dass sie ihren Loser von Vater ständig im Entlassungsvorbereitungszentrum besucht und es vehement abstreitet. Und auch das mit ihrem missratenen Freund. Mir und ihrer Mom erzählt sie, sie hätten Schluss gemacht, was absolut nicht stimmt. Sie trifft sich andauernd mit ihm. Der Bursche ist ein Dealer, Vergewaltiger und weiß der Teufel, was alles nur noch nicht ans Licht gekommen ist. Überprüf mal sein Strafregister. Ich hab versucht, Jenni die Augen zu öffnen. Hab ihr gesagt, dass er längst im Knast säße, wenn seine reichen Eltern ihn nicht immer wieder raushauen würden. Aber meinst du, sie hört auf mich? Oder auf ihre Mutter?« Kaum hat er den letzten Satz ausgesprochen, da wird Buckley wieder bleich. »Was mach ich denn jetzt nur ohne Sherry? Wir müssen den Mörder finden, Leo. Wir müssen ihn finden und das Schwein einbuchten.«
Leo hat seinen Burger zur Hälfte aufgegessen. Er schiebt den Teller zur Seite, beugt sich über den Tisch und fixiert seinen Kollegen. »Nicht *wir*, Buck. Wenn du irgendwas weißt, wenn du irgendeinen Verdacht hast, dann sagst du es mir.«
»Wenn ich was wüsste, säße ich jetzt bestimmt nicht hier rum«, entgegnet Buckley vielsagend.
»Ich wünschte, du hättest das nicht gesagt«, seufzt Leo.
»Na, mit guten Wünschen kommt keiner von uns beiden weiter. Die bringen mir jedenfalls meine Frau nicht zurück.« Ein tiefes Schluchzen entweicht Aaron Buckleys Kehle. Und dann verliert er völlig die Beherrschung, lässt den Kopf auf die Arme sinken und weint haltlos, wobei er Nats noch volles Glas umkippt. Um nichts abzubekommen, als das Wasser über die Tischkante läuft, rückt Nat zwangsläufig näher an Leo heran.
Die anderen Gäste und auch das Personal werden auf den schluchzenden Buckley aufmerksam. Die Kellnerin, die einen Blick von der Theke herüberwirft, während sie nachlässig ein Stück Zitronenbaiser auf einen Teller klatscht, zuckt nur mit den Schultern, als wären solche Szenen im Diner an der Tagesordnung.

Leo zupft ein paar dünne Papierservietten aus dem Metallspender auf dem Tisch und greift an Nat vorbei, um das verschüttete Wasser damit aufzusaugen. Ihre Schultern berühren sich. Der gänzlich harmlose Körperkontakt löst in Nat eine gänzlich irrationale Welle der Erregung aus. Um ihre Reaktion zu überspielen, nimmt sie Leo die Servietten aus der Hand und wischt das verschüttete Wasser auf. Und die ganze Zeit schluchzt Buckley weiter.

10

Es dauert einige Minuten, bis Buckley wieder halbwegs seine Fassung zurückgewinnt. Er hebt den Kopf und wischt sich mit dem Ärmel seiner Windjacke über das Gesicht.

Leo reicht ihm eine frische Serviette, und Buckley putzt sich die Nase. Dann legt er sie auf den Teller mit seinem fast unberührten Essen.

»Weißt du irgendwas oder hast du irgendeinen Verdacht, wer deine Frau getötet haben könnte, Buck?« Leo beäugt den Cop eindringlich, während er die Frage stellt. »Einfach nur ja oder nein.«

Buckley erwidert Leos starren Blick. »Nein.«

»Wo warst du heute Nachmittag?«, fragt Leo mit einem professionellen Unterton, der seinem Gegenüber nicht entgeht.

Buckley taxiert ihn.

Nat vermutet, dass er abschätzen will, ob Leo ins Blaue fragt oder die Antwort bereits kennt. Genau das wüsste Nat auch gern.

»Ich war bis halb zwölf zu Hause. Dann bin ich was essen gegangen. Wie jeden Tag. Ich esse zu Mittag, dann geh ich ins Fitnessstudio und bringe mich zwei Stunden zum Schwitzen.«

»Wo hast du zu Mittag gegessen?«

»Im Stop & Shop auf der Centre Street. Die haben da eine Salatbar.« Er bringt ein kleines Lächeln zustande. »Versuche, auf mein Gewicht zu achten. Ich hab einen Salat gegessen und dabei den *Globe* gelesen.«

»Hast du allein gegessen?«

Er blickt Leo aus zusammengekniffenen Augen an. »Ja. Und ich hab auch niemanden gesehen, den ich kenne. Keinen Schimmer, ob jemand mich wiedererkennen würde, aber weißt du was, Leo, geh doch hin und frage nach.«
»Isst du öfter dort?«
»Nein. Normalerweise bei McDonald's nicht weit vom Fitnessstudio.«
»Warum heute nicht?«
Buckley zögert. Er blickt beklommen. »Weil ich heute nicht im Fitnessstudio war. Ich hab Probleme mit dem Rücken und wollte einen Tag Pause einlegen.«
»Chronische Rückenprobleme?«, fragt Leo.
»Nein, nur ab und zu. Manchmal übertreibe ich beim Sport ein bisschen. Wie gestern. Die Quittung hab ich heute Morgen bekommen, als ich aufgewacht bin.«
»Wie lange warst du im Stop & Shop?«
»Rund zwanzig Minuten. So um den Dreh.«
»Also bis wann ungefähr? Halb eins?«
Buckley nickt.
»Und nach dem Essen?«, fragt Leo weiter.
Buckleys Auftreten verändert sich dramatisch. Keine Spur mehr von dem empörten Ehemann, dem aggressiven Cop, dem trauernden Hinterbliebenen. Stattdessen nichts als blanke Furcht.
Leo wartet.
Nat hat keine Wahl, als ebenfalls zu warten.
»Ich hab Sherry auf der Arbeit angerufen.« Buckleys Stimme ist heiserer als zuvor.
»Wieso?«
»Ich ... ich wollte wohl einfach nur ihre Stimme hören.«
»Wie spät war das?«
Buckley zuckt die Achseln. »Gegen zwanzig vor eins, schätze ich.«
»Hast du sie über die Nummer vom Altenheim angerufen oder auf dem Handy?«
»Handy.«
»Worüber habt ihr geredet?«

»Wir haben kaum geredet. Sie … sie hat gesagt, sie hätte viel zu tun. Aber … sie klang aufgewühlt.«
»Aufgewühlt?«, wiederholt Leo. »Weshalb?«
»Hat sie nicht gesagt.«
»Und? War das alles?«, bohrt Leo nach. »Das ganze Gespräch?«
»Ich hab sie noch gefragt, ob …« Seine Stimme stockt. »Ob sie nach Hause kommt, bevor ich zur Arbeit muss. Ihre Schicht ist um vier zu Ende, aber manchmal …«
»Macht sie Überstunden?«
Buckley nickt, blickt Leo aber nicht in die Augen.
»Was hat sie gesagt?«
»Sie … sie hat gesagt, sie wüsste es noch nicht.«
»Wusste sie von Ihren Rückenschmerzen?«, fragt Nat.
»Nein. Ein echter Mann jammert seiner Frau nichts von seinen Wehwehchen vor.«
»Auch nicht, wenn die Frau Krankenschwester ist?«, erwidert Nat.
»Dann erst recht nicht«, sagt er mit bissigem Unterton. »Es war ohnehin nicht der Rede wert.«
»Was haben Sie nach dem Telefonat gemacht?«
Buckley schließt die Augen und lehnt sich zurück. »Wie gesagt, sie klang aufgewühlt.«
Leo und Nat wechseln einen raschen Blick. »Ja, das haben Sie gesagt.«
»Ich … ich bin hingefahren.«
»Zum Seniorenheim?«
»Ich … ich wollte zu ihr, rausfinden, weshalb sie … so aufgebracht war.«
»Und hast du es rausgefunden?«
Buckley öffnet die Augen. Aber er richtet sie nicht auf Leo oder Nat. Er starrt an ihnen vorbei. »Sie war nicht da.«
»Um wie viel Uhr war das?«
»Gegen eins. Vielleicht ein paar Minuten früher.«
»Du hast gesagt, ihre Schicht ging bis vier.«
»Ja, richtig. Aber als ich ankam, stand ihr Wagen nicht auf dem Mitarbeiterparkplatz.«

»Du hast also gegen zwanzig vor eins mit ihr telefoniert, und als du um kurz vor eins zum Seniorenheim kamst, war sie schon weg.«
»So ungefähr.«
»Aber als Sie sie gefragt haben, ob sie nach Hause käme, bevor Sie zur Arbeit müssen, hat sie gesagt, sie wüsste es nicht«, rekapituliert Nat.
»Ich versteh das genauso wenig.« Er reibt sich über die trüben Augen und legt Daumen und Zeigefinger an den Nasenrücken. »Ich versteh überhaupt nichts mehr.«
»Bist du reingegangen und hast gefragt, wo sie hinwollte?«, fragt Leo.
Buckley schüttelt den Kopf. »Ich hab gedacht, sie hat sich bestimmt schlecht gefühlt oder so. Und dass sie deshalb am Telefon so geklungen hat. Sie hat heute Morgen auch ein bisschen blass ausgesehen.«
»Also, Sie sagen ihr nicht, wenn Sie sich nicht gut fühlen, und sie sagt Ihnen nicht, wenn sie sich nicht gut fühlt«, sinniert Nat laut.
»Ich spekulier doch bloß«, faucht Buckley. »Versuche, irgendeine Erklärung zu finden.«
»Sie haben also gedacht, sie habe sich schlecht gefühlt und sei nach Hause gefahren. Sind Sie dann auch nach Hause, um nach ihr zu sehen?«, fragt Nat.
Seine harten Augen bohren sich in ihre. »Wenn ja, wäre sie noch am Leben.«
»Was hast du denn gemacht, als du von der Morrow Farm Residence wieder weggefahren bist?«, fragt Leo seelenruhig.
»Ich hatte vor, nach Hause zu fahren und nach Sherry zu sehen«, sagt er gepresst. »Und wenn ich rechtzeitig zu Hause gewesen wäre, hätte das verdammte Schwein ihr nichts anhaben können.«
»Und wer ist das *verdammte Schwein*, Buck?«
»Ich hab doch gesagt, wenn ich das wüsste –«
»Ja«, sagt Leo. »Das hast du gesagt.«
Buckley starrt Leo an, und sein Gesicht spiegelt eine wirre Abfolge von Emotionen wider. »Aber ich finde es heraus, und –«

»Und dann sagst du es mir«, fällt Leo ihm entschlossen ins Wort.
»Ja, genau, Leo. Du erfährst es als Erster.«
»Sie haben gesagt, Sie hätten es nicht rechtzeitig nach Hause geschafft«, schaltet Nat sich wieder ein. »Wieso nicht?«
»Mein Wagen hat Ärger gemacht«, knurrt er. »Der blöde Jeep hat auf halbem Weg einfach den Geist aufgegeben. Ich hab am Straßenrand ein bisschen unter der Motorhaube herumgefummelt. Nichts. Batterie leer. Ein Typ mit einem Pick-up hat angehalten und mir Starthilfe gegeben.«
»Wie spät war das, als dir geholfen wurde?«, will Leo wissen.
Buckley zuckt die Achseln. »Weiß nicht. So um halb drei rum, würde ich sagen. Ich war auf einer kleineren Landstraße. Eine Abkürzung vom Seniorenheim, man spart ein paar Minuten bis zu uns nach Hause. Viel Verkehr ist da allerdings nicht. Ein halbes Dutzend Autos ist an mir vorbeigefahren, als wäre ich unsichtbar, bis sich endlich einer erbarmt hat. Die guten Samariter im Straßenverkehr werden immer seltener.«
»Warum haben Sie keinen Pannendienst angerufen?«, fragt Nat. »Statt so lange am Straßenrand zu stehen, fast anderthalb Stunden?« Noch dazu ganz praktische anderthalb Stunden, wenn man bedenkt, dass seine Frau wahrscheinlich irgendwann in der Zeit getötet wurde.
Anscheinend ist ihm das auch klar, weshalb er Nat einen vernichtenden Blick zuwirft. Doch dann wendet er sich an Leo. Offenbar sieht er in ihm den *guten* Cop. »Um ehrlich zu sein, Leo, ich bin im Wagen eingeschlafen. Ich war fix und alle. Die Spätschichten schlauchen ganz schön. Von fünf Uhr nachmittags bis ein Uhr morgens. Da kann ich anschließend kaum einschlafen. Und da Jenni und Sherry in aller Herrgottsfrühe aus den Federn müssen, stehe ich immer spätestens um sieben auf.«
»Sie müssen gefroren haben«, sagt Nat.
»Was?« Buckley sieht sie verblüfft an.
»Wir hatten heute Frost. Bei dem Wetter im Auto zu schlafen –«
»Stimmt, als ich aufgewacht bin, hab ich mich wie ein Eiszapfen gefühlt.«

»Und, wer hat dir dann schließlich aus der Klemme geholfen?«, fragt Leo.
Buckley blickt verständnislos.
»Der Typ, der angehalten und dir Starthilfe gegeben hat.«
»Ich hab ihn nicht nach seinem Ausweis gefragt. Er fuhr einen Ford Focus, neueres Modell. Weiß. Er war Mitte bis Ende vierzig, würde ich schätzen. Unauffälliger Typ.«
Ein unauffällig aussehender Mann in einem der alltäglichsten Autos in einer der häufigsten Farben.
»Und dann?«
»Dann hab ich an einem Autozubehörladen angehalten, um eine neue Batterie zu kaufen, die ich eigentlich heute Abend einbauen wollte.«
»Ist die Batterie bei dir im Wagen?«
»Sie hatten nicht die richtige da.«
»Hast du irgendwas anderes gekauft?«
»Nein.«
»Erinnerst du dich an den Namen von dem Laden?«
»Nein, aber er liegt an der Route 9 in Newton.«
»Wär gut, wenn es dir wieder einfiele«, sagt Leo heiter.
In Buckleys Miene dagegen liegt nichts Heiteres. »Würde eh nichts bringen. Der junge Bursche, der mich bedient hat, sah aus, als wäre er halb zugedröhnt. Der würde sich wahrscheinlich sowieso nicht an mich erinnern.«
»Wir lassen es auf einen Versuch ankommen«, sagt Leo.
»Haben Sie Ihre Frau vom Auto aus angerufen?«, wirft Nat ein. »Bevor Sie eingeschlafen sind?«
Buckley starrt sie an, wischt sich mit der Hand über die Lippen. »Ich hab's versucht, aber es hat nicht geklappt.« Er wird rot. »Kein Netz in der Gegend.«
»In Newton?«, entfährt es Nat ungläubig.
»An der speziellen Stelle, ja. Beschweren Sie sich bei Cingular, das ist mein Anbieter. Dabei fällt mir ein, selbst wenn ich gewollt hätte, ich hätte ja gar keinen Pannendienst rufen können.« Er bedenkt sie mit einem selbstgefälligen Blick.
»Hast du dein Handy dabei, Buck?«, fragt Leo.
»Nein. Sonst noch was?«, fragt Buckley schroff.

»Bist du von dem Autozubehörladen direkt nach Hause gefahren?«, will Leo wissen.
Buckley verzieht das Gesicht, als ihm klar wird, dass Leo noch nicht fertig ist. Er nickt bejahend.
»Ist Ihr Wagen problemlos angesprungen, als Sie von dem Autoladen an der Route 9 losgefahren sind?«, fragt Nat.
Die verdrossenen Blicke, die er ihr immer häufiger zuwirft, verraten Nat, dass er sich mehr über ihre Fragen ärgert als über Leos. Nat kennt das aus ihrer beruflichen Laufbahn zur Genüge. Männer, die Probleme mit Frauen in leitenden Positionen haben. Erst recht, wenn die Frau ihre Vorgesetzte ist.
»Ich hab den Motor laufen lassen, während ich in dem Laden war.«
»Und wann hat dich dein Kumpel Red Kelsey angerufen?«, fragt Leo.
»Kurz bevor ich in unsere Straße eingebogen bin.« Seine Stimme bricht. »Ich … konnte es einfach nicht glauben. Doch nicht Sherry. Es konnte nicht wahr sein.« Er schlägt mit der Faust so fest auf den Tisch, dass die Teller rappeln.
Dann springt er auf und stürmt zur Tür, stößt mit der Kellnerin zusammen, ehe er aus dem Diner rennt. Sie wollte ihnen das fehlende Glas Wasser bringen, das ihr prompt aus der Hand rutscht und auf dem Boden zersplittert.
»Scheiße«, knurrt sie wütend und wirft Leo einen vorwurfsvollen Blick zu.

11

»Tja«, sagt Leo, ohne auf die Kellnerin zu achten oder Nat anzuschauen.
»Was meinst du?«, fragt Nat. Sie starrt auf das Sandwich, das sie kaum angerührt hat.
Er wirft ihr einen raschen Seitenblick zu. »Du zuerst, Natalie.« Leo hat sie immer nur mit ihrem vollen Namen angesprochen, niemals mit der Kurzform, wie alle anderen. Selbst wenn sie zusammen im Bett waren. Was schon eine Weile her ist.
»Er hat praktisch kein Alibi.«
»Nein, hat er nicht«, sagt Leo.
»Das muss schwer für dich sein, einen Kollegen zu vernehmen.«
»War nicht das erste Mal. Und bestimmt nicht das letzte Mal.« Er hält inne. »Aber du hast recht. Es ist nicht leicht.«
»Was hast du ihm erzählt? Ich meine, warum ich bei dem Gespräch dabei sein sollte?«
Leo zuckt die Achseln. »Ich hab gesagt, du wärst eine Kollegin.« Ein schuldbewusstes Lächeln spielt auf seinen Lippen. »Bist du ja auch, irgendwie.«
Und was bin ich im Augenblick sonst noch, Leo?
»Warum wolltest du, dass ich dabei bin?«, fragt sie stattdessen.
»Du hast eine gute Menschenkenntnis. Du kennst seine Tochter. Du kennst den ersten Ehemann. Ich hab gedacht, deine Einschätzung könnte … wertvoll sein.« Er sucht nach Worten.
»Zunächst mal würde ich sagen, Buckley und Jenni können sich

nicht besonders leiden«, stellt Nat fest. »Und mein Instinkt sagt mir, dass zwischen ihm und dem Opfer auch nicht alles Friede, Freude, Eierkuchen war.«

»Ja, das sagt mir mein Instinkt auch.«

Es entsteht eine Pause, die beide verlegen macht.

»Ich hab mit Charlie Dunbar gesprochen, bevor ich hergekommen bin.« Nat fasst kurz zusammen, was sich aus dem Gespräch mit dem Häftling ergeben hat, erwähnt auch dessen Sorge um seine Tochter. Sie überlegt, ob sie Leo sagen soll, dass sie sich um die Unterbringung des Mädchens kümmern will, entscheidet sich aber dann dagegen. Leos Bemerkung, dass Jenni heute in der Schule gefehlt hat, war nicht nur rein beiläufig. Bis zum Beweis des Gegenteils, das weiß Nat, steht das Mädchen auf seiner Verdächtigenliste.

Erst als sie fertig ist, ergreift er das Wort. »Eine Frau, die einen Mann betrügt, betrügt wahrscheinlich auch den nächsten.«

Nat spürt die Schamesröte heiß auf der Haut. Sie glaubt nicht, dass Leos Bemerkung bloßer Zufall war. Wird er ihr die Eskapade mit Jack je verzeihen?

Eskapade. Was für ein zivilisiertes Wort für eine so unzivilisierte Handlung. *Sei wenigstens ehrlich. Du hast Mist gebaut, Riesenmist, das ist die kalte, brutale Wahrheit.* Und die Frage lautet nicht nur, ob Leo ihr je verzeiht – sie lautet auch, ob sie sich selbst je verzeiht.

Die Kellnerin, die unterdessen die Scherben und die Wasserlache auf dem Boden beseitigt hat, knallt ihnen die Rechnung auf den Tisch und zieht von dannen.

Leo ringt sich ein Lächeln ab. »Ich fürchte, die Dessertkarte können wir vergessen.«

Nat nickt, spürt aber keinen Drang aufzustehen. Sie will noch nicht gehen.

»Leo –«

»Ich muss zurück ins Präsidium, Natalie.« Er holt seine Brieftasche hervor.

Sie seufzt, als sie seinen kühlen Unterton hört, und wird hektisch. Im Nu ist sie aufgestanden und hängt sich ihre Tasche über die Schulter. Jetzt will sie auch weg, und zwar schnell.

»Natalie.«
Sie ist schon einige Schritte vom Tisch entfernt. Sie dreht sich um, ihr Herz setzt einen Moment lang aus.
»Vergiss deine Jacke nicht.« Er hält ihr ihre karamellfarbene Jacke hin.
Sie schluckt, geht zum Tisch zurück und will sie ihm aus der Hand reißen. Er jedoch lässt nicht gleich los. »Du hast es doch eilig«, sagt sie leise. Und fügt dann den jämmerlichen Zusatz hinzu: »Und ich auch.«
»Du hast gar nichts gegessen. Lass dir doch dein Sandwich einpacken –«
»Nein.« Sie hat keinen Appetit. Er hat ihn ihr verdorben.
Leo hält noch immer ihre Jacke fest. Die Jacke ist hübsch, eine ihrer Lieblingssachen. Und verdammt teuer. Sie will mit ihr kein Tauziehen veranstalten.
»Leo, bitte –«
Er steht auf. »Es ist bitterkalt draußen. Komm, ich helf dir.«
Ohne ein Wort lässt sie die Jacke los und dreht ihm den Rücken zu, entschlossen, sich gegen jedes Gefühl abzuschotten. Vergeblich.
Sobald sie die Arme in den Ärmeln hat, will sie auf Abstand gehen, doch Leo hat bereits seine Hände auf ihren Schultern.
»Hast du Lust, morgen früh mit mir Jennifer Dunbar im Krankenhaus zu besuchen?«
Wieder ein Grund, sich schuldig zu fühlen. Sie hatte gehofft, vor ihm dort sein zu können, dafür zu sorgen, dass das Mädchen nicht wieder zu seinem Stiefvater muss.
»Wenn … wenn du meinst, es wäre eine Hilfe.«
»Ich glaube ja.«
Sie nickt.
»Ich hol dich –«
»Wir treffen uns dort. Um neun.«
Er lässt sie los. Sie geht Richtung Tür, macht dann auf dem Absatz kehrt und geht zurück zu Leo, der gerade seine Brieftasche wieder einsteckt.
»Hat Jenni irgendwas zu dir über ihren Stiefvater gesagt, Leo? Glaubt sie, er war's?«

»Sie war heute Nachmittag nicht in der Verfassung, Fragen zu beantworten.«
»Vielleicht ist sie das morgen ja auch noch nicht.«
»Ich möchte, dass du das Gespräch führst. Ich hab das Gefühl, dass sie mit dir leichter reden kann als mit mir.«
Ein kalter Schauer durchläuft Nat. Was wird Jenni ihr erzählen?

12

Es ist nach acht Uhr, als Nat vom Diner ins Horizon House zurückkehrt. Jack ist noch da. Er sitzt in ihrem Büro. Hinter ihrem Schreibtisch.

»Ich dachte, ich bleib noch da, für den Fall, dass Dunbar verrückt spielt«, sagt er, ohne aufzustehen. Aus demselben Grund ist sie auch nochmal vorbeigekommen.

»Und? Hat er?«

»Nein.«

Nat steht da und fühlt sich fehl am Platze. »Du hast ein eigenes Büro, Jack.«

»Ab und an bin ich ganz gern hier.« Er lässt den Blick durch den Raum schweifen. »Weiß nicht mal, warum.«

»Vielleicht solltest du deinen Schweinestall mal ausmisten und anständig einrichten.«

»Ich muss mit dir reden.«

»Es war ein langer Tag, Jack.« Und Nat ahnt, dass es auch noch ein langer Abend wird.

»Ich glaube, ich bin verliebt.«

Nat lässt sich in einen ihrer Sessel sinken. »Nicki?«

»Ich hab nicht mit ihr geschlafen.« Er lächelt schwach. »Ich kann den Euphemismus nicht leiden, *mit jemandem schlafen*. In diesem Fall wäre *Liebe machen* passender und treffender. Bei den meisten Frauen würde ich einfach sagen, wir haben gevögelt, gebumst, gefickt ... Bei ihr ist es anders.« Welchen Ausdruck hätte er wohl für die leidenschaftliche Nacht mit ihr benutzt, fragt Nat sich. *Nein, hör auf.*

»Und Nicki? Ist sie –«
»In mich verliebt?«
Nat wartet.
»Vielleicht. Kann sein. Wer weiß?« Wieder ein gequältes Lächeln. »Wäre ein guter Songtext.«
»Jack.«
Er hebt eine Hand. »Ich weiß, das ist noch blöder, als dich zu lieben. Und wahrscheinlich genauso sinnlos.«
Nat schließt die Augen. Manche Dinge will sie gar nicht wissen.

Dan Silver springt vom Schreibtisch hoch und greift nach seiner Jacke, die akkurat über der Stuhllehne hängt, als Leo um kurz nach acht Uhr abends ins Büro kommt. Der junge Detective kommt seinem Vorgesetzten auf halbem Weg entgegen, und sein Gesicht ist ganz rot vor Aufregung.
»Wir hatten einen Anruf.« Er schlüpft in seine Jacke. »Laura Richards. Eine Pflegerin in der Morrow Farm Residence. Wo Sherry –«
»Ja, ich weiß.«
»Sie will mit uns sprechen.« Silver blickt auf seine Uhr, eine Rolex oder zumindest eine verflucht gute Kopie. »Gutes Timing, Boss. Ihre Schicht war um sieben zu Ende, sie hat gesagt, sie würde noch was einkaufen und wäre gegen acht zu Hause. Ihre Adresse hab ich. Heath Street. Höchstens fünfzehn Minuten von hier.«
Silver ist bereits an der Tür und hält sie für Leo auf. »Hat sie gesagt, worüber sie mit uns reden will?«
»Über das Mordopfer.« Dan Silvers Augen leuchten vor freudiger Erwartung. Als könnte dieses Gespräch der Schlüssel zur Lösung des Falls sein.
Leo beneidet den jungen Detective um seine Begeisterungsfähigkeit. Es gab mal eine Zeit –

13

»Mom, hier sind zwei Typen, die dich sprechen wollen.«
Das Mädchen, das ihnen die Tür aufgemacht hat, ist im Teenageralter und mustert das Paar misstrauisch aus Augen, deren Konturen dick mit Kajalstift nachgezogen sind. Auch die eher dünnen Lippen sind schwarz umrandet, wodurch sie übertrieben voll wirken, und zwischen den schwarzen Rändern schimmert blutroter Lippenstift. Bis auf kleine Flecken, die nach Abdeckstift aussehen, ist der Teint des Mädchens fast farblos. Glattes schwarzes Haar mit Mittelscheitel hängt ihr über die Schultern, schwarze Jeans und schwarzer Rollkragenpullover vervollständigen den Gothic-Look. Sie ist höchstens einsfünfzig, und Leo würde jede Wette eingehen, dass sie keine vierzig Kilo auf die Waage bringt. Nach einem guten Essen. Das bei ihr allem Anschein nach Seltenheitswert hat.
Leo und Silver stehen in einem kleinen Flur, der zur Hälfte von der Treppe in die obere Etage des bescheidenen Zweifamilienhauses eingenommen wird. *Mom* erscheint in der Wohnungstür. Sie ist barfuß und trägt einen weißen Frotteebademantel, den sie nervös am Kragen zuhält. Wie ihre Tochter ist sie klein und hat dunkles Haar. Doch da hören die Ähnlichkeiten auch schon auf. Laura Richards trägt überhaupt kein Make-up. Das modisch kurzgeschnittene und an den Enden lockige Haar ist feucht und umrahmt ein ovales Gesicht. Die Haut ist hell und makellos. Sie ist attraktiv, aber keine Frau, die Blicke auf sich zieht.
»So früh hab ich Sie gar nicht erwartet. Ich komme gerade aus

der Dusche. Wenn ich arbeite, hab ich das Gefühl, der Geruch dringt mir förmlich in die Haut. Ich verschwinde immer direkt im Bad, wenn ich nach Hause komme. Tut mir leid. Bitte kommen Sie herein.« Sie tritt zur Seite und öffnet die Tür so weit, dass der mittelgroße, quadratische Wohnraum im Hintergrund sichtbar wird. »Entschuldigen Sie mich einen Moment. Ich zieh mir nur rasch was über.«

Leo nickt und lässt Silver den Vortritt.

»Nehmen Sie doch Platz.« Sie deutet auf eine mit Wildlederimitat bezogene L-förmige Sitzecke, die den größten Teil des Raumes einnimmt und reichlich abgenutzt aussieht. Ihr gegenüber steht zwischen zwei Fenstern, deren billige Jalousien heruntergelassen sind, ein kirschholzfurniertes Regalsystem, in dessen Mitte ein verblüffend großer Plasmafernseher thront. Auf den Regalbrettern links und rechts verteilt sind eine Reihe Bücher, eine ganz passable Stereoanlage und ein paar Fotos in billigen Silber- oder Holzrahmen, allesamt von einem recht pummeligen Mädchen in verschiedenen Altersstufen bis zehn oder zwölf. Typische Schulfotos. Keines von ihnen ist jüngeren Datums.

Der Fernseher ist eingeschaltet, ein MTV-Logo prangt in der rechten oberen Ecke. Auf dem Bildschirm wirbelt ein Mädchen, das fast genauso dünn ist wie Lauras Tochter und genauso jung zu sein scheint, im Rhythmus einer fetzigen Musik herum.

Bevor sie durch eine Tür verschwindet, die in ihr Schlafzimmer führt, dreht Laura Richards sich zu ihrer Tochter um. »Megan, dreh den furchtbaren Krach ab und frag die Gentlemen, ob sie was trinken möchten.« Ihre Stimme klingt angespannt, gehetzt. Leo sieht, dass ihre grünen Augen rot gerändert sind. Hat sie unter der Dusche geweint?

»Cops dürfen im Dienst nichts trinken, Mom.« Der Tonfall des Mädchens ist lustlos.

»Ich meinte Tee oder Kaffee. Oder Mineralwasser.« Laura blickt die Detectives an, lächelt nervös, verdreht dann die Augen. *Typisch Teenager. Aber was will man machen?*

»Und, wollen Sie was?« Megan hat eine Hand auf einer Hüfte, das heißt, wenn man überhaupt von Hüfte sprechen kann. Leo

fällt auf, dass auch die arg abgekauten Fingernägel des Mädchens schwarz lackiert sind. Er sieht die Fernbedienung zwischen Zeitschriften und Zeitungen auf der gläsernen Couchtischplatte liegen, hebt sie auf und drückt den Ausknopf. *Tut mir leid, Danny, aber wir haben zu arbeiten.*
»Nein, danke«, sagt er für sie beide und nimmt auf dem kürzeren Teil der Sitzecke Platz.
Dan Silver tut es seinem Vorgesetzten gleich und setzt sich mitten auf den längeren Teil des Ls, mit Blick auf den Fernseher.
Megan zuckt die Achseln und schlendert an ihnen vorbei.
»Auf welche Schule gehst du, Megan?«, fragt Leo, als sie gerade durch einen offenen Bogen in die kleine, vollgestopfte Küche will.
»Boston Tech.«
»Genau wie Jennifer Buckley.«
»Ja.« Sie betritt die Küche und öffnet den Kühlschrank. Ihr Kopf verschwindet kurz, dann richtet sie sich mit einer Dose Cola in der Hand wieder auf, und schließt die Tür mit ihrer fast nicht vorhandenen Hüfte.
»Seid ihr zwei befreundet?«, fragt Leo.
»Ja. Jenni ist okay.« Der Verschluss zischt, und die Cola sprudelt heraus und über die Dose. »Scheiße«, sagt Megan.
»Sie war heute nicht in der Schule.«
Megans schwarze Augen bohren sich in Leo, während sie vor der geschlossenen Kühlschranktür stehen bleibt. »Na und?«
»Du weißt, dass ihre Mutter heute ermordet wurde.«
»Jenni und ihre Mom haben sich gut verstanden«, lautet Megans einzige Antwort. Wenn ihr der tragische Verlust, den ihre Freundin erlitten hat, irgendwie nahegeht, so spiegelt sich nichts davon in ihrem Gesicht wider.
»Und Jennis Freund? Verstehen die zwei sich immer noch gut?«
Megan kommt aus der Küche, und Cola tropft über den Dosenrand auf den verfilzten grauen Teppichboden. »Mann, ich muss Ihre Scheißfragen überhaupt nicht beantworten. Und ich denk gar nicht dran, auch nur –«
»Megan, nicht in dem Ton.« Laura Richards, mit einer grauen

Hose und einem blassblauen Pullover mit V-Ausschnitt bekleidet, kommt aus dem Schlafzimmer. Ihre Stimme klingt nicht sonderlich scharf. Es ist die Stimme einer Mutter, die so etwas schon unzählige Male zu ihrer Tochter gesagt hat.

Megans Reaktion ist genauso mechanisch. Ein gelangweiltes Achselzucken. »Ich geh rüber zu Jess.« Sie marschiert schnurstracks an ihrer Mutter und den beiden Cops auf dem Sofa vorbei, knallt die Coladose auf einen kleinen Tisch neben der Wohnungstür und greift sich eine schwarze, lederne Motorradjacke, die an der Garderobe hängt.

Als sie schon halb zur Tür hinaus ist, ruft ihre Mutter ohne großen Nachdruck in der Stimme hinterher: »Megan, du bist um zehn wieder zu Hause.«

Megan reagiert gar nicht. Sie zuckt noch nicht mal träge mit den Schultern, ehe sie die Tür hinter sich schließt. Die offene Coladose lässt sie stehen.

»Egal, was die Leute sagen«, seufzt Laura, »Mädchen sind schwieriger als Jungs, wenn sie in die Pubertät kommen. Mein Bruder in Denver hat drei Jungs, von dreizehn bis neunzehn, und die drei zusammen bereiten ihm weniger Kopfschmerzen, als ich wegen Megan habe.«

Laura hat sich in einen Korbsessel niedergelassen, die einzige andere Sitzmöglichkeit in dem engen Wohnzimmer. Er steht schräg vor der Polsterecke, sodass sie beide Männer ansehen kann.

»Das soll nicht heißen, dass Megan jemals Ärger mit dem Gesetz hatte«, ergänzt sie nervös. »Im Grunde ist sie bei aller Aufsässigkeit ein liebes Mädchen.« Sie versucht zu lächeln, was ihr nicht ganz gelingt. Ihre Unterlippe fängt an zu zittern.

»Tut mir leid, Sie sind schließlich nicht hier, um sich das Gejammer der Mutter einer halbwüchsigen Tochter anzuhören.« Sie senkt den Blick. »Ich kann das immer noch nicht richtig glauben. Es kommt mir einfach … unmöglich vor. Ich denke die ganze Zeit, wenn ich am Montag zur Arbeit komme, ist sie wieder da.«

»Sie meinen, wenn Sie zur Arbeit in der Morrow Farm Residence kommen«, stellt Dan Silver klar. Er wirft Leo einen raschen Blick zu, als wollte er sich vergewissern, dass es seinem Vorgesetzten recht ist, wenn er sich einschaltet. Leo nickt ihm fast unmerklich zu.

»Ja, genau. Ich bin auch Krankenschwester, aber ich bin auf der Station Ulmenhof. Sherry war auf der Station Pappelweg.«

»Hört sich an, als würden Sie im Wald arbeiten«, sagt Silver.

Sie lächelt schwach. Leo sieht ihr an, wie viel Mühe sie das kostet. »Die Morrows haben alle Stationen nach Bäumen benannt. Ulmenhof ist die Alzheimer-Station. Im Pappelweg sind die Patienten klar bei Verstand. Sie haben ein eigenes Zimmer und brauchen nur Hilfe mit den Medikamenten, beim Anziehen und Baden. Da wollen alle gern arbeiten.«

»Sherry hatte Glück«, wirft Leo ein, sodass es halb wie eine Frage klingt.

Lauras Augen gleiten kurz von Leo weg, und ihre Lippen spitzen sich leicht.

Leo beugt sich vor. »Aber zum Schluss dann doch nicht.« Er sieht sie so mitfühlend an, dass ihr sogleich Tränen in die Augen steigen.

Sie hält Leos Blick fest. »Sie … sie hat doch nicht gelitten … oder?«

Was soll Leo ihr sagen? Dass die Frau einen langsamen, qualvollen Tod gestorben ist? »Nein«, sagt er. Sein Partner hält den Kopf gesenkt.

Laura hebt die Hände vors Gesicht.

»Wir können auch morgen wiederkommen, wenn Ihnen das lieber ist, Mrs. Richards«, sagt Leo leise und nimmt den enttäuschten Blick im Gesicht des Neulings wahr. Ein bisschen übereifrig, sein junger Partner.

Die Hände noch immer vor dem Gesicht schüttelt sie den Kopf. Leo zwinkert Silver heimlich zu.

»Ich möchte helfen so gut ich kann. Deshalb hab ich Sie ja angerufen.«

»Wir sind für jede noch so kleine Hilfe dankbar«, sagt Leo in der ernsten Stimme, die er nach über zehn Jahren beim Morddezernat überzeugend beherrscht.

Die Krankenschwester lässt die Hände in den Schoß sinken.

»Sherry sah umwerfend aus. Das war mit ein Grund, warum sie auf die begehrte Station gekommen ist. Schöne Frauen sind immer im Vorteil.« Sie sagt das ohne einen Anflug von Neid. Aber vielleicht kann sie das Gefühl einfach nur gut kaschieren.
»Wer entscheidet denn, wer wo eingesetzt wird?«, fragt Dan.
»Graham Morrow hat das letzte Wort, aber unser Chefarzt Kevin Wise – Dr. Wise – teilt die Krankenschwestern für die Stationen ein. Es sind fünf insgesamt … Stationen, meine ich. Die Verteilung der Bewohner richtet sich danach, wie viel Pflege und Beaufsichtigung sie brauchen. Wir haben sogar eine kleine Hospizstation.«
»Und Morrow Farm Residence ist eine private Einrichtung, die Gewinne erwirtschaftet?«, fragt Leo.
Laura stößt ein trockenes Lachen aus. »Und ob sie Gewinne erwirtschaftet!«
Leo registriert den zynischen Unterton im Lachen und in der Stimme der Krankenschwester.
Silver hält Stift und ein Notizbuch bereit. »Es ist also teuer.«
»Dreißigtausend im Monat. Nur für die Grundversorgung. Wie beim Autokauf. Die Extras kosten zusätzlich …« Ihre Stimme versagt, und wieder kommen ihr die Tränen. Sie zieht ein Taschentuch aus der Hosentasche und betupft sich das Gesicht. »Entschuldigung.« Sie klingt zittrig, und nachdem sie das Taschentuch zusammengeknüllt hat, presst sie es mit beiden Händen zusammen. »Ich … ich hab heute noch mit Sherry zu Mittag gegessen. Ich meine, es ist einfach so unvorstellbar …« Sie hebt entschuldigend eine Hand, als sie leise zu weinen anfängt.
»Sie waren gut mit ihr befreundet?«, fragt Silver. Jetzt beugt er sich vor. Auch seine Stimme ist sanft, mitfühlend. Leo fragt sich, ob der Neuling das wirklich empfindet oder einfach schnell lernt.
Laura nickt, schnieft, öffnet die Hände, blickt auf den Überrest des Taschentuchs, greift dann in die Tasche, um ein neues herauszuholen, findet aber keins. Sie will sich mit dem gebrauchten begnügen, doch Silver zückt eine kleine, ungeöffnete Packung und reicht sie der Krankenschwester herüber. Sie bedankt sich

mit einem Nicken, zieht ein frisches Taschentuch heraus und putzt sich so diskret wie möglich die Nase. Mit einem zweiten Taschentuch trocknet sie sich die Wangen.

»Sherry und ich haben uns von Anfang an gut verstanden. Das war … vor sieben Jahren.«

»Als Sie angefangen haben oder Sherry?«, fragt Silver.

»Ähm … Sherry. Ich arbeite seit acht Jahren in der Morrow Farm Residence. Im Juni wären's neun. Wenn ich nicht …« Sie bricht abrupt ab.

Leo wirft Silver einen warnenden Blick zu.

Laura seufzt tief. »Ich denke ernsthaft daran, mich zu verändern. Ich hab mich auf ein paar Stellen in Virginia beworben. Eine Tante von mir wohnt in Roanoke, und dort gibt es zwei große Krankenhäuser. Ich hab vor zwölf Jahren in der Notaufnahme angefangen, und ich würde gern wieder in einem Krankenhaus arbeiten. Aber auch wegen Megan. Ich meine, ich find's toll, dass sie es auf die Boston Tech geschafft hat. Sie ist sehr gescheit. Aber in der Schule kommt sie nicht so gut klar. Der Druck macht ihr zu schaffen. Sie ist das erste Jahr dort, und ihre Versetzung ist bereits gefährdet. Und auch über ihren Umgang dort bin ich nicht ganz glücklich. Damit meine ich nicht Sherrys Tochter Jenni«, fügt sie hastig hinzu.

»Die Mädchen sind befreundet?«, fragt Silver. Diesmal ist Leo einverstanden, dass sein neuer Partner sich einmischt.

»Mal mehr, mal weniger«, sagt Laura vage.

»Was überwiegt zur Zeit?«, fragt Leo.

»Ersteres, würd ich sagen. Aber ich glaube, Megan hat sich ein bisschen in Jennis Freund verguckt.«

»Wie heißt der Freund?«, fragt Silver, den Stift in der Hand.

Laura überlegt kurz. »Will Soundso. Seinen Nachnamen kenn ich nicht, aber Sie werden ihn ohne Probleme finden. Er ist der Spielmacher im Basketballteam der Schule. Die Black Hawks. Gutaussehender Bursche, ein Weißer. Das sag ich nur, weil die meisten im Team Farbige sind. Könnte ein gutaussehender Larry Bird sein. Ich bin ein großer Fan der Boston Celtics«, fügt sie errötend hinzu.

»Auch ein Fan von den Black Hawks?«, fragt Leo.

»Eigentlich nicht, obwohl ich in dieser Saison mit Sherry zu ein paar Spielen gegangen bin.« Sie stockt und runzelt die Stirn.

»Was ist?«, fragt Leo.

Sie schüttelt rasch den Kopf. »Nichts. Highschool-Sport interessiert mich nicht so. Aber Sherry war ein richtiger ... Fan.«

»Waren Sie eng befreundet, Sie und Sherry?«, fragt Leo.

Laura zuckt die Achseln. »Ich denke, ja, aber privat haben wir uns nicht oft gesehen. Das ist nun mal so, wenn man berufstätig ist, den Haushalt schmeißen muss und dann noch Zeit mit den Kindern verbringen will.« Sie lächelt diesmal richtig, und Leo bemerkt, dass sie sehr attraktiv ist, wenn sie lächelt.

»Haben Sie mit Sherry über ihre Pläne wegzuziehen gesprochen?«, fragt Leo.

»Es steht ja noch nichts Genaues fest, aber ich habe es ihr letzte Woche erzählt.«

»Wie hat sie reagiert?«, fragt Leo nach.

»Sie ... sie hat gesagt, es könnte mir guttun. Und ... und Megan auch. Ich habe sogar vorgeschlagen ...« Wieder stockt sie, und wieder wirft Leo seinem Partner einen warnenden Blick zu. Silvers Lippen zucken, aber er hält sie geschlossen.

»Ich hab mich gefragt, ob Roanoke nicht auch was für sie wäre.« So, wie sie das sagt, ahnt Leo, dass sie endlich auf den eigentlichen Grund für Laura Richards Anruf kommen.

»Erzählen Sie«, sagt er sanft.

14

Laura Richards seufzt. »Sherry war nicht glücklich.«
»Meinen Sie beruflich oder privat?«
»In beidem«, erläutert die Krankenschwester. »Es lief nicht gut bei ihr, weder auf der Arbeit noch zu Hause.«
»Fangen Sie bei der Arbeit an«, sagt Leo.
Laura zögert. »Eine Patientin von ihr ist letzten Samstag gestorben. Sherry war felsenfest davon überzeugt, dass an der Sache … irgendwas faul war.« Sie sucht nach Worten, ihr Gesicht wirkt bedrückt.
»Glauben Sie das auch?«, fragt Leo.
»Wenn sie irgendwas in der Hand gehabt hätte, irgendeinen noch so kleinen Beweis … aber sie hat immer nur gesagt, sie *wüsste* es. Etwas Ähnliches ist schon mal passiert«, sagt Laura. »Vor rund sechs Jahren. Sie werden sicher noch von der Sache hören, wenn Sie es nicht schon getan haben. Dadurch hat Sherry ihren jetzigen Mann kennengelernt. Auch damals war sie überzeugt davon gewesen, dass ihre Patientin keines natürlichen Todes gestorben war, obwohl Chefarzt Dr. Wise bei der Obduktion Herzversagen als Todesursache festgestellt hatte. Sherry hat Dr. Wise nicht geglaubt. Sie hat ihn und die Besitzer von Morrow Farm zur Rede gestellt. Als das nichts fruchtete, hat sie die Polizei eingeschaltet.«
»Was hat sie misstrauisch gemacht?«
»Ein Heimbewohner namens Andrew Glazer hat Sherry erzählt, er habe gesehen, wie ein Pfleger Mrs. Levy kurz vor ihrem Tod eine Injektion in den Arm gegeben habe. Er konnte den Pfleger

aber nicht beschreiben, und später meinte er, es könnte auch einer von den Assistenzärzten gewesen sein.«

»Aber was fand Sherry denn so seltsam daran, dass die Verstorbene möglicherweise eine Injektion bekommen hatte?«, fragt Leo. »Hätte das nicht irgendein Medikament sein können, das ihr regelmäßig verabreicht wurde?«

»Sie hat nur Medikamente in Tablettenform erhalten.«

»Dann hatte Sherry also wirklich Grund, misstrauisch zu sein«, stellte Silver klar, während er eifrig Notizen macht.

Laura seufzt. »Die Sache ist die, Andrew Glazer hatte damals Alzheimer im Anfangsstadium. Auf Mitarbeiterbesprechungen wurde schon überlegt, ihn auf meine Station zu verlegen.«

»Und dennoch hat Sherry ihm geglaubt«, sagt Leo.

»Andrew hatte immer wieder Phasen, in denen er klar bei Verstand war, und ich glaube, Sherry war überzeugt, dass er die Sache in einer seiner klaren Phasen beobachtet hatte.«

»Aber wieso hat Sherry geglaubt, Dr. Wise habe den Totenschein gefälscht?«, fragt Silver. »Er muss doch ein Motiv gehabt haben.«

Laura atmet schwer aus. »Eine Reihe von Bewohnern vermachen dem Seniorenheim Geld. Sehr viel Geld manchmal. Das ist auch in anderen Häusern gang und gäbe. Vor allem, wenn jemand schon lange in der Einrichtung ist …«

Leo unterbricht sie. »Ich nehme an, die beiden fraglichen Bewohnerinnen haben der Morrow Farm Residence eine beträchtliche Summe hinterlassen.«

»Ja«, sagt Laura Richards schlicht.

»Und Sherry hat geglaubt, Dr. Wise hätte die Sache vertuscht?«, sagt Silver. »Weil er dafür bezahlt wurde –«

»Aaron Buckley und sein Partner haben den Tod von Isabelle Levy vor sechs Jahren gründlich untersucht. Andrew Glazer hat immer wieder unterschiedliche Versionen seiner Geschichte erzählt. Dann hat eine andere Bewohnerin gesagt, sie hätte Andrew zur fraglichen Zeit im Freizeitraum gesehen. Dr. Wise und das Ehepaar Morrow – die Besitzer – wurden völlig entlastet.«

»Ich bin überrascht, dass Sherry nicht gekündigt wurde, nach-

dem sich ihr Verdacht als haltlos erwiesen hatte«, bemerkt Leo.
»Die Morrows haben garantiert mit dem Gedanken gespielt, aber ich glaube, dass sie davon Abstand genommen haben, weil es ein schlechtes Licht auf die Einrichtung geworfen hätte. Jedenfalls, schon kurz nach Einstellung der polizeilichen Untersuchung war das Thema vom Tisch.« Lauras Mund verzieht sich zu einem kurzen, ironischen Lächeln, ohne einen Anflug von Wärme. »Ich vermute, zum Teil auch deshalb, weil die Romanze zwischen Sherry und Detective Buckley ernster wurde.«
Leo betrachtet sie nachdenklich. »Sie mochten ihn nicht.«
»Nicht besonders«, erwidert sie ohne Zögern. »Außerdem fand ich, dass er nicht zu Sherry passte.«
»Wieso?«, fragt Silver.
»Aaron Buckley ist ein ausgesprochen besitzergreifender und eifersüchtiger Mann. Schon als ihre Beziehung anfing, aber noch mehr nach ihrer Heirat, hat er Sherry ständig auf der Arbeit angerufen. Er hat sie regelrecht kontrolliert. Auch abends, also während seiner Schicht. Wenn Sherry und ich mal zusammen ausgegangen sind, hat er immer zwei-, dreimal angerufen. Wie sie das ausgehalten hat, ist mir ein Rätsel.« Sie seufzt. »Irgendwann ist es ihr auf den Geist gegangen. Ein paarmal habe ich mitbekommen, wie sie einfach aufgelegt hat. Und einmal ist sie richtig ausgerastet, hat ins Telefon gebrüllt: *Wenn du nicht endlich mit dieser Paranoia aufhörst, komm ich gar nicht mehr nach Hause.*«
»Wann war das?«, fragt Leo.
»Vor ein paar Wochen. Wir waren zusammen bei einem Basketballspiel der Highschoolmannschaft.«
»War ihr Mann auf irgendwen besonders eifersüchtig?«, fragt Silver.
Laura zögert. »Sie werden es ohnehin bald herausfinden, wenn Sie es nicht schon wissen. Buck, so hat Sherry ihn genannt, war überzeugt, dass sie wieder was mit Kevin Wise angefangen hatte.« Als sie das sagt, blickt sie Leo nicht in die Augen.
»*Wieder?*«, sagt Leo.
Laura seufzt. »Sherry und Dr. Wise hatten vor langer Zeit mal

ein Techtelmechtel. Nach ihrer Scheidung. Die Sache ging ein paar Monate und war kurz vor dem Tod von Isabelle Levy zu Ende.«

»Das also vor sechs Jahren?« Silvers Stift schwebt wieder über dem Notizblock.

Laura nickt, und Silver schreibt es auf.

»Hat Sherry Ihnen von der Affäre erzählt?«, fragt Leo.

Die Wangen der Krankenschwester röten sich. »Nicht … direkt. Die beiden haben sich nicht immer ganz … diskret verhalten, könnte man sagen.«

»Sie haben sie zusammen gesehen.«

»Einmal hab ich sie zusammen aus einem Raum auf Sherrys Station kommen sehen. Ich war dort, um ihr zu sagen, dass ich nicht mit ihr Mittag essen gehen konnte.«

»Wie kamen Sie darauf, dass –« Silver kann den Satz nicht beenden.

»In dem Zimmer lag kein Patient, Detective. Der Teil der Station wurde gerade renoviert. Und Sherry steckte sich gerade die Bluse wieder in den Rock, als sie herauskamen.«

»Haben die beiden Sie bemerkt?«

»Nein.« Sie hält inne. »Ich habe sie noch öfter gesehen. Na, jedenfalls ihre Autos. Auf dem Parkplatz von einem Motel an einer Nebenstraße nicht weit von der Morrow Farm. Bei schönem Wetter fahr ich manchmal da lang, weil es eine Abkürzung zur Route 9 ist, aber die Straße ist voller Schlaglöcher und im Winter ganz schön tückisch.«

»Haben Sie Sherry je auf die Affäre angesprochen?«, fragt Silver.

Laura blickt auf ihre Hände. »Ich hab ihr irgendwann erzählt, dass ich ihre Autos vor dem Motel gesehen hatte.« Sie zögert. »Das war nach dem Tod von Isabelle Levy. Nachdem die Sache zwischen ihnen aus war. Als sie mir in der Mittagspause erzählte, sie hätte die Polizei eingeschaltet, war ich richtig verdattert. Ich hab sie gefragt, wie sie den Mann verdächtigen könne, mit dem sie monatelang ein Verhältnis gehabt hatte. Es ist mir so … rausgerutscht.«

»Was hat sie erwidert?«

»Dass es ein Fehler war. Mehr nicht.« Laura seufzt. »Ich sag das nur ungern ... aber ich glaube, Sherry war verletzt, weil Dr. Wise die Beziehung beendet hatte, und sie hat es ihm übel genommen. Er war zu der Zeit verheiratet, wissen Sie, inzwischen ist er Witwer.«

Leo hebt eine Augenbraue. »Ach ja?«

»Seine Frau ist vor etwa einem Jahr bei einem Autounfall ums Leben gekommen. Aber, wie gesagt, damals war er noch verheiratet. Ich glaube, er wollte seine Frau einfach nicht länger betrügen.«

»Sie scheinen ziemlich sicher zu sein, dass er es war, der die Affäre beendet hat?«, fragt Leo.

»Kevin Wise ist ein guter Arzt. Und im Laufe der Jahre ist zwischen uns ein freundschaftliches Verhältnis entstanden. Mehr nicht«, fügt sie hastig hinzu. »Wir haben nur selten über persönliche Dinge gesprochen, aber als Sherry sich vor sechs Jahren in diese angebliche Mordsache verrannt hatte, war Kevin so erschüttert, dass er sich mir anvertraut hat. Ich hab ihm nicht erzählt, dass ich schon von der Affäre wusste. Jedenfalls war er überzeugt, dass Sherry die Polizei nur deshalb auf ihn gehetzt hat, weil er ein paar Tage vor dem Tod der Frau mit ihr Schluss gemacht hatte.«

»Und Sie haben ihm geglaubt?«, fragt Silver nach. »Dass *er* mit ihr Schluss gemacht hat und dass die Frau eines natürlichen Todes starb?«

»Eins kann ich Ihnen sagen, Detective: Ich hab damals bei der Obduktion assistiert, und die hat keinerlei Verdachtsmomente ergeben. Das habe ich auch bei der Polizei ausgesagt. Und das Gleiche gilt auch für den Tod von Margaret Proctor, der Bewohnerin, die am Samstag gestorben ist.«

»Wusste sonst noch jemand von der Affäre?«, fragt Leo, dem nicht entgeht, dass Laura Richards den ersten Teil der Frage seines Partners unbeantwortet lässt.

Laura zögert. »Aaron Buckley wusste davon. Er hatte es im Zuge seiner Ermittlungen in der Einrichtung erfahren. Sherry hat es ihm selbst erzählt. Damals hat sie es ja noch einem Polizisten anvertraut, nicht ihrem zukünftigen Ehemann.«

»Hat es in letzter Zeit Männer in Sherrys Leben gegeben?«, fragt Leo.
»Wenn ja, dann war das allein ihre Angelegenheit.«
»Und jetzt ist es unsere, Mrs. Richards«, sagt Leo.
Die Krankenschwester schließt kurz die Augen. Als sie sie wieder öffnet, glänzen Tränen darin.
»Ist die Affäre zwischen Sherry und Kevin Wise wieder aufgeflammt?«, fragt Leo.
Laura lacht jäh auf. »Absolut nicht. Das ist ja das Verrückte. Buckleys Theater war völlig unbegründet. Vor sechs Jahren hat Dr. Wise die Entscheidung der Morrows bejaht, Sherry zu behalten, aber von da an war die Beziehung zwischen ihr und ihm streng beruflich. Doch Sherry hat immer an ihrem Verdacht gegen Dr. Wise festgehalten. Deshalb hat sie ja wieder so einen Aufstand gemacht, als die Frau auf ihrer Station am Samstag gestorben ist.«
»Wie viel Geld hat die Frau denn dem Seniorenheim hinterlassen?«, fragt Leo beiläufig.
»Keine Ahnung. Aber wie gesagt, etliche Bewohner –«
»Erzählen Sie uns von heute«, fällt Leo ihr ins Wort. »Ich nehme an, heute ist etwas passiert, weshalb Sie uns angerufen haben.«
Laura braucht einige Sekunden, um sich neu zu orientieren. »Ja, stimmt. Wir haben ziemlich weit ausgeholt«, sagt sie. »Also, Sherry und ich haben uns heute mittag in der Cafeteria getroffen. Sie war sichtlich aufgewühlt, und als ich sie gefragt hab, was los ist, hat sie nur mit den Schultern gezuckt. Ich hab nicht nachgebohrt. Schließlich hat sie gesagt, sie hätte die Nase voll. Von Morrow Farm und von ihrem Mann.«
Leo bemerkt, dass sein Partner sich mit erwartungsvoller Miene vorbeugt. Ein gequälter Ausdruck huscht über das Gesicht der Krankenschwester. »Sherry hatte einen Bluterguss im Gesicht.« Laura berührt ihre linke Schläfe. »Er war unter ihrem Haar versteckt, aber dann hat sie sich gedankenlos ein paar Strähnen hinters Ohr geschoben, als sie beim Essen einen Kaffee getrunken hat. Sie hat gesehen, dass ich hingeguckt habe, und hat die Haare sofort wieder zurückgestrichen.«

»Und Sie haben sie nicht drauf angesprochen?«, fragt Silver.
»Nein. Ich wusste, es hätte nichts gebracht.«
»Weil Sie in der Vergangenheit schon mal gefragt hatten.« Leo sagt das, als würde er eine Tatsache aussprechen.
Eine Tatsache, die Laura Richards nicht abstreitet.
»Haben Sie vermutet, ihr Mann würde sie schlagen?«
»Ich hatte keine Beweise –« Sie presst die Lippen zusammen.
»Wie oft ist sie mit Blutergüssen zur Arbeit gekommen?«, fragt Silver.
»Ein paarmal.«
»Auch in letzter Zeit?«
»Hat ihr Mörder sie geschlagen?« Laura Richards richtet die Frage im heiseren Flüsterton an Leo.
Leo antwortet nicht.
Laura ist aschfahl im Gesicht.
»Sherry hat heute früher Feierabend gemacht. Vermutlich kurz nach der Mittagspause«, sagt Silver. Leo ist froh, dass der Detective Laura keine weiteren Informationen gibt. »Wussten Sie das?«
»Nein. Ich meine, mir ist klar, dass sie früher gegangen ist, schließlich … wurde sie ja heute Nachmittag zu Hause ermordet. Um fünf wusste schon die ganze Einrichtung davon. Einige Bewohner hatten es aus den Nachrichten erfahren. Alle waren geschockt. Aber sie hat mir nicht gesagt, dass sie früher wegwollte.«
»Hat Sherry beim Mittagessen irgendwelche Anrufe auf ihrem Handy gemacht oder erhalten?«, fragt Leo.
»Nicht, solange ich bei ihr war. Ich musste früher aus der Pause, weil ich angepiepst wurde. Gegen halb eins. Sherry ist noch sitzen geblieben. Das war das letzte Mal … dass ich sie gesehen habe.« In den Augen der Krankenschwester glänzen Tränen.
»Sherrys Mann sagt, er habe sie in der Mittagszeit angerufen.«
»Da muss ich dann schon weggewesen sein.«
»Er hat auch gesagt, dass sie aufgewühlt wirkte. Und dass er zur Morrow Farm gefahren ist, um zu sehen, was los ist.«
»Na, das erklärt, warum ich seinen Wagen heute Nachmittag auf den Besucherparkplatz hab einbiegen sehen.«

»Wie spät war das?«, fragt Silver, der das notieren will.
»Gegen eins.«
»Woran haben Sie erkannt, dass es Aaron Buckleys Wagen war?«, fragt Leo.
»Daran, dass er ausgestiegen ist. Ich hab zufällig im Zimmer einer Bewohnerin die Jalousien heruntergelassen. Der Besucherparkplatz liegt höchstens zwanzig Meter entfernt. Ich habe Buckley deutlich erkannt.«
»Haben Sie auch Sherrys Wagen auf dem Parkplatz gesehen?«, fragt Leo.
»Nein, der Parkplatz fürs Personal ist von dort aus nicht zu sehen.«
»Und Buckley? Was hat er gemacht?«
»Wie gesagt, er ist ausgestiegen. Dann hat er sich eine Zigarette angezündet und sie nach ein paar Zügen wieder ausgetreten. Dann ist er Richtung Zedernhalle gegangen. Da liegen die Büros. Auch das von Kevin Wise«, fügt sie mit besonderer Betonung hinzu.
Silver wirft Leo einen raschen Blick zu. Auf dem Weg zu Laura Richards Wohnung hatte Leo seinem Partner von dem Gespräch mit Aaron Buckley im Diner berichtet, auch dass der Kollege von der Sitte erzählt hatte, er sei nicht in die Einrichtung gegangen.
»Wie lange war Buckley im Gebäude?«, fragt Silver.
Laura Richards blickt beide Detectives düster an. »Nicht sehr lang. Etwa zehn Minuten. Ich hab gesehen, wie er wieder in seinen Wagen gestiegen ist, und dann ist er vom Parkplatz losgebraust, wie von der Tarantel gestochen.«

»Sie glaubt, dass Buckley seine Frau umgebracht hat«, sagt Silver, als sie das Haus der Krankenschwester verlassen.
»Sie kann ihn jedenfalls nicht leiden«, lautet Leos einzige Antwort.
»Sie müssen zugeben, er ist wirklich ein verdammt guter Verdächtiger«, sagt Silver.
»Wir sind noch ganz am Anfang. Also nichts überstürzen, mein Junge. Sonst schauen Sie am Ende dumm aus der Wäsche.«

Silver blickt ernüchtert. Und ein wenig verlegen.
»He, ich spreche aus Erfahrung«, sagte Leo aufmunternd. »Und schön ist das nicht, das können Sie mir glauben.«

15

»Wieso werde ich bestraft?« Charlie Dunbar starrt Nat am nächsten Morgen wütend an.

»Das ist keine Bestrafung, Charlie.« Nat bemüht sich um einen ruhigen Tonfall, doch ihre Nerven liegen blank. Sie hat letzte Nacht kaum ein Auge zugetan. »Sondern eine Vorsichtsmaßnahme.«

»Sie denken, ich mach die Biege.«

»Ich hab bereits mit Mr. Goodman gesprochen, und er hat volles Verständnis –«

»Na, wenigstens einer«, faucht Charlie.

»Charlie, es ist Freitag. Sie lassen nur einen Arbeitstag ausfallen. Am Montag ist vielleicht schon alles geklärt ...«

»Sie glauben doch nicht im Ernst, dass die Cops das Schwein, das meine Exfrau ermordet hat, bis Montag schnappen.« Charlie versucht gar nicht erst, ruhig zu bleiben.

»Regen Sie sich ab, Dunbar«, faucht Jack ihn an. Nats Stellvertreter hat darauf bestanden, bei dem für acht Uhr morgens angesetzten Gespräch mit dem Häftling dabei zu sein. Er lehnt an der Kante von Nats Schreibtisch, knapp einen Meter von dem aufgebrachten Häftling entfernt.

»Sie stehen noch unter Schock«, sagt Nat einfühlsam. »Wenn es Sie beruhigt, Charlie, ich gehe heute Morgen zu Jenni.«

Dunbars Verhalten verändert sich schlagartig, als der Name seiner Tochter fällt. Sorgenfalten zeigen sich auf seiner Stirn. »Was wird denn jetzt aus ihr? Wo soll sie hin? Die Wohnung ist doch ein Tatort, nicht?«

»Stimmt.« Daran hat Nat noch gar nicht gedacht. Selbst wenn Jenni nach Hause wollte, sie würde die Wohnung nicht betreten können, solange die Polizei sie nicht wieder freigegeben hatte. Und was war mit Aaron Buckley? Wo hatte der die letzte Nacht verbracht? Wo würde er bleiben, bis die Polizei ihn wieder in die Wohnung ließ?

Wenn er überhaupt wieder in die Wohnung durfte. Wie Nat aus Erfahrung wusste, stammte der Täter bei einem Mordfall meist aus dem näheren Umfeld des Opfers, oft sogar aus der Familie, und am häufigsten handelte es sich um den eigenen Partner. Nach dem jetzigen Stand der Dinge wäre Nat nicht überrascht, wenn die Beweise am Ende auf Aaron Buckley deuteten. Das Gespräch mit ihm im Diner hatte ihm jedenfalls keine Pluspunkte bei ihr eingebracht.

»Jenni hasst ihren Stiefvater«, sagt Dunbar. »Selbst wenn er es nicht war …« Er schluckt schwer, schüttelt den Kopf. Offenbar ist Nat nicht die Einzige, die Buckley für äußerst verdächtig hält.

»Gibt es noch andere Angehörige? Von Ihnen oder Ihrer Exfrau?«, fragt Nat, die Charlies Unmut über den Mann, der seinen Platz in der Familie und im Bett seiner Exfrau eingenommen hat, nicht noch weiter schüren will.

»Meine Frau war Einzelkind. Ihre Eltern sind gestorben. Soweit ich weiß, hat sie sonst niemandem in der Verwandtschaft nahegestanden. Und auch auf meiner Seite wüsste ich keinen, dem ich meine Tochter anvertrauen würde.«

»Freunde?«, fragt Nat.

»Bei mir nicht. Wer bei Sherry in Frage käme, kann ich nicht sagen, ist zu lange her.« Er hält inne, überlegt. »Moment, Jenni hat eine Freundin. Ich komm jetzt nicht auf ihren Namen, aber ihre Mutter ist eine Kollegin von Sherry in dem Altenheim. Aber wie die heißt, weiß ich nicht, geschweige denn, ob sie Jenni vorübergehend aufnehmen würde.«

Nat hört ein Auto hupen, und als sie aus dem Fenster schaut, sieht sie Leos silberfarbenen Mercury Cougar am Straßenrand stehen. Sie ist sicher, dass sie sich mit ihm um neun im Krankenhaus verabredet hat. Anscheinend will er verhindern, dass sie vor ihm bei Jenni ist und mit ihr erst mal unter vier Augen redet. Was sie vermutlich auch getan hätte.

Sie steht auf. »Ich rede mit Jenni darüber. Und ich verspreche Ihnen, ich bringe sie irgendwo unter, wo sie sicher ist und sich wohlfühlt.«

»Ich möchte sie sehen, Superintendent.« In Charlies Stimme schwingt ein flehender Unterton mit. »Wenn sie das Krankenhaus verlassen darf, bringen Sie sie dann her?«

Nat zögert, da sie weiß, dass es davon abhängen könnte, was Jenni ihr gleich erzählen wird. Nats schlaflose Nacht rührte in erster Linie aus der Ungewissheit, wo das Mädchen am Tag zuvor gewesen ist. Was wenn …?

»Irgendwas verschweigen Sie mir doch, Superintendent.« Der Häftling hat sich kerzengerade aufgerichtet und starrt sie an.

Jack macht einen Schritt nach vorn, um dem Insassen den Blick auf Nat zu versperren. »Immer mit der Ruhe, Dunbar.«

Wieder drückt Leo draußen auf die Hupe. »Ich weiß selbst noch so gut wie gar nichts, Charlie«, sagt Nat, als sie um den Schreibtisch herumgeht. Sie blickt Jack an. »Charlie soll heute mithelfen, die neu gelieferten Bücher für die Bibliothek auszupacken und in die Regale zu räumen.«

Jack nickt. »Bist du zur Aufnahmebesprechung wieder da?«

»Ich versuch's.«

Wenn ein Häftling von einer geschlossenen Strafanstalt ins Horizon House verlegt werden soll, findet freitags um elf zwischen Nat, Jack, Sharon Johnson und Gordon Hutchins eine Besprechung über den Neuzugang statt. Sie sichten die Personalakte – Polizei-, Gerichts- und Gefängnisunterlagen –, erörtern mögliche Probleme und erstellen ein Programm, das auf den neuen Insassen zugeschnitten ist. Wenn der Neuling alkohol- oder drogenabhängig war, ist er verpflichtet, an den abendlichen AA-Sitzungen teilzunehmen. Bei Anzeichen für emotionale Probleme muss er Kurse über Aggressionsbewältigung besuchen und sich einer Gruppen- oder Einzeltherapie unterziehen. Der Häftling wird am Montag aufgenommen, absolviert eine Orientierungswoche und tritt am Montag darauf die Arbeitsstelle an, die Sharon Johnson ihm zugeteilt hat.

Thema der heutigen Besprechung ist die Aufnahme von Lucille Watts, einer siebenundvierzigjährigen Afroamerikanerin, die wegen versuchten Mordes an ihrem gewalttätigen Ehemann verurteilt worden war. Sie hatte fast sieben Jahre im Frauengefängnis CCI Grafton abgesessen und soll im Juni auf Bewährung entlassen werden. Sie hat vier Kinder im Alter von acht bis achtzehn Jahren. Alle bis auf die achtzehnjährige Tochter sind in Pflegefamilien untergebracht. Eine der Fragen, die während ihres Aufenthaltes im Horizon House geklärt werden soll, ist die, ob Lucille Watts nach ihrer Entlassung das Sorgerecht für ihre minderjährigen Kinder zurückerhalten soll.
Nat ist bereits an ihrer Bürotür, als sie Jack einen Blick über ihre Schulter zuwirft. »Wenn ich nicht rechtzeitig zurück bin, melde Mrs. Watts doch bitte für den Elternkurs an.« Nat weiß, dass ihre Arbeit im Horizon House nicht darunter leiden darf, dass sie sich in diese Mordermittlung reinhängt. Leicht wird das nicht werden, obwohl sie durch die Erfahrungen der letzten paar Jahre inzwischen eigentlich ein Profi sein müsste. Aber die Last fühlt sich inzwischen noch schwerer an. Und eindeutig komplizierter.

16

»Du siehst furchtbar aus«, sagt Nat zu Leo, kaum dass sie zu ihm in den Wagen gestiegen ist. Als er ihr einen kurzen Seitenblick zuwirft, weiß sie, dass er das Gleiche zu ihr sagen könnte. Aber er tut's nicht.

»Ich komme direkt von der Gerichtsmedizin. Die Buckley-Obduktion.«

Nats Magen dreht sich schon allein bei dem Gedanken um. Kein Wunder, dass Leo so angeschlagen wirkt. Er musste sich die grausige Prozedur mit ansehen. Zu einer anderen Zeit hätte Nat ihn, ohne zu überlegen, in den Arm genommen. Der Impuls ist noch da. Aber es gibt zu viel, was dagegen spricht. Wie würde er die Berührung deuten? Würde er sie wollen? Was wollte sie ihm damit sagen?

Sie behält ihre Hände bei sich, und Leo fährt los.

»Was hat die Obduktion ergeben?«, fragt sie leise, als sie ein Stück unterwegs sind.

»Die tödliche Verletzung war der Messerstich in den Rücken.« Genau wie Leo vermutet hatte. »Der Gerichtsmediziner meint, es war mit ziemlicher Sicherheit der erste Stich und der, an dem das Opfer schließlich verblutet ist.«

Bei Leos Worten läuft es Nat an dem ohnehin schon frostigen Tag eiskalt den Rücken herunter. Ein Bild taucht vor ihrem inneren Auge auf, eines, das sie bislang hatte unterdrücken können. Ihre beste Freundin, Maggie Austin, ausgestreckt auf dem Bett, gefesselt, vergewaltigt. Tot. Nein, bei dem Mord war kein Blut vergossen worden – Maggie wurde erdrosselt –, aber Aus-

löser für die Erinnerung an den grauenvollen Tod ihrer Freundin vor drei Jahren ist die Brutalität, mit der Sherry Buckley ermordet wurde. Und verbunden mit dem traurigen Bild ist die Erinnerung an ihre allererste Begegnung mit Detective Leo Coscarelli. Damals wäre ihr nie in den Sinn gekommen, dass sich zwischen ihnen eine Liebesbeziehung entwickeln würde. Ihr Leben hätte weiß Gott weniger Tiefpunkte, wenn es nicht dazu gekommen wäre. Aber auch weniger Höhepunkte, wie sie zugeben muss.
Leo setzt seine Schilderung mit ausdrucksloser und sachlicher Stimme fort. »Sie hatte noch etliche andere Stichwunden an Brust und Händen. Sie hat sich gewehrt, aller Wahrscheinlichkeit nach. Nach dem Stich in den Rücken muss Sherry Buckley sich zu ihrem Angreifer umgedreht und versucht haben, weitere Stiche zu verhindern. Die Prellungen im Gesicht und am ganzen Körper resultieren sehr wahrscheinlich von dem Treppensturz, aber es lässt sich eben nicht mit Sicherheit sagen. Einige der Blutergüsse können auch die Folge von Schlägen sein.«
Leo biegt von der Huntington Avenue ab und fährt in südlicher Richtung auf dem Abschnitt der Route 1 weiter, der Jamaicaway genannt wird. »Sie hatte auch eine Reihe von älteren Blutergüssen.«
Nat wirft ihm einen Blick zu. »Aaron Buckley?«
»Die blauen Flecken waren nicht signiert«, sagt er bitter.
»Und ich bezweifle, dass er sich dazu bekennen würde, wenn du ihn fragen würdest.« Nats Tonfall steht Leos in nichts nach.
»Die Obduktion hat ergeben, dass das Opfer wahrscheinlich irgendwann gestern Geschlechtsverkehr hatte.« Leo gelingt es nicht, das ohne eine Veränderung der Stimmlage zu sagen. »Es wurden Spermaspuren gefunden.«
»Vergewaltigung?« Nat läuft ein Schauer über den Rücken.
»Möglich. Die DNA-Tests dauern eine Weile.«
Nat fällt ein, worüber sie vorhin nachgedacht hat. »Wo hat Aaron Buckley die letzte Nacht verbracht?«
Leo wirf ihr einen Blick zu. »Bei seiner Partnerin zu Hause in Southie.« Nach kurzem Zögern fügt er hinzu: »Detective Sandra Miller.«

»Wohnt Miller allein?«

»Soweit ich weiß, ja.«

»Single oder liiert?«

Leo blickt sie kurz an. »Weiß ich nicht.«

»Und wo schläft Buckley heute Nacht?«

Leo nimmt sein Handy und drückt auf Wahlwiederholung. »Silver, Sie müssen für mich was überprüfen.«

17

Jenni Dunbar sitzt zusammengesunken auf einem Plastikstuhl in ihrem Zimmer. Sie trägt ein Krankenhaushemd unter einem dünnen Baumwollbademantel, der einige Nummern zu groß für sie ist. Sie lässt den Kopf hängen, sodass ihr die knallrosa Haare über das schmale Gesicht fallen.

Leo steht am Fenster, während Nat auf einem weiteren grünen Plastikstuhl vor dem Mädchen sitzt, mit dem Rücken zu Leo.

»Dein Arzt hat mir erzählt, du wolltest heute Morgen deine Medizin nicht nehmen«, sagt Nat und achtet darauf, nicht vorwurfsvoll zu klingen.

»Ich bin nicht krank«, murmelt Jenni.

»Nein, aber du hast großen Kummer. Es ist schrecklich, ein Elternteil zu verlieren.«

Jenni erwidert nichts. Sie rührt sich auch nicht.

»Ich weiß, wie das ist.«

Jenni riskiert einen kurzen Blick auf Nat, senkt dann gleich wieder den Kopf.

»Nicht meine Mutter, mein Vater. Er hat sich das Leben genommen. Da war ich kaum älter als du.« Nat hält inne. »Wir haben uns nicht so toll verstanden, und das hat es für mich noch schlimmer gemacht. Wenn man keine Möglichkeit mehr hat … Dinge zu klären.« Während Nat redet, spürt sie Leos bohrenden Blick im Rücken. Sie hat selten über ihren Vater gesprochen. Noch seltener über ihre Gefühle im Zusammenhang mit seinem Selbstmord.

Jenni schweigt einige Augenblicke. »Ich war stinksauer auf sie.

Immer hat sie zu Buck gehalten. Sogar nachdem …« Das zierliche Mädchen schlingt die Arme um die Schultern und fängt an, auf dem Stuhl vor- und zurückzuwippen. »Er hat uns einfach nicht in Ruhe gelassen. Der war voll paranoid. Er war scheißeifersüchtig wegen dem Arzt im Altenheim. Dabei hat er voll danebengelegen. Wenn er wüsste.« Sie stößt ein raues, kehliges Lachen aus.

Nat betrachtet das Mädchen, versucht, das Gesagte zu deuten. »Wenn er was wüsste, Jenni?« Dass es in Sherrys Leben einen anderen Mann gab, aber eben nicht Kevin Wise? Hatte Jenni nur einen Verdacht oder wusste sie es?

»Nichts. Nichts«, wiederholt Jenni mit Nachdruck.

»Jenni, ich frag dich jetzt rundheraus«, sagt Leo. »Hatte deine Mutter eine Affäre?«

»Nein«, sagt sie mit scharfer Stimme. »Nein. Nicht mit dem widerlichen Doc oder irgendeinem anderen Typen, okay? Das ist meine Antwort, rundheraus«, äfft sie Leo nach.

Nat ist sicher, dass Jenni lügt, und sie ist sicher, dass Leo das auch so sieht. Aber es ist offensichtlich, dass Jenni nicht mehr dazu sagen wird. Sie werden ein andermal auf diese Frage zurückkommen müssen.

Jenni blickt Nat an. »Wann kann ich aus dieser Scheißklapse raus?« Ihre Stimme ist schneidend.

»Wo willst du denn hin?«, fragt Nat sanft.

Der Mund des Mädchens klappt auf. Dann fängt ihre Unterlippe an zu beben, da ihr vermutlich zum ersten Mal die brutale Härte ihrer Lage klar wird. Durch den Verlust ihrer Mutter hat sie ihr Zuhause verloren, ihre Sicherheit, die Gewissheit, irgendwo hinzugehören. Alles Gefühle, die Nat nur allzu gut kennt.

»Ich will zu meinem Dad.« Jennis Stimme ist ein kindliches Wimmern. Nat nimmt behutsam die eiskalte Hand des Mädchens.

»Du weißt, dass er sich nichts sehnlicher wünscht, aber im Augenblick geht das nicht.«

Jenni zieht ihre Hand weg. »Ich bleib nicht bei ihm. Bei Buck. Auf keinen Fall. Auf gar keinen Fall«, sagt sie vehement und

springt von ihrem Stuhl auf. »Da bleib ich lieber hier bei den Psychos.«
»Setz dich, Jenni. Du musst nicht bei deinem Stiefvater bleiben«, sagt Nat mit Bestimmtheit.
Jenni mustert Nat aus zusammengekniffenen Augen, versucht zu erkennen, ob sie Nat trauen kann. »Wohin denn dann? In irgendeine blöde Pflegefamilie?«
»Was ist mit deinem Freund? Könntest du vorübergehend bei ihm in der Familie wohnen?«, fragt Nat.
»Nein«, sagt Jenni schnell. Zu schnell. Sie schenkt Nat einen finsteren Blick, fühlt sich ausgetrickst. »Ich hab keinen Freund.«
Nat sagt nichts.
Jenni setzt sich wieder hin, versucht vergeblich, Nats Blick auszuweichen. »Ich meine … ich hatte einen. Aber das ist … aus und vorbei. Vergessen Sie's einfach, okay?«
»Okay«, sagt Nat ruhig.
Jenni blickt an Nat vorbei zu Leo. »Verhaften Sie ihn?«
»Wen?«, fragt Leo, der mit verschränkten Armen am Fenster steht.
»Buck.«
»Wenn es Beweise gegen ihn gibt, ja«, sagt Leo. »Hast du einen begründeten Verdacht, dass er deine Mom getötet haben könnte?«
»Sie haben sich gezofft, als ich am Morgen von zu Hause weg bin.«
»Hat er deine Mutter geschlagen?«, fragt Leo.
Jenni zuckt zusammen. »Nicht, solange ich da war.«
»Glaubst du, er hat sie geschlagen, sobald du gegangen bist?«
»Ich weiß nicht«, murmelt sie kleinlaut. »Vielleicht. Aber …«
»Aber was?«, hakt Leo nach.
Jenni sagt nichts mehr.
»Hat er deine Mutter früher mal geschlagen?«
Jenni blickt Leo düster an, schweigt weiter.
Nat beugt sich näher zu dem Mädchen. »Sprich mit uns, Jenni. Wir wollen den Mörder deiner Mutter finden. Du doch bestimmt auch. Wenn du irgendwas weißt –«

»Ich hasse Buck. Und wenn er meine Mom getötet hat –« Jenni fängt an zu weinen, die Schluchzer steigen tief aus ihrer Brust. Nat legt die Arme um sie, erschüttert, wie dünn und knochig sie ist. Der Zorn und der Widerstand sind verflogen. Das Mädchen rutscht vom Stuhl und lässt den Kopf auf Nats Schoß sinken, haltlos schluchzend. »Ich hab meine Mom geliebt. Wirklich.«
Nat streichelt Jennis Haar, weiß sie doch, dass jemand, der liebt, nicht zwangsläufig unschuldig ist. Leider kann es genau das Gegenteil bedeuten. Ein Blick zu Leo, und sie ist sicher, dass ihm der gleiche Gedanke durch den Kopf gegangen ist.
»Leo, holst du Jenni bitte eine Cola?«
»Ja, ja, klar«, sagt Leo widerwillig und schleicht zur Tür hinaus, die er leise hinter sich schließt.

Nat zieht das Mädchen sachte auf die Beine, führt sie zum Bett und setzt sich mit ihr auf den Rand. »Ist ja gut. Lass es raus, Jenni. Lass alles raus.« Nat streichelt über das pinkfarbene Haar, das sich vom vielen Färben ein wenig wie Stroh anfühlt.
Jenni vergräbt das Gesicht an Nats Schulter, bleibt so, auch, nachdem ihre Tränen versiegen.
»Jenni, ich muss dich was fragen. Es ist sehr wichtig.«
Langsam hebt das Mädchen den Kopf. Die silbernen Gesichtspiercings glitzern im Sonnenlicht, das durch das Fenster hereinströmt. Die Wangen sind tränenverschmiert, die Augen rot und geschwollen. Aber sie hat einen argwöhnischen Ausdruck im Gesicht. »Was denn?«
»Ich muss wissen, wo du gestern Nachmittag warst. Du warst nicht in der Schule.«
Jenni erstarrt und weicht zurück. »Ich war nirgendwo besonders. Ich war ziemlich gefrustet wegen dem ganzen Zoff zu Hause. Ich war total aufgekratzt und hätte es nicht ausgehalten, den ganzen Tag in der Schule zu hocken. Da bin ich einfach in der Stadt rumgelaufen, mehr nicht.«
»Hör mir zu, Jenni. In einer Morduntersuchung ist jeder, der dem Opfer nahestand und kein Alibi für die Tatzeit hat …«
Jenni springt vom Bett auf. »Sie glauben, ich hätte meine Mutter umgebracht? Das ist doch voll krank. Scheiße, ich hab gedacht,

Sie wären meine Freundin. Machen Sie, dass Sie rauskommen, ja? Hauen Sie ab, verdammt nochmal!« Sie schreit förmlich, und Nat fürchtet schon, dass Leo oder irgendeine Krankenschwester jeden Augenblick hereingerannt kommt und irgendwas tut, was das Mädchen vielleicht noch mehr aufwühlt.
Nat steht vom Bett auf und packt Jenni fest an den Schultern. Jenni windet sich, aber vergeblich. Nat ist größer und stärker.
»Verdammte Scheiße, lassen Sie mich in Ruhe. Nehmen Sie Ihre dreckigen Hände weg.«
»Jetzt langt's aber, Jenni. Du bist alt und clever genug, um zu wissen, dass du bei der Polizei auf der Verdächtigenliste stehst, genau wie dein Stiefvater und ein paar andere. Ich will, dass du von der Liste gestrichen wirst. Und das geht nur, wenn du kooperierst. Ich bin hier, weil ich dich mag und auch, weil dein Vater sich deinetwegen große Sorgen macht. Also entscheide dich, ja? Ich kann gehen, wenn du das wirklich willst. Ich fahre zurück zum Horizon House und erzähl deinem Vater, ich hätte alles versucht, aber ...«
»Hören Sie auf. Ich will nicht, dass Sie ihm das sagen. Aber ... aber er soll auch nicht erfahren ... wo ich war.« Wieder laufen ihr Tränen über die Wangen. »Ich ... ich erzähl es Ihnen nur, wenn Sie schwören, dass er nichts erfährt. Schwören Sie's.« Jenni hält den Ärmel von Nats grauem Pullover fest, ihre nassen Augen blicken beschwörend.
»Ich erzähl deinem Vater nichts«, sagt Nat. Mehr kann sie nicht versprechen.

18

»Sie geht anschaffen?« Leo blickt finster.

»Sie sagt, sie wollte Geld für die gemeinsame Wohnung mit ihrem Dad verdienen, nach seiner Entlassung. Für die Kaution und die erste Monatsmiete.«

»Mein Gott. Wie alt ist sie? Fünfzehn?«

»Sie sagt, sie hätte erst vor einem Monat damit angefangen.« Nat wird übel bei der Erinnerung an die besonders bedrückenden Einzelheiten von Jennis Geständnis.

»Die Typen stehen auf junge Mädchen. Vor allem wenn du so tust, als wärst du noch Jungfrau … was ich schon eine Weile nicht mehr bin.«

»Und wenn sie merken, dass du gelogen hast?«

»Die meisten merken nichts. Ich bin ziemlich gut. Selbst wenn sie's merken, ist es ihnen dann eigentlich egal. Zweimal ist ein Typ sauer geworden, da hab ich irgendeinen Schwachsinn erzählt von wegen ich würde reiten. Ich hab mal gehört, dass Mädchen, die viel reiten, ihre Jungfräulichkeit verlieren können.«

»Wie… wie viele Männer waren es denn, Jenni?«

»Ich weiß nicht. Vielleicht zehn. Ich hab an die fünfhundert Dollar zusammengespart, aber Wohnungen in der Stadt sind schweineteuer …«

Nat spürt, wie Leo ihr einen Blick zuwirft, als er an einer Ampel halten muss. »Lass mich raten. Du hast ihr angeboten, dass du ihr den Rest des Geldes gibst, den sie für die Wohnung braucht, wenn sie nicht mehr auf den Strich geht.«

Nat starrt geradeaus durch die Windschutzscheibe. »Ein Dar-

lehen. Ich habe gesagt, ich würde ihr das Geld leihen. Und auch nur, wenn der Bewährungsausschuss grünes Licht gibt, dass sie mit ihrem Dad zusammenwohnen kann.«
»Nat –«
»Bitte jetzt keine Predigt, Leo.«
»Kann ihr jemand ein Alibi für die Tatzeit geben? Ein Freier? Ein Hotel? Irgendwer, der sie irgendwo gesehen hat? Oder mit dem sie geredet hat?«
»Nein«, murmelt Nat. »Sie meinte, der Nachmittag wäre schleppend gewesen.«
»Wo war sie?«
»Tremont Street.«
»Sie war den ganzen Tag auf der Straße? Ist sie zwischendurch nicht mal in einen Coffeeshop gegangen? Aufs Klo? Es war gestern verflucht kalt.«
Nat hört die wachsende Gereiztheit in Leos Tonfall.
»Sie hat sich in ein paar Geschäften aufgewärmt, weiß aber nicht mehr genau, wo. Und sie hat sich eine Weile bei McDonald's aufgehalten. Bezweifelt aber, dass sich dort jemand an sie erinnern würde.«
»Welche Filiale?«
Nat sagt es ihm.
»Wohin geht sie mit ihren Freiern?«
»Weiß ich nicht. Danach hab ich nicht gefragt.« Nat ist inzwischen genauso gereizt. »Sie hat gerade ihre Mutter verloren, Leo.«
»Ja, und sie könnte ihre Mörderin sein«, erwidert er ungehalten. Als die Ampel grün wird, tritt er so fest aufs Gaspedal, dass die Reifen quietschen.
Nat hält sich zurück. Nach ihrem beunruhigenden Besuch bei Jenni hatte sie mit dem behandelnden Psychiater gesprochen, der sich bereit erklärte, das Mädchen noch für weitere vierundzwanzig Stunden zur Beobachtung dazubehalten. Aber länger nicht, es sei denn, das Mädchen müsse eingewiesen werden. Was unwahrscheinlich war, so teilte er Nat mit, da Jenni keine Anzeichen für eine Selbstmordgefährdung oder eine ernsthafte Depression zeige.

»Mein Partner hat sich gemeldet«, fuhr Leo fort. »Buckleys Partnerin, Sandra Miller, ist Anfang fünfzig, verheiratet und hat zwei Kinder, die noch zu Hause wohnen. Sie hat Buck im Gästezimmer untergebracht und ihm versichert, er könne so lange bleiben, wie er will.«

Nat seufzt. Wieder eine Theorie im Eimer. Unwahrscheinlich, dass Buckley mit seiner Partnerin eine Affäre hatte und seine Frau aus dem Weg haben wollte. Diese Möglichkeit hatte sie ohnehin nicht ernsthaft in Erwägung gezogen. Aber ganz auszuschließen wäre sie nicht gewesen.

»Da ist noch was.«

Nat gefällt nicht, wie Leo das sagt. Und sie weiß, dass ihr das, was jetzt kommt, noch weniger gefallen wird.

»Das Darlehen, das du Jenni angeboten hast –«

»Was ist damit?«, fragt sie langsam.

»Sie wird's nicht brauchen. Silver hat rausgefunden, dass Sherry Buckley über ihre Arbeit eine Lebensversicherung hatte. Jenni ist die Begünstigte.«

Die Erschöpfung, die Nat schon den ganzen Morgen spürt, wird plötzlich unerträglich. »Wie viel?«

»Fünfzigtausend.«

»Nicht gerade ein Vermögen«, sagt sie leise. Aber in den Augen einer Fünfzehnjährigen sehr wohl, das ist Nat klar. Eine Fünfzehnjährige, die sich prostituiert, weil sie dringend Geld braucht. Die so dringend Geld braucht, dass sie deshalb ihre Mutter getötet hat?

Nat spürt einen Schmerz in der Brust. Sie will nicht, dass Jenni Dunbar es war. O Gott, denkt sie, lass Aaron Buckley oder sonstwen den Mörder sein.

»Soll ich dich am Zentrum absetzen?«

Nat starrt geradeaus, die Augen auf die Straße. Keine Antwort.

»Natalie?«

Langsam blickt sie zu ihm hinüber. »Wo willst du noch hin?«

»Ich treff mich mit meinem Partner vor dem Seniorenheim.«

Nat sieht auf die Uhr. Es ist kurz nach zehn. Sie hat noch ausreichend Zeit, um pünktlich zu der Besprechung um elf zurück im Horizon House zu sein.

»Weißt du was? Ich komm mit.«
Sie spürt Leos Augen auf sich gerichtet. Sie kann sein Lächeln spüren. Verdammt, sie hat ihn vermisst. Und auch das hier. Bei einer Untersuchung dabei zu sein. Leo ist einer von diesen Cops, die jeden noch so kleinen Stein umdrehen. Unter einem dieser Steine lauert der Täter. Nat, die einfach nicht glauben will, dass Jenni ihre Mutter getötet hat, ist entschlossen, Leo bei der Suche nach dem *richtigen* Stein zu helfen.

19

Dan Silver lehnt an der Säule eines dreigeschossigen klassizistischen Prachtbaus, der sich gut auf der Titelseite eines Luxushäuser-Magazins machen würde. Nicht auszuschließen, dass er einmal eine Ausgabe einer solchen Zeitschrift geziert hatte, als er noch Jared Lawson gehörte. Der Finanzier hatte das acht Hektar große Grundstück, das zwanzig Minuten westlich von Boston in Newton lag, in den Sechzigerjahren gekauft und für sich und seine Frau eine prunkvolle Villa darauf gebaut. Im Laufe der nächsten fünfundzwanzig Jahre folgten ähnlich stattliche Häuser für seine zwei Söhne und seine Tochter, die er in seiner unmittelbaren Nähe wissen wollte. Doch die glückliche Familie brach auseinander, als Jared Lawson 1992 verhaftet und wegen Unterschlagung zu dreißig Jahren Gefängnis verurteilt wurde. Der Besitz musste verkauft werden, und die Familie zerstreute sich in verschiedene Teile des Landes, um der Sensationspresse zu entgehen, für die es ein gefundenes Fressen war, wenn die Reichen mal eins auf den Deckel bekamen. Nach zwei Jahren erhängte Jared Lawson sich in seiner Zelle.

Die Villa, die Lawson für sich und seine Frau gebaut hat, ist das erste Gebäude hinter den Toren der Morrow Farm Residence und liegt gleich hinter dem Besucherparkplatz. Überall auf dem Grundstück stehen Ulmen. Um diese Zeit im Jahr haben die Bäume das Laub längst abgeworfen, und in den gepflegten Beeten wachsen auch keine Blumen mehr, doch die Sträucher sind fachmännisch gestutzt und zum Teil mit zeltähnlichen Konstruktionen vor den Unbilden des Winters geschützt. Dieses

Anwesen hat gute Gärtner. Und genug Geld, um sie sich leisten zu können.
Silver stellt sich gerade hin, als Leo und Nat näherkommen. Heute trägt der junge Detective einen sandfarbenen Wollmantel, der nicht zugeknöpft ist, sodass ein ebenso sandfarbener Rollkragenpullover und eine schwarze Stoffhose zum Vorschein kommen. Seine schwarzen Lederhalbschuhe schimmern perfekt.
»Sieht aus wie ein Fotomodel«, sagt Nat halblaut.
»So toll ist er auch wieder nicht. Und er ist schwul«, knurrt Leo.
»Ich hab das nicht gesagt, weil ich interessiert bin, Leo.«
Er wirft ihr einen bösen Blick zu.
»Dr. Wise ist nicht da«, sagt Dan Silver und kommt ihnen entgegen. »Hat sich krankgemeldet.« Er blickt Nat an. Sie stellt sich vor und reicht ihm die Hand. Er schüttelt sie mit festem Druck, aber in seinen Augen liegt ein fragender Blick. Nat sieht Leo an, damit er ihre Anwesenheit erklärt, doch er tut nichts dergleichen.
Silver ringt seine Neugier nieder und blickt Leo an. »Ich habe mir seine Privatnummer geben lassen und angerufen. Meldet sich aber nur der Anrufbeantworter.«
»Haben Sie seine Adresse?«
Silver nickt.
»Fahren Sie bei ihm vorbei.«
»Und was machen Sie?«
»Hat Morrow da drin ein Büro?« Er deutet mit einem Nicken auf das Gebäude, das »Zedernhalle« genannt wird.
»Er und seine Frau warten schon. Ich habe der Sekretärin gesagt, wir würden uns gern mit beiden unterhalten. Ich könnte dann anschließend zu Wise –«
»Natalie und ich sprechen mit ihnen. Sie fahren zu Wise.«
Silver verhehlt weder seine Verblüffung noch seinen Unmut über den Plan. Beides steht ihm ins Gesicht geschrieben. Aber er sagt keinen Ton.
Kluger Junge, denkt Nat.

Graham und Hilary Morrow sitzen in einem Raum, der eher einem vornehmen Salon als einem Büro ähnelt. Er ist das reinste Paradies für Antiquitätenliebhaber und aufgrund seiner Größe – etwa hundert Quadratmeter – gleich mit zwei Perserteppichen ausgelegt. Auf dem hinteren Teppich stehen nebeneinander zwei schimmernde Louis-XVI-Mahagonischreibtische, eine Anrichte mit kunstvollen Intarsien sowie vier burgunderrote Polstersessel. Je zwei Sessel flankieren einen der beiden Marmorkamine, die sich an gegenüberliegenden Wänden befinden. Die vordere Hälfte des Raumes ist mit einer Sitzgruppe ausgestattet – vier Sessel und ein kleines Sofa mit Rahmen aus geschnitztem Walnussholz und Gobelinbezügen im Aubussonstil, die Motive aus Aesops Fabeln zeigen. Insgesamt sechs hohe Terrassentüren säumen die linke Wand des Raumes und führen hinaus in eine blau geflieste Loggia auf der Westseite des Gebäudes.

Zum Sterben schön, denkt Nat.

Das Ehepaar, das nebeneinander auf zwei Sesseln der Polstergruppe sitzt, passt wunderbar zu dem vornehmen Ambiente des Raumes. Graham Morrow ist ein schlanker, eleganter, silberhaariger Mann mit dem frischen Teint des passionierten Seglers. Sein blauer Anzug ist ebenso maßgeschneidert wie sein weißes Hemd. Auf den ersten Blick sieht er aus wie Anfang sechzig, doch aufgrund der braunen Altersflecken und faltigen Hände schätzt Nat ihn eher auf über siebzig. Sie tippt auf ein teures Facelifting in Verbindung mit guter Ernährung und regelmäßigem Sport.

Hilary Morrow braucht keine Schönheitsoperation. Die großgewachsene, gertenschlanke Frau ist Anfang bis Mitte dreißig und trägt eine leuchtendrote Seidenbluse, die so weit aufgeknöpft ist, dass der lange, glatte Hals und das üppige Dekolleté zur Geltung kommen, dazu eine blassgraue Wildlederhose und Schuhe in einem leicht dunkleren Grau. Am Ringfinger prangt ein gut fünfkarätiger, funkelnder Diamant, und ein verziertes Silberarmband, das mit großen Türkissteinen besetzt ist, hängt lose ums Handgelenk. Türkisstecker schmücken ihre Ohren. Das volle, kastanienbraune Haar hat sie effektvoll

mit zwei Silberkämmen nach hinten gesteckt. Nat würde jede Wette eingehen, dass sogar diese Kämme aus echtem Silber sind.
Hilary Graham ist keine hübsche Frau, aber sie versteht es, das Beste aus dem zu machen, was Gott ihr beschert hat. Mit den Designerklamotten, dem Schmuck und dem gekonnt aufgetragenen Make-up sieht sie fast gut aus. Aber die blauen Augen sind zu blass, das Gesicht zu kantig, das Kinn etwas fliehend. Ihr Auftreten ist dagegen alles andere als fliehend. Es ist Hilary und nicht ihr Mann, die das Wort ergreift, sobald Leo und Nat ihnen gegenüber Platz genommen haben.
»Wir sind geschockt und fassungslos – die arme Sherry. Sie war eine wunderbare Krankenschwester. Wirklich, eine unserer besten. Mein Mann und ich möchten Ihnen versichern, dass wir Ihnen helfen werden, so gut wir nur können.« Hilary spricht mit einem leichten Südstaatenakzent, den sie anscheinend zu kaschieren versucht, was ihr aber nicht ganz gelingt. »Allerdings können wir uns nicht vorstellen, wie wir behilflich sein könnten.«
Graham Morrow nickt seiner Frau gewichtig zu. Im Gegensatz zu Hilary, die ganz entspannt wirkt, sitzt ihr Mann steif im Sessel und hält die zierlichen Holzarmlehnen mit verräterisch verkrampften Händen umklammert.
Als weder Leo noch Nat etwas auf Hilary Grahams Äußerungen erwidern, droht sie, ihre Gelassenheit zu verlieren. Sie versucht, sie wiederzugewinnen, indem sie die Gastgeberin spielt. »Darf ich Ihnen einen Kaffee anbieten, oder vielleicht Tee?«
»Nein, danke«, sagt Leo für sich und Nat.
Hilarys schmale Lippen zucken ein wenig, während sie unruhig hin und her rutscht. Graham schlägt die Beine übereinander und zupft an dem leuchtend weißen Kragen seines Hemdes. Er blickt weiter finster und schweigt.
Nach einem raschen Blick auf ihren Mann setzt Hilary eine geübt ernste Miene auf und sieht Leo an. »Um ehrlich zu sein, Lieutenant, meinem Mann und mir ist sehr daran gelegen, unsere Einrichtung möglichst aus dieser … dieser schrecklichen Geschichte herauszuhalten. Die Nachrichten und Zeitungen

berichten ja schon darüber, und obwohl die arme Frau bei sich zu Hause ermordet wurde, wird stets erwähnt, dass Sherry hier gearbeitet hat. Nun, Sie können sich bestimmt vorstellen, dass die Telefone bei uns nicht mehr stillstehen, weil ständig besorgte Angehörige und Freunde unserer Bewohner anrufen. Ganz zu schweigen davon, dass viele von unseren Bewohnern selbst ganz aufgeregt sind. Ich weiß nicht, ob Sie beide vielleicht auch betagte Eltern haben, aber Sie werden sicherlich wissen, wie sich Stress auf das seelische und körperliche Wohlbefinden eines Menschen auswirken kann, erst recht eines älteren Menschen. Wir möchten den Stresspegel unserer Schützlinge möglichst niedrig halten.«

»Wie geht es Andrew Glazer?«, fragt Leo im beiläufigen Plauderton.

Hilarys Augenlider blinzeln rasch, als hätte die Frage sie verwirrt. Graham blickt nicht verwirrt. Er blickt sichtlich beunruhigt.

»Mir ist nicht klar, was …?«, bricht es aus Hilary heraus, ohne dass sie den Satz beendet.

Nat fragt sich, wer Andrew Glazer ist und was er mit der Sache zu tun hat. Und warum Morrow schon bei der Erwähnung des Namens so verstört aussieht.

Endlich meldet sich Graham Morrow zu Wort. Seine Stimme ist höher, als Nat gedacht hätte. Aber vielleicht sind es die Nerven. »Mr. Glazer ist nicht mehr bei uns.«

»Ist er gestorben?«, fragt Leo, noch immer in demselben beiläufigen Ton.

Morrow wirft seiner Frau einen nervösen Blick zu, aber sie starrt geradeaus. Als hätte sie sich aus dem Gespräch ausgeklinkt, das ihr Mann jetzt übernommen hat.

Morrow räuspert sich, faltet die Hände auf dem Schoß, um ruhiger zu wirken. Er kann niemandem etwas vormachen. »Nein. Nein, er ist in einer anderen Einrichtung. Irgendwo im Westen, näher bei seinen Kindern, glaube ich. Wo genau, kann ich aus dem Kopf nicht sagen. Da müsste ich in der Akte nachsehen. Ist schon eine Weile her.« Ein weiterer fruchtloser Blick auf das Profil seiner Frau.

»Wann genau nach Isabelle Levys Tod hat Mr. Glazer Morrow Farm verlassen?«, fragt Leo.
Graham Morrows Miene verfinstert sich, die Altersfalten, die der Schönheitschirurg so mühevoll beseitigt hat, erscheinen wieder auf seiner Stirn. »Mir gefällt die versteckte Andeutung in ihrer Frage nicht, Lieutenant. Mrs. Levy ist eines natürlichen Todes gestorben. Andrew Glazers Behauptungen waren nichts anderes als die Hirngespinste eines Alzheimerkranken.«
»Die ganze unangenehme Geschichte konnte rasch von der Polizei geklärt werden«, schaltet sich Hilary zur sichtlichen Erleichterung ihres Gatten wieder ein. »Isabelle Levy hatte einen tödlichen Herzinfarkt.« Sie verkündet das mit einer Entschlossenheit, die keinen Widerspruch duldet. Und in ihrer Stimme schwingt kein Hauch von Traurigkeit mit. »Aber was das mit dem Mord an Sherry zu tun haben soll –«
»Mrs. Buckley – ach, nein, das war ja vor ihrer zweiten Heirat –, Mrs. Dunbar, wie sie damals noch hieß, hat die Ursache von Isabelle Levys Tod angezweifelt. Sie hat die Polizei eingeschaltet. Genauer gesagt, das Morddezernat.«
Nat versteht allmählich, worum es geht, und hört mit wachsendem Interesse zu. Obwohl es sie ärgert, dass Leo sie nicht vorher eingeweiht hat.
»Und die Polizei konnte nichts finden, was Sherrys unbegründete Behauptungen bestätigt hätte.«
Diesmal kann Hilary Morrow den Anflug von Verachtung in ihrer Stimme nicht überspielen, als sie Sherrys Namen ausspricht. Leo hat eindeutig einen empfindlichen Punkt getroffen. Wie Nat sehr wohl weiß, war genau das seine Absicht. Und jetzt wird er möglichst viel Druck auf diesen Punkt ausüben.
»Sie beide waren bestimmt sehr verärgert über sie –«
Hilary fällt ihm ins Wort. »Es war ausgesprochen dumm von ihr, aber sie war neu und unerfahren.« Sie bemüht sich, ihr hartes Urteil zu mildern. »Vor allem fehlte es ihr an Erfahrung mit Alzheimerpatienten.«
»Sie war eine ausgezeichnete Krankenschwester«, brummt Graham Morrow, ohne seine Frau anzuschauen.
»Kevin Wise muss auch ganz schön sauer auf Sherry gewesen

sein«, fährt Leo fort. »Schließlich hat sie ihn ebenfalls beschuldigt.«
»Nein, nein, das ist nicht wahr«, sagt Hilary heftig. »Sie war …« Ihre Vehemenz verebbt, als sie nach dem passenden Wort sucht. »… verwirrt.«
»Dann hat Dr. Wise ihr also auch verziehen?«
»Ja«, sagt Hilary rasch, begreift dann die eigentliche Bedeutung ihrer Antwort. »Es gab nichts zu verzeihen. Sherry hatte sich einfach geirrt. Das war längst vergessen.«
Nat bemerkt den Südstaatenakzent, der sich immer stärker in Hilary Morrows Sprache schleicht. Sie fragt sich, warum die Frau ihre Wurzeln verbergen will. Vielleicht waren ihre Wurzeln alles andere als glamourös. Vielleicht denkt Hilary, ihr Akzent könnte verraten, dass sie nicht gerade aus bestem Hause stammt. Vielleicht gibt es aber auch einen schwerwiegenderen Grund.
Falls Leo ähnliche Gedanken hat, so schiebt er sie für den Augenblick beiseite.
»Kürzlich ist noch eine Bewohnerin hier gestorben«, sagt Leo. »Margaret Proctor.«
Graham Morrows Gesichtsfarbe wird noch einen Ton blasser, und sein Mund bildet eine schmale Linie. Hilary dagegen sieht plötzlich fuchsteufelswild aus.
»Was wollen Sie damit andeuten, Lieutenant?«, faucht sie, und ihr Akzent ist jetzt unüberhörbar. Was sie vor lauter Wut nicht mal bemerkt, wie Nat vermutet.
Leo fährt ungerührt fort. »Sherry Buckley hatte ihre Zweifel, dass Mrs. Proctor eines natürlichen Todes gestorben ist. Genau wie vor sechs Jahren beim Tod von Mrs. Levy.«
Hilarys blasse Augen glimmen vor ungezügelter Wut. Ihre Lippen bewegen sich kaum, als sie spricht, sodass ihre Worte wie ausgespuckt klingen. »Margaret Proctor ist an einem Gehirnschlag gestorben, Lieutenant. Dr. Wise hat sie obduziert und den Totenschein entsprechend ausgestellt. Die Todesursache war absolut eindeutig«, beendet sie ihre Erklärung und presst die Lippen fest zu, genau wie ihr Mann.
»Genauso eindeutig wie der hübsche Geldsegen, den der Tod beider Bewohnerinnen Ihrer Einrichtung beschert hat.«

Hilary springt auf. Sie sieht aus, als wollte sie sich jeden Moment auf Leo stürzen.
»Setzen Sie sich, Mrs. Morrow«, sagt Leo erstaunlich ruhig.

20

Als Hilary Morrow sich hinsetzt, wirkt sie wie eine Königin, die auf ihrem Thron die angemessene Haltung einnimmt. Ein erstaunlich rasches Umschalten aus dem Kampfmodus. Nat ist beeindruckt.

Graham dagegen erholt sich nicht so schnell. Seine Lippen sind weiterhin fest geschlossen, seine Augen blinzeln nervös, und er findet einfach keine bequeme Sitzposition. Trotz Operation und gesundem Lebenswandel sieht der Mann nun fast so alt aus, wie er tatsächlich ist.

»Waren Sie und Ihr Mann gestern den ganzen Tag hier?«, fragt Leo.

»Ja«, erwidert Hilary mit fester Stimme. »Den ganzen Tag. Wir beide. Wir wohnen hier im Haus, unsere Privaträume sind oben. Wir waren auch den ganzen Abend da. Graham und ich haben den ganzen Tag am Kostenplan gearbeitet. Wir haben nicht mal Mittagspause gemacht, nicht wahr, Graham?«

Er reagiert erst etwas verspätet und dann überhastet, als wollte er die Verzögerung wettmachen. »Ja, ja. Ich meine … es stimmt, wir haben keine Mittagspause gemacht.«

»Und Dr. Wise?«

Obwohl Leo die Frage an beide richtet, überlässt Graham es Hilary zu antworten. »Äh, ja … natürlich. Er arbeitet jeden Tag mindestens bis sechs Uhr abends, manchmal länger. Sehr oft sogar länger. Der Mann ist unglaublich engagiert …«

Leo fällt ihr ins Wort. »Heißt das, Sie können persönlich bezeugen, dass Dr. Wise gestern Nachmittag zwischen zwei und vier Uhr seiner Arbeit nachgegangen ist, Mrs. Morrow? Mr. Morrow?«

Die Frage löst bei Hilary sichtliche Bestürzung aus. Da Graham Morrow sich fast seit Beginn des Gesprächs in diesem Zustand befindet, ist an ihm keine große Veränderung zu bemerken.

»Na ja, ich hab ihn in der Zeit nicht … persönlich … gesehen, wenn das Ihre Frage ist?«, sagt Hilary.

»Ja, genau das ist meine Frage«, erwidert Leo entgegenkommend.

»Ich bin sicher, eine Reihe von Kollegen oder Patienten können bestätigen, dass er da war, Lieutenant.« Hilarys Versuch, selbstsicher zu klingen, fällt ein wenig kläglich aus.

»Wo ist Dr. Wise heute?«, fragt Leo.

Keiner der Morrows ist anscheinend geneigt zu antworten.

Leo wartet geduldig. Nat beobachtet die wachsende Anspannung des Ehepaares.

»Er hat sich krankgemeldet. Ist das verwunderlich?«, sagt Graham schließlich und erblasst prompt unter dem missbilligenden Blick seiner Frau.

Als Hilary merkt, dass Nat sie beobachtet, wendet sie den Blick rasch von ihrem Mann ab, setzt eine freundlichere Miene auf und schaut Leo an. »Sherrys Tod war für uns alle ein sehr schwerer Schlag. Bitte entschuldigen Sie … meinen Ausbruch vorhin. Mir ist natürlich klar, dass Sie nur Ihre Arbeit machen«, sagt sie ohne erkennbare Südstaatenfärbung, während sie von Leo zu Nat und wieder zu Leo blickt, wohl weil sie beide für Detectives hält.

»Was war der Grund für den Streit zwischen Dr. Wise und Aaron Buckley gestern Nachmittag?« Leo macht tatsächlich genau das – seine Arbeit.

Graham Morrow blickt verdattert. »Aaron –?«

Hilary schaltet sich rasch ein. »Wir haben keine Ahnung, wovon Sie reden. Wir beide nicht.«

Nat glaubt, dass das nur die halbe Wahrheit ist.

Hilary strafft die Schultern. »Wenn Sie Fragen bezüglich Kev… Dr. Wise haben, schlage ich vor, Sie stellen sie ihm persönlich. Und wenn Sie sonst keine Wünsche mehr haben –«

»Wenn ich mir's recht überlege«, meldet Nat sich im heiteren Ton das erste Mal zu Wort, »hätte ich doch gern eine Tasse Kaffee.«

Hilary stößt ein nervöses Lachen aus. »Ich glaube, ich könnte auch eine vertragen. Meine Nerven sind ein bisschen angegriffen.«

»Stress ist für niemanden gut, ob alt oder jung«, sagt Nat leichthin.

Hilary versucht ein Lächeln, das ihr aber nicht ganz gelingen will. »Graham, bist du so lieb und bittest Jane, eine Kanne Kaffee zu bringen?«

Graham steht flink auf und durchquert mit großen Schritten den Raum. Er sieht aus, als wäre er froh, endlich gehen zu können. Nat bezweifelt, dass er wiederkommt.

Sobald sich die Tür hinter ihm schließt, beugt Hilary sich vor und blickt Leo bekümmert an. »Mit meinem Mann steht es gesundheitlich nicht zum Besten, Lieutenant. Er hatte letztes Jahr eine dreifache Bypassoperation, und sein Kardiologe hat ihn vor übermäßigem Stress gewarnt.«

»Nicht leicht, Stress zu vermeiden, wenn eine langjährige Mitarbeiterin von Ihnen brutal ermordet wird«, sagt Leo.

Hilary spitzt die Lippen. »Ich weiß, es ist Ihre Pflicht, uns als Sherrys Arbeitgeber ebenso zu befragen wie Dr. Wise, aber Sie sind hier an der falschen Adresse, wie man so sagt.«

»Sagt man so?« Leos Mundwinkel zucken in die Höhe, aber das ist weder ein Lächeln, noch soll es eins sein.

Nat muss ein Schmunzeln unterdrücken. Einfach wunderbar, wie Leo es schafft, diese Frau zu verunsichern. Und sie kann sich vorstellen, dass Hilary Morrow normalerweise nicht so leicht zu verunsichern ist.

Hilarys Nasenflügel beben, und obwohl Nat es nicht genau erkennen kann, ist sie sich doch einigermaßen sicher, dass die Miteigentümerin der Senioreneinrichtung auf der Unterlippe kaut.

Andererseits, so überlegt Nat, ist Hilary ja vielleicht gar keine Miteigentümerin. Ist die junge Mrs. Morrow finanziell von ihrem Mann abhängig, oder hat sie ein persönliches Interesse am geschäftlichen Erfolg? Nats Neugier wächst von Minute zu Minute. So viele Fragen würde sie Hilary Morrow gern persönlich stellen, aber sie bezweifelt, dass Leo ihre Einmischung begrüßen würde. Sie hat aber das Gefühl, dass die Gelegenheit kommen wird …

»Ich bin kein Mensch, der mit dem Finger auf andere zeigt, Lieutenant –«

Jetzt kann Nat ihr Schmunzeln kaum noch im Zaum halten.

»Aber ich betrachte es als meine Pflicht, Ihnen zu sagen, dass Sie sich bei Ihren Ermittlungen ernsthaft mit Sherrys Mann beschäftigen sollten. Er hatte tatsächlich gestern Streit mit Kevin. Ich wollte vorhin im Beisein von Graham nicht darüber sprechen. Er weiß nichts davon. Ich möchte nicht, dass er es erfährt. Es würde ihn nur noch mehr aufregen.«

»Dann haben *Sie* hier also mehr oder weniger das Sagen«, wirft Leo trocken ein.

Die Bemerkung kommt bei Hilary nicht sonderlich gut an. »Graham und ich haben als gemeinsame Besitzer die Leitung der Morrow Farm Residence inne, mit unterschiedlichen Ressorts«, sagt sie eisig. »Graham ist für die Finanzen zuständig, und ich kümmere mich um die Personalangelegenheiten sowie um die Belange unserer Senioren.«

»Erzählen Sie mir von dem Streit zwischen Aaron Buckley und Kevin Wise«, sagt Leo.

Ein Teil des Eises, wenn auch nicht alles, schmilzt in Hilarys Stimme dahin. »Sherrys Mann ist gestern Nachmittag in Kevins Büro gestürmt und hat gedroht, ihn umzubringen, wenn er …« Hilary gerät ins Stocken. Als sie weiterspricht, hat sie die Stimme gesenkt. »… wenn er die Affäre mit seiner Frau weiterführt. Als Kevin abstritt, etwas mit Sherry zu haben, wollte Mr. Buckley handgreiflich werden. Zum Glück macht Kevin seit Jahren Kampfsport und konnte den Mann rasch überwältigen. Dann hat er den Sicherheitsdienst gerufen. Aber ehe der kam, hatte Mr. Buckley schon das Weite gesucht.«

»Und wie haben Sie von der Sache erfahren?«, fragt Leo.

»Kevin hat es mir heute Morgen erzählt.«

»Sie haben ihn gesehen?«

»Nein. Er hat angerufen. Der Ärmste traut sich nicht, zur Arbeit zu kommen. Er hat schreckliche Angst, dass Buckley wieder auftaucht und …« Sie erbebt und lässt den Satz unvollendet.
»Ich dachte, dass Kevin sich gestern durchaus zu wehren wusste.«
»Mit Karate lässt sich keine Kugel aufhalten, Lieutenant. Oder ein Messerstich in den Rücken. Kevin hat gesagt, Mr. Buckley sei gestern Nachmittag in Rage von hier weggefahren, und er ist felsenfest überzeugt, dass der Polizist durchgedreht ist, als er nach Hause kam, und seine Frau erstochen hat.« Sie presst die Hände auf die Brust. »So, jetzt ist es raus. Ob ich Beweise habe? Nein. Natürlich nicht. Dafür sind Sie zuständig. Aber ich glaube, es wäre in Ihrem und unserem Interesse, sich auf den Mann zu konzentrieren, der sowohl die Mittel als auch das Motiv hatte, eine so brutale Tat zu begehen.«
»Warum hat Sherry gestern früher Feierabend gemacht?«, fragt Leo.
»Warum? Ich habe keine Ahnung. Aber darum geht es nicht. Ich versuche, Ihnen zu sagen –«
»Ich denke, Sie haben sich deutlich genug ausgedrückt, Mrs. Morrow«, sagt Leo.
»Ach, Sie sind unmöglich«, zischt sie und steht wieder auf. »Ich werde mich offiziell über Sie beschweren. Und jetzt möchte ich, dass Sie beide gehen.«
»Sie und Kevin verstehen sich anscheinend gut«, sagt Nat, als Hilary bereits auf die Tür zusteuert, offenbar in der Absicht, vor ihnen den Raum zu verlassen. Die Frau bleibt wie angewurzelt stehen.
Obwohl sie sich nicht sofort umdreht, stellt Nat sich bildhaft vor, wie der Frau Qualm aus ihren Nüstern dringt. Leo zwinkert Nat zu. Schön, zur Abwechslung mal seine Anerkennung zu bekommen.
Als Hilary sich ihnen schließlich doch zuwendet, ist ihr Gesicht bewundernswert gefasst.
»Ich darf mit Stolz sagen, zu unserem gesamten Personal ein gutes Verhältnis zu haben. Wir sind wie eine Familie.«

»In Familien kann es vielerlei Probleme geben«, sagt Nat. »Rivalitäten, Eifersüchteleien, Geldsorgen, Konkurrenz, Neid …«
»Nicht in unserer Familie«, sagt Hilary gepresst.
Sie lügt das Blaue vom Himmel herunter, denkt Nat.

21

»Jetzt hab ich meinen Kaffee doch nicht bekommen«, sagt Nat trocken, und durchbricht damit das Schweigen, als sie und Leo zurück zum Parkplatz gehen.

Er grinst, ohne in ihre Richtung zu schauen.

»Was denkst du?«, fragt sie, und erwartet, dass er ihr sagt, was er von den Morrows hält.

Stattdessen antwortet er: »Du warst gut da drinnen, Natalie.«

»Überrascht dich das?«

»Nein. Nicht direkt.« Er stockt, als würde er nach den richtigen Worten suchen. »Na ja ... ich, ich hab irgendwie gedacht, es sei dir vielleicht unangenehm ... dass wir ... wieder als Team auftreten.«

Nat zögert einen Moment.

»Wir haben doch immer gut zusammengearbeitet«, sagt sie dann und wirft ihm einen kurzen Seitenblick zu, obwohl sie auch so weiß, dass er sich nicht wirklich wohl in seiner Haut fühlt.

»Du hast gesagt, du wolltest etwas ... Abstand von mir.«

»Das hier ist rein beruflich, Leo«, ruft sie ihm in Erinnerung. Obwohl es oft genug vorgekommen ist, dass sie Berufliches mit Privatem vermischt haben.

Er hält ihr die Beifahrertür auf. »Ja, richtig. Manche Leute können Grenzen anscheinend besser einhalten als andere.« Seine Kränkung ist nicht zu überhören.

Nat bedauert ihre Bemerkung. Wieso kann sie nicht einfach mal über ihren Schatten springen?

Sie kennt den Grund: Sie hat Leos Vertrauen missbraucht. Und dafür bestraft sie sich nach wie vor selbst, gefangen in ihrem eigenen emotionalen Gefängnis. Leo hätte vielleicht die Kraft, sie zu begnadigen oder ihr zumindest Bewährung zu geben, doch Nat glaubt im Grunde nicht, dass sie das eine oder andere überhaupt verdient hat. Wie eine Freundin ihr vor gar nicht so langer Zeit prophezeite: Solange sie sich nicht selbst vergeben kann, wird sie die Vergebung anderer nicht akzeptieren können.

Und sie ist sich auch keineswegs sicher, dass Leo überhaupt daran denkt, Gnade walten zu lassen. So wie er sich seit ihrer Fehlgeburt verhalten hat, ist klar, dass er einen Gefühlskonflikt durchmacht. Wer einmal betrogen wurde, kommt nicht so leicht darüber hinweg. Nat ist nicht sicher, ob das überhaupt möglich ist.

Ein Gefühl von Hoffnungslosigkeit überkommt sie, als sie in den Wagen steigt. Leo hält weiter die Tür auf.

Sie blickt ihn fragend an.

»Es ist gleich zwölf. Sollen wir zusammen Mittag essen?« Er hält inne und fügt dann mit einem schiefen Lächeln hinzu. »Natürlich rein beruflich.«

Sie lächelt, spürt albernerweise, wie die bedrückte Stimmung von ihr abfällt. »Ich bin fast am Verhungern.« Oh, wie wahr das ist.

Leo setzt sich ans Steuer. »Und, was hältst du von den Morrows?«, fragt er.

»Ich würde sagen, denen geht's richtig gut. Und sie wollen auf keinen Fall, dass ihr behagliches kleines Reich einstürzt.«

»Glaubst du, zwischen ihrer Hoheit und dem Doc läuft was?«

»Würde mich nicht überraschen. So, wie sie seinen Namen ausgesprochen hat. Und wenn da wirklich nichts läuft, könnte ich mir vorstellen, dass sie jedenfalls nicht abgeneigt wäre. Ich habe starke Zweifel, dass ein Mann wie Graham Morrow eine Frau wie Hilary rundum zufriedenstellen kann.«

»Spüre ich da eine gewisse Feindseligkeit, Natalie?«

»Wenn du wissen willst, ob ich ihr traue, lautet die Antwort eindeutig nein. Wenn du wissen willst, ob ich sie sympathisch finde –«

Schmunzelnd steuert er den Wagen vom Parkplatz. »Lass mich raten.«
Er biegt auf die Straße, und sie schweigen ein paar Minuten.
»Keiner von ihnen hat ein auch nur halbwegs überzeugendes Alibi«, sagt Nat. »Und Hilary hat mit allen Mitteln versucht, deine Aufmerksamkeit von ihrer schönen Seniorenresidenz abzulenken.«
»Und sie dafür auf Aaron Buckley zu richten«, fügt Leo hinzu.
Erst Laura Richards, dann Jenni Dunbar und jetzt Hilary Morrow. Vielleicht hatten sie ja alle recht.
»Leo, meinst du, Buckley könnte Beweise für ein Verbrechen gefunden haben, als er damals den Tod der alten Dame untersucht hat?«
»Und Bestechungsgeld kassiert haben?«
»So was kommt vor.«
»Ja, aber in diesem Fall bezweifle ich das. Sonst wäre Buckley doch der Letzte, auf den Hilary uns hetzen würde. Sie müsste doch befürchten, dass er sie dann verpfeift.«
»Vielleicht war es ja gar nicht Hilary, die Buckley das Schweigegeld gezahlt hat.«
»Du meinst, der Doc?«
Nat zuckt die Achseln. »Oder Graham Morrow. Solche stillen, nervösen Typen machen mich immer misstrauisch.« Sie lehnt sich zurück. »Ich hab kein gutes Gefühl bei der ganzen Sache.«
»Ich bin auch nicht gerade in Hochstimmung«, sagt Leo düster.
Sekunden später klingelt sein Handy.
»Leo, kommen Sie her, so schnell Sie können.« Dan Silvers Stimme überschlägt sich fast vor Aufregung.
»Wo sind Sie?«
»Meadow Lane 14, Weston. Seitenstraße von ... der Route 20. Äh ... Sie fahren ...«
»Sind schon unterwegs.« Leo legt auf.
»Was ist?«
Mit einem Seufzer tritt Leo aufs Gaspedal. »Nichts Gutes.«

22

Weston ist einer der nobelsten Vororte von Boston. Ein Haus mittlerer Preislage kostet in dieser Gegend um die anderthalb Millionen Dollar. Die Häuser auf der Meadow Lane sehen aus, als gehörten sie eher zu einer höheren Kategorie, allesamt schicke Nachbauten von Neuenglandvillen aus dem achtzehnten Jahrhundert. Wären sie nicht so pompös und überdimensioniert, könnten sie ganz charmant aussehen. Aber hier zählen Quadratmeter mehr als Ästhetik.

Es ist kurz nach Mittag, als Leo und Nat in die Meadow Lane einbiegen. Sie überholen zwei junge, attraktiv und sportlich aussehende Frauen, die in Joggingsachen die gewundene Straße entlanglaufen. Bei ihrem Anblick meldet sich prompt Nats schlechtes Gewissen, da sie schon gar nicht mehr weiß, wann sie sich das letzte Mal irgendeiner körperertüchtigenden Aktivität gewidmet hat. Sex eingeschlossen!

»Komisch, dass ein verwitweter Arzt in so einer Hütte wohnt«, sagt sie zu Leo, als sie Nummer vierzehn erreichen. Das blassgraue Haus von Dr. Wise, das ein gutes Stück von der Straße entfernt hinter einem professionell gepflegten Rasen steht, ist zwar etwas kleiner als so manche der Nachbarvillen auf der Meadow Lane, aber noch immer durchaus stattlich.

Dan Silvers waldgrüner Landrover parkt vor dem mittleren Tor einer Dreiergarage. Als Leo vorfährt, öffnet sich die Haustür und Silver erscheint. Leos Miene verfinstert sich. Wenn etwas in dem Haus nicht in Ordnung ist und der junge Detective nicht *hereingebeten* wurde, dürfte er ohne Durchsuchungsbeschluss gar nicht drin sein. Ein wenig erleichtert ist Leo, als er hinter Silver eine ältere Frau auftauchen sieht. Sie hat graues, kurz geschnittenes Haar, ist ungeschminkt und mit einem altmodischen blauen Twinset, braunem Rock und praktischen Schnürschuhen äußerst schlicht bekleidet. Außerdem wirkt sie ungemein aufgewühlt. Silver wirft ihr einen Blick über die Schulter zu und sagt etwas, woraufhin sie wieder im Haus verschwindet. Dann kommt er heraus und schließt die Tür hinter sich.

»Das ist die Haushälterin, Mrs. Valianos«, sagt Dan, als Leo und Nat bei ihm sind. »Sie war heute Morgen schon um sieben Uhr hier. Normalerweise bleibt sie immer bis um sechs.«

»Wo ist Wise?«, fragt Leo schroff.

»Festgenommen.«

»Was?«

»Mrs. Valianos sagt, ein Cop habe ihn um elf Uhr abgeholt.«

»Ein Cop?«, fragt Nat und blickt von Silver zu Leo.

»Sie sagt, er habe seinen Dienstausweis gezeigt. Sonst hätte sie ihn gar nicht reingelassen, zumal er keine Uniform trug.«

Nat und Leo beschleicht derselbe Verdacht.

»Hat sie gesagt, wie der Cop heißt? Ihn beschrieben?«

»An den Namen kann sie sich nicht erinnern.« Dan zögert. »Aber der Beschreibung nach könnte es Aaron Buckley gewesen sein.«

»Verdammt«, sagt Leo mit einem langen Seufzer.

»Wise wäre niemals so ohne Weiteres mit Buckley mitgegangen«, sagt Nat. »Hilary Graham hat gesagt, er hätte Angst vor Sherrys Mann.«

»Offenbar zu Recht«, murmelt Leo.

»Oh, er ist nicht einfach so mitgegangen, laut Mrs. Valianos. Aber der Cop hat eine Pistole gezogen und ihm Handschellen angelegt. Dann hat er Wise mit vorgehaltener Waffe in einen Wagen verfrachtet, und zwar einen …«

»Lassen Sie mich raten«, sagt Leo. »Einen grauen Jeep Cherokee.«

»Sie erinnert sich nur, dass es ein Geländewagen war. Grau.«

»Hat sie gesagt, warum sie nicht ans Telefon gegangen ist, als Sie angerufen haben und der Anrufbeantworter ansprang?«

»Sie hat gesagt, sie geht nie ans Telefon, Dr. Wise möchte das nicht. Wenn er nicht zu Hause ist, sprechen die Anrufer eine Nachricht aufs Band. Wenn er zu Hause ist, geht er ran.«

Die Haustür öffnet sich. Die Haushälterin erscheint. »Er ist ein guter Mann, der Doktor. Ich arbeite seit Jahren für ihn«, sagt sie mit starkem Akzent. »Niemals Ärger. Ein Gentleman. Als ich den Polizisten gefragt hab, was hat Dr. Wise verbrochen …« – sie hält inne, drückt eine Hand auf ihre blaue Strickjacke, dort, wo das Herz ist – »da … da sagt er, Mord.« Tränen füllen die Augen der bekümmerten Frau. »Ich glaub das nicht. Und der arme Dr. Wise, der hat gejammert und den Polizisten angefleht, ihn nicht mitzunehmen. Und dann …« Wieder bricht sie ab, einen gequälten und zugleich ratlosen Ausdruck im Gesicht.

»Was ist dann passiert?«, drängt Leo.

»Er hat zu mir gesagt, Dr. Wise hat zu mir gesagt, ich soll die Polizei rufen. Aber ich verstehe nicht, und der Polizist lacht bloß und sagt zu mir, er *ist* die Polizei. Deshalb ich weiß nicht, was ich machen soll. Wen soll ich anrufen? Ich weiß nicht, wen. Und dann klingelt dieser junge Polizist an der Tür« – sie deutet mit einem Nicken auf Silver – »und will Dr. Wise sprechen.« Jetzt rinnen ihr Tränen über die Wangen. »Bitte, ich verstehe nicht, was los ist.«

Die drei stehen mit der aufgelösten Haushälterin da und denken, dass *sie* das nur allzu gut verstehen.

23

»Glaubst du im Ernst, Buckley würde Wise mit in seine Wohnung nehmen?«, fragt Nat, als Leo auf der Route 30 aus Weston Richtung Boston braust, gefolgt von Silver in seinem Landrover.

»Irgendwo müssen wir anfangen«, erwidert Leo grimmig. Er hat bereits beim Sittendezernat angerufen und erfahren, dass Buckleys Schicht erst um fünf beginnt. Dann hat er es über die Handy- und Privatnummer des Cop versucht. Beide Male ohne Erfolg. Auch ein Anruf auf Kevin Wises Handy brachte kein Ergebnis.

»Ich könnte dich irgendwo rauslassen«, sagt Leo, als sie in der Stadt sind.

»Ich denke, ich komm mit«, sagt Nat.

Leo wirft ihr einen Blick zu. »Wir wissen nicht, was uns erwartet.«

»Ich weiß.« Nat hat in ihrem Beruf – ja, in ihrem Leben – die Lektion gelernt, stets das Beste zu hoffen und das Schlimmste zu befürchten.

Leo erwidert nichts, aber Nat kann seine Anspannung spüren. Ob Buckley der Mörder seiner Frau ist oder nicht, er muss auf jeden Fall mit einer Anklage wegen Entführung rechnen. Und wenn er Kevin Wise verletzt hat – oder Schlimmeres –, erwartet Detective Aaron Buckley eine lange Gefängnisstrafe.

Gefängnis ist für niemanden leicht, aber für einen Cop ist es die Hölle. Und es ist verdammt hart für jeden Cop, einen Kollegen verhaften zu müssen. Nat kennt Leo Coscarelli gut genug, um

zu wissen, dass es ihm besonders schwerfallen würde. Das wird ihn jedoch nicht daran hindern oder auch nur eine Sekunde zögern lassen, seine Pflicht zu tun.
Während Nat diese Gedanken durch den Kopf gehen, denkt sie zugleich noch immer über Graham und Hilary Morrow nach. Sie würde gerne an genauere Informationen über das Seniorenheim herankommen und mehr über die beiden Besitzer erfahren. Und natürlich auch über Dr. Kevin Wise.
Aber vielleicht hat es sich ja schon erübrigt, dem Doktor genauer auf den Zahn zu fühlen. Ein Gedanke, bei dem es Nat eiskalt den Rücken hinabläuft.
In dem Vorgarten des Nachbarhauses von Nummer 326 auf der Sedgewick Street in Jamaica Plain spielen zwei kleine Kinder in Schneeanzügen. Eine junge Frau, dick eingemummelt in Skiparka und Wollmütze, sitzt rauchend auf den Eingangsstufen und schaut dem Jungen und seiner etwas größeren Schwester zu. Die Kinder spielen kichernd Fangen, ohne dass die frostige Kälte ihnen etwas auszumachen scheint. Es ist eine friedliche Szene.
»Warte im Auto«, sagt Leo zu Nat, als er am Straßenrand hält, den Motor ausstellt und die Fahrertür öffnet.
Nat blickt zu den Kindern hinüber. »Ich sag der Frau da drüben lieber, sie soll mit den Kindern ins Haus gehen.«
Leo will etwas einwenden, sagt dann aber nur: »Bleib weg von Nummer 326.«
Sie steigt bereits aus dem Wagen.
Silver hält hinter Leo und springt aus seinem Landrover. Als er auf seinen Partner zuläuft, verschwindet seine Hand unter der Jacke, wo er das Pistolenhalfter trägt.
Leo zieht die Augenbrauen zusammen. »Immer schön langsam mit den jungen Pferden.«
»Keine Bange«, erwidert Dan, dem der Schweiß auf der Stirn steht.
»Wahrscheinlich sind sie gar nicht oben«, fügt Leo auf dem Weg zur Haustür hinzu. Er wirft einen Blick zum Nachbarhaus, sieht, wie die Frau ihre Zigarette auf der Betonstufe ausdrückt und die Kinder dann zum Essen ins Haus ruft. Nat, die neben der Frau steht, lächelt Leo zu.

»Ist das nicht zu gefährlich für sie?«, sagt Silver, als die Männer die Eingangsstufen hochgehen.
»Um Natalie müssen Sie sich keine Gedanken machen«, erwidert Leo schroff.
Silver versteht und schweigt.
Die Haustür ist unverschlossen. Leo geht als Erster hinein.
»Sehen Sie mal nach, ob jemand zu Hause ist«, sagt Leo und deutet auf die Wohnung im Erdgeschoss. Silver war am Abend zuvor bereits dort gewesen und hatte drei von vier Bewohnern der Studenten-WG angetroffen. Der vierte war seine Freundin besuchen, die auswärts wohnt. Er war zwei Tage vor dem Mord zu ihr gefahren und wollte erst Anfang nächster Woche zurückkommen. In Silvers Bericht über seine Vernehmung der Studenten stand, dass sie an dem fraglichen Morgen alle bereits um zehn Uhr das Haus verlassen hatten, und der erste von den dreien war um kurz nach sechs Uhr abends heimgekommen. Die anderen beiden waren auf einer Sitzung des Studentenrats an der Uni gewesen und erst kurz vor acht nach Hause gekommen. Alle drei hatten nicht viel über die Familie im zweiten Stock sagen können, nur einer hatte die Bemerkung gemacht, die Tochter sei ganz schön *punkig*. Dass Aaron Buckley Polizist war, wusste anscheinend keiner von ihnen. Als Silver es ihnen erzählte, fiel ihm auf, dass das Trio einander nervöse Blicke zuwarf. Silvers Eindruck nach konsumierten die Studenten irgendwelche Freizeitdrogen. Er vermutete, dass sie, sobald er gegangen war, alles entsorgt haben, was sie in ihrer chaotischen Wohnung an Drogen versteckt hielten.
»Keiner da«, sagt Silver, als er Leo im ersten Stock einholt. Er folgt Leos Blick zu der Wohnungstür auf der Etage. »Die alte Lady ist noch bei ihrer Tochter. Ich hab heute Morgen dort angerufen. Die Tochter sagt, sie soll noch wenigstens eine Woche bei ihr bleiben. Sie hat beteuert, ihre Mutter wäre heute noch nicht imstande, Fragen zu beantworten, aber ich hab gesagt, wir kämen morgen vorbei. Sie wollte protestieren, aber …«
Leo hebt eine Hand, um den Neuling zum Schweigen zu bringen, als er die Treppe zum zweiten Stock hochsteigt. Silver, der nur eine Stufe hinter ihm ist, verstummt augenblicklich.

24

Auf dem Rückweg zu Leos Wagen ruft Nat im Zentrum an, um sich zwischendurch zu melden. Die Temperatur fällt förmlich von Minute zu Minute, und ihre Hände fühlen sich an wie Eis. Aber es ist ihr zu lästig, die Lederhandschuhe aus ihrer Umhängetasche zu kramen.

Jack hebt beim zweiten Klingeln ab. »Was liegt an?«

»Ich hab heute Morgen mit Jenni gesprochen.«

»Wie geht's ihr?«

»Den Umständen entsprechend. Wie geht's Dunbar?«

»Er ist nervös. Richtig nervös. Fragt dauernd, wann du zurückkommst. Wann kommst du zurück, Nat?«

»Ich weiß nicht genau. Es ist alles so ...« Sie zögert, unsicher, wie viel sie Jack sagen soll. Sie weiß, was Leo ihr raten würde. Sag nichts.

»Kompliziert?«, spekuliert Jack trocken.

Sie muss lächeln. »Ja, genau. Wie ist die Aufnahme von Lucille Watts gelaufen?«

»Gut. Vor ihrer Verhaftung war sie auf der Friseurschule in Worcester. Sharon will sehen, ob sie ihr einen Platz auf der Friseurschule hier in Boston verschaffen kann. Sie könnte ein paar Kurse belegen und nebenbei jobben.«

»Klingt gut.«

»Wir bringen sie im Zimmer von DeeDee Brown unter.«

Die meisten Häftlinge im Horizon House hatten Doppelzimmer, es gab aber auch einige Einzelzimmer. Letztere waren besonders begehrt, aber wer eins davon haben wollte, musste es sich erst einmal verdienen und durfte höchstens noch sechs Wochen im Horizon House sein. Auf zwei spezielle Einzelzimmer war hingegen niemand besonders scharf. Das waren Arrestzellen auf der Hauptetage, in erster Linie für Häftlinge, die Ärger gemacht hatten und eine Abkühlungsphase brauchten, oder für solche, die sich schwerwiegendere Verstöße geleistet hatten und auf ihren Rücktransport in die geschlossene Strafanstalt warteten.

»Meld dich wieder, ja, Nat?«

»Ich ruf später nochmal an. Sag Charlie, Jenni geht es gut. Und dass sie noch mindestens vierundzwanzig Stunden zur Beobachtung im Krankenhaus bleiben muss.«

»Ja, okay. Pass auf dich auf, Nat. Du hast auch so schon genug Probleme am Hals.«

»Das brauchst du mir nicht zu sagen.«

»Ich weiß, aber ich dachte, es kann nicht schaden.«

»Das Gleiche könnte ich dir auch sagen, Jack.«

»Könntest du.«

Nat zögert. »Weiß es Leo?«

»Viel gibt es da ja noch nicht zu wissen.«

»Er ist sehr besorgt um seinen Sohn. Leo hat darauf bestanden, dass keine ... Männer in Nickis Wohnung sind, wenn Jakey dort ist. Bislang hat sie sich an seine Bitte gehalten.«

Jack lacht, aber ohne einen Anflug von Belustigung. »Bitte? Du meinst, Befehl.«

»Er hat das alleinige Sorgerecht für Jakey. Dass er Nicki erlaubt, hin und wieder ein Wochenende mit seinem Sohn zu verbringen, ist –«

»Jakey ist auch *ihr* Sohn, Nat. Und sie ist eine verdammt gute Mutter.«

»Dann warst du also schon mal bei ihr, als –?«

»Nein, okay. Falls ja, hätte Jakey es seinem Dad erzählt.«

Das stimmte. Jakey erzählte seinem Vater und seinem Großvater immer begeistert all die Abenteuer, die sie nicht miterlebt hatten. Und Nat konnte sich gut vorstellen, dass Leo Jakey unauffällig ausfragte, selbst wenn der Kleine nicht erwähnte, dass seine Mom einen *Freund* dabei gehabt hatte, wenn sie zusammen im Kino oder im Zoo oder wo auch immer waren. Der Sechsjährige konnte sich über die kleinsten Dinge freuen – wenn er eine Murmel auf der Erde fand, wenn ihm eine Verkäuferin ein Bonbon schenkte.

Der Junge fehlte ihr. Fast so sehr, wie Leo ihr fehlte. Aber seit der Fehlgeburt hatte Leo stärker darauf geachtet, wie oft sie den Jungen sah. Nicht, dass er ihn ihr völlig entzogen hätte, das hätte Jakey zu sehr enttäuscht. Aber sie sah den Jungen immer seltener, die Zeiträume zwischen den Besuchen wurden immer länger. Seit dem letzten Mal waren inzwischen fast zwei Monate vergangen.

»Bist du noch dran, Nat?«, fragt Jack.

»Ja. Ja, aber ich muss Schluss machen.«

»Hab Geduld«, sagt er, mit plötzlich sanfter Stimme. »Leo kriegt sich schon wieder ein. Er liebt dich doch.«

Nat wünschte, Jacks Zuversicht würde stärker auf sie abfärben.

»Wir hören voneinander, Nat.«

»Ja. Ruf mich an, wenn es irgendwelche –«

»– Komplikationen gibt?« Er lacht und legt auf.

25

Nat will sich vor der Kälte in Leos Wagen flüchten, als sie ein Pärchen um die Ecke biegen sieht. Ein junger Mann – groß, schlaksig, rotblondes Haar, in Jeans und einer schwarz-gelben Sportjacke –, der ein kleines, dünnes junges Mädchen zum Schutz gegen die Kälte so dicht an sich gezogen hat, dass Nat sie im ersten Moment nicht erkennt. Doch als ihr klar wird, wer das Mädchen in der Lederjacke ist, vergisst sie die verlockende Wärme von Leos Wagen.

Jenni erkennt Nat sofort. Sie reagiert nicht begeistert. Ihr Begleiter spürt offenbar irgendetwas, denn er blickt sichtlich besorgt zu Jenni hinab.

Was immer Jenni auch sagt, der junge Mann richtet die Augen jetzt auf Nat, und zwar mit einem Gesichtsausdruck, der nicht gerade freundlich wirkt. Jenni sagt wieder etwas mit entschlossenerer Miene. Widerwillig nimmt er den Arm von ihr und bleibt stehen, während Jenni auf Nat zugeht.

»Bist du entlassen?«, fragt Nat, sobald die Jugendliche in Hörweite ist.

»Ich war nicht im Knast«, erwidert Jenni trotzig. »Ich konnte gehen, wann ich wollte. Und ich wollte.«

»Dein Arzt hat gemeint –«

»Ist mir doch scheißegal, was der gemeint hat. Meine Mutter ist gestern ermordet worden. Ich bin nicht verrückt, ich steh unter Schock.«

»Kein Mensch behauptet, dass du –«

»Was machen Sie hier?«, fällt Jenni ihr ins Wort.

Nat sieht an ihr vorbei. »Ist das dein Freund?«
Jenni zieht die Stirn kraus. »Nein.«
Nat ist sicher, dass das Mädchen lügt. Sie belässt es dabei. »Du willst also wieder nach Hause.«
Jenni lacht bitter auf und sieht zu dem Haus hinüber. »Ich will nur ein paar Sachen holen.«
»Und wo willst du dann hin? Zu ihm?« Nat mustert den älter aussehenden Jungen, der angeblich nicht Jennis Freund ist.
»Das geht Sie gar nichts an.« Jennis Ton ist aggressiv, herausfordernd. Aber der leere, hilflose Ausdruck in den Augen des Mädchens entgeht Nat nicht. Sie kann förmlich spüren, wie verloren Jenni sich fühlt. Ein kleines Mädchen ohne Zuhause.
»Du kannst nicht in die Wohnung, Jenni.« Sie sieht, dass dem Mädchen wieder eine trotzige Antwort auf der Zunge liegt. »Die Polizei ist da oben. Dein Stiefvater vielleicht auch.«
Jennis harte Fassade zerbröselt. Ihre Unterlippe beginnt zu zittern. Nat streckt die Hand nach Jenni aus, doch das Mädchen schreckt zurück. Der Junge, der angeblich nicht ihr Freund ist, kommt angerannt. Er ist schnell.
Nat kommt sich mit ihren einssiebzig richtig winzig vor, als sich der junge Mann bedrohlich zwischen ihr und Jenni aufbaut. Er muss mindestens einsneunzig sein, wahrscheinlich noch größer.
»Schon gut, Will«, sagt Jenni. »Ich komm allein klar.«
»Niemand fasst dich ohne Erlaubnis an.«
Nat fragt sich, wessen Erlaubnis er meint, seine oder Jennis.
»Ich bin Natalie Price.« Sie streckt Will ihre Hand hin. Nicht nur, dass er sie nicht ergreift, er sieht aus, als wollte er darauf spucken.
»Sie leitet den Laden, in dem mein Dad ist«, sagt Jenni und geht um ihn herum. »Sie ist in Ordnung, Will.«
Seine Augen wandern langsam von Nats Gesicht zu ihren Füßen und wieder hoch. Er will sie einschüchtern. Nat hat solche abschätzenden Blicke schon zigmal von Häftlingen geerntet. Da müsste Will schon einiges mehr aufbieten, um die beabsichtigte Wirkung zu erzielen. Er spürt das anscheinend, als seine Augen wieder bei ihrem Gesicht ankommen. Sein gescheitertes

Unterfangen verunsichert ihn, was er aber ganz gut überspielen kann.
»Ach ja? Und was will sie von dir?« Er beäugt Nat weiter, während er auf eine Antwort von Jenni wartet.
Stattdessen ergreift Nat das Wort.
»Soll Jenni bei dir wohnen?«, fragt sie ihn.
»Ich hab doch schon gesagt, dass ich nicht bei ihm wohne«, sagt Jenni mit leicht genervtem Unterton.
»Komm, Jen. Wir holen deine Sachen und verschwinden.«
»Die Cops sind in der Wohnung«, sagt Nat zu ihm.
Wills Schultern zucken kaum merklich unter seiner Jacke, aber Nat registriert es.
»Na, dann hauen wir eben so wieder ab«, sagt er und fasst den Ärmel von Jennis Jacke.
»Du hättest das Krankenhaus nicht verlassen sollen, Jenni«, sagt Nat. »Nicht, solange keine Vorkehrungen getroffen sind.«
»Vorkehrungen?«, erwidert Jenni trocken. »Ich hab selbst welche getroffen.«
»Du musst ihr gar nichts erklären, Jen.«
Nat sieht, wie Jennis Augen plötzlich wieder zu dem Mietshaus huschen. Sie und Will folgen ihrem Blick. Leo und sein Partner kommen aus dem Gebäude. Sie sind allein, und sie machen keinen zufriedenen Eindruck.
Leo sieht noch unzufriedener aus, als er Jenni erblickt.
»Sind die hier, um Buck zu verhaften?« Jenni richtet die Frage an Nat, ohne die Augen von Leo zu nehmen, der jetzt mit seinem Partner die Eingangsstufen heruntergeht. Will beobachtet die beiden Detectives mit Adleraugen.
»Weißt du, wo er ist?«, fragt Nat sie.
Jenni antwortet nicht.
»Hey, Jen, jetzt komm endlich«, sagt Will mit größerem Nachdruck, als Leo und Dan auf sie zusteuern. Er legt Jenni wieder einen Arm um die Schulter und will sie mitziehen.
»Nein, Will«, sagt Jenni mit fester Stimme und versucht erfolglos, ihn abzuschütteln. »Geh du, wenn du willst. Ich brauch meine Sachen.«
»Jen, los, komm schon …«

»Hallo, Jenni«, sagt Leo, als er fast bei ihnen ist. Dan folgt ihm in kurzem Abstand. »Wer ist dein Freund?«
Jenni gibt keine Antwort.
»Ich bin Will Burdett. Wieso?« Er hat noch immer seinen Arm um Jenni gelegt, und offenbar verschafft es ihm eine gewisse Genugtuung, deutlich größer als Leo zu sein.
»Spielst du Basketball?«, fragt Leo unbekümmert.
Will grinst. »Spielmacher.«
Leo nickt. »Ja, als Center könnte ich mir dich auch nicht vorstellen.«
Burdett findet die Bemerkung nicht lustig. Aber das sollte sie auch gar nicht sein.
»Die Black Hawks haben letztes Jahr die Highschool-Meisterschaft gewonnen. Und dieses Jahr holen sie wieder den Pokal, dank Will«, wirft Jenni mit unüberhörbarem Stolz in der Stimme ein.
Nicht ihr Freund? Von wegen, denkt Nat trocken. Und gleich darauf folgt ein weiterer Gedanke. Weiß Will Burdett, dass sie anschaffen geht? Hat er irgendwas damit zu tun? Vermittelt er ihr *Dates* mit seinen Mannschaftskameraden? Nat spürt, wie sich ihr Magen zusammenzieht.
»Hast du eine Idee, wo dein Stiefvater sein könnte, Jenni?«, fragt Leo und holt das Mädchen mit seiner Frage jäh in die Wirklichkeit zurück.
»Wollen Sie ihn verhaften?«, fragt sie Leo.
»Ich will ihn finden. Kannst du mir dabei helfen?«
Ihre Augen gleiten über die beiden Cops, bleiben an Leo hängen. »Vielleicht.«
»Lass dich da nicht reinziehen, Jen«, warnt Will sie. »Ich hol deine Sachen, und dann verschwinden wir von hier.«
»Die Wohnung ist noch nicht freigegeben«, schaltet sich Dan Silver ein. »Es darf noch nichts daraus entfernt werden. Tut mir leid«, fügt er mit einem mitfühlenden Blick auf Jenni hinzu.
Einen Moment lang wirken Will und Jenni ratlos, was sie jetzt machen sollen.
»Komm erst mal ins Auto, raus aus der Kälte«, sagt Leo und öffnet mit Blick auf Jenni die Beifahrertür.

Will zieht sie vom Bordstein weg. »Von wegen. Sie fährt mit Ihnen nirgendwohin.«
»Schon gut, Will. Geh nach Hause. Ich komm allein klar.«
»Kommt gar nicht in Frage ...«
Dan Silver tritt vor. Er ist so groß wie Will Burdett, vielleicht sogar ein paar Zentimeter größer. Und er ist bewaffnet. Allerdings weiß niemand von ihnen, außer vielleicht Jenni, ob der junge Basketballspieler nicht vielleicht auch bewaffnet ist.
»Es ist nicht ratsam, eine Morduntersuchung zu behindern, Mr. Burdett.« In Dans Stimme liegt nichts Bedrohliches, dafür aber in seiner Körperhaltung und in seinen Augen, die sich in den jungen Mann bohren.
Will ist bemüht, sich sein Unbehagen nicht anmerken zu lassen, doch dann schaut er zu Jenni hinunter. »Bist du sicher, dass ich nicht bleiben soll ...?«
»Das ist sie«, sagt Dan überaus freundlich.
Will zögert, streicht Jenni über den Rücken, sieht aus, als wollte er ihr einen Kuss geben, überlegt es sich aber offenbar anders. »Ruf mich an, wenn du mich brauchst, Baby.«
Jenni nickt, und Will bleibt noch einige Augenblicke stehen, ehe er sich umdreht und betont lässig davonschlurft.
Leo wartet noch immer an der offenen Wagentür darauf, dass Jenni einsteigt.
Sie verschränkt die Arme. »Ich helfe Ihnen, wenn ich meine Sachen holen darf.«
»Wo willst du wohnen?«, fragt er.
»Bei einer Freundin.«
»Wie heißt sie?«
»Megan.«
»Megan Richards?«
Jenni ist verblüfft. »Sie kennen Megan?«, fragt sie Leo.
»Ihre Mutter arbeitet im Seniorenheim. Mein Partner und ich waren gestern bei ihr.«
»Megan hat mich heute Morgen angerufen und gesagt, ich könnte bei ihnen wohnen, wenn ich aus dem Krankenhaus komme.« Sie betrachtet Leo argwöhnisch, als fürchte sie, er könne etwas dagegen haben.

»Gute Idee«, sagt er stattdessen. »Dan, Sie und Nat gehen in die Wohnung und packen für Jenni ein paar Sachen ein.«
Silver blickt bekümmert, wo er doch eben erst deutlich gemacht hat, dass aus der Wohnung nichts entfernt werden darf. Aber er sagt nichts.
Dafür aber Jenni. »Ich möchte lieber selbst hoch …«
Doch Leo fällt ihr ins Wort. »Wir plaudern derweil ein bisschen über deinen Stiefvater. Es ist sehr wichtig. Wir brauchen deine Hilfe.«
»Na schön«, sagt Jenni und steigt in den Wagen. »Aber ich kann nichts versprechen.«
»Versuch's einfach«, sagt Leo, schließt die Tür und geht um die Motorhaube herum zur Fahrerseite.
Als Nat und Dan Silver, der eine kleine Reisetasche trägt, einige Minuten später wieder aus dem Haus kommen, steigt Leo aus dem Wagen.
»Haben Sie einen Straßenatlas?«, fragt Leo seinen Partner.
»Nein, aber ich hab ein Navigationsgerät«, sagt Silver mit einem Lächeln.
»Gut. Wir nehmen Ihren Rover«, sagt Leo, zieht Silver die Tasche aus der Hand und übergibt sie Nat zusammen mit seinem Autoschlüssel. »Fahr Jenni zu ihrer Freundin. Sie erklärt dir den Weg.« Sein Ton ist abgehackt, er hat es sichtlich eilig.
Dan Silver eilt bereits zu seinem Wagen.
Leo will ihm folgen, doch Nat hält ihn am Ärmel fest. Er blickt sie ungeduldig an, bis sie sagt: »Sei vorsichtig, ja?«
Der finstere Blick verschwindet. »Ja. Und du auch.«

26

»Ich hab dir noch gar nicht richtig gesagt, wie leid mir das mit deiner Mom tut, Jenni«, sagt Nat, als sie vor einem Restaurant auf der Center Street in Jamaica Plain hält.
Jennis Misstrauen ist augenblicklich geweckt. »Wieso halten wir hier? Sie wollten mich doch zu Megan bringen.«
»Ich komm um vor Hunger. Ich hab den ganzen Tag noch nichts gegessen, und mein Blutzuckerspiegel ist im Keller.« In Wahrheit möchte Nat sich noch ein wenig mit Jenni unterhalten, ehe sie sie bei ihrer Freundin absetzt. Außerdem hat sie tatsächlich Hunger. Und es ist kurz vor halb drei.
Nat sieht Jenni an, dass sie sich am liebsten sträuben würde, doch dann seufzt sie resigniert und kickt die Beifahrertür auf.
»Teurer Laden«, sagt Jenni verächtlich, als sie das hübsche Bistro betrachtet. »Ein Stückchen weiter ist 'ne Pizzeria.«
»Bin allergisch gegen Tomaten«, erwidert Nat. Schon wieder eine Lüge, die sie rasch übergeht, indem sie hinzufügt: »Und ich hab Lust auf eine leckere französische Zwiebelsuppe. Du auch?«, fragt sie im lockeren Ton.
»Ich mag keine Zwiebeln.«
»Ich wette, Krankenhausessen magst du noch weniger.«
Jenni muss unwillkürlich lächeln.
»Na, komm. Ich bin sicher, du findest irgendwas auf der Speisekarte, das dir schmeckt.« Nat steuert auf die gläserne Eingangstür zu.
Jenni murmelt, dass sie keinen Hunger hat, trottet aber widerwillig hinter Nat her ins Bistro.

»Ist ja brechend voll«, meckert Jenni, als sie in dem kleinen, dezent beleuchteten Restaurant stehen. Die satt rubinrot gestrichenen Wände sind mit französischen Postern behängt, und auf den Tischen liegen weiße Papiertischdecken. Obwohl es schon weit nach Mittag ist, sind noch viele Gäste da, von denen die meisten Kaffee trinken oder sich ein Dessert schmecken lassen. Nat entdeckt einen freien Tisch für zwei Personen im hinteren Teil des Raumes und steuert schnurstracks darauf zu.
Jenni rührt sich nicht von der Stelle. »Ehrlich, Nat, ich hab echt keinen Hunger. Kann ich nicht draußen warten?«
Nat ergreift die Hand des Mädchens. Sie hat das Gefühl, als würde sie einen Eisblock anfassen. Nur dass Eis fest ist. Jennis Hand fühlt sich so zart an, dass Nat fürchtet, wenn sie zu fest zupackt, könnte ein Knochen brechen. »Ich ess nicht gern allein. Komm. Du kannst dir ja nur eine Cola bestellen.«
»Was Hochprozentiges wär mir lieber«, witzelt Jenni.
Nat ignoriert die Bemerkung, aber sie fragt sich ernsthaft, ob und wie viel Alkohol die Jugendliche konsumiert. Wird sie von ihren Freiern zum Trinken genötigt? Von ihrem Freund Will? Ging sie zu Hause heimlich an die Getränkebar? Betrank sie sich auf Partys?
»Nur die Ruhe, Nat«, sagt Jenni trocken, die Nats Gedanken errät. »Ich steh nicht auf Alkohol.«
Na super, denkt Nat. Das Mädchen steht wahrscheinlich mehr auf Drogen.
Jennis Mund verzieht sich zu einem bösen kleinen Lächeln, was Nat verrät, dass sie erneut weiß, was Nat durch den Kopf geht. Diesmal dementiert sie nichts.
Sie nehmen an dem Tisch Platz. Nat zieht ihre Jacke aus, aber Jenni behält ihre an, obwohl es im Restaurant ausgesprochen warm ist. Die Kellnerin kommt und reicht ihnen die Tageskarte, ein einzelnes Blatt Papier mit einer kurzen Liste von Speisen. Nachdem sie das Angebot rasch überflogen hat, bestellt Nat eine Zwiebelsuppe, ein Panini mit Cheddarkäse, einen Kaffee für sich und eine Cola für Jenni. Sie hofft, dass Jenni wenigstens etwas von dem Panini isst. Ein bisschen Nahrung könnte dem Mädchen nicht schaden.

»Diet-Coke«, sagt Jenni leise zu der Kellnerin, ohne einen Blick auf die Speisekarte zu werfen.

Die Kellnerin geht wieder, und Jenni lässt sich gegen die Rückenlehne fallen, die Arme verschränkt.

»Er hat einen starken Beschützerinstinkt, dein Will«, sagt Nat.

»Er mag es nicht, wenn jemand mich ausnutzt«, knurrt sie.

»Wirst du denn ausgenutzt, Jenni?«, fragt Nat vorsichtig.

»Wenn Sie meine Freier meinen, vergessen Sie's. Ich tue nichts, was ich nicht tun will.«

»Dann hast du aber bisher richtig Glück gehabt.«

Jenni geht augenblicklich zum Gegenangriff über. »Kommen Sie mir nicht mit dem Blödsinn, Freier würden Prostituierte schlagen und sie zu Sachen zwingen –«

»Ich hab ein paar von solchen Freiern bei mir in der Einrichtung, Jenni«, sagt Nat rundheraus. »Mehr als einer von ihnen sitzt wegen Totschlags. Die Opfer waren Prostituierte. Die Anklage hätte eigentlich auf Mord lauten müssen, aber die Typen hatten Geld. Mit Geld kann man sich Topanwälte leisten.«

Jenni starrt auf den Tisch. »Ich hab ja schon gesagt, dass ich damit aufhöre.« Sie blickt auf, schaut Nat intensiv an. »Haben Sie das ernst gemeint? Dass Sie mir das Geld leihen würden?«

Nat zögert. Kann es sein, dass Jenni nichts von der Lebensversicherung ihrer Mutter weiß? Oder spielt sie ihr was vor? Nat beschließt, erst mal auf Jenni einzugehen.

»Ja. Aber ich hab nicht gesagt, dass der Bewährungsausschuss sein Einverständnis gibt, dass du bei deinem Vater wohnst.«

»Sie könnten das in Ihrem Bericht befürworten.«

»Bist du sicher, dass du das wirklich willst?«

Plötzlich steigen Jenni Tränen in die Augen. »Ich kann nicht ewig bei Megan und ihrer Mom wohnen. Das würde ich auch gar nicht wollen, genauso wenig wie sie. Ich hab sonst niemanden mehr, Nat.«

»Weiß Will, dass du anschaffen gehst?«

»Nein«, sagt Jenni laut und mit Nachdruck. »Und wenn Sie es ihm sagen, dann … dann …«

»Du magst ihn sehr. Wieso streitest du ab, dass ihr zusammen seid?«

»Ich will nicht, dass Buck das spitzkriegt«, murmelt Jenni. »Buck kann Will nicht ausstehen, weil er sich mal Ärger mit der Polizei eingehandelt hat. Aber das war Kinderkram. Nichts Schlimmes. Und seit wir zusammen sind, und das ist schon verdammt lange, ist er sauber.«

»Hat deine Mom Will gemocht?«

Jenni richtet sich kerzengerade auf ihrem Stuhl auf. »Sie fand ihn nett. Sie ist sogar zu ein paar Spielen von ihm gekommen.«

»Also war nur dein Stiefvater gegen ihn.«

Jennis Augen werden schmal. »Er war gegen jeden.«

»Hat er dich mal geschlagen?«

Jennis Gesicht nimmt einen harten Zug an. »Dann hätte ich ihn umgebracht.«

Der Ton des Teenagers lässt Nat frösteln.

»Worüber haben deine Eltern sich gestern Morgen gestritten?«

»Über dasselbe wie immer«, erwidert die Jugendliche. Sie hat jetzt Schweißperlen auf der Stirn. Sicher auch, weil sie ihre Jacke in dem überhitzten Raum anbehalten hat, aber vielleicht nicht nur deshalb.

»Dr. Wise?«

Jenni blickt sie aus zusammengekniffenen Augen an. »Er ist ein fieser Typ.«

»Du kennst ihn?«

»Ich weiß, dass er ein Fiesling ist. Und vielleicht ein Mörder.«

»Du glaubst, er –«

»Nicht meine Mom.« Doch dann zuckt sie mit den Schultern. »Aber vielleicht ja auch.«

»Wen denn? Wen, glaubst du, hat Dr. Wise ermordet?«

»Die alten Leutchen in dem Heim. Das hat meine Mom jedenfalls geglaubt.«

»Sie hat geglaubt, Dr. Wise habe Patienten umgebracht? Wieso hätte er das tun sollen?«

»Für die Knete, weshalb denn sonst?«

Nat zögert einen Moment und studiert Jenni über den Tisch hinweg. »Hatte deine Mutter Angst vor Dr. Wise?«

»Meine Mutter hatte vor niemandem Angst«, faucht Jenni,

aber plötzlich bebt ihre Unterlippe, und sie legt die Hände vors Gesicht.

Der Zeitpunkt könnte nicht schlechter sein, denn genau in dem Augenblick erscheint die Kellnerin mit der Bestellung. Jenni springt auf, stößt dabei den Stuhl um und rennt durch das Restaurant Richtung Ausgang.

Nat entschuldigt sich rasch bei der Kellnerin, schnappt sich ihre Jacke von der Stuhllehne und läuft hinterher. Sie ist überrascht, aber erleichtert, als sie sieht, dass Jenni nicht Reißaus genommen hat. Sie steht an Leos Wagen gelehnt, als Nat zur Tür herausgestürmt kommt.

Jenni hat wieder das Gesicht in den Händen vergraben und zittert am ganzen Körper. Nat geht langsam auf sie zu, streckt vorsichtig eine Hand nach ihr aus. Diesmal weicht das Mädchen nicht zurück. Nat nimmt sie in die Arme, und Jenni schluchzt haltlos an ihrer Brust. In der Hand hat Nat immer noch ihre Jacke, die sie bei dem überstürzten Aufbruch im Restaurant nicht erst angezogen hat, um Jenni nicht aus den Augen zu verlieren. Der schneidende Wind hat noch zugenommen, aber Nat spürt nichts als den Kummer und den Schmerz dieses mutterlosen Mädchens.

»Ich kann sie nie wiedersehen. Ich kann ihr nie … sagen … wie leid es mir tut.«

»Wie leid dir was tut?«, fragt Nat das Mädchen sanft, das sich noch immer an sie klammert.

»Das ist jetzt egal. Alles ist egal.«

»Das stimmt nicht, Jenni«, beschwichtigt Nat, aber sie hat plötzlich Angst um sie. Hat Jenni etwas Dummes vor? Irgendwas, was nicht wiedergutzumachen wäre? Würde sie es aus Schuldgefühlen heraus tun, aus Verzweiflung, Angst? Aus allen diesen Gründen? Zum ersten Mal lässt Nat den Gedanken zu, den sie bislang tunlichst unterdrückt hat. Hatte Jenni Dunbar ihre eigene Mutter umgebracht?

27

Jenni hatte Leo widerstrebend verraten, dass Aaron Buckley an einem See in Wakefield eine kleine Hütte besaß. Sie wusste nicht mehr, wie der See hieß, weil sie bloß ein einziges Mal vor zwei, drei Jahren dort gewesen war, nur dass er irgendwie *indianisch* klang. Dafür fiel ihr der Name der Straße nach kurzer Überlegung wieder ein. Fielding Street.

Wakefield liegt eine gute halbe Stunde nördlich von Jamaica Plain. Sobald der Rover an der Ausfahrt 39 von der I-19 abgefahren ist, zeigt Silvers Navigationsgerät an, dass die Fielding Street keine halbe Meile mehr entfernt liegt. Auf dem Weg dahin passieren sie einen kleinen Friedhof am Seeufer, bei dem Leo ein gruseliges Gefühl überkommt.

Es ist kurz nach drei, und der kalte, graue Tag wird bereits dämmrig, als Silver in die Fielding Street einbiegt, eine schmale Sackgasse, die am Osiago Lake endet. Nur sechs kleine, ziemlich baufällig aussehende Häuser, zwei davon mit »Zu-Verkaufen«-Schildern im Vorgarten, säumen die schäbige Straße, die himmelweit entfernt ist von der schicken Gegend in Weston, wo Dr. Kevin Wise wohnt.

»Glauben Sie, sie sind hier?«, fragt Silver. In seiner Stimme liegt eine nervöse Erregung.

»Das werden wir bald wissen«, erwidert Leo ernst und versucht, sich innerlich gegen alles zu wappnen, was sie erwarten mag. Er ist jetzt hellwach, doch das Jagdfieber, das ihn einst beseelte, ist schon vor langer Zeit erloschen. Seine Nerven liegen bei solchen Einsätzen zwar nicht mehr blank wie früher, aber sie sind angespannt. Leo hat in seiner Laufbahn Kollegen erlebt, die im Job richtige Draufgänger waren, aber eben auch oft zu Leichtsinn neigten. Und ein leichtsinniger Cop beim Morddezernat konnte in Teufels Küche landen, manchmal sogar im Leichenschauhaus.

Als sie sich dem zweiten Haus nähern, das zum Verkauf steht, einem kleinen grauen Cottage im Ranchhausstil auf der linken Straßenseite, sagt Leo zu Silver, er soll anhalten, und deutet auf die Einfahrt daneben. Rund zwanzig Meter dahinter steht eine kleine, einstöckige Holzhütte; unter der grünen Farbe, die großflächig abgeblättert ist, kommen grobe, alte Bretter zum Vorschein. Und direkt vor der Eingangstür der Hütte parkt ein grauer Jeep.

»Biegen Sie hier in die Einfahrt«, sagt Leo knapp und deutet auf das Cottage nebenan. »Wenn Buck den Wagen sieht, denkt er, der Makler zeigt Interessenten das Haus.«

Silver steuert den Geländewagen rasch auf die kurze, gepflasterte Fläche und hält an. »Sollen wir Verstärkung rufen?«, fragt er nervös.

»Ich will mich vorher kurz umsehen«, sagt Leo, mit deutlicher Betonung auf dem *Ich*.

Silvers Miene verfinstert sich. »Sind Sie sicher –?«

»Ganz sicher.« Er sieht einen Anflug von Enttäuschung über das Gesicht seines Partners huschen. Leo glaubt zwar, dass Silver das Zeug zu einem guten Cop hat, aber er möchte verhindern, dass der junge Mann durch irgendeine übereilte Reaktion zu Schaden kommt. Und wenn möglich, soll auch sonst niemand verletzt werden. Falls Buckley sich in der Hütte mit einer Geisel und einer Waffe verschanzt hat, könnte er durchaus einen nervösen Finger haben.

Leo nutzt den dichten Baumbestand auf dem Grundstück zwischen dem Ranchhaus und Buckleys Hütte als Deckung. Er duckt sich kurz hinter eine dicke Tanne. Seine Position bietet ihm einen guten Blick auf die Hütte, und er sieht rechts und links von der Eingangstür je ein Fenster. An beiden sind die Jalousien heruntergelassen, doch um die Ränder ist schwacher Lichtschein erkennbar.

Bevor er weitergeht und Silvers Landrover aus den Augen verliert, dreht er sich noch einmal um. Sein Partner steht einsatzbereit neben dem Wagen und beobachtet Leo aufmerksam. Leo bedeutet ihm mit einem Zeichen, sich nicht von der Stelle zu rühren. Er ist noch immer nicht sicher, ob tatsächlich jemand in der Hütte ist, aber das brennende Licht spricht eher dafür. Und falls jemand drin ist, dann mit großer Wahrscheinlichkeit Aaron Buckley und Dr. Kevin Wise. Die brennende Frage lautet, ob der Arzt noch am Leben ist.
Geduckt schleicht Leo tiefer in das Wäldchen, um sich die Rückseite der Hütte anzusehen, und stellt dabei fest, dass die Seitenwand des verwitterten Häuschens keine Fenster hat. Die rückwärtigen Fenster sind durch wucherndes Gestrüpp verdeckt, sodass Leo das Wäldchen verlassen muss. Als er in gebückter Haltung durch den mit Unkraut zugewachsenen kleinen Garten zur Hütte läuft, riskiert er, dass Buckley ihn erspäht.
Wie die Vorderseite ist auch auf der Rückseite eine Tür, die von zwei Fenstern flankiert wird. Diesmal hat Leo Glück. Die Jalousie des ersten Fensters ist nicht heruntergelassen. Leider muss er sich durch ein Dornengestrüpp vor dem Fenster zwängen, um einen Blick hineinzuwerfen. Lautlos fluchend, weil ihm die Dornen durch die Hose die Beine zerkratzen, geht er schließlich neben dem Fenster in Position und schiebt den Kopf vorsichtig so weit vor, dass er hineinspähen kann.
In der Dunkelheit erkennt er ein winziges, unbeleuchtetes Schlafzimmer – der Platz reicht gerade für ein Doppelbett und einen Minitisch daneben.
Es ist niemand zu sehen. Auf dem Bett liegt eine schlichte gelbe Tagesdecke, die Tür ist geschlossen. Leo versucht, das Schiebefenster zu öffnen, aber es bewegt sich nicht. Entweder ist es verriegelt oder verklemmt. Letzteres kommt ihm wahrscheinlicher vor. Er presst ein Ohr an die Scheibe, kann aber nichts hören. Kein gutes Zeichen, wie er fürchtet.
Die trockenen Blätter und abgefallenen Tannenzapfen, die seit dem Herbst auf der Erde liegen, knirschen und knacken unter seinen Füßen, als er aus dem Gestrüpp wieder hervorkriecht und zur Hintertür schleicht. Obwohl er seine Füße möglichst

leise aufsetzt, kann er nur hoffen, dass ihn niemand in der Hütte hört.

Im oberen Teil der Tür ist ein Fenster, und Leo lugt hindurch. Er sieht eine Küchenzeile in einem schlauchartigen Raum, der so schmal ist, dass er sich kaum vorstellen kann, wie ein massiger Mann wie Aaron Buckley dort Platz finden könnte, etwas zu kochen. Vielleicht war ja die schlanke Sherry fürs Kochen zuständig gewesen. Falls sie überhaupt je mit ihrem Mann hier war.

Leo muss an Nats Frage denken, ob Buckleys Verhältnis zu seiner Partnerin über das Kollegiale hinausgehen könnte. Sobald Leo das Alter der Frau erfahren hatte und dass sie verheiratet war, hatte er den Gedanken verworfen.

Jetzt aber fragt er sich, ob vielleicht doch eine andere Frau im Spiel war – eben nur nicht Buckleys Partnerin. Auch wenn er angeblich extrem eifersüchtig war, war damit noch lange nicht ausgeschlossen, dass er selbst eine Affäre hatte. Leo weiß aus beruflicher Erfahrung, dass schon so mancher Ehemann seine Frau erschossen hat, um ein neues Leben mit seiner Geliebten zu führen. Die Medien stürzen sich meist auf solche Geschichten. Wie beim Scott-Peterson-Fall, der monatelang Schlagzeilen gemacht hatte. Der hatte nicht nur seine Frau, sondern mit ihr auch seinen ungeborenen Sohn getötet, um frei für seine Freundin zu sein und obendrein die Versicherungssumme zu kassieren.

Auch Sherry hatte eine Lebensversicherung abgeschlossen, wie Silver ermittelt hatte, aber zugunsten ihrer Tochter Jenni.

Ein Schatten an der Wand hinter der Küche erregt Leos Aufmerksamkeit. Er riskiert einen längeren Blick. Eine abgenutzte, grüne Resopaltheke dient als Abtrennung zwischen der Küche und dem Wohnzimmer. Neben einer Couch brennt eine einzelne Tischlampe, die den Raum mit den geschlossenen Jalousien in ein trostloses Licht taucht. Und einen Schatten wirft.

Es ist also tatsächlich jemand da.

Noch während Leo das denkt, kommt Aaron Buckley in Sicht. Leo zieht rasch den Kopf ein. Zuvor jedoch hat er noch die Polizeipistole in der linken Hand seines Kollegen gesehen.

Scheiße, denkt Leo, und betet, dass die Waffe nicht erst kürzlich abgefeuert wurde. Er hat weiß Gott keine Lust, Buckley auch noch wegen Mordes dranzukriegen.
Oder gar wegen zweifachen Mordes.

28

Am See weht ein beißender Wind. Leo drückt sich an die Hüttenwand und überlegt, was er tun soll.
Er weiß, dass er nicht den ganzen Tag hier stehen bleiben kann. Er muss etwas unternehmen.
Er greift nach dem Türknauf und dreht ihn langsam, drückt dann ganz leicht dagegen. Die Tür öffnet sich einen Millimeter.
Na, wenn das kein Glücksfall ist! Vielleicht gelingt es ihm ja, die Tür so weit zu öffnen, dass er unbemerkt in die Küche schlüpfen kann, vorausgesetzt, die Scharniere quietschen nicht zu laut. Er riskiert einen weiteren Blick durch das Fenster in der Tür. Buckley ist nicht mehr zu sehen.
Keine Zeit für lange Überlegungen. Der Cop von der Sitte könnte jeden Augenblick wieder auftauchen.
Leo schiebt eine Hand in seine Jacke, öffnet den Holsterverschluss und zieht seine Pistole heraus, während er mit der anderen Hand den Türknauf fest umschließt und die Tür ganz langsam weiter aufdrückt. Gebannt lauscht er auf Geräusche oder Schritte von innen – Gott sei Dank hört er nichts von beidem –, huscht dann rasch durch die Tür und schließt sie wieder. Viel wärmer als draußen ist es in der Hütte nicht, aber die dünnen Wände schützen wenigstens vor dem Wind.
Alle Sinne in Alarmbereitschaft, die Pistole schussbereit, durchquert Leo mit drei Schritten die Küche und kauert sich hinter die hüfthohe Theke.
Er hört eine Klospülung.

Und Leo begreift blitzschnell seine Chance. Wenn er sich beeilt. Aaron Buckley steht noch in Blickrichtung Toilette und will gerade den Reißverschluss seiner Hose hochziehen, als die Badezimmertür auffliegt und Leo seine Pistole in den Rücken des Kollegen drückt. Mit der freien Hand schnappt er sich die Waffe, die Buckley auf dem Waschbeckenrand abgelegt hat.
»Hände auf den Rücken, Buck.« Leo schiebt sich rasch die Pistole des anderen Cops in den Hosenbund und löst dann die Handschellen, die an seinem Gürtel befestigt sind.
Buckley gehorcht ohne ein Wort, lässt den Hosenreißverschluss halb offen. Leo legt Buckley die Handschellen an und zieht ihn rückwärts aus dem Badezimmer. Drei Schritte, und sie sind im Wohnzimmer.
»Wo ist er, Buck?«
»Ich bin bloß ein bisschen durchgedreht, Leo.« Die Stimme des Cops ist kratzig.
»Was heißt das, ein *bisschen*?«
»Er hat sie umgebracht, Leo.«
»Wann bist du denn auf den Trichter gekommen, Buck? Als wir uns gestern unterhalten haben, hast du gesagt, du hättest niemanden in Verdacht.«
»Und was hättest du gemacht, wenn ich gesagt hätte, es war Wise? Ich hatte keinen Beweis.«
»Also hast du beschlossen, das Gesetz selbst in die Hand zu nehmen.«
»Aber er war es, Leo. Darauf wette ich mein Leben.«
»Das musst du vielleicht auch«, antwortet Leo grimmig.
»Ich hab ihm nichts getan. Ehrenwort. Wenn du wissen willst, ob ich das bedauere, dann lautet die Antwort ja. Ich hab Muffensausen gekriegt, aber ich hätte ihn mir gern ordentlich vorgeknöpft. Wenn ich den Mut gehabt hätte, hätte ich ihn am liebsten umgebracht.«
»Hattest du das gestern Nachmittag schon vor, als du bei ihm ins Büro geplatzt bist?«
»Okay, ich hab dich angelogen. Das war blöd von mir.«
»Blöd ist gar kein Ausdruck. Alles, was du gesagt hast, war gelogen. Wie soll ich dir noch ein Wort glauben?«

»Du musst das verstehen, Mann. Sherry klang am Telefon total fertig. Und als ich zum Seniorenheim rausgefahren bin und sie nicht da war … da hab ich befürchtet, er hätte ihr schon was angetan.«

»Erst glaubst du, Kevin Wise hätte eine Affäre mit deiner Frau, und als Nächstes glaubst du, er hat sie umgebracht? Da komm ich nicht mehr mit, Buck.«

»Ich *glaube* nicht, dass sie eine Affäre hatten. Ich weiß es. Ich hab ihre Scheißautos vor einem Motel parken sehen. Okay?«, sagt Aaron Buckley durch zusammengebissene Zähne.

»Wann war das?«, fragt Leo.

»Vor zwei Wochen.«

»Bist du ihnen gefolgt?«

Er schüttelt den Kopf. »Damals, als ich Sherry kennenlernte, hat sie mir erzählt, dass sie kurz was mit ihm hatte, bis die Frau auf ihrer Station abgekratzt ist. Sie hat mir erzählt, dass sie sich immer in dem Motel getroffen haben. Vor einigen Monaten bin ich zu dem Laden gefahren und hab dem Manager ein paar Dollar gegeben, damit er mich anruft, sollten irgendwann mal ihre Wagen auftauchen. Ich hab ihm die Kennzeichen dagelassen.«

»Vor ein paar Monaten? Wieso das?«

Buckley zuckt die Achseln. »Ich … hatte so ein komisches Gefühl. Sherry war … so distanziert, und sie ist oft später als sonst nach Hause gekommen. Ich hatte ein komisches Gefühl«, wiederholt er. »Anders kann ich das nicht beschreiben.«

»Und der Manager hat angerufen und du bist hingefahren?«

Er nickt.

»Wann war das?«

»Vor zwei Wochen.«

»Bist du rein in ihr Zimmer?«

Buckley senkt den Blick. »Hatte ich vor, aber ich hatte Schiss.«

»Schiss?«

»Schiss, ich würde total ausrasten, okay? Ich hab's nicht gekonnt. Ich bin einfach … wieder gefahren.«

»Und danach? Hast du deine Frau darauf angesprochen?«

Er nickt. »Sie hat gesagt, ich würde mich täuschen. Sie wär das nicht gewesen, in dem Motel.« Sein Mund zuckt, und seine Kiefernmuskeln arbeiten. »Es war ihr Wagen. Ich hab's doch gesehen. Ich hab das verdammte Nummernschild gesehen.«

»Wie hat sie das erklärt?«

»Sie hat gesagt, dass sich irgendwer heimlich ihren Wagen ausgeliehen haben muss.«

»Und wer?«

»Sie hat gesagt, sie wüsste es nicht. Sie hätte ihre Handtasche auf ihrem Schreibtisch liegen gehabt, und jeder hätte die Autoschlüssel an sich nehmen können. Ich hab gesagt, das wäre Schwachsinn.«

Buckley holt zitternd Luft, ringt um Fassung. »Hör mal, Leo, die Wahrheit ist, dass es bei uns ziemlich gekriselt hat. Seit sie mir die Spätschicht aufgedrückt haben, lief's mit uns schlecht. Sherry hat tagsüber gearbeitet, ich bis spät in die Nacht. Wir haben uns kaum noch gesehen, weißt du. So was geht an keiner Beziehung spurlos vorbei, Mann. Sherry und ich haben uns schon mal gestritten, klar, aber selbst als ich wusste, dass sie fremdgeht, wusste ich, dass sie mich geliebt hat. Sie hat mich geliebt und ich hab sie geliebt. Das stand außer Frage. Daran hab ich nie gezweifelt. Nur ... sie war einfach einsam. Einsam und ... schwach. Und Wise hat das ausgenutzt.«

»Kapier ich da was nicht richtig, Buck? Findest du es einleuchtend, dass eine Frau wieder was mit einem Exgeliebten anfängt, den sie einst verdächtigt hat, im Zusammenhang mit dem Tod einer Frau auf ihrer Station an einer Vertuschung oder noch Schlimmerem beteiligt gewesen zu sein?«

Buckley funkelt Leo an. »Sherry allein hätte dir sagen können, warum die Sache zwischen ihnen wieder angefangen hat. Aber ich weiß, was ich gesehen habe, Mann.«

Aber Leo wusste, wie häufig die Leute Dinge falsch sahen.

»Eins kann ich dir allerdings garantieren«, sagt Buckley. »Die Sache war am Samstag aus und vorbei. Da bin ich absolut sicher. Ich hab's bloß erst gestern Morgen erfahren. Und zwar als Sherry mir erzählt hat, dass wieder eine Frau aus dem Heim gestorben ist, am Wochenende, angeblich an einem Schlaganfall. Aber Sherry hat das nicht geglaubt. Ich hab ihr gesagt, ich würde jemanden vom Morddezernat hinschicken, wenn sie wollte. Aber sie hat nein gesagt. Diesmal wollte sie erst auf Nummer sicher gehen und abwarten, bis sie einen eindeutigen Beweis hat. Ich glaube, sie ist fündig geworden, Leo. Deshalb hat er sie umgebracht.«

»Hat Sherry dir von ihrem Verdacht erzählt, bevor ihr wieder einen Riesenkrach hattet oder danach?«

Buckleys Schultern sacken herab. »Danach.«

»Nachdem du sie geschlagen hattest?«

Buckley verzieht das Gesicht. »Ich hab sie nicht geschlagen. Ich hab sie gestoßen. Aus Versehen. Sie ist gestolpert und gegen eine Schrankecke geknallt. Es war keine Absicht. Das schwöre ich.«

Aaron Buckley schwor ganz schön viel. Und nicht besonders überzeugend.

»Mann, ich behaupte ja gar nicht, dass ich ein Mustergatte war, aber ich hab Sherry über alles geliebt. Ja, ich bin ein eifersüchtiger Hund. Ja, mir platzt schnell der Kragen. Aber ich hab Sherry nie absichtlich wehgetan.« Erste Tränen rollen ihm über die Wangen. »Und sie hat mich auch geliebt. Weißt du, was wir gemacht haben, bevor sie zur Arbeit gegangen ist?«

»Sag's mir.«

»Wir haben miteinander geschlafen. Es war … eine Weile her. Und jetzt … na ja, es war ihr letztes Geschenk für mich.«

»Habt ihr ein Kondom benutzt, Buckley?«

»Was? Nein. Sie hat die Pille genommen.« Er blickt Leo forschend an, versteht plötzlich die Bedeutung der Frage. »Wenn bei der Obduktion Sperma gefunden wurde, dann ist es von mir.«

»Okay, kommen wir noch einmal auf gestern zurück. Du behauptest, du bist zu Wise ins Büro, weil du dachtest –«

»Ich hab gedacht, dass Sherry vielleicht irgendwelche Beweise entdeckt hatte und damit zu Wise gegangen war. Oder dass er irgendwie anders dahintergekommen war. Ich bin einfach in sein Büro gestürmt und hab von ihm wissen wollen, wo Sherry ist, was er mit ihr gemacht hat. Der Scheißkerl hat gesagt, ich soll ihm den Buckel runterrutschen und Sherry genauso. Da hab ich rotgesehen. Ich bin … ausgerastet. Ich hab ihm eine geknallt. Ich hätte ihn ordentlich vermöbelt, aber ehe ich wusste, wie mir geschieht, flog ich schon gegen die Wand. Der Scheißkerl kann nämlich Karate.«

»Und da hast du heute Morgen beschlossen, es ihm heimzuzahlen«, sagt Leo grob. »Du bist zu ihm nach Hause, hast ihm eine Pistole vor die Nase gehalten –«

»Ich hatte das überhaupt nicht geplant. Ich schwöre. Es ist einfach so … passiert. Die Haushälterin kam an die Tür, und ich … hab ihr meine Marke gezeigt. Sie hat mich reingelassen. Aber als Wise mich sah, ist er gleich durchgedreht. Hat geschrien und mich beschimpft, dann ist er auf mich los. Ich wollte den gleichen Fehler nicht zweimal machen, mich von ihm mit irgendeinem Karatetrick überrumpeln lassen. Also hab ich meine Waffe gezogen. Wise ist wie angewurzelt stehen geblieben, und die Haushälterin hat geschrien. Und dann sind mir die Worte einfach so rausgerutscht. Ich hab gesagt, ich würde ihn wegen des Mordes an Sherry Buckley verhaften. Die Haushälterin hat inzwischen am ganzen Körper gezittert, und Wise meinte, ich hätte kein Recht, das Haus überhaupt zu betreten. Da hab ich ihm Handschellen angelegt und aus dem Haus zu meinem Wagen geführt. Sobald ich mit ihm losgefahren bin, wurde mir klar, in was ich mich da reinreite. Aber ich dachte, wenn er es richtig mit der Angst kriegt, würde er … gestehen.«

»Und dann?«

»Ich hätte ihn eingebuchtet. Ich schwöre.« Buckley blickt Leo matt an. »Kann ich mich hinsetzen? Ich fühl mich ein bisschen wackelig.«

Leo deutet mit einem Nicken auf ein billiges Kiefernholzsofa, dessen buntkarierter Polsterbezug schon bessere Tage gesehen hat.

Mit Handschellen auf dem Rücken gefesselt, lässt Buckley sich darauf nieder.

Obwohl daneben ein passender Sessel steht, im gleichen Zustand wie das Sofa, bleibt Leo stehen.

»Wo ist der Doc, Buck?«

»Ich bin mit ihm in den Wald, etwa fünf Meilen südlich von hier.

Er hat geflennt wie ein kleines Kind, aber er hat geschworen, er sei unschuldig. Er ist auf die Knie gefallen und hat um Gnade gefleht. Dann … dann hat er sich in die Hose gepinkelt.« Buckleys Gesicht wirkt verkniffen.
»Was hast du gemacht?«
»Ich hab ihn einfach da gelassen. Ich hab mich umgedreht, bin ins Auto gestiegen und hierhergefahren.« Ihm gelingt ein müdes Lächeln. »Hab damit gerechnet, dass früher oder später irgendein Cop auftauchen würde. Nur nicht so schnell.«
Leo spürt den Druck von Buckleys Pistole, die in seinem Hosenbund steckt. Plötzlich hat er wieder das Bild vor Augen, das sich ihm wenige Minuten zuvor geboten hatte – Buckley im Wohnzimmer mit der Pistole in der Hand. Wenn er die Wahrheit sagte – dass er Kevin Wise unbeschadet im Wald zurückgelassen hatte –, warum hatte er dann die Waffe in der Hand? Was hatte er damit vor?
Buckley blickt zu Leo hoch, sieht, dass sein Kollege eins und eins zusammengezählt hat.
»Was für einen Sinn hat das Leben denn ohne sie?«, sagt Buckley leise. »Du hättest ein bisschen später kommen sollen, Leo.«
»Ich muss dich mitnehmen. Und jetzt machen wir uns besser auf die Suche nach dem Doc.«

29

»Verdammt, Nat, wo zum Teufel steckst du denn?« Jack spuckt die Frage förmlich ins Telefon. »Ich hab dich ein paar Mal auf dem Handy angerufen –«

»Ich war in einem Restaurant. Der Empfang war wohl schlecht.«

Nat wirft einen Seitenblick auf Jenni neben ihr auf dem Beifahrersitz von Leos Wagen. Sie waren gerade eingestiegen, als Nats Handy klingelte.

»Was ist passiert?« Nat bemüht sich, ruhig zu klingen, aber ihr Herz beginnt zu rasen. Ihr schwant nichts Gutes.

»Was passiert ist?«, echot Jack mit sarkastischem Unterton. »Charlie Dunbar hat irgendwie erfahren, dass seine Tochter nicht mehr im Krankenhaus ist.«

»Mist«, knurrt Nat, die Jennis Augen auf sich spürt.

»Er hat einen Koller gekriegt. Hutch und ich haben versucht, ihn zu bändigen, aber Charlie ist völlig ausgerastet. Er hat Hutch k.o. geschlagen und mir die Nase gebrochen, verdammt.«

»Jenni Dunbar ist hier bei mir, Jack.«

»Na toll. Allerliebst. Ist dir zwischendurch mal der Gedanke gekommen, dass es vielleicht nicht schlecht wäre, mir das zu sagen?«

»Darüber sprechen wir später. Sag mir einfach … wie ist der Stand der Dinge?« Nat erwähnt tunlichst nicht Charlie Dunbars Namen, aus Angst, auch Jenni könnte vollends durchdrehen. Sie war schon ziemlich nahe dran, als sie vor einigen Minuten den Zusammenbruch auf der Straße hatte.

»Er hat die Biege gemacht. Aber das hast du dir bestimmt schon gedacht.« Jack kann seine Wut kaum zügeln.
»Hast du … jemanden verständigt?« Falls Jack Charlie Dunbars Flucht der Polizei gemeldet hat, kann der Häftling seine bevorstehende Freilassung auf Bewährung vergessen. Sobald er geschnappt wird, landet er schon allein für den Ausbruch automatisch für fünf weitere Jahre hinter Gittern. Und falls er während der Flucht auch noch eine Straftat begeht, erwartet ihn … Nat will nicht mal dran denken.
»Ich bin auf der Suche nach ihm«, sagt Jack jetzt mit nicht mehr ganz so schneidender Stimme. Er weiß genauso gut wie Nat, dass die Flucht eines Häftlings nicht nur für den Häftling negative Folgen hat, sondern auch für das Horizon House. Und vor allem für die Leiterin. Nat ist schon mehr als einmal knapp an der Kündigung vorbeigeschrammt, und immer noch so eben mit einem blauen Auge davongekommen. Diesmal wäre sie geliefert.
»Vielleicht finde ich ihn ja«, sagt Jack jetzt ohne jede Aggression mit einer Stimme, in der nicht nur ein mitfühlender Ton schwingt, sondern sogar ein gezwungener Hauch von Optimismus. »Ich versuch's noch eine Weile, aber dann –«
»Ja, ich weiß. Hör zu, hol mich bitte in zirka zwanzig Minuten ab.« Sie nennt Jack rasch Megan Richards' Adresse. »Ich hab da ein paar Ideen.«
»Was ist passiert?«, fragt Jenni, sobald Nat das Telefonat beendet hat.
»Kleine Krise im Horizon House«, sagt Nat in möglichst neutralem Tonfall. »Ist bei uns an der Tagesordnung.«
»Geht's um meinen Dad?«
Nat versteht sich auf Ausreden, aber dem Mädchen glatt ins Gesicht zu lügen fällt ihr nicht leicht.
Ihr Zögern ist für Jenni Antwort genug.
»Ich hab's gewusst. Er hat irgendwas angestellt«, sagt sie ängstlich. »Ist er … ist er tot?«
»Nein, Jenni, nein«, beteuert Nat rasch.
»Aber jemand hat ihm was getan. Oder er hat sich selbst was getan.«

»Nein.«

Jenni reißt Nats Hand vom Lenkrad. »Was ist denn passiert, verdammt?« In ihrem Schrei liegt mehr Angst als Wut.

Nat sieht ein, dass die Wahrheit vielleicht weniger traumatisch ist als Jennis Schreckensphantasien.

»Er ist geflohen. Um dich zu suchen, glaube ich. Er hat erfahren, dass du das Krankenhaus verlassen hast.«

Jenni starrt Nat mit offenem Mund an. Begreift das volle Ausmaß dessen, was Nat da gesagt hat. »O nein, er muss wieder in den Knast … und da kommt er so bald nicht mehr raus. Und … und … es ist alles meine Schuld. Meine Schuld.«

»Nein, das stimmt nicht, Jenni. Dein Vater hat die Entscheidung getroffen.« Aber Nat weiß, dass Jenni nicht zuhört. Und die Wahrheit ist, wenn Jenni wie vorgesehen im Krankenhaus geblieben wäre, dann müsste Nat jetzt nicht mit Jack nach Charlie Dunbar suchen.

30

»Bist du sicher, dass es hier war?«
»Na klar, Leo. Die Reifenspuren sind ja noch zu sehen. Bis hier bin ich gefahren. Als ich den Scheißkerl zuletzt gesehen hab, lag er da vorn klein zusammengerollt auf den Kiefernadeln.« Aaron Buckley kann nur in die Richtung nicken, weil seine Hände auf dem Rücken gefesselt sind.
Dan Silver geht zu der Stelle und untersucht sie im Licht der Scheinwerfer seines Rover und einer Taschenlampe, da der dichte Wald kaum noch Tageslicht durchlässt. Dann bückt er sich und tastet herum. Er presst die Handfläche auf die dicke Schicht Kiefernadeln auf der Erde, hält die Hand dann an die Nase.
»Urin«, sagt er zu Leo.
»Ich schätze, er ist den Reifenspuren zurück auf die Straße gefolgt«, sagte Buckley. »Dann ist er getrampt.« Er stampft von einem Fuß auf den anderen. »Mann, ich frier mir noch die Eier ab. Das hier bringt doch nichts, Leo. Ich wette, der Scheißtyp ist gleich abgehauen, als ich weggefahren bin. Wahrscheinlich sitzt er schon in seinem schicken Wohnzimmer am Kamin –«
»Ich hab bei ihm zu Hause angerufen. Seine Haushälterin sagt, er sei noch nicht nach Hause gekommen«, erklärt Leo. »Dan, versuchen Sie's nochmal auf seinem Handy.«
»Lohnt nicht«, murmelt Buckley. »Das hab ich ihm abgenommen. Hab's auf der Fahrt zur Hütte aus dem Fenster geworfen. Ich wollte es ihm nicht zu leicht machen.«
Leo bedenkt den Cop von der Sitte mit einem gereizten Blick.

»Ich war nicht mehr richtig bei Verstand vor Kummer.«
»Willst du das vor Gericht erzählen?«, fragt Leo beißend.
»Er hat Sherry umgebracht, Leo. Das Schwein hat mit dem Messer auf sie eingestochen und sie verbluten lassen.« Buckley fängt an zu weinen. »Kannst du dir den Schmerz vorstellen? Ihre grauenhafte Angst? Ich hätte das Schwein kaltmachen sollen.«
»Wie ist Wise in Ihre Wohnung gekommen?«, fragt Silver. »Hatte er einen Schlüssel?«
»Nein, du Arsch, er hatte keinen Schlüssel. Sie hätte diesem Schwein doch niemals einen Schlüssel zu unserer Wohnung gegeben.«
»Hat sie ihn also reingelassen?«, spekuliert Silver unerschüttert.
Buckleys runzelt die Stirn. »Er hätte ihn ihr auf der Arbeit klauen können.«
»Genau wie die Autoschlüssel, die jemand deiner Frau geklaut haben könnte«, wirft Leo ein.
Buckley sieht ihn böse an, erwidert aber nichts.
»Hat sonst noch jemand einen Schlüssel zu Ihrer Wohnung?«, fragt Silver.
»Außer Jenni, nein. Es sei denn, sie hat ihrem bescheuerten Freund einen Nachschlüssel gegeben. Aber ich bezweifle, dass er damit einfach so bei uns reinmarschieren würde. Er weiß, dass ich ihn auf dem Kieker habe.« Buckley stampft wieder mit den Füßen auf. Die Kälte ist jetzt fast unerträglich.
Leo versucht, nicht an seine eiskalten Zehen und Finger zu denken und sagt: »Du bist anscheinend fest davon überzeugt, dass der Arzt der Täter ist –«
»*Arzt*«, sagt Buckley höhnisch. »*Schlächter* wäre passender. Genau wie die Schweine, für die er arbeitet.«
»Hilary und Graham Morrow?«
»Ja. Ich bin sicher, die haben alle drei Dreck am Stecken. Die beiden Frauen, die gestorben sind, haben dem Heim ein Vermögen hinterlassen. Das weiß ich von Sherry. Sie hat geglaubt, dass es noch andere Fälle gab – auf anderen Stationen. Eine richtige Verbrecherbande, die drei – die Morrows und Wise.

Ich gehe jede Wette ein, dass Wise ein ordentliches Stück vom dreckigen Kuchen abkriegt. Wie wär's, wenn du endlich an der richtigen Stelle ermittelst, Leo. Hier draußen in der Wildnis frieren wir uns nur den Arsch ab. Als Erstes würd ich mal Wises Bankkonto überprüfen.«

»Kein schlechter Vorschlag, Buck«, sagt Leo im lockeren Ton. »Aber alles schön der Reihe nach.« Und er fängt an, den Cop über seine Rechte aufzuklären.

31

Kaum hat Laura Richards die Tür geöffnet, da schließt sie Jenni auch schon in die Arme und führt das Mädchen in ihre Wohnung. Nat bleibt stehen, bis Laura ihr durch einen Blick bedeutet, doch auch einzutreten.

Jenni lässt sich von der Krankenschwester zu dem L-förmigen Sofa führen. »Wie wär's mit einem schönen heißen Tee?«, fragt Laura das Mädchen sanft. »Megan ist noch in der Schule, aber sie muss bald da sein«, fügt sie hinzu.

»Haben Sie eine Diet-Coke?«, fragt Jenni schwach.

»Und Sie, möchten Sie auch was trinken, Miss …?« Laura blickt fragend zu Nat hinüber.

Nat kommt der Gedanke, dass die Mutter von Jennis Freundin sie bestimmt für eine Sozialarbeiterin aus dem Krankenhaus hält. Sie stellt sich vor und merkt, dass Laura überrascht und ein wenig nervös reagiert.

»Mein Dad ist abgehauen.« Jenni ist den Tränen nah.

Bestürzung überschattet Laura Richards' Gesicht. »Ach du Ärmste, wie furchtbar.« Sie tätschelt Jenni liebevoll den Arm. »Als hättest du es nicht schon schwer genug.«

»Ich glaub, Jenni könnte wirklich eine Cola gebrauchen«, schlägt Nat vor, die spürt, dass dem Mädchen das Mitgefühl der Krankenschwester zu viel wird.

»Ja, sicher. Gott, bin ich froh, dass ich zu Hause bin und du nicht vor verschlossener Tür stehen musstest. Megan hat gedacht, du kämst erst morgen raus.«

Sosehr es Nat auch drängt, wieder zu gehen – Jack wartet hof-

fentlich schon draußen vor dem Haus –, sie ist doch neugierig, warum Laura Richards nicht bei der Arbeit ist.
Als sie die Frage stellt, ist die Krankenschwester auf dem Weg in die Küche. Nat bemerkt, dass ihre Schritte kurz stocken, bevor sie weiter zum Kühlschrank geht.
»Ich hab freitags frei, und selbst wenn nicht, wäre ich zu fertig gewesen wegen … wegen Sherry.« Sie sagt das, ohne sich zu Nat umzudrehen. Als sie den Kühlschrank öffnet, murmelt sie: »Hier war doch irgendwo noch eine Dose Cola.«
»Laura, ich geh mal kurz aufs Klo«, sagt Jenni und steht vom Sofa auf.
»Ja, sicher, Kleines, kein Problem. Du kennst ja den Weg.« Laura durchsucht noch immer den Kühlschrank.
Nat geht in die Küche. Auf ein paar Minuten kommt es jetzt auch nicht mehr an.
Laura greift weit nach hinten hinein. »Wusste ich doch, dass da noch eine ist.« Sie holt die Dose hervor und schließt die Tür.
»Das muss ein Schock für Sie sein«, sagt Nat.
Laura fährt zusammen. »Oh, ich hab Sie gar nicht reinkommen hören.«
»Haben Sie Jennis Dad mal kennengelernt?«, fragt Nat.
»Nein. Nein, hab ich nicht. Wissen Sie, warum er geflohen ist? Glauben Sie, er … er könnte gefährlich sein?« Furcht schleicht sich in ihre Stimme.
»Ich glaube nicht, dass Sie von Charlie Dunbar irgendetwas zu befürchten haben.« Nat hält es allerdings nicht für ausgeschlossen, dass der Häftling hier auftauchen könnte; falls Jenni ihrem Dad von den Richards erzählt hat, denkt er sich vielleicht, dass sie hier ist. Sie fragt sich, ob sie Laura auf die Möglichkeit hinweisen und sie bitten soll, sie anzurufen – nicht die Polizei – falls er tatsächlich bei ihr aufkreuzt. Sollte sie sich jedoch irgendwie bedroht fühlen, würde Nat ihr natürlich raten, die Notrufnummer zu wählen. Aber das würde Laura wahrscheinlich ohnehin tun. Während sie noch hin und her überlegt, fragt Laura: »Glaubt die Polizei, dass es Sherrys Mann war? Ich meine … der sie …?«
»Das weiß ich wirklich nicht.«

»In den Nachrichten hat es sich so angehört, als ob die Polizei ihn für den Hauptverdächtigen hält.«
»Glauben Sie das auch, Laura?«
»Da hab ich noch gar nicht drüber nachgedacht.«
Nat glaubt ihr kein Wort.
»Würden Sie sagen, die Ehe von Sherry und Aaron Buckley war glücklich?«, fragt Nat.
»Gibt es denn glückliche Ehen?«
»Hat Sherry Ihnen erzählt, dass sie mit ihrem Mann unglücklich war?«, hakt sie nach.
Laura ist plötzlich auf der Hut. »Wer sind Sie eigentlich genau, Mrs. Price?«
Nat gibt der Krankenschwester ehrlich Auskunft, fügt aber hinzu, dass sie mit dem Detective zusammenarbeitet, der die Ermittlungen leitet.
Letzteres verringert den Argwohn der Krankenschwester nicht gerade. »Ich möchte wirklich nicht in die Sache hineingezogen werden, Mrs. Price. Ich habe der Polizei alles gesagt, was ich weiß. Was nicht viel ist. Ganz und gar nicht viel.«
»Bitte nennen Sie mich doch Nat. Und ich bin sicher, die Polizei ist sehr dankbar für Ihre Kooperation.« Nat hingegen ist verärgert. Leo hätte ihr ruhig sagen können, dass er schon mit Laura Richards gesprochen hat. Zugegeben, viel Zeit war nicht gewesen. Und Leo hatte schließlich noch andere Sorgen. Sie hofft, dass Leo und sein Partner Aaron Buckley und Kevin Wise rasch finden. Und zwar lebend – beide!
»Von Frau zu Frau, Laura: Was halten Sie von Kevin Wise?«
»Kevin Wise? Wieso fragen Sie mich nach –? Sagen Sie nicht, die Polizei glaubt, dass er irgendwas damit zu tun hat.« Sie verdreht die Augen. »Hören Sie, ich weiß von Sherrys Verschwörungstheorie, dass im Seniorenheim nicht alles mit rechten Dingen zugeht, aber da lag sie falsch. Völlig falsch.« Dann rauscht sie jäh an Nat vorbei aus der Küche.
Jenni ist wieder im Wohnzimmer.
»He, Kleines, hier ist deine Cola.« Lauras Stimme ist unnatürlich heiter. »Möchtest du was essen? Ich kann dir eine Suppe oder ein Sandwich machen.«

Jenni schüttelt den Kopf. Ihre Augen sind noch röter. Für Nat, die Laura ins Wohnzimmer gefolgt ist, besteht kein Zweifel, dass Jenni auf der Toilette geweint hat. Jenni nimmt die Dose Cola entgegen, öffnet sie aber nicht.

»Dann werd ich mich mal wieder ans langweilige Wäschefalten machen«, sagt Laura. »Ich bin in Megans Zimmer, wenn du was brauchst, Jenni. Fühl dich wie zu Hause. Mach dir den Fernseher an, wenn du willst. Megan müsste bald kommen.« Zu Nat sagt sie kein Wort, nickt ihr lediglich zum Abschied zu, ehe sie in das Zimmer ihrer Tochter eilt.

»Tja, ich geh dann mal«, sagt Nat, die sicher ist, dass Jack schon draußen wartet. Sie blickt Jenni an, die mitten im Raum steht, verlassen und einsam. »Und du bleibst schön hier?« Es ist eher eine dringende Bitte als eine Frage. »Ich ruf dich an, sobald ich mehr über deinen Dad weiß, okay?«

Jenni nickt.

Nat hat schon fast die Tür erreicht, als Jenni ihren Namen ruft. Nat dreht sich um, und Jenni kommt auf sie zugerannt. »Warten Sie. Ich glaube, ich weiß, wo er sein könnte. Mein Dad.«

»Wo denn?«

»Was passiert mit ihm, wenn Sie ihn finden?«

»Ich bring ihn zurück ins Horizon House.«

»Und dann?«, fragt Jenni.

»Je länger wir brauchen, um ihn zu finden, desto schlimmer wird es für deinen Dad. Ich hab ihn noch nicht als abgängig gemeldet, Jenni. Obwohl ich das hätte tun müssen. Ich gehe ein großes Risiko ein. Aber sehr viel länger kann ich nicht warten.«

Jenni nickt langsam. Sie hat verstanden.

»Ich möchte mitkommen.«

»Jenni –«

»Er ist ausgebrochen, um mich zu suchen. Wenn er sieht, dass es … dass es mir gut geht …«

Jenni blickt Nat flehend an.

32

»Oh, wie schön. Die ganze Familie ist da.« Die Frau mit der graumelierten, mädchenhaften Pagenfrisur und dem schwarzen Samtstirnband lächelt übers ganze Gesicht, als sie das Trio in das prächtige Stadthaus auf der Marlborough Street in Back Bay eintreten lässt. Es ist eins von einer ganzen Reihe Gebäude im ähnlichen Stil, die Ende des achtzehnten Jahrhunderts für wohlhabende Bostoner Bürger errichtet wurden. Noch heute können es sich nur wirklich Wohlhabende leisten, so zu wohnen.

Mrs. Burdett ist groß und knochig, mit nur wenigen Falten im Gesicht. In jüngeren Jahren war sie bestimmt eine schöne Frau, denkt Nat. Sie muss jetzt Mitte bis Ende sechzig sein, und in dem Hosenanzug aus Silberbrokat und der perlweißen Seidenbluse, die am Hals mit einer schimmernden Diamantnadel geschlossen ist, sieht sie noch immer elegant aus. Das Outfit ist unübersehbar edel, wenn auch längst aus der Mode gekommen und der abgemagerten Frau mittlerweile einige Nummern zu groß. Außerdem ist der Blazer falsch zugeknöpft, ein weiteres Indiz dafür, dass etwas nicht ganz so ist, wie es sein sollte.

»Herein mit euch. Ihr seid schon ein bisschen spät dran.« Sie packt Jack Dwyer am Ärmel und zieht ihn in das prächtige Foyer mit einem garantiert original italienischen Mosaikboden. Nat und Jenni folgen Jack ins Haus, und Nat schließt die Tür.

Mrs. Burdett kichert, als sie sieht, dass Nat auf die blauen Frotteepantoffel blickt, die sie an ihren bestrumpften Füßen trägt. Noch eine Ungereimtheit. »Das freche Mädchen hat meine

Schuhe versteckt. Aber ärgert euch nicht. Grandpa wird ihr die Leviten lesen.«
»Grandpa?«, fragt Jack misstrauisch.
»Wie siehst du bloß aus, Junior. Du musst dringend mal zum Friseur«, schilt sie Jack, ohne auf seine Frage einzugehen. »Und was ist mit deiner Nase passiert?«
Jacks Miene verfinstert sich. Ein ausgebrochener Häftling hat sie ihm gebrochen, das ist passiert. Und wenn der Übeltäter hier in diesem Haus wäre …
Doch Mrs. Burdett ist schon bei einem anderen Thema. »So, ihr drei, jetzt legt mal ab. Wir trinken einen Cocktail im Salon, und dann essen wir alle zusammen.«
»Wo ist Freda?«, fragt Jenni, als sie aus ihrer Lederjacke schlüpft. Nat und Jack behalten ihre Jacken an.
Die Frau schnalzt missbilligend mit der Zunge. »Ich hab doch gesagt, sie hat meine Schuhe versteckt. Wirklich, das Mädchen ist unausstehlich.«
Nat nimmt an, dass Freda die Pflegerin ist. Auf der Fahrt hierher hat Jenni ihr und Jack erzählt, dass Wills Großmutter an Alzheimer erkrankt ist, aber zwischendurch immer wieder gute Tage hat, weshalb Wills Dad sie nicht in ein Heim geben will. Obwohl Jenni es nicht ausdrücklich gesagt hat, meinte Nat zwischen den Zeilen herauszuhören, dass Will von der Entscheidung seines Vaters nicht gerade begeistert ist.
»Wo ist Freda?«, fragt Jenni erneut und blickt ein wenig besorgt.
Auch Nat ist leicht beunruhigt. Sie fand es schon seltsam, dass Wills Großmutter an die Tür gekommen ist und sie hereingelassen hat.
»Ich musste sie auf ihr Zimmer schicken. Wenn sie sich für ihre Albernheiten entschuldigt, lass ich sie wieder raus«, erklärt Mrs. Burdett wohlgemut.
»Sie haben sie eingeschlossen?«, fragt Nat.
»Denkt nicht weiter an das kleine Biest«, sagt Mrs. Burdett an sie alle drei gerichtet, ohne die Frage zu beantworten. »Wir brauchen Freda nicht.«
Anscheinend hat sie vergessen, dass sie Jack aufgefordert hat,

seine Jacke auszuziehen, denn sie packt ihn am Ärmel und führt ihn, gefolgt von Nat und Jenni, durch das vornehme Foyer in einen großen Salon mit einem Bogenfenster vom Boden bis zur Decke, das an sonnigen Tagen den Raum bestimmt mit Licht durchflutet. Da es um nicht mal fünf Uhr am Nachmittag draußen bereits dunkel ist, wird der Raum dezent von Halogenstrahlern in der Kassettendecke erhellt.

Für Nats Geschmack passt die moderne, wenn auch exklusive Einrichtung ganz und gar nicht zu den wunderschönen Originalelementen wie den Stuckzierleisten und dem eleganten gekachelten Kamin. Und auch nicht zu Will Burdetts Großmutter, die in dem Raum ausgesprochen fehl am Platz wirkt.

»Grandpa ist noch im Bad. Heute Abend gibt es Lendenbraten. Du hast doch immer einen leckeren Braten gemocht, nicht wahr, Junior?« Sie hebt eine leicht zittrige Hand und kneift Jack in die Wange.

Nat muss ein Lachen unterdrücken, als sie Jacks Gesichtsausdruck sieht.

Sanft nimmt Jenni den Arm der älteren Frau. »Du siehst müde aus, Gran. Komm, setz dich.«

Widerwillig lässt Mrs. Burdett einen ungemein erleichterten Jack aus ihren Fängen und wird von Jenni über den glänzend polierten Kirschholzboden zu einem kleinen, pfirsichfarbenen Ledersofa geführt, das zu dem Bogenfenster mit Blick auf die Marlborough Street ausgerichtet ist. Auf einem runden Glastisch neben dem Sofa stapeln sich alte Zeitungen.

»Hast du mir heute das Wall Street Journal mitgebracht, Liebes?«

»Ja, liegt schon hier.« Jenni klopft auf den alten Stapel.

»Braves Mädchen. So, und nun setz dich zu mir, Junior.« Sie winkt Jack. Nats Stellvertreter steht eindeutig im Zentrum von Mrs. Burdetts Aufmerksamkeit. Nat fühlt sich trotz des freundlichen Empfangs in dem pompösen Haus eher wie Beiwerk. Was ihr durchaus recht ist. Sie möchte möglichst schnell im Badezimmer nachsehen, ob *Grandpa* wirklich dort ist. Die Frage ist allerdings, welches Badezimmer. Dieses luxuriöse dreistöckige Stadthaus hat wahrscheinlich vier oder fünf.

Und dann hat Nat eine Idee. »Ach, ich hab hier noch den Brief, auf den Grandpa wartet«, sagt sie und nimmt einen alten Umschlag aus ihrer Handtasche. »Ist er oben?«

»Natürlich nicht. Du weißt, dass er nicht mehr so gut Treppensteigen kann«, sagt Mrs. Burdett streng. »Und warum um Himmels willen sollte er oben sein, wo unser Zimmer doch gleich unten am Ende des Flurs ist?«

Während Mrs. Burdett Jack und Jenni mit der weitschweifenden Anekdote unterhält, wie *Junior* sich einmal als Schüler der Meadow Run School Ärger eingehandelt hat, weil er eine Statue aus dem Büro des Direktors geklaut hatte, huscht Nat aus dem riesigen Salon zurück ins Foyer. Auf der rechten Seite, gleich neben einer ausladend geschwungenen Treppe, geht ein breiter Flur ab, dessen Wände mit modernen abstrakten Gemälden behängt sind. Nicht nach Nats Geschmack, ihr persönlich gefallen französische Impressionisten besser, aber sie zweifelt nicht daran, dass die hier ein kleines Vermögen kosten. Die Burdetts leben auf großem Fuß. Nat fragt sich, ob sie das Grandmas Geld zu verdanken haben oder den erfolgreichen Geschäften des Vaters.

Und dann kommt Nat noch ein Gedanke. Wenn die Familie doch so gut betucht ist, warum fragt Jenni dann nicht Will, ob *er* ihr das Geld leihen kann, das sie für die Miete einer Wohnung für sich und ihren Dad braucht? Oder hat sie ihn gefragt, und er hat nein gesagt? Eher unwahrscheinlich. War Jenni zu stolz, um ihn zu fragen?

Aber nicht zu stolz, um sich das Geld durch Prostitution zu verschaffen?

Natürlich weiß sie nur von Jenni selbst, dass sie auf den Strich gegangen ist. Aber warum sollte sie sich so eine Lüge ausdenken? Es hat ihr nicht einmal ein Alibi für die Zeit geliefert, in der ihre Mutter ermordet wurde.

Nat schleicht den Flur hinunter, ganz leise, um Charlie Dunbar, falls er hier ist, nicht zu alarmieren. Auf halbem Weg sieht sie rechter Hand eine Reihe von Zimmertüren. Die erste ist geschlossen. Nat öffnet sie vorsichtig.

Ein einziger Blick verrät Nat, dass es nicht Mrs. Burdetts Schlafzimmer ist.

Es sieht aus, als hätte darin ein Wirbelsturm gewütet. Oder ein schlampiger Jugendlicher. Nat hat nicht daran gedacht, Jenni zu fragen, ob Will Brüder hat, aber als sie die vielen Poster von den Boston Celtics und Tech Black Hawks sieht, ist sie einigermaßen sicher, dass das Zimmer Will Burdett gehört. Wie der Salon ist auch dieser Raum mit modernen Möbeln eingerichtet – Bett, niedrige Kommode, hohe Kommode und unter einem Fenster ein geschwungener Schreibtisch, hochglanzweiß lackiert mit zylindrischen Edelstahlbeinen. Links vom Schreibtisch ist eine ebenfalls weiße Regalwand mit einer topmodernen Stereoanlage, einem Plasmafernseher auf einem dünnen Standfuß und einem Farbdrucker sowie Büchern und Zeitschriften, die sich wahllos auf jeder erdenklichen freien Regalfläche stapeln. An dem Regal lehnt eine zwölfsaitige Elektrogitarre. Hier ist nicht gespart worden. Aber für den Zimmerinhaber scheint der ganze Luxus selbstverständlich zu sein.

Kommodenschubladen stehen halb offen, schmutzige Wäsche häuft sich in einer Ecke, der Schreibtisch ist derart überhäuft mit Papieren und Büchern, manche offen, manche geschlossen, dass der teure Laptop fast darunter verschwindet. Das ungemachte Bett ist mit allen möglichen Sachen übersät – noch mehr Klamotten, Sportmagazine, sogar eine wertvolle Digitalkamera liegt da wie achtlos hingeworfen. Nat sieht eine Tür, die vom Schlafzimmer ins angrenzende Bad führt. Die Badezimmertür steht offen, und über einer Ecke hängt ein großes Handtuch. Aus dem Raum kommt kein Geräusch. Unwahrscheinlich, dass es das Bad ist, das *Grandpa* benutzt. Nat will die Zimmertür schon wieder schließen, als ihr etwas ins Auge springt: ein Foto, das im Silberrahmen eines Spiegels über der niedrigen Kommode klemmt.

Nat geht zu der Kommode und sieht sich das Foto genauer an. Es ist ein Schnappschuss von einer wunderschönen jungen Frau, blondes Haar, tolle Figur, voller Mund, der leise lächelt, während sie in die Ferne blickt. Wen oder was sie sieht, kann Nat nicht erkennen. Aber sie ist einigermaßen sicher, dass das Foto heimlich aufgenommen wurde, ohne Wissen der Frau – ein Bild, das aussieht, wie mit einer Digitalkamera gemacht und

auf Fotopapier ausgedruckt. Und es ist kein junges Mädchen. Es ist eine Frau, Ende zwanzig, Anfang dreißig.
Nat erkennt sie nicht. Dagegen erkennt sie sofort die Person auf dem gerahmten Foto auf Wills chaotischer Kommode. Es ist Jenni, die durchaus mitbekommt, dass sie fotografiert wird, aber anscheinend nicht sonderlich froh darüber ist.
Nats Blick wandert erneut zu dem Foto von der Schönheit am Spiegel, als sie hört, wie nebenan eine Tür geöffnet wird. Instinktiv schnappt sie sich das Foto und schiebt es in ihre Jackentasche.
Grandpa alias Charlie Dunbar schlendert an Wills offener Zimmertür vorbei, die Augen geradeaus, bis er hört, wie Nat aus dem Zimmer seinen Namen ruft.
Er bleibt wie angewurzelt stehen und starrt sie an. Panik spiegelt sich auf seinem Gesicht, und Nat sieht ihm an, dass er die Flucht ergreifen will.
Doch offenbar wurde ihr Ruf auch im Salon gehört, denn Sekunden später kommen Jack und Jenni angelaufen.
Nat sieht, wie Charlies Gesicht vor Erleichterung aufleuchtet, als er Jenni sieht. So klein und schmächtig die Jugendliche ist, sie schubst Jack beiseite und rennt in die Arme ihres Vaters. Die beiden umarmen einander, als hätten sie eine schlimme Katastrophe überlebt.
Jack macht Anstalten, das ergreifende Wiedersehen von Vater und Tochter zu stören, doch Nat schüttelt energisch den Kopf.
»Junior? Junior, wo bist du denn? Ich hoffe, du wäschst dir die Hände, Junior. Und mach dir auch die Fingernägel sauber. Dein Großvater ist ja so pingelig …«
Während Mrs. Burdetts Stimme noch aus dem Foyer dringt, geht die Haustür auf. »Gran, wieso ist die Tür nicht abgeschlossen? Und wo ist Freda?«, ertönt die genervte Stimme von Will Burdett, der ohne einen Blick in den Flur zu werfen, auf seine Großmutter zusteuert.
Bis Jenni seinen Namen ruft und sich aus den Armen ihres Vaters löst.
Den Ausdruck im Gesicht des Highschool-Basketballers verdattert zu nennen wäre pure Untertreibung.

Und dann sieht Nat, wie Will sich im Nu wieder fängt und seine Augen vor Misstrauen schmal werden, als er den Blick über die Gruppe schweifen lässt, ehe er seine Freundin erkennt. »Scheiße, was ist denn hier los?«

»Achte auf deine Ausdrucksweise, junger Mann«, tadelt Mrs. Burdett ihren Enkel.

»Das ist mein Dad, Will.« Sie nimmt die Hand ihres Vaters. »Er ist hergekommen, um mich zu suchen. Er ist der Einzige, mit dem ich über uns reden konnte. Er hat vermutlich gedacht, du wüsstest, wo ich bin.«

»Tut mir leid, mein Junge«, murmelt Charlie Dunbar. »Ich hatte mir unsere erste Begegnung auch anders vorgestellt.«

Jenni dreht sich zu Nat um und drückt dabei die Hand ihres Vaters fester. »Er kommt anstandslos mit Ihnen mit. Nicht, Dad? Er hat sich bloß Sorgen um mich gemacht. Und es war meine Schuld. Sie können ihn nicht dafür bestrafen –«

»Und ob wir das können«, platzt Jack dazwischen, ohne auf den beschwörenden Blick zu achten, den Nat ihm zuwirft.

»Schon gut, Jenni. Keine Sorge. Was immer auch mit mir passiert, es ist ganz allein meine Schuld«, sagt Charlie beschwichtigend und nimmt die Hand seiner Tochter in beide Hände.

»Sie dürfen dir die Bewährung nicht wegnehmen, Daddy. Das dürfen sie nicht.«

»O Mann, Sie sind ausgebrochen«, sagt Will mit einem Anflug von Bewunderung in der Stimme. »Schade, dass ich nicht früher nach Hause gekommen bin. Ich hätte …«

»Was hättest du?«, fährt Jack ihn an. »Einen Flüchtigen versteckt? Das hätte sich wunderbar gemacht in deinen Collegebewerbungen.«

Will reibt sich mit einer großen Hand über den Mund.

»Los, wir gehen, Charlie«, sagt Jack grimmig.

Dunbar lässt die Hand seiner Tochter los, gibt ihr einen zärtlichen Kuss auf die Stirn, streckt dann die Hände aus, um sich Handschellen anlegen zu lassen. »Nicht nötig«, sagt Nat.

Jack sieht sie an, als wollte er Einwände erheben, doch stattdessen signalisiert er Dunbar mit einem kleinen Stoß, vor ihm zu gehen.

»Kann ich nicht mitfahren?«, fragt Jenni Nat mit flehender Stimme.

»Nein, das geht nicht. Aber vielleicht kannst du deinen Dad morgen während der regulären Besuchszeit sehen.«

Jack wirft einen verdrossenen Blick über die Schulter. »Das heißt, wenn er dann noch im Horizon House ist«, sagt er verbittert.

Jenni fängt an zu weinen. Will beginnt, Jack zu beschimpfen. Nat versucht, die beiden Teenager zu beruhigen.

Mrs. Burdett hält sich die Ohren zu. »So viel Lärm. Ihr wisst doch, ich kann das nicht ertragen.«

Alle verstummen, als sie ein lautes Klopfgeräusch von oben hören.

Will blickt seine Großmutter aus zusammengekniffenen Augen an. »Nicht schon wieder, Gran. Du hast Freda doch nicht schon wieder in ihrem Zimmer eingeschlossen? Gib mir den Schlüssel! Sofort!«

Aber Mrs. Burdett achtet nicht auf ihren Enkelsohn, genauso wenig wie auf das anhaltende Klopfen von oben. Sie blickt gebannt auf Jack Dwyer. »Wo willst du mit deinem Großvater hin, Junior? Du nimmst ihn doch hoffentlich nicht mit in seinen Herrenclub, um Whiskey zu trinken. Du weißt, dass Alkohol nicht gut für seine Verdauung ist, Junge.«

»Keine Sorge, Gran. Grandpa kriegt heute keinen Tropfen Alkohol«, sagt Jack trocken. Dann fügt er leise hinzu, sodass nur Charlie Dunbar es hören kann: »Und auch nicht in absehbarer Zukunft.«

33

Leo ruft Nat ein paar Minuten nach sechs Uhr abends auf dem Handy an. Sie verlässt ihr Büro, wo sie mit Hutch, Jack und Sharon darüber debattiert, welche Disziplinarmaßnahmen für Charlie Dunbars *vorübergehende Abwesenheit* angemessen sind. Charlie ist inzwischen in einem der beiden Arresträume im Hauptgeschoss der Einrichtung untergebracht.

Solange die Sache intern bleibt, besteht eine gewisse Flexibilität. Aber weder Hutch mit seinem blauen Auge noch Jack mit seiner arg lädierten – aber zum Glück doch nicht gebrochenen – Nase sind sonderlich großmütig gestimmt. Sharon Johnson hat sich für einen strengen Verweis und einen zweiwöchigen Entzug aller Vergünstigungen ausgesprochen. Nat hat sich bislang auf die Zuhörerrolle beschränkt, ein Ohr ihren Mitarbeitern zugewandt, während sie mit dem anderen auf Leos Anruf wartete.

»Habt ihr Buckley gefunden?«, fragt sie gespannt, sobald sie die Bürotür geschlossen hat und im Vorzimmer ist. Ihrer Sekretärin Angelina hatte sie schon vor Beginn der Mitarbeiterbesprechung freigegeben. Wände haben Ohren, und obwohl sie Angelina für vertrauenswürdig hält, möchte sie eine Insassin nicht unbedingt in Versuchung führen. Jeder ist verführbar. Nicht nur die Häftlinge.

»Wir haben ihn eingebuchtet. Ich bin noch im Präsidium«, sagt er.

»Und Kevin Wise? Ist er …?«

»Er ist wohlauf. Er ist vor zwanzig Minuten wieder nach Hause

gekommen. Ich fahr gleich zu ihm, um mir seine Aussage anzuhören.«
»Wieso hat Buckley ihn gekidnappt?«
»Er sagt, weil er überzeugt davon sei, dass der Arzt seine Frau umgebracht hat, und er ihn zu einem Geständnis zwingen wollte.«
»Ich vermute, das ist ihm nicht gelungen.«
»Nein, aber eines ist Buckley gelungen: Er hat sich jede Menge Ärger eingehandelt.«
»Ist Buckley noch immer dein Hauptverdächtiger?«
»Das hab ich nie gesagt. Einige andere Leute sagen das.«
»Und Buckley sagt, es war Kevin Wise. Wenn er das wirklich glaubt –«
»Vielleicht will er nur, dass wir es glauben«, spekuliert Leo. »Cleverer Trick, erst recht wenn ein Verdächtiger, ob er nun ganz oben auf der Liste steht oder nicht, kein Alibi hat.«
»Ist Buckley denn so clever?«
»Weiß ich noch nicht. Hast du Jenni gut bei den Richards untergebracht?«
Nat zögert. Sie hat das Mädchen letztendlich wieder bei Laura Richards und ihrer Tochter abgeliefert. Aber eben erst nach ihrem gemeinsamen Besuch bei Will Burdett zu Hause. Nat weiß, wenn sie Leo erzählt, dass Jennis Vater geflohen ist, wenn auch noch so kurz, bringt sie ihn in eine unhaltbare Lage. Als Angehöriger der Bostoner Polizei ist es seine Pflicht, den Vorfall dem Bewährungsausschuss zu melden, was Charlie in Teufels Küche bringen würde. Und Nat gleich mit. Das Allermindeste, was ihr von Seiten ihrer Vorgesetzten blüht, ist ein scharfer Verweis, und schlimmstenfalls, eingedenk früherer Vorkommnisse, die Kündigung. Wenn er dagegen auf die Information als ihr Liebhaber – na schön, ehemaliger Liebhaber – reagiert und schweigt, um ihre Zukunft zu schützen, würde sie ihm eine unzumutbare Last aufbürden. Und irgendwann wäre ihm das zuwider. Wäre sie ihm zuwider.
Und das ausgerechnet jetzt, wo sie gerade anfangen, ein bisschen entspannter miteinander umzugehen.
Ihre Pause ist zu lange.

»Was ist los, Natalie? Jenni hat doch nicht –«
»Mit Jenni ist alles in Ordnung, Leo. Sie ist bei Laura und Megan Richards. Ich wollte in ein paar Minuten nochmal rüberfahren und nach ihr sehen.«
»Hör mal, ich muss noch kurz bei der alten Nachbarin vorbei, die Sherry gefunden hat, und mit ihr reden. Anschließend fahre ich dann zu Wise, um seine Aussage aufzunehmen.«
»Klar.«
»Ich dachte, danach …« Er stockt.
»Könntest du mich auf den neusten Stand bringen?«
»Ja.«
»Unser Lunch heute ist ja ausgefallen.«
»Richtig. Ich wollte dich doch einladen.«
»Ja. Stimmt.«
»Ist dir acht zu spät? Ich weiß nicht genau, wie lange ich brauche, für die Nachbarin und Wise –«
»Ja, ich hab hier auch noch zu tun. Acht passt mir gut.«
»Und, worauf hättest du Lust?«, fragt er.
Weiß Gott eine doppeldeutige Frage.

34

»Ich hab Ihrem Kollegen heute Morgen am Telefon schon gesagt, dass meine Mutter nicht in der Verfassung –«

»Wer ist denn da, Gloria?« Eine ältere Frau kommt aus der Küche geschlurft und tupft sich den Mund mit einer Serviette ab.

»Hallo, Mrs. Morrison. Schön, dass es Ihnen wieder besser geht.«

»Ach, Sie sind doch der nette Polizist von gestern. Haben Sie den Mörder der armen Frau schon gefasst?«

»Mutter, bitte geh wieder rein und iss dein Essen. Dieser Polizeibeamte hat kein Recht –«

»Wie war doch noch gleich Ihr Name? Ich hab's vergessen«, sagt die alte Frau, ohne auf ihre Tochter zu achten.

»Leo Coscarelli. Aber wenn ich Sie gerade beim Essen störe –«

»Allerdings«, sagt Gloria schroff.

»Ich bin satt. Es war eh nur ein Fertiggericht.«

»Es war nicht irgendein Fertiggericht, Mutter. Das war Cordon bleu mit grünen Bohnen. Aus der Feinkostabteilung.«

Mrs. Morrison zuckt die Achseln. »Tiefgefroren ist tiefgefroren, Gloria. Kommen Sie doch mit ins Wohnzimmer, Leo. Stört es Sie, wenn ich Sie beim Vornamen nenne? In meinem Alter kommt man sich albern vor, wenn man einen jungen Mann mit Nachnamen anredet, selbst wenn er Detective von der Polizei ist.«

»Ach, du bist unmöglich, Mutter.« Gloria sagt das ohne viel

Energie, von der sie offenbar das meiste schon längst im Umgang mit ihrer Mutter verbraucht hat.
»Stört mich überhaupt nicht. Leo ist mir sogar lieber.«
»Schön.« Sie marschiert voraus in Glorias Wohnzimmer. Gloria folgt Leo auf den Fersen. Sie hat nicht vor, ihre Mutter schutzlos den Schlichen der Polizei zu überlassen.
Mrs. Morrison lässt sich ein wenig unbeholfen in einem braunen Vinylsessel nieder, der zusammen mit einem passenden Gegenstück vor einem großen Fernseher steht. Eine weitere Sitzmöglichkeit ist ein wuchtiges kastanienbraunes Ledersofa. Alle drei Möbelstücke stehen auf einem grünen Webteppich.
Die alte Frau deutet auf den anderen Sessel, und Leo nimmt gehorsam Platz. Gloria baut sich demonstrativ neben ihrer Mutter auf, die Hände in die Seiten gestemmt.
Mrs. Morrison nimmt keine Notiz von ihrer Tochter. Sobald sie bequem sitzt, die blau geäderten Hände auf dem Schoß gefaltet, dreht sie den Kopf und blickt Leo direkt an, der es ihr gleichtun muss, um der alten Frau in die Augen zu sehen, da der Winkel, in dem die Sessel stehen, für eine Unterhaltung eher ungeeignet ist. Leo bezweifelt, dass in diesem Raum viele Unterhaltungen stattfinden. Er weiß, dass Gloria Flynn hier allein lebt, und er kann sich vorstellen, dass die Tochter dem mit gemischten Gefühlen begegnet.
»Also, Leo, wenn Sie gekommen sind, damit ich den Täter identifiziere, muss ich Sie enttäuschen.«
»Meine Mutter hat der Polizei bereits gesagt, dass sie den Mann nicht gesehen hat, der … der die arme Frau ermordet hat.«
Leo bemüht sich um ein besänftigendes Lächeln. »Ja, das weiß ich, Gloria.«
»Mrs. Flynn«, sagt sie unterkühlt.
»Entschuldigung, Mrs. Flynn.« Mit gezielter Freundlichkeit war bei der Tochter anscheinend kein Blumentopf zu gewinnen.
Mrs. Morrison entlockt das ein kleines Kichern. »Sie müssen meiner Tochter verzeihen, Leo. Ihr Exmann ist bei der Polizei in Quincy, daher hat sie eine instinktive Aversion gegen Polizisten. Ihre Scheidung war alles andere als friedlich. Genau wie ihre Ehe.«

»Mutter, bitte«, sagt Gloria scharf. Offenbar hat die Bemerkung genau ins Schwarze getroffen.
»Gloria, sei doch so lieb und bring Leo einen Kaffee. Oder soll ich dich auch Mrs. Flynn nennen?« Die alte Frau lacht leise in sich hinein.
»Sehr witzig«, sagt Gloria sarkastisch.
»Keinen Kaffee, danke«, sagt Leo freundlich. »Und leider haben wir Sherry Buckleys Mörder noch nicht gefasst, Mrs. Morrison. Ich hatte gehofft, Sie könnten über Ihre Aussage noch einmal nachdenken. Vielleicht fällt Ihnen ja doch noch etwas ein –«
»Ich war sehr durcheinander, nachdem das passiert ist«, gibt Mrs. Morrison zu. »Es war ein schrecklicher Schock für mich. Grässlich. Ich gucke mir gern die Krimiserien im Fernsehen an. *Den Tätern auf der Spur* und *Law and Order* und wie sie alle heißen. Aber das ist nicht das Gleiche.«
»Das kann man wohl sagen«, wirft Gloria ein. »Und meine Mutter steht noch immer unter Schock, auch wenn sie äußerlich so wirkt, als ginge es ihr besser. Sie hat ernste Herzprobleme –«
»Gloria, wenn ich einen Herzinfarkt kriegen würde, dann wär das in dem Moment passiert, als ich meine Wohnungstür geöffnet habe und die arme Frau tot davorlag, splitternackt und blutüberströmt. Die Flecken im Teppichboden krieg ich wohl nie mehr raus.«
»Könnten wir noch einmal ein paar Punkte Ihrer Aussage durchgehen?«
»Natürlich können wir das. Sie müssen meine Tochter entschuldigen. Sie macht sich wirklich Sorgen um mich. Aber mir geht es wieder gut. Fragen Sie, Leo, fragen Sie.«
Resigniert nimmt Gloria Flynn auf dem Sofa Platz und durchbohrt Leo mit Blicken, als hätte er irgendeine ansteckende Krankheit, die er an sie und ihre Mutter übertragen will.
»Sie haben ausgesagt, schwere Schritte auf der Treppe gehört zu haben, die von oben aus dem zweiten Stock kamen.«
»Ja, genau. Und zwar in dem Moment, als George Clooney zu Oprah gesagt hat –«
»Ich bin sicher, der Detective will nicht hören, was George Clooney gesagt hat, Mutter.«

Leo würde diesem Störenfried von Tochter am liebsten sagen, sie soll sich verziehen. Aber er weiß, das würde nichts bringen. Also fährt er fort.
»Machen wir einen kleinen Zeitsprung zurück«, sagt Leo.
»Wie weit zurück, mein Lieber?«, fragt Mrs. Morrison.
»Wie spät sind Sie gestern Morgen aufgewacht?«
»Um die gleiche Zeit wie immer. Viertel vor sieben. Ich stell mir nie den Wecker. Ist gar nicht nötig. Als ich jünger war, hab ich wesentlich mehr Schlaf gebraucht, aber inzwischen –« Diesmal merkt die alte Frau selbst, dass sie abgleitet, und lächelt Leo zur Entschuldigung kokett an.
»Ich vermute, Sie würden gern wissen, ob ich irgendwas aus der Buckley-Wohnung gehört habe?«
»Ja, genau das würde ich gern wissen«, sagt Leo erleichtert.
»Na ja, sie haben sich gestritten, aber das war eigentlich nichts Neues.«
»Wer genau?«
»Alle drei. Aber Tochter und Vater sind am lautesten. Die Mutter ist ein bisschen leiser.«
»Konnten Sie verstehen, worum es bei dem Streit ging?«
»Ich lausche nicht, Leo. Ich kümmere mich um meine Angelegenheiten. Wenn ich sie streiten höre, was häufig der Fall ist, vor allem in den letzten paar Wochen, drehe ich einfach meinen CD-Player lauter und höre Tony Bennett. Meine Tochter Maddie, die in Cleveland lebt, hat mir den CD-Player letztes Jahr zu Weihnachten geschenkt. Und einige CDs. Alle meine Lieblinge. Tony, Frank, Dean. Maddie weiß immer, was mir gefällt. Sie war dieses Jahr mit ihrem Mann in Irland und hat mir von da –«
»Herrgott, Mutter, wieso sollte es den Polizisten interessieren, dass du diese himmlisch großzügige Tochter hast, die, wie ich hinzufügen möchte, so reich geheiratet hat, dass sie dir ohne Weiteres eine anständige Wohnung kaufen könnte, wo nicht irgendwelche Proleten Tag und Nacht über deinem Kopf Krawall machen. Und wo keine Toten vor deiner Wohnungstür liegen.«
»Ich bin ganz zufrieden mit meiner Wohnung, Gloria. Dein

Problem ist, dass du schon immer eifersüchtig auf deine Schwester warst. In deinem Alter müsstest du wirklich langsam darüber hinweg sein.«

Gloria funkelt ihre Mutter an. Dann wirbelt sie herum und stürmt aus dem Zimmer.

Mrs. Morrison zwinkert Leo zu. »Ich hab mir gedacht, dass das funktioniert. Jetzt können wir ungestört ein kleines Schwätzchen halten.« Sie lächelt spitzbübisch.

Leo erwidert das Lächeln.

»Also, wie schon gesagt, ich habe nicht darauf geachtet, was sie gesagt haben, ehrlich. Aber ich hab die Tochter gehört, wie sie die Wohnungstür geöffnet und unflätiges Zeug geschrien hat. Dann hat sie die Tür zugeknallt und ist die Treppe runtergepoltert.«

»Gepoltert«, wiederholt Leo.

»Oh, nicht wie die Schritte, die ich später gehört habe, nachdem die Frau erstochen worden war«, sagt sie. »Die waren erheblich schneller.«

»Nachdem die Tochter gegangen war, ging der Streit dann noch weiter?« Laut Buckley hatte das Ehepaar sich vertragen, sogar miteinander geschlafen, bevor Sherry zur Arbeit musste.

Mrs. Morrison scheint angestrengt über die Frage nachzudenken. »Tja, also, das kann ich wirklich nicht sagen. Ich bin ins Schlafzimmer, um mein zu Bett machen, nachdem das Mädchen aus der Wohnung gestürmt war. Ob die Eltern noch weiter gestritten haben … nein, das weiß ich wirklich nicht.« Es scheint sie zu verstimmen, dass sie keine befriedigende Antwort geben kann.

»Bevor Sie dann um Viertel nach zwei die Schritte hörten, haben Sie da irgendwann jemanden in die Wohnung gehen oder aus der Wohnung kommen hören?«

»Jedenfalls nicht zwischen zehn und eins. In der Zeit besuche ich nämlich jeden Dienstag und Donnerstag meine alte Freundin Hilda Grossman auf der Elm Street, es sei denn, das Wetter ist richtig schlecht – wonach es heute ja aussieht. Hilda hatte vor fast zwei Jahren einen Schlaganfall, die Ärmste, und obwohl eine junge Frau sich um sie kümmert, geh ich, wenn ich kann, dienstags und donnerstags zu ihr und lese ihr Artikel aus dem neuesten *People*-Magazin vor. Sie mag Klatsch und Tratsch, vor allem über Filmstars, und dann koche ich uns was zu Mittag, nichts Aufwendiges, meistens nur eine Suppe, und ich helfe ihr beim Essen.«

»Wenn also gestern jemand zwischen zehn und eins in die Wohnung gegangen ist –«

»– hätte ich das nicht mitbekommen. Tut mir leid. Wenn es ein Montag, Mittwoch oder Freitag gewesen wäre –«

»Kein Problem«, beruhigt Leo sie.

»Sie sind ein netter Mann, Leo. So einfühlsam. Wir könnten mehr Polizisten wie Sie gebrauchen. Und Ihr junger Kollege auch. Der war ausgesprochen höflich, als er mir gestern ein paar Fragen gestellt hat. Sehr rücksichtsvoll.«

»Um nochmal auf die Schritte zurückzukommen, die Sie gegen vierzehn Uhr fünfzehn auf der Treppe gehört haben. Sie haben nicht zufällig aus der Tür oder aus dem Fenster gesehen?«

»Wie ich bereits Ihrem freundlichen Kollegen gestern gesagt habe, leider nein. Ich kann Ihnen gar nicht sagen, wie sehr ich das bedauere. Ich hätte Ihren Fall aufklären können. Ich hätte den Täter identifizieren können. Oh, es tut mir so schrecklich leid, Leo.«

Leo lächelt. »Das muss es nicht, Mrs. Morrison. Sie haben uns sehr geholfen. Vielen Dank für Ihre Zeit.« Er macht Anstalten aufzustehen.

»Da wäre noch etwas. Natürlich kann ich nicht sagen, ob es Ihnen weiterhilft.«

Leo setzt sich wieder. »Was denn?«

»Nun, Sie müssen wissen, meine Wohnung ist genauso geschnitten wie die der Buckleys. Ich war zwar noch nie bei ihnen oben – sie haben mich nie zu sich eingeladen –, aber egal, vom Vermieter weiß ich, dass alle drei Wohnungen im Haus genau denselben Grundriss haben. Sie wissen doch, dass im Erdgeschoss diese Jungs wohnen. Also, als die eingezogen sind, da hab ich schon gedacht, ich würde ständig mit Lärm von unten rechnen müssen, aber es sind erstaunlich manierliche junge Leute. Und so gut wie nie zu Hause, den Geräuschen nach.«

Sie lächelt breiter, was eine leicht vergilbte Zahnprothese offenbart. »Genauer gesagt, den fehlenden Geräuschen nach.«
Leo spürt förmlich, wie die Zeit verrinnt. Hat die alte Frau nun doch noch irgendetwas Hilfreiches von sich zu geben oder ist sie einfach allein und möchte mal die Aufmerksamkeit von jemand anderem als ihrer griesgrämigen Tochter?
»Tut mir leid, dass ich abschweife. Ich weiß, wie wichtig Zeit bei der Jagd nach einem Mörder ist. Die Fährte darf nicht kalt werden.«
»Ganz genau«, sagt Leo. »Also, wenn Sie –«
»In meinem Bad ist ein Entlüftungsrohr, das vom zweiten Stock bis ins Erdgeschoss verläuft. Also mit dem Bad über mir und unter mir verbunden ist. Aber natürlich interessiert uns nur das Bad über mir. Das Bad der Buckleys.«
»Entlüftungsrohre übertragen Geräusche. Stimmen.«
»O ja, Leo. Und wenn man gelegentlich gezwungen ist, eine längere Zeit im Bad zu verbringen, hört man zwangsläufig die Geräusche, die von oben kommen.«
»Sie haben also Geräusche aus dem Badezimmer der Buckleys gehört?«, sagt Leo aufmunternd.
»Ja, etwa eine halbe Stunde vor der Oprah-Winfrey-Show. Also gegen halb zwei. Ich war gerade erst von Hilda zurückgekommen, und ich wollte … mir die Nase pudern, und da hab ich zu meinem Erstaunen oben die Dusche gehört.«
Leo blickt sie fragend an.
Sie lächelt. »Die Buckleys sind Gewohnheitstiere, wie die meisten von uns. Jeden Morgen hör ich den Vater rufen, dass die Tochter sich beeilen soll, damit er endlich unter die Dusche kann. Glauben Sie mir, Leo, ich heiße es wahrhaftig nicht gut, wenn jemand die Dusche mit Beschlag belegt – meine Mädchen durften höchstens zehn Minuten lang duschen, länger nicht –, aber im Ernst, der Mann geht erst um fünf Uhr nachmittags zur Arbeit. Wozu die Eile? Und eigentlich sollte man doch meinen, dass er morgens länger schläft, schließlich kommt er immer erst um ein Uhr nachts von der Schicht. Na ja, ich vermute, er will einfach ein bisschen mehr von seiner Frau und seiner Tochter haben – oh, genau genommen seiner Stieftochter, nicht wahr?

So wurde das Mädchen jedenfalls in den Morgennachrichten genannt. Allerdings, wenn der Mann tatsächlich extra früh aufsteht, um mit seiner Familie zu frühstücken, dann versteh ich nicht, dass er die ganze Zeit herumzetert. Da wäre es doch für alle Beteiligten besser, er bliebe im Bett. Das hab ich schon mehrfach zu Gloria gesagt. Sie wollte, dass ich mich beschwere, aber ich will kein schlechtes Verhältnis zu meinen Nachbarn.«

Erst recht, denkt Leo, wenn einer der Nachbarn Polizist ist.

»Was ist mit Sherry Buckley? Hat sie morgens auch geduscht?«

Mrs. Morrison blickt Leo überrascht an. »Wieso fragen Sie das?« Aber sie wartet die Antwort nicht ab. »Wenn die drei sich jeden Morgen die Dusche streitig machen würden, das gäbe ein ganz schönes Tohuwabohu. Ich vermute, aus dem Grund hat Mrs. Buckley immer am frühen Abend geduscht. Wenn sie von der Arbeit kam. Ich wusste immer gleich, wenn sie zurück war, weil ich dann die Dusche gehört habe. Die Küche ist gleich neben dem Bad, und ich hab meistens die Badezimmertür auf.«

Mrs. Morrisons ohnehin schon faltige Stirn legt sich noch mehr in Falten. »Also, wie gesagt, ich war gestern überrascht, dass oben die Dusche am frühen Nachmittag lief, aber ich hab nicht weiter darüber nachgedacht.« Sie erbleicht. »Das muss sie gewesen sein. Die arme Frau.«

»Sherry Buckley?« Es würde erklären, warum das Opfer nackt gewesen war. Wie Laura Richards hatte die Ermordete gewohnheitsmäßig geduscht, wenn sie von der Arbeit nach Hause kam.

»Na ja, ich bin absolut sicher, dass ich neben dem Geräusch von der Dusche die Stimme einer Frau gehört habe. Nur ganz kurz. Ich hab nicht richtig drauf geachtet. Ich wollte schnell Tee machen und mir die Sendung im Fernsehen ansehen.«

»Eine Frauenstimme«, hakt Leo nach. »Haben Sie sie erkannt?«

»Es muss die von Mrs. Buckley gewesen sein. Ich vermute, sie ist aus irgendeinem Grund früher nach Hause kommen. Wenn sie das nicht getan hätte«, sagt Mrs. Morrison und schließt die Augen, »wäre sie vielleicht noch am Leben.«

»Sie sagen, Sie haben ihre Stimme gehört.«
»Ich kann nicht beschwören, dass es Mrs. Buckleys Stimme war, weil ja die Dusche lief. Aber wer soll denn sonst –«
»Und was hat diese Frau gesagt?« Leo spürt den ersten Funken Optimismus, dass sein Besuch hier sich vielleicht doch nicht als Zeitverschwendung entpuppt.
»Was sie gesagt hat?« Mrs. Morrison öffnet die Augen, blickt ihn ausdruckslos an, aber dann lächelt sie verlegen. »O ja, natürlich. Das könnte wichtig sein, nicht wahr?«
»Ja. Das könnte es allerdings.«
»Tja, die Dusche lief noch, deshalb bin ich mir nicht ganz sicher. Ich möchte Ihnen schließlich keine falschen Informationen –«
»Bitte, Mrs. Morrison. Sagen Sie einfach, was Sie meinen, gehört zu haben.«
»Natürlich, das werde ich.« Sie schließt wieder die Augen, diesmal, als wollte sie den Augenblick Revue passieren lassen. »Ich glaube, es war so etwas wie: *Du bist schon da*. Oder vielleicht: *Schnell. Du bist schnell da.*«
»Wie hat die Frau geklungen, als sie das gesagt hat?«
»Sie meinen, ob Sie verängstigt geklungen hat?«
Leo will ihr keine Worte in den Mund legen. »Was war Ihr Eindruck?«
»Nicht verängstigt. Sonst hätte sie wohl geschrien, meinen Sie nicht? Wenn ich unter der Dusche stände und ein Fremder käme in mein Badezimmer spaziert, würde ich mir die Lunge aus dem Hals schreien, das garantier ich Ihnen.« Sie hält inne, blickt Leo nachdenklich an. Sie sieht aus, als würde ihr das Ganze Spaß machen. »Also, Leo, wenn Mrs. Buckley die Frau unter der Dusche war, wie wir vermuten, und wenn es der Mörder war, der ins Badezimmer spaziert kam, und wenn sie daraufhin nicht geschrien hat, welchen Schluss würden Sie daraus ziehen?«
Sie wartet die Antwort nicht ab. Die alte Frau hat ihm bereits erzählt, dass sie sich gern Krimis im Fernsehen ansieht, und nun bietet sich ihr die Gelegenheit, hautnah bei einem Fall dabei zu sein. »Ich sag Ihnen, welchen Schluss ich ziehen würde. Dass sie ihren Mörder gekannt hat. Kommt das nicht

immer wieder vor? Nicht bloß im Fernsehen? Dass das Opfer den Mörder nicht nur kennt, sondern ihm törichterweise sogar vertraut?«
»Ja«, räumt Leo ein, »das kommt vor.«
»Ich glaube sogar, sie hat sich über die Person gefreut, mit der sie gesprochen hat. Gleich danach hab ich sie jedenfalls kurz auflachen hören.«
»Sind Sie sicher, dass es ein Frauenlachen war?«
»O ja. Ich bin ziemlich sicher, es war kein Männerlachen. Es sei denn, der Mann war Countertenor.« Sie lacht selbst kurz auf.
»Hat die andere Person geantwortet?«
»Vielleicht. Ich weiß nicht. Tut mir leid. Genau in dem Moment hat der Teekessel losgepfiffen und ich bin schnell in die Küche. Ehrlich gesagt, ich hab keinen weiteren Gedanken mehr daran verschwendet, bis ... bis jetzt.«
Leo lächelt aufmunternd. »Und nachdem Sie den Kessel abgedreht hatten? Haben Sie da noch irgendwas gehört? Ich meine, außer dem Krach von oben und dann die polternden Schritte im Treppenhaus? Was es auch ist, Mrs. Morrison, und für wie unbedeutend Sie es auch halten mögen, für uns könnte es sehr wichtig sein.«
Die alte Frau nickt verständig. »O ja, Leo, ist das nicht oft so – etwas, was einem unbedeutend vorkommt, entpuppt sich dann als Schlüssel zur Lösung des ganzen Falls?«
»Ja, das stimmt«, erwidert Leo, obwohl es in der Realität des Morddezernats nur selten so einfach ist.
»Es muss ihr Mann gewesen sein, Leo. Er muss erst um kurz vor fünf zur Arbeit, aber bis dahin kommt und geht er immer mal wieder. Es würde seiner Frau wohl keine Angst machen, wenn er ins Badezimmer käme, nicht wahr?« Ein weiteres Votum für Buckley.
»Tja –«
»Das wäre doch die einfachste Lösung, nicht wahr?«
»Tja –«
»Aber irgendwie hab ich das komische Gefühl, jetzt, wo ich noch einmal drüber nachdenke, dass es vielleicht doch nicht der Ehemann war, der da ins Badezimmer gekommen ist.«

»Wieso glauben Sie das?« Immerhin hat er mal wieder einen ganzen Satz herausgebracht. Und obwohl Mrs. Morrison ständig abschweift, muss er zugeben, dass ihre Analyse ihn zunehmend interessiert.

»Weil sie sich, wie gesagt, angehört hat, als würde sie sich freuen. Und so wie die beiden sich in letzter Zeit dauernd gestritten haben, leuchtet es mir nicht ganz ein, dass sie sich darüber gefreut haben soll, ihren Mann zu sehen – jetzt, wo ich drüber nachdenke. Und überhaupt, wieso sollte sie zu ihrem Mann sagen: *Du bist schon da* oder so ähnlich? Das ergibt doch keinen Sinn, oder?«

»Nein, das stimmt«, murmelt Leo.

»Also, was sagt uns das?«

Leo seufzt. »Gute Frage.«

»Ich würde sagen, da ist ein anderer Mann im Spiel.« Sie beugt sich vor und senkt die Stimme. »Ein Liebhaber.«

»Haben Sie je gesehen, dass ein anderer Mann zur Wohnung der Buckleys hochgegangen ist? Vielleicht abends, wenn Detective Buckley arbeiten war?«

Mrs. Morrison spitzt die Lippen. »Leider bin ich kein Nachtmensch. Ich esse früh zu Abend, gucke etwas Fernsehen und bin meist schon um neun im Bett.«

»Die Antwort ist also nein.« Leo will sich vergewissern.

Sie zögert einen Moment. »Nun, da fällt mir ein, ich hab tatsächlich mal jemanden hochgehen sehen, diesen jungen Burschen mit roten Haaren. Ist schon ein paar Wochen her.«

»Ein junger Bursche mit roten Haaren?«, wiederholt Leo.

»Ich hatte gerade *Law and Order* eingeschaltet. Nach einigen Minuten hab ich aber gemerkt, dass ich die Folge schon kannte, und es lief nichts anderes Interessantes – früher hab ich gern gelesen, aber mit meinen Augen geht das nicht mehr. Letztes Jahr bin ich im linken Auge am grauen Star operiert worden, aber –«

»Können Sie mir sonst noch etwas über diesen jungen Mann erzählen? Es könnte wichtig sein«, fällt Leo ihr ins Wort, bemüht, nicht herzlos zu klingen.

»Ja, das könnte es, aber ich glaube nicht, Leo. Es war bloß dieser merkwürdig aussehende Freund von dem Mädchen, der sich da hochgeschlichen hat. Ich bin sicher, ihre Eltern waren beide nicht zu Hause. Bevor *Law and Order* anfing, hab ich nämlich gehört, wie jemand die Wohnung verlassen hat. Ich bin sicher, das war Mrs. Buckley. Die Tochter muss ihren Freund angerufen haben, dass die Luft rein ist –«

»Haben Sie ihn mit eigenen Augen gesehen? Diesen Freund?«

»Meine Augen sind zwar schlecht, Leo. Aber ich bin nicht blind. Ich hatte gerade den Fernseher ausgemacht, als mir einfiel, dass am nächsten Tag die Sammlung für die Suppenküche war. Einmal im Monat packe ich eine Einkaufstüte voll mit Dosensuppen, Konserven und so weiter und stell sie ins Treppenhaus vor die Wohnungstür. Ich hatte die Tüte fertig gepackt und hab gedacht, ich stelle sie lieber schon am Abend raus, damit ich es am nächsten Morgen nicht vergesse.«

»Und da haben Sie den Freund gesehen?«

»Ja, er kam gerade die Treppe hoch, und wir waren praktisch Auge in Auge. Er hat mich gar nicht beachtet, und ich hab auch kein Wort zu ihm gesagt. Ich kümmere mich um meinen Kram, Leo, das ist meine Devise. Aber ehrlich gesagt, wenn das Mädchen meine Tochter wäre, dann wüsste sie, dass es sich nicht schickt, Besuch von jungen Männern zu empfangen, wenn kein Erwachsener zu Hause ist. Falls Sie selber Töchter haben –«

»Ich habe einen Sohn«, sagt Leo mit einem Lächeln.

»Genau wie ich, Leo. Und der hätte sich nicht unterstanden, jungen Mädchen einen Besuch abzustatten ohne Aufsicht eines Erwachsenen. Glauben Sie mir, so was hätte er niemals getan.«

Hinter sich hört Leo ein lautes Auflachen. Als er sich umdreht, steht Mrs. Morrisons Tochter da, die Arme in die Hüften gestemmt und ein breites Grinsen im Gesicht. »Wollen wir wetten, Mutter?«

»Dreistes Benehmen gehört sich nicht für eine Frau, Gloria. Vielleicht war das ja mit ein Grund, warum deine Ehe gescheitert ist.«

Höchste Zeit, das Feld zu räumen, befindet Leo rasch.

35

»Die Sache vergessen?« Leo blickt finster. Das hat ihm gerade noch gefehlt.

»Hören Sie, es war ein bedauerliches Missverständnis«, sagt Dr. Kevin Wise. Er sitzt mit einem Scotch in der Hand auf seinem blassgrauen Chenillesofa in einem Wohnzimmer, wo zwar bis hin zu den Zierkissen alles farblich aufeinander abgestimmt ist, das aber dennoch weder Charme noch Wärme verströmt. Es sieht aus, als wäre es komplett für das Musterhaus einer Baufirma eingerichtet und beim Kauf so übernommen worden. Der Kamin, mit schwarzem Marmor umrandet, erweckt den Anschein, als wäre er noch nie benutzt worden. Der Raum verströmt die Wärme einer Kühltruhe.

Leo fragt sich, ob der Arzt das Haus zusammen mit seiner Frau gekauft hat oder erst nach ihrem Tod. Er nimmt sich vor, das zu klären. Ebenso wie die Frage, ob die verstorbene Frau eine Lebensversicherung hatte und falls ja, über welche Summe und ob Wise der Begünstigte war.

Wer Kevin Wise jetzt sieht, bekleidet mit einer frischen, makellosen Khakihose, einem leicht gestärkten blassblauen Hemd und einem kaffeefarbenen Kaschmirpullunder, kann sich unmöglich vorstellen, dass er noch zwei Stunden zuvor irgendwo im Wald auf den Knien gelegen und sich in die Hose gepinkelt hat, während ihm ein ausgerasteter Cop eine Pistole vorhielt. Der Arzt sitzt seelenruhig da, ohne das geringste Anzeichen von posttraumatischem Stress. Leo kauft ihm das nicht ab. Eine Dusche und frische Kleidung allein können die Tortur, die Wise

durchlitten hat, nicht vergessen machen. Auch nicht ein Glas Whiskey oder mehr. Leo würde auf *mehr* tippen. Für ihn ist sonnenklar, dass Buckley dem Arzt Todesangst eingejagt hat, und davon kann er sich so schnell nicht erholt haben. Warum also will er das unbedingt überspielen? Und warum soll Leo die Sache vergessen?
Was geht hier vor?
Wise steht auf, streicht sich den Pullunder mit der freien Hand glatt. »Wenn das alles ist, Lieutenant –«
»Würden Sie mir trotzdem von dem *Missverständnis* erzählen?«
Wise versucht, seinen Ärger über die Frage zu kaschieren, aber es gelingt ihm nicht. Die zusammengekniffenen Augen verraten ihn.
»Detective Buckley hat mich aufgesucht.« Er spricht mit monotoner Stimme. Er bleibt stehen.
Leo bleibt in seinem grau-cremefarben gestreiften Sessel sitzen. Er hat das braun karierte Zierkissen entfernt, das in dem Sessel zu viel Platz einnahm.
»Wo hat er Sie aufgesucht?«
»Hier.« Wise nimmt einen kräftigen Schluck von seinem Drink und die Eiswürfel klimpern.
»Dann war das also ihre zweite Begegnung mit dem Detective in den letzten ...« Er stockt, wirft einen kurzen Blick auf seine Uhr. Kurz vor halb acht. »In den letzten achtundzwanzig Stunden, so um den Dreh.«
Wise taxiert Leo kurz, ehe er antwortet. »Ja.«
Leo ist sicher, dass Eingeständnis beruht auf Wises Annahme, dass Leo bereits über Aaron Buckleys gestrigen Besuch bei ihm im Büro im Bilde ist.
Eins muss Leo dem Doc lassen: Er antwortet so kurz und sachlich wie möglich. Wie es ihm ein guter Anwalt raten würde. Leo fragt sich, ob Wise tatsächlich schon seinen Anwalt angerufen hat. Vielleicht noch ehe er unter die Dusche gesprungen ist, um sich wieder frisch zu machen.
»Wann ist Detective Buckley bei Ihnen aufgetaucht?«
Wise zögert, wahrscheinlich weil er überlegt, was Leo genau

meint: die Ankunft des Cops von der Sitte bei ihm im Büro am Tag zuvor oder sein Erscheinen heute bei ihm zu Hause.

»Am späten Vormittag.« Wise hat beide Hände um das Whiskeyglas gelegt. Er schwankt leicht vor und zurück. Der Alkohol oder die Nerven?

»Und?« Leo kann seine Fragen genauso kurz formulieren wie Wise seine Antworten.

»Und ... er wollte mit mir reden.«

Leo nickt.

Wise zuckt die Achseln. Er versucht, sich lässig zu geben, während er wieder aus seinem Glas trinkt. Er nimmt einen großen Schluck, verzieht das Gesicht, als die Flüssigkeit ihm in der Kehle brennt. »Über den Mord an seiner Frau.«

»Weiter.«

Der Arzt streicht sich geistesabwesend das bereits nach hinten gekämmte, feuchte Haar. Leo sieht, dass ihm die Anspannung zu schaffen macht. Was genau Leos Absicht ist.

»Hören Sie, ich weiß, meine Haushälterin ist ein bisschen ... hysterisch geworden. Aber sie kommt aus Sizilien. Sie ist erst seit ein paar Jahren im Land und beherrscht unsere Sprache nur begrenzt. Sie hat das Ganze einfach missverstanden.«

»Sie hat also ein Missverständnis, wie Sie es nennen, missverstanden«, sagt Leo trocken.

Wise stellt sein fast leeres Glas auf einen niedrigen Tisch neben dem Sofa. Dann verschränkt er die Arme. »Hören Sie, Detective, es ist mein gutes Recht, keine Anzeige gegen den Detective zu erstatten.«

Ja, er hat tatsächlich mit seinem Anwalt gesprochen, denkt Leo. Die Frage ist, warum will Kevin Wise Buckley vom Haken lassen? Leo denkt über die möglichen Gründe nach. Befürchtet der Arzt, dass es ohnehin nicht zu einer Anklage kommt und der Cop sich ihn erneut vorknöpft? Hofft er, wenn er keine Anzeige erstattet, das Buckley ihn aus Dankbarkeit in Frieden lässt? Oder will er sich einfach nur die Polizei von Leib halten? Und auch verhindern, dass die Polizei im Seniorenheim herumschnüffelt?

Wise räuspert sich. Leos Schweigen geht dem Doc weiter unter die Haut. »Der arme Mann war nervlich am Ende, Lieutenant. Das ist doch mehr als verständlich. Seine Frau ist gestern brutal ermordet worden. Ich empfinde tiefes Mitgefühl für ihn. Und auch ich habe … einen Verlust erlitten. Sherry war eine hervorragende Krankenschwester.«

Und hervorragend im Bett?

»Ich werde keine Aussage gegen Detective Buckley machen, Detective Coscarelli. Ich werde keine Anzeige erstatten. Ich bin aus freien Stücken mit ihm gefahren. Wir haben geredet, und wir haben uns wieder verabschiedet. Mehr gibt es nicht zu sagen.«

Leo bedenkt den Arzt mit einem langen und wohlüberlegten Blick. Wise schmaler Mund zuckt, seine Hände ballen sich zu Fäusten. Keiner der beiden sagt etwas.

»Ich habe um acht einen Termin, Detective. Also, wenn Sie mich jetzt entschuldigen würden –«

Leo sieht wieder auf die Uhr. Viertel vor acht. Wenn er jetzt nicht geht, kommt er selbst zu seiner Verabredung um acht zu spät. Aber der Cop in ihm tut sich schwer zu gehen, solange ihm noch so viele Fragen durch den Kopf schwirren. Und selbst wenn er jetzt geht, schafft er es nicht rechtzeitig ins Restaurant. Da kommt es auf ein paar Minuten mehr oder weniger auch nicht mehr an. Er wird Natalie auf ihrem Handy anrufen und ihr sagen, dass er sich zwar verspätet, aber noch kommt. Auf jeden Fall sogar.

»Aaron Buckley sagt, Sie haben mit seiner Frau geschlafen, Kevin.« Leo benutzt absichtlich den Vornamen des Arztes. Akademiker benutzen ihren Titel oft als Schutzschild.

»Darauf erwarten Sie doch nicht allen Ernstes eine Antwort«, sagt Wise herablassend. Doch ein Zucken in den Mundwinkeln des Arztes ist unübersehbar. Und er steht immer unsicherer auf den Beinen.

»Warum ist er wohl so felsenfest davon überzeugt, dass Sie seine Frau ermordet haben?«, fragt Leo.

»Er hat sich eingebildet, Sherry und ich hätten … eine Affäre. Das ist komplett und total gelogen.«

»Das ist keine Antwort auf meine Frage. Ich meine, in Anbetracht dessen, was Sherrys Mann glaubt, würde man doch eher erwarten, dass sie *ihn* aus dem Weg räumen und nicht Ihre Geliebte.«

»Sherry war nicht meine Geliebte.«

»Auch damit ist meine Frage noch nicht beantwortet.«

Das Zucken wird stärker. Wise greift wieder nach seinem Whiskey. Es sind praktisch nur noch fast zerschmolzene Eiswürfel im Glas, aber er kippt dennoch den letzten Rest wässrigen Scotch in sich hinein. Leo sieht, wie er den Blick auf einen Walnussschrank wirft, und vermutet, dass der Arzt dort seinen Alkoholvorrat aufbewahrt. Doch dann wendet Wise den Blick ab, setzt sich aufs Sofa und stellt sein Glas auf den Beistelltisch. Er beugt sich vor, die Hände auf die Knie gestützt, und sieht Leo in die Augen, von Mann zu Mann.

»Ich habe keinen Schimmer, was in Detective Buckleys Kopf vor sich gegangen ist. Er bräuchte dringend die Hilfe eines Psychiaters. Ich bin zwar nur Internist, aber ich bin überzeugt, der Mann gehört in eine psychiatrische Klinik, wo er mit Medikamenten behandelt wird.«

»Im Augenblick sitzt er in einer Gefängniszelle.«

Kevin Wise beugt sich nicht mehr vor. Er bedenkt Leo auch nicht mehr mit seinem Ich-bin-Arzt-Blick. Er blickt wie ein nervöser gehetzter Hund. Leo bemüht sich stets, niemanden auf Anhieb unsympathisch zu finden, nicht einmal Tatverdächtige. Er weiß aus Erfahrung, was das für Folgen haben kann. Aber die Wahrheit ist, er kann seine Abneigung gegen den Mann nicht abschütteln. Schuldig oder unschuldig, der Typ ist ihm zuwider.

»Ich erstatte keine Anzeige.« Wise spricht jedes Wort mit der gleichen festen Betonung aus. »Wenn er also meinetwegen in Gewahrsam gehalten wird –«

»Erzählen Sie mir vom Brookside Motel.«

Wenn Wise vorhin schon angeschlagen wirkte, so sieht er jetzt regelrecht krank aus.

»Ich weiß nicht, was Sie meinen«, murmelt er.

Leo lässt ihn ein paar Augenblicke schmoren. Er beobachtet, wie Wise blinzelt und unruhig hin und her rutscht, als wollte er lediglich eine behaglichere Sitzposition finden.

Leo kann sich vorstellen, wie unbehaglich dem Mann zumute ist.
»Ich meine, erzählen Sie mir vom Brookside Motel.«
Wise holt tief Luft, der Versuch, sich wieder zu fangen. »Ich weiß nicht, was Sie hören wollen.« Er starrt in sein Glas.
»Ihre Besuche dort, Kevin. Darüber will ich was hören.«
Wise fährt mit der Zunge über die sehr trockenen Lippen. »Hören Sie, das ist lange her. Über sechs Jahre.«
»Zu der Zeit waren Sie verheiratet.«
»Meine Frau und ich hatten Probleme. Sie litt an Depressionen und zog sich immer mehr in sich zurück, nachdem sie erfahren hatte, dass sie unfruchtbar war. Ich fühlte mich hilflos und einsam. Und Sherry war eine sehr warmherzige, sehr schöne Frau. Dennoch, es war nur eine kurze Geschichte. Wir sahen beide ein, dass es ein Fehler war.«
»Dann haben Sie sich also in gegenseitigem Einvernehmen getrennt.«
»Ja, ich denke schon.« Wieder ein Zucken im Mundwinkel des Arztes.
Leo fixiert ihn mit einem durchdringenden Blick. Wise schaut weg.
»Wir konnten die Sache freundschaftlich beenden und weiter als gute Kollegen zusammenarbeiten. Wie gesagt, es ist lange her.«
»Finden Sie wirklich, zwei Wochen sind lange her, Kevin?«
»Was? Es ist ... Jahre her.«
»Detective Buckley hat Ihren Wagen und den seiner Frau vor zwei Wochen vor dem Brookside Motel parken sehen.«
»Nein.«
»Der Manager wird Sie identifizieren, Kevin.«
»Ich war nicht da. Und ohne meinen Anwalt sage ich zu dem Thema kein Wort mehr.«
Leo zuckt die Achseln. »Okay, sprechen wir über etwas anderes. Wie wär's mit Margaret Proctor?«
Wise ist mit dem Thema offensichtlich nicht glücklicher als mit dem vorigen, aber anscheinend fühlt er sich hier auf festerem Boden. »Mrs. Proctor ist an einem Schlaganfall gestorben.«

»Sherry Buckley hat die Todesursache in Frage gestellt. Genau wie vor sechs Jahren, als Isabelle Levy –«
»Isabelle Levy starb an einem schweren Herzinfarkt. Detective Buckley selbst hat damals die Ermittlungen geführt. Er hat die Morrow Farm Residence von jedem Verdacht freigesprochen.«
»Das ist nicht ganz richtig.«
Wise wird bleich. »Ich weiß nicht –«
»Die Polizei konnte nur keine konkreten Beweise finden, die jemanden in der Einrichtung belastet hätten. Sagen Sie, Kevin, ist Margaret Proctor auch eingeäschert worden?«
»Der Letzte Wille der Verstorbenen wurde respektiert.«
»Ich fasse das als ein Ja auf.«
Wise erwidert nichts.
»Und die beiden Verstorbenen haben in ihrem Letzten Willen den Wunsch geäußert, der Morrow Farm Residence eine stattliche Geldsumme zu hinterlassen«, sagt Leo mit einem gütigen Lächeln.
Kevin Wise gibt jeden Versuch auf, sich zu beherrschen. Er springt auf, ein Bild selbstgerechter Empörung, und marschiert zielstrebig durch das Wohnzimmer Richtung Diele.
Leo rührt sich nicht. »Wissen Sie, was mir nicht aus den Kopf will, Kevin? Wieso hätte Sherry Buckley die Affäre mit Ihnen wieder aufleben lassen sollen? Wie Sie gesagt haben, die Geschichte war aus und vorbei. Und ich glaube auch nicht, dass sie den Verdacht gegen Sie jemals fallengelassen hat. Hätte sie sich je wieder auf einen Mann eingelassen, zu dem sie kein Vertrauen hatte?«
Wise bleibt am Bogendurchgang zur Diele stehen. Er dreht sich um. »Sherry und ich waren nicht in dem Motel.« Er geht weiter in die Diele.
»Wo waren Sie gestern Nachmittag, Kevin? So zwischen eins und vier?«
Wise, der es fast bis zur Haustür geschafft hat, während Leo noch immer im Wohnzimmer sitzt, dreht sich langsam um und sieht den Detective böse an. »Ich war bei der Arbeit.«
»Und ich vermute, Sie haben jemanden, der Ihr Alibi bestätigen kann?«

»Ich brauche kein Alibi. Ich habe nichts getan, was das nötig machen würde.«

»Ich glaube nicht, dass die Entscheidung bei Ihnen liegt, Kevin.«

»Wir sind hier fertig, Detective. Sollten Sie weitere Fragen haben, dann nur im Beisein meines Anwalts.« Er drehte sich abrupt um und öffnet die Haustür, durch die eine kalte Bö Schnee hereinweht.

Leo lässt sich Zeit, steht gemächlich auf und schlendert durchs Wohnzimmer zur geöffneten Tür. Er sieht, wie Wise auf seine Armbanduhr schaut. »Dank Ihnen komm ich jetzt zu spät zu meiner Verabredung zum Essen«, sagt er bissig.

Leo wüsste gerne, mit wem Kevin Wise sich wohl zum Essen trifft. Er will ihn gerade danach fragen, als plötzlich ein Telefon klingelt.

»Ihr Handy kann das ja wohl nicht sein«, sagt Leo sarkastisch, als ihm einfällt, dass Buck ihm erzählt hat, er habe es weggeworfen.

Dr. Kevin Wise versteht die Bemerkung nicht sofort. Doch dann sieht Leo ihm an, wie er allmählich begreift.

Das Telefon klingelt schrill weiter.

36

Leo ruft seinen Partner noch aus seinem Wagen in Kevin Wises Einfahrt an. »Die Unterhaltung mit Wise hat nichts gebracht«, sagt er und gibt eine kurze Zusammenfassung. Irgendwann sieht er, dass Wise ihn durch den leicht geteilten Wohnzimmervorhang beobachtet. Sobald die beiden Blickkontakt herstellen, wird der Vorhang wieder geschlossen. Leo fragt sich, ob Wise noch vorhat, zu seiner Verabredung zu fahren, oder es sich anders überlegt hat. Vielleicht fürchtet er, dass Leo ihm folgen wird.

Der Gedanke ist Leo tatsächlich gekommen. Natürlich ist ihm auch der Gedanke gekommen, was das bedeuten würde: Er müsste Nat versetzen. Selbst wenn er anrufen und sich entschuldigen würde, es würde ihrer Versöhnung nicht gerade gut tun. Auch so wird es nicht besonders gut ankommen, wenn er sich eine halbe Stunde verspätet, obwohl er ihr eine Nachricht auf die Mailbox gesprochen hat, ehe er Silver anrief. Er hofft inständig, dass sie ihre Mailbox abhört, bevor sie sich auf den Weg zum Restaurant macht.

Leo konzentriert sich wieder auf die Stimme seines Partners. »Ich hab auch nicht viel rausgefunden. Ich hab mir den Unfallbericht über Vera Wise angesehen. Die Menge Alkohol, die die Frau vom Doc im Blut hatte, hätte sie den Führerschein gekostet. Wenn sie überlebt hätte, natürlich«, schiebt Silver hinterher. »Kevin Wise saß auch im Wagen. Er wurde mit einer leichten Gehirnerschütterung, Schnitten und Hautabschürfungen ins Newton-Wellesley-Hospital gebracht und am nächsten Tag wieder entlassen.«

»Kein Zweifel, dass seine Frau gefahren ist?«
»Nein. Der Officer, der zum Unfallort gerufen wurde, hatte jedenfalls keine. Vera Wise saß zusammengesackt hinterm Lenkrad, tot. Kevin saß bewusstlos auf dem Beifahrersitz. Es sei denn, er hat nur so getan, was laut Krankenhausbericht offenbar nicht der Fall war.«
»Ich möchte überprüfen, ob Mrs. Wise eine Lebens–«
»Schon erledigt, Sir.«
Leo lacht. »Sie lernen verdammt schnell, wie Sie Pluspunkte sammeln können, Detective.«
»Ich tue, was ich kann.« Er hält inne, als warte er, dass Leo noch mehr sagt.
Als das nicht geschieht, fährt er fort.
»Vera Wise hatte eine Police über fünfhunderttausend Dollar. Bei der New England Mutual. Einziger Begünstigter war ihr Gatte. Ach ja, und nicht, dass das großartig was bedeuten muss, aber die Ehefrau war schwanger, als der Unfall geschah. In der vierzehnten Woche, um genau zu sein.«
Leo blickt durch das Fenster auf den Schnee, der sich auf der Motorhaube sammelt ... *Meine Frau war unfruchtbar.*
»Sind Sie noch dran?«, fragt Silver.
»Ja, ich bin ganz Ohr.«
»Es wäre Vera Wises erstes Kind gewesen«, sagt Silver.
Vera Wises erstes Kind, nicht *Vera und Kevins* erstes Kind. Interessante Ausdrucksweise, denkt Leo. Und sie löst in Leos Kopf eine Frage aus. Wäre es möglich, dass das Baby nicht vom Ehemann war? Vielleicht war es ja Wise selbst, der unfruchtbar war. Denn seine Frau war es ganz offensichtlich nicht.
»Hat die Versicherung gleich gezahlt?«, fragt Leo.
»Ziemlich schnell, daher schätze ich, dass es keine Bedenken gab.«
»Fünfhundert Riesen. Hübsches Sümmchen.«
»Na, sein Haus hat knapp eine Million gekostet. Er hat es ein paar Monate nach dem Tod seiner Frau gekauft.«
Leo schmunzelt. Sein Respekt vor dem Neuling wächst unaufhaltsam. Und natürlich ist er froh, einen weiteren Punkt auf seiner Dringlichkeitsliste streichen zu können.

»Reine Vermutung«, fährt Silver fort, »aber ich würde tippen, er hat die Knete als Anzahlung verwendet. Das Ehepaar hatte davor eine Wohnung in der Morrow Farm Residence gemietet.«

Leo schweigt einen Moment, um diese Information zu verarbeiten. Wise und seine Frau wohnten auf dem Anwesen. Ebenso wie Graham und Hilary Morrow. Wie nahe standen sich die Paare? Oder die vier einzelnen Personen?

»Ich verschaff mir morgen früh als Erstes einen Einblick in die Finanzen der Morrows. Vielleicht find ich noch mehr über sie raus.«

»Sonst noch was?«, fragt Leo.

»Bisher nicht, aber der Abend ist ja noch jung.«

»Gehen Sie nach Hause, Silver. Machen Sie sich einen schönen Abend mit Ihrem Partner. Gemeinsam essen und so. Sie haben für einen Tag genug getan.«

»Wenn ich es nicht besser wüsste, könnte ich meinen, Sie hätten mir schon wieder ein Kompliment gemacht, Lieutenant.«

»Das war weniger ein Kompliment als ein Ratschlag.«

»Machen Sie das Gleiche?«

Im Geist sieht Leo schon, wie Natalie ihm im Giorgio's gegenübersitzt, ihrem Lieblingsrestaurant. Wenn sie seine Nachricht gelesen hat. Wenn sie dann entschieden hat, dass sich das Warten lohnt. Wenn. Wenn. Wenn.

»Ich versuche, dem möglichst nahezukommen, Silver.«

37

Nat muss gegen die Tür hämmern, weil die Musik im Haus so laut ist. Als Megan Richards schließlich öffnet, ist der Krach fast ohrenbetäubend. Abgesehen vom Lärm steigt Nat sogleich der typisch süßliche Geruch von Marihuana in die Nase. Megan, die schon ziemlich benebelt wirkt, reagiert völlig gelassen auf den unerwarteten Besuch. Genau wie Will Burdett, der neben Jenni auf dem L-förmigen Sofa sitzt. Nur Jenni scheint beunruhigt. Sie springt auf und eilt zu Nat herüber.
Wie sich herausstellt, hat ihre Beunruhigung jedoch nichts mit dem Konsum einer illegalen Droge zu tun.
»Mein Dad … was wird jetzt mit ihm?«, ist das Erste, was aus Jennis Mund kommt. Sie muss förmlich in Nats Ohr schreien.
Nat geht an Jenni vorbei zum CD-Player und stellt ihn aus.
Will steht auf, verblüffend schnell dafür, dass er sichtlich high ist. »Ich muss los. Bis bald, Jenni.«
»Nimm dein Dope mit, Will«, sagt Nat knapp.
Er lächelt sie verschmitzt an, dann streckt er beide Arme von sich. »Wollen Sie mich filzen? Bitte sehr. Mit so was kennen Sie sich doch aus, oder?«
»Geh einfach, Will«, sagt Jenni, ungeduldig und gereizt.
Nat mustert die Jugendliche eindringlich.
»Ich bin nicht stoned, ich schwör's, Nat. Es war nur ein Joint. Ich war so aufgedreht. Ich hab nur zweimal gezogen. Bitte, bitte, halten Sie mir jetzt keine Strafpredigt. Es tut mir leid. Echt.«
Nat verkneift sich die Standpauke. Es ist nicht der richtige Zeitpunkt. Aber im Grunde glaubt sie auch nicht, dass es überhaupt

einen richtigen Zeitpunkt dafür gibt. Jenni Dunbar hat bereits zugegeben, auf den Strich zu gehen. Ohne erkennbare Reue zu zeigen. Was sollte sie da Schlimmes dabei finden, ein bisschen zu kiffen? Ähnliches gilt für Will Burdett, der jetzt seine Basketballjacke über die Schulter wirft und zur Tür hinausspaziert. Und bei Megan Richards, die noch an der Tür steht und den Eindruck macht, als hätte sie mehr als nur zweimal gezogen, würde eine Strafpredigt ganz sicher auf taube Ohren stoßen. Als Nat zu ihr hinübersieht, schüttelt Megan nur trotzig den Kopf.

»Bitte sagen Sie mir, was mit meinem Dad ist. Ich glaube, ich könnte es nicht ertragen, wenn er zurück in den Knast muss. Ich hab doch jetzt niemanden mehr, Nat.«

Falls sie Mitgefühl wecken will, so verfehlt sie nicht eine gewisse Wirkung, wie Nat sich eingestehen musste. Sie weiß, dass ihre Bedenken, Charlie Dunbar zurück hinter Gitter zu schicken, zum Teil auch mit Jenni zu tun haben. Das Mädchen wäre schon einundzwanzig, wenn Dunbar wieder freikäme.

»Mein Dad wollte doch nichts Unrechtes tun, Nat. Er wollte sich doch nur vergewissern, ob es mir gut geht.«

»Am Montag findet eine Disziplinaranhörung statt«, teilt Nat dem Mädchen mit.

»Sie schicken ihn doch nicht zurück ins Gefängnis?« Jenni drückt sich die Hände auf den Bauch, als hätte sie eine Blinddarmreizung.

»Jenni, dein Vater *ist* im Gefängnis. Das Horizon House ist eine Gefängniseinrichtung. Dort gelten die gleichen Regeln wie hinter Gittern. Was dein Vater gemacht hat, ist ein sehr ernstes Vergehen.«

»Er hat doch niemandem was getan.«

»Das stimmt nicht. Er hat zwei meiner Mitarbeiter tätlich angegriffen.«

Jennis Lippen beben. »Er war in Panik. Er hatte schreckliche Angst, jemand könnte mir etwas antun … wie meiner Mom.«

»Wieso sollte er das denken?«

Jenni starrt sie an. Ist sie über die Frage verblüfft? Hat sie nicht damit gerechnet? Hat sie das bloß gesagt, um Nat milde zu stimmen?

»Ist doch ganz normal, dass er das denkt«, stammelt Jenni schließlich.
Nat dreht sich zu Megan um, die noch immer an der Wand lehnt und gelangweilt aussieht. »Wo ist deine Mutter, Megan?«
Die Jugendliche zuckt mit den Schultern. »Die musste weg.«
»Wohin?« Nat ist alles andere als glücklich darüber, dass Laura Richards die Mädchen allein gelassen hat, vor allem heute Abend. Und sie ist erst recht nicht glücklich darüber, dass Will da gewesen ist und alle drei zusammen gekifft haben.
Ehe Megan antworten kann, umklammert Jenni Nats Arm. »Ich rede morgen mit meinem Dad und sage ihm, dass er sich um mich keine Sorgen machen muss.«
Nat zögert, richtet ihren Blick wieder auf Jenni. Was sie jetzt sagen muss, fällt ihr besonders schwer. »Bis zu der Anhörung am Montag, sind deinem Vater sämtliche Vergünstigungen gestrichen worden. Das heißt unter anderem, dass er keinen Besuch empfangen darf.«
Jenni fängt an zu weinen, Schluchzer schütteln ihren schmächtigen Körper.
Megan setzt sich in Bewegung, geht mit leicht unsicheren Schritten zu ihrer Freundin und legt einen Arm um sie. Sie funkelt Nat erbost an, und ihre geweiteten Pupillen sind wie schwarze Murmeln. »Müssen Sie so gemein zu ihr sein?«
»Sie kann … nichts … dafür«, sagt Jenni, noch immer schluchzend.
»Ja, aber du hast genug durchgemacht, mit deiner Mom und allem.«
Das Resultat sind noch heftigere Schluchzer von Jenni.
»Megan, hol Jenni ein Glas Wasser«, sagt Nat im Befehlston.
Megan zögert.
»Sofort«, faucht Nat.
Als das Mädchen in die Küche trottet, legt Nat einen Arm um Jenni und streicht ihr sachte über den Rücken, während Jenni das Gesicht in Nats Schulter drückt. Nat hört, wie das Wasser an der Küchenspüle läuft.
»Hast du Angst, Jenni?«, flüstert Nat dem Teenager ins Ohr. »Hast du Angst, jemand könnte dir was antun?«

Das Schluchzen erstirbt, aber Jenni nimmt das Gesicht nicht von Nats Schulter.

»Ich kann dir nur helfen, wenn du mit mir sprichst«, murmelt Nat. »Hast du Angst vor deinem Stiefvater?«

»Ich weiß nicht«, murmelt Jenni.

»Gibt es sonst jemanden, der –?« Ehe Nat die Frage beenden kann, spürt sie, wie der Körper des Mädchens sich anspannt. Sie spürt auch, wie ihr eigener Puls sich beschleunigt.

»Hier ist dein Wasser«, sagt Megan, die barfuß aus der Küche ins Wohnzimmer getappt kommt.

»Wo ist deine Mutter hin, Megan?«, fragt Nat. Sie möchte die Mädchen jetzt nicht allein lassen.

»Arbeiten.«

»Arbeiten? Du meinst, im Seniorenheim?«

Megan zuckt die Achseln. »Ja, klar.«

»Aber sie arbeitet doch abends nicht. Und schon gar nicht freitags.«

Wieder ein Achselzucken von Megan.

»Sie hat einen Anruf gekriegt«, sagt Jenni.

»Von wem?« Nats Radar fängt an zu blinken.

»Von irgendwem im Altenheim.«

»Wer genau war es?«, bohrt Nat erneut nach und blickt von Jenni zu Megan.

»Hat sie nicht gesagt«, erwidert Megan schließlich. »Nur dass es irgendeinen Notfall mit einem ihrer Patienten gegeben hat und sie sofort hinfahren muss. Sie hat gesagt, sie wäre in spätestens zwei Stunden zurück. Aber wahrscheinlich eher früher.«

»Wann ist sie gefahren?«

»Vor etwa einer halben Stunde«, sagt Jenni.

Nat sieht auf ihre Uhr. Es ist fünf Minuten vor acht. Das heißt, dass Laura Richards vielleicht erst weit nach neun zurück wäre. Verdammt. Sie ist um acht mit Leo im Giorgio's verabredet. Sie kommt ohnehin schon zu spät, selbst wenn sie jetzt sofort losfährt.

»Hat deine Mom ein Handy dabei?«, fragt Nat.

»Schätze ja«, sagt Megan.

»Ruf sie an.«

»Wieso machen Sie denn so 'nen Wind?«
Nat holt ihr Handy hervor. »Sag mir die Nummer. Ich ruf sie an.«
»Von mir aus«, brummt Megan und rasselt die Nummer herunter.
Es klingelt sechsmal, und dann ertönt Laura Richards Stimme auf der Mailbox. Nach dem Piepton hinterlässt Nat eine Nachricht. »Laura, hier spricht Natalie Price. Bitte rufen Sie mich dringend auf meinem Handy an.« Sie nennt ihre Nummer.
»Wahrscheinlich hat sie das Handy in ihrer Handtasche und hört es nicht«, sagt Megan mit monotoner Stimme. »Aber irgendwann sieht sie bestimmt mal nach.«
»Ist sie auf ihrer Station telefonisch erreichbar?«
Wieder ein Achselzucken von Lauras Tochter. »Ja. Aber die Nummer weiß ich nicht auswendig.«
»Dann such sie für mich raus«, sagt Nat schneidend.
»Ich kapier nicht, was der Wirbel soll«, knurrt Megan, schlurft dann aber wieder in die Küche. Gleich darauf hört Nat eine Schublade auf- und wieder zugehen. Megan kommt mit einem kleinen Adressbuch zurück, dessen Umschlag ein Monetdruck ziert. Sie gibt es Nat.
»Steht unter M wie Morrow.«
Keines der Mädchen scheint sonderlich beunruhigt, weder über Laura Richards' Abwesenheit noch über Nats hektische Bemühungen, sie zu erreichen.
Megan lässt sich aufs Sofa plumpsen und schnappt sich einen Dessouskatalog vom Couchtisch. Jenni trinkt einen Schluck von dem Wasser und setzt sich neben ihre Freundin. Mit den geröteten Augen und dem blassen Gesicht sieht sie verweint und erschöpft aus.
Nat schlägt den Buchstaben M auf. Unter Morrow Farm Residence stehen drei Telefonnummern, ohne einen Hinweis, wozu sie gehören. Nat wählt die erste, und nach dreimaligem Klingeln meldet sich eine Frau mit spanischem Akzent.
»Privathaus Morrow. Wer ist da bitte?«
Nat beschließt, ihren Namen noch nicht zu nennen. »Ich möchte Laura Richards sprechen.«

»Hier gibt es niemanden mit diesem Namen. Sie haben sich verwählt.«

Ehe Nat etwas erwidern kann, macht es klick in der Leitung, dann kommt der Besetztton.

Stirnrunzelnd versucht Nat ihr Glück mit der zweiten Nummer. Diesmal klingelt es länger, dann meldet sich eine Stimme vom Band. »Bitte hinterlassen Sie eine Nachricht.«

Eine Männerstimme. Nicht Graham Morrow. Was Nat auffällt, ist der knappe Ansagetext, der aber gepaart ist mit einem leicht zwanglosen Tonfall. Nat legt auf, froh, dass sie für die Anrufe ihr Handy genommen hat. So sind die Nummern gespeichert, und sie kann später wieder darauf zugreifen.

Eine Frau meldet sich, als Nat die dritte Nummer gewählt hat. »Morrow Farm Residence. Ulmenhaus. Mrs. Nichols am Apparat.«

Treffer, denkt Nat. »Hi, ich bin eine Freundin von Laura Richards. Wie ich höre, ist sie im Augenblick bei Ihnen, um sich um einen Patienten zu kümmern.«

»Mrs. Richards arbeitet tagsüber. Von Montag bis Donnerstag.«

»Ja, ich weiß. Aber sie hat heute einen Anruf erhalten, dass sie zu einem Notfall kommen soll –«

»Wer hat sie denn angerufen?«

»Das weiß ich nicht. Vielleicht ist sie ja noch nicht angekommen.« Aber wenn sie vor über einer halben Stunde losgefahren ist, müsste sie längst angekommen sein. Es sei denn, sie hat irgendwo Zwischenstation gemacht.

»Ich habe heute die Nachtschicht, und auf dieser Station hat es keinen Notfall gegeben. Ich kann mir nicht vorstellen, wer sie angerufen haben soll, um sie herzubestellen, oder warum. Vielleicht haben Sie da was falsch verstanden.«

Nat runzelt die Stirn. Oder vielleicht hat Laura Richards eine falsche Nachricht bekommen.

Als sie auflegt, sieht sie, dass sie eine Nachricht auf der Mailbox hat.

»Ich bin fix und alle. Ich geh ins Bett«, sagt Jenni und rappelt sich müde auf.

»Ich guck noch was Fernsehen. Brauchst du irgendwas?«, nuschelt Megan.
»Nein. Ich bin so k.o., ich wasch mir nicht mal mehr das Gesicht.« Jenni blickt Nat an. »Kann ich morgen zum Horizon House kommen?«
Nat schluckt einen Seufzer herunter. »Ich hab dir doch gesagt, Jenni, du wirst deinen Vater nicht sehen können.«
»Ich weiß. Ich hab bloß gedacht ... ich könnte vielleicht mit Ihnen reden.« Ihre trüben Augen werden einen Moment klar, und Nat begreift, dass es Jenni offenbar wichtig ist.
»Ja. Ja, natürlich. Und wenn du nicht schlafen kannst, ruf mich auf dem Handy an, jederzeit. Die Nummer hast du ja.«
»Oh, Mann, und ob ich schlafen kann. Ich bin absolut fertig. Aber ich seh Sie ja dann morgen.«
Morgen ist Samstag. Da ist Nat normalerweise nur von neun bis zwölf in der Einrichtung, um sich sehen zu lassen und während der Besuchszeit zur Verfügung zu stehen.
»Ist zehn zu früh?«, fragt Nat Jenni.
»Nein. Genau richtig. Also dann bis morgen um zehn.« Jenni bringt ein müdes Lächeln zustande und nickt Megan zu.
»Und du kommst auch wirklich klar?«, ruft Nat hinter Jenni her, die schon auf dem Weg in Megans Zimmer ist.
»Ganz bestimmt.«
Megan will gerade auf die Fernbedienung drücken, als Nat sie ihr aus der Hand nimmt. »Deine Mom ist nicht im Seniorenheim.«
Megan zuckt die Achseln. Wenn Nat noch einmal dieses Achselzucken sieht, geht sie dem Mädchen an die Gurgel.
»Bist du sicher, dass sie da hinwollte?«
»Hat sie jedenfalls gesagt.« Die Jugendliche hat ein unverschämtes Grinsen auf den Lippen. Sie entwindet Nat die Fernbedienung und drückt den »Ein«-Knopf. Sogleich plärrt ein Rap-Videoclip auf MTV los.
»Stell das leiser«, befiehlt Nat, die förmlich schreien muss, um sich bei dem Lärm Gehör zu verschaffen.
Megan gehorcht mit einem Achselzucken.
Nat muss den Impuls unterdrücken, sie zu schütteln.

»Schließ die Tür ab, wenn ich gegangen bin. Und Will Burdett soll sich hüten, heute Abend nochmal hier aufzutauchen. Haben wir uns verstanden?«
»Nehmen Sie mich fest, wenn er sich blicken lässt?«
»Nicht ich persönlich. Aber verlass dich drauf, wenn ich will, landest du schneller in Haft, als du für möglich hältst.«
Megan salutiert spielerisch und setzt ein herablassendes Lächeln auf. Na, immerhin zuckt sie nicht wieder die Achseln.
»Und sag deiner Mutter, sie soll mich sofort anrufen, wenn sie zurückkommt.« Nat nimmt einen Stift aus der Handtasche und schreibt ihre Handynummer in großen Ziffern vorn auf den Umschlag des Dessouskatalogs, den Megan neben sich auf das Sofa geworfen hat.
»Wenn ich um neun nichts von ihr gehört habe, hörst du von mir.«
Megans Augen kleben schon am Fernsehbildschirm. »Ja, ja. Ich sag's ihr.«

38

Das Giorgio's, ein kleines Restaurant im Bostoner North End, liegt genau in der Mitte der Hanover Street, der langen gewundenen Hauptstraße des lebendigen italienischen Stadtviertels. Hier gibt es Restaurants, Bäckereien, Pizzerien und Trattorien in Hülle und Fülle. Und wenn Leo essen geht, dann am liebsten ins Giorgio's.

Für Nat hat das Lokal eine besondere Bedeutung. Leo hat sie an ihrem ersten richtigen Date dorthin eingeladen. An dem Abend erzählte er Nat, dass der einzige Koch, dessen Fleischklößchen oder Lasagne fast so gut schmeckten wie bei seiner Mutter, Giorgio sei. Nachdem sie im Laufe der letzten Jahre oftmals in den Genuss von Anna Coscarellis vorzüglicher Küche (nicht nur Fleischklößchen und Lasagne) gekommen war, stufte auch sie die Kochkunst von Leos Mom als die beste überhaupt ein. Und nachdem sie seit dem ersten Date viele Male zusammen mit Leo in der Trattoria gegessen hatte, musste sie Giorgio eindeutig den zweiten Platz zubilligen.

Giorgio, Chefkoch und Inhaber in einer Person, erspäht Leo und Nat von der offenen Küche aus, als sie gerade von der Empfangskellnerin zu einem Fenstertisch mit rot-weißer Leinendecke geführt werden.

»Okay, jetzt kann ich endlich aufatmen«, ruft Giorgio und bedeutet dem zweiten Koch zu übernehmen, kommt dann aus der Küche und strebt auf Leo und Nat zu, nicht ohne unterwegs seinen Gästen an den anderen Tischen zuzunicken und sie freundlich anzulächeln.

Der Chefkoch ist ein korpulenter Mann, dessen stattlicher Bauch seiner exzellenten Kochkunst und einigen ebenso exzellenten italienischen Weinen zuzuschreiben ist. Wie viele in seinem Metier trägt er eine bunt gemusterte Schnürhose und eine weiße Jacke, die angesichts der permanenten Fleckengefahr in der Küche bemerkenswert sauber ist.

Er drückt Nat einen Kuss auf die Wange und lacht. »Ich hatte schon befürchtet, ihr zwei hättet ein Restaurant entdeckt, das ihr besser findet.«

Leo grinst. »Es gibt kein besseres Restaurant.«

»Das weiß ich, aber ich hatte Sorge, ihr hättet es vergessen. Ist lange her.«

»Zu lange«, hört Nat Leo murmeln, unsicher, ob Giorgio es auch gehört hat. Aber es ist ihr eigentlich egal.

Giorgio zieht einen Stuhl vom Nachbartisch heran, dem einzigen noch unbesetzten in der Trattoria, deren Wände mit Postern von süditalienischen Landschaftsmotiven tapeziert sind. Er schiebt seinen massigen Körper zwischen sie, nimmt Nats linke Hand und schüttelt den Kopf.

»Na so was, noch immer kein Ring.« Er bedenkt Leo mit einem enttäuschten Blick. »Sie wissen, was ich immer gesagt habe: Wenn diese schöne Frau es irgendwann leid ist, auf Sie zu warten, bin ich zur Stelle. Mein Angebot steht noch.« Er zwinkert Nat zu, ohne auf ihr hochrotes Gesicht zu achten. Und das von Leo.

»Also, was darf's sein? Ich hab heute ein Tagesgericht, zum Sterben lecker.« Er gibt Leos Schulter einen Stups. »So was sollte man nicht unbedingt zu einem Detective vom Morddezernat sagen, was?« Er lacht. »Okay, dann sage ich eben, meine selbstgemachten Ravioli sind zum *Leben* lecker. Gefüllt mit dem besten Prosciutto aus Parma, selbstgemachtem Ricotta, Pecorino parmigiano und Portobello-Pilzen. Und das Pesto ...« Er legt die Finger an die Lippen und küsst sie.

Nat lächelt. Es ist schön, wieder hier zu sein. *Ja, es ist zu lange her.* Sie hat Giorgios Küche vermisst, seine Herzlichkeit, die einladende Atmosphäre seiner Trattoria. Doch am meisten hat sie es vermisst, mit Leo hier zu sein. Obwohl sie sich streng

genommen zu einem *Geschäfts*essen verabredet haben, freut sie sich, dass er ihr gegenübersitzt.
Giorgio wuchtet seine Leibesfülle vom Stuhl. Obwohl Nat und Leo noch nichts bestellt haben, hat der Chefkoch offensichtlich für sie entschieden. »Vorneweg ein besonderer Antipasti-Teller als Wiedersehensgruß, eine schöne Flasche Amarone, dann einen Teller von meiner umwerfenden Hochzeitssuppe.« Er legt eine bewusste Pause und zwinkert Leo vielsagend zu. Leo tut Nat schon richtig leid. Sein Gesicht hatte eben erst die normale Farbe wieder angenommen, und schon ist die Röte wieder da. »Dann die Ravioli mit meinem sautierten Wildbrokkoli. Wie klingt das?«
»Nach schrecklich viel Essen«, sagt Nat. Aber als sie den Anflug von Enttäuschung in Giorgios Gesicht sieht, fügt sie rasch hinzu. »Aber natürlich klingt alles göttlich.«
»Es schmeckt ja auch alles göttlich«, sagt Giorgio und haucht Nat jetzt einen Kuss auf die Hand.
Als Giorgio zurück in die Küche geht, um sich um ihr Gourmetgericht zu kümmern, seufzt Leo, als hätte er eine anstrengende Tortur hinter sich.
»Giorgio ist und bleibt Giorgio«, sagt Nat munter, in der Hoffnung, dass Leo sich wieder entspannt.
Es gelingt ihr, ihm ein schwaches Lächeln zu entlocken.
»Stimmt«, sagt er leise.
Nat fragt sich unwillkürlich, ob Leo wohl zuletzt mit ihr oder mit jemand anderem im Giorgio war. Er hätte schließlich mit wem er wollte herkommen können. Seiner Mutter, einer neuen Bekanntschaft, der Mutter seines Sohnes …
Die letzte Möglichkeit behagt ihr am wenigsten. Nat hat weiß Gott keine Lust, sich auszumalen, wie Leo mit Nicki Holden im Giorgio's gesessen hat. Aber sie fragt sich trotzdem, ob Leo über das neuerdings recht enge Verhältnis zwischen der Mutter seines Sohnes und Jack Dwyer Bescheid weiß. Und falls ja, was er davon hält.
Diese Frage wird sie ihm jedoch jetzt ganz sicher nicht stellen.
»Zum Glück hast du meine Nachricht noch abgehört.«
»Ja«, sagt Nat. »Ich wäre auch zu spät gekommen.«

»Du musst ausgehungert sein.«

Und wie, Leo. Und wie.

Sie starrt auf die Karte und sieht alles nur verschwommen. »Ich glaub, ich nehme wirklich das Tagesgericht«, murmelt sie und legt die Speisekarte auf ihren Teller.

»Ja, ich auch«, sagt Leo, der ebenfalls seine Speisekarte hinlegt.

Er blickt sie an. »Lass uns erst essen, bevor wir über Berufliches reden. Ich brauch eine Pause.«

Sie lächelt. »Ich auch. Schön, einfach nur hier zu sitzen und sich aufs Essen zu freuen, und –« Sie bricht abrupt ab, spürt, wie ihre Wangen heiß werden.

»Wie geht's Jakey?«, fragt sie schnell.

»Gut. Super. Er brennt darauf, in die Schule zu kommen. Er kann schon richtig toll lesen. Seine Erzieherin ist ganz begeistert.«

»Ja, als ich ihn das letzte Mal gesehen hab, hat *er mir* das Buch vorgelesen, das ich ihm mitgebracht hatte. Und das ist ...« Nat presst die Lippen zusammen. Es ist über zwei Monate her. *Zu lange.*

»Du fehlst ihm, Natalie«, sagt Leo sanft. »Und meiner Mutter auch.«

Nat faltet umständlich ihre Serviette auseinander und legt sie sich sorgfältig auf den Schoß.

»Die beiden fehlen mir auch«, murmelt sie, ohne Leo anzusehen.

»Ist das hier für dich in Ordnung?«, fragt er mit forschendem Blick.

Sie sieht ihm in die Augen. Was meint er genau?

Er liest ihre Gedanken. »Ich meine, dass wir hier zusammen in unserem Lieblingsrestaurant sitzen?«

»Mehr als nur in Ordnung, Leo.«

»Schön«, sagt er mit diesem zärtlichen Lächeln, an das sie sich so gut erinnert.

Sie fangen beide gleichzeitig an zu sprechen. Dann streiten sie darum, wer als Erster reden soll. Schließlich lachen sie.

»Das Geräusch ist Musik in meinen Ohren«, ruft Giorgio aus der Küche, woraufhin Nat und Leo noch mehr lachen müssen.

Das Lachen verklingt und Leo sieht Nat ernst an. »Das habe ich vermisst, Natalie. Ich habe dich vermisst.«
Sie spürt einen freudigen Schauder, als hätte sie irgendwie den Weg nach Hause zurückgefunden. »Ich hab so einen Riesenfehler gemacht, Leo.«
»Auch Riesenfehler lassen sich beheben.«
»Wirklich?« Ihre Augen suchen in seinem Gesicht nach Gewissheit, obwohl sie weiß, dass sie keine finden wird. Sie muss auf Vertrauen setzen. Auf Hoffnung. Genau wie Leo.
Zögerlich schiebt sie eine Hand auf ihn zu. Er ergreift sie alles andere als zögerlich.
Dann führt er ihre Hand an seine Lippen.
Nat seufzt unwillkürlich auf.
»Das Leben kann so kurz sein«, murmelt er, ihre Hand noch immer an seinem Mund. »Was Aaron Buckley gestern im Diner gesagt hat – dass man denkt, so was passiert einem nicht – dabei kann es einem jederzeit passieren. Wir vergeuden so viel Zeit. Wir verlieren sie so schnell. Ich will es wieder versuchen, Natalie. Ich will die Zeit mit dir genießen, sie nicht einfach so zerrinnen lassen.«
Nat beugt sich über den kleinen Tisch, legt Leo ihre freie Hand um den Nacken und zieht ihn zu einem Kuss zu sich. Ein leeres Weinglas kippt dabei um und zerspringt auf dem Boden. Keiner von beiden registriert es.
Als sie sich voneinander lösen, kommt eine junge dunkelhaarige Kellnerin an ihren Tisch und wird ein wenig rot, als sie mit einem neuen Weinglas in der Hand und der Flasche Amarone, einem köstlichen und teuren Wein verkündet: »Giorgio sagt, die Flasche geht aufs Haus, wenn Sie mindestens einmal auf ihn anstoßen. Ach ja, und das Tagesgericht bestellen.«
»Zweimal das Tagesgericht«, sagt Leo mit einem Augenzwinkern in Giorgios Richtung.
Die Kellnerin entkorkt gekonnt die Flasche, dreht die beiden auf dem Kopf stehenden Weingläser um und gießt Leo einen Schluck zum Probieren ein.
»Schenken Sie einfach ein. Ich weiß, er ist gut«, sagt Leo zu ihr.

Sie lächelt und lässt dabei hübsche, weiße Zähne aufblitzen, während sie die Gläser zur Hälfte füllt. »Das will ich hoffen.«
»Auf Giorgio«, sagt Leo laut. »Neben Anna Coscarelli ist er der Beste seines Fachs.«
»Wohl wahr. *Salute*«, sagt Nat, stößt mit Leo an und zwinkert einem erfreuten Giorgio zu, während ein Hilfskellner herbeieilt und das zerbrochene Glas auffegt.
Als der Ober mit den Scherben verschwindet, hält Leo erneut sein Glas hoch. »Auf was trinken wir als Nächstes?«
»Darauf, dass wir unsern Kram wieder in Ordnung bringen?«, fragt Nat vorsichtig. Es hat im Laufe dieses Jahres schon einige Wiederannäherungen und anschließende Rückzüge, meistens von Leo, gegeben. Bis auf das letzte Mal, da war sie diejenige gewesen, die dichtgemacht hatte.
Und obwohl ihr der Kuss noch auf den Lippen brennt, ist Nat nach wie vor unsicher.
Leo stößt mit ihr an, und seine Augen strahlen, als er sich näher zu ihr beugt. »Ich möchte auf der Stelle damit anfangen. Und wenn es keine Enttäuschung für Giorgio wäre, würde ich schnellstens mit dir von hier verschwinden, um sofort mit dem Ordnungmachen anzufangen.«
Nat hat das Gefühl, als würde ein elektrischer Stromstoß ihre Wirbelsäule hinabfließen.
»Wir könnten es uns zum Dessert aufsparen.« Ein Schluck Wein, und schon ist sie leicht betrunken. Und so erregt, dass sie kaum noch ruhig sitzen kann.
»Ein vollendeter Ausklang unseres Essens«, murmelt Leo. Er stößt wieder mit ihr an, und beide trinken.
Leider klingelt Nats Handy wenige Sekunden nachdem die schön arrangierte Antipasti serviert wurden.
Nicht nur das *Dessert* muss warten, sondern auch Giorgios phantastisches Dinner.

39

Leo zeigt dem Parkplatzwächter des Boston General Hospital seinen Dienstausweis. Der Mann winkt sie durch und flüchtet sich dann wieder in den Schutz seines kleinen Häuschens. Der Schnee fällt in dicken Flocken. Zu einer anderen Zeit, an einem anderen Ort wäre es wunderschön.
Nat jedoch kann dem Schneefall hier und jetzt nichts Schönes abgewinnen.
»Was wenn sie nicht durchkommt?«, sagt Nat ängstlich, als Leo auf einem Stellplatz fürs Personal nahe der Notaufnahme parkt. Ihre Stimme ist angespannt, und ihr ist flau im Magen. Sie hat heute lediglich einige Bissen von dem überbackenen Käsesandwich zu sich genommen, das sie sich zum Lunch bestellt hatte, und ein Glas Rotwein vor dem Abendessen.
»Vielleicht ist es ja nicht so schlimm, wie wir befürchten«, erwidert Leo und stellt den Motor ab.
»Sie liegt im Koma, Leo. Das hört sich für mich verdammt schlimm an.« Sofort bereut Nat, dass sie ihn so anfährt. Es ist schließlich nicht Leos Schuld.
Im Augenblick hat Nat noch keine Ahnung, wessen Schuld es ist.
Als sie auf den Eingang zur Notaufnahme zuhasten, gleitet sie auf dem nassen Schnee aus, doch Leo fängt sie auf, bevor sie hinfällt.
Sie betreten den Warteraum, und Nat sieht Megan Richards zusammengekauert auf einem grünen Plastikstuhl in der vordersten von gut einem Dutzend Stuhlreihen sitzen. Die

meisten Stühle sind besetzt mit Kranken, Verletzten und Angehörigen oder Freunden, die sie hergebracht haben. Manche stöhnen, manche schluchzen oder schniefen. Andere, wie Megan, sitzen einfach nur wie betäubt und weiß im Gesicht da. Keine Spur mehr von der gelangweilten, zugekifften Jugendlichen, mit der Nat es früher am Abend zu tun hatte.

Auf dem Stuhl neben Megan, einen Arm um ihre Schulter gelegt, sitzt Will Burdett. Er streichelt ihr leicht über das Haar, aber sie scheint seine Fürsorglichkeit gar nicht zu registrieren. Was macht er hier? Hat Jenni ihn angerufen? Oder Megan? Oder war er gleich wieder bei Megan aufgetaucht, sobald Nat das Haus verlassen hatte?

Jedes Mal, wenn Nat diesen großspurigen Jungen sieht, beschleicht sie ein schlechtes Gefühl. Und sie kann gut nachempfinden, dass Jennis Mom und ihr Stiefvater nicht begeistert von ihrem Umgang mit Burdett waren.

Aber welche Teenager hören schon auf ihre Eltern? Und welche Eltern sind schon begeistert von deren Umgang?

Nat eilt zu dem verstörten Mädchen, ohne Will Burdett zu beachten. Sie kniet sich vor Megan hin, die sichtlich unter Schock steht. Nat legt ihr sanft eine Hand ans Kinn. »Weißt du schon mehr?«

Megan blickt sie bekümmert an und schüttelt verzweifelt den Kopf.

»Seit wir hier sind, hat sich noch keiner blicken lassen.« Will bemüht sich, sauer zu klingen, aber seine Stimme ist zittrig.

»Wieso sagt uns denn keiner was, verdammt?« Megan führt die Fingerspitzen an den Mund und fängt an, auf ihren bereits stark abgebissenen Nägeln zu kauen.

Will tätschelt ihr den Kopf. »Jetzt ist ja die Polizei da«, sagt er, und seine Augen schweifen zu Leo, der direkt zur Schwesternstation gegangen ist und gerade mit einer weißhaarigen Schwester spricht. »Gleich wissen wir mehr.«

Megan beißt weiter an ihren Nägeln herum, während auch sie Leo beobachtet.

»Wo ist Jenni?« Nat richtet sich wieder auf und sieht Will an.

Und dann, ehe er antworten kann, meldet sich hinter ihr eine verängstigte Stimme. »Ich bin hier.«

»Sie wurde von einem Auto angefahren – Fahrerflucht«, sagt Leo, nachdem er Nat zu sich gewinkt hat, außer Hörweite der Jugendlichen.

»Wie schlimm ist es?«

Leo blickt grimmig. »Sie liegt noch im Koma. Ob sie durchkommt, entscheidet sich in den nächsten achtundvierzig Stunden.«

»Wo wurde sie angefahren?«, fragt Nat, deren vage Befürchtungen, die sie am früheren Abend wegen Laura Richards gehabt hatte, sich nun bewahrheiten.

»Auf der Babcock Street.«

»Wo ist das?«

»Geht von der Commonwealth Avenue ab, nicht weit von der Boston University.«

Nats Miene verfinstert sich. »Das ist ein paar Meilen von ihrem Haus.« Nat erzählt ihm rasch von dem Anruf, mit dem sie wegen eines angeblichen Notfalls ins Seniorenheim gerufen worden war. »Ich hab bei ihr auf der Station nachgefragt. Von dort hat sie keiner angerufen.«

Leos Gesichtsausdruck verfinstert sich.

»Hat sie die Mädchen angelogen? Behauptet, sie würde zum Seniorenheim fahren? Oder hat sie den Anruf für echt gehalten, mit dem sie in Wahrheit nur aus dem Haus gelockt werden sollte?« Nat stellt sich diese Fragen eigentlich selbst. Beantworten können sie sie beide nicht. »Wieso war sie eigentlich zu Fuß unterwegs? War ihr Wagen in der Nähe?«

Immerhin darauf weiß Leo eine Antwort. »Ihr Wagen stand gut fünfzig Schritte von der Stelle entfernt, wo sie überfahren wurde. Ich vermute, sie war entweder gerade ausgestiegen oder wollte zurück zum Wagen. Ein Autofahrer hat um 20 Uhr 38 den Notruf gewählt und dann gewartet, bis die Polizei und der Rettungswagen da waren. Er hat ausgesagt, sie hätte auf der Straße gelegen. Fast hätte er sie ein zweites Mal überfahren, weil die Sicht wegen des starken Schneefalls schlecht war. Aber er hat ihre Jacke gesehen, die zum Glück rot ist, und konnte noch rechtzeitig bremsen.«

»Ich nehme an, die Cops haben sich seinen Wagen genau angesehen.«

»Ja. Und wir haben auch seine Personalien überprüft. Bloß ein braver Bürger, der in der Nähe wohnt.«

»Wie lange hatte sie schon auf der Straße gelegen, bis Hilfe eintraf?«

»Nicht sehr lange. Der Rettungswagen war zehn Minuten nach Eingang des Notrufs dort. Zusammen mit dem Streifenwagen. Nach Schätzung der Sanitäter war sie fünfzehn, höchstens zwanzig Minuten vorher überfahren worden.« Ein Schatten verdunkelt sein Gesicht. »Die Babcock ist eine Seitenstraße, da ist nie besonders viel Verkehr. Bei dem Sauwetter noch weniger. Wenn der Autofahrer nicht zufällig vorbeigekommen wäre«, er stockt und schüttelt den Kopf, »wäre sie wahrscheinlich da im Schnee erfroren. Wer weiß, vielleicht hätte sie erst ein Schneepflug entdeckt.« Aber auch so sind Laura Richards' Überlebenschancen äußerst gering.

»Laura hat um halb acht das Haus verlassen. Sie wurde gegen 20 Uhr 15 überfahren. Wenn wir von einer Viertelstunde Fahrzeit ausgehen, hat sie ihren Wagen gegen 19 Uhr 45 geparkt. Also eine halbe Stunde bevor sie überfahren wurde. Was hat sie in der Zeit gemacht? Warum war sie dort? Hat sie sich mit jemandem getroffen? Und wenn ja, mit wem?«

»Auf all die Fragen wüsste ich auch gern die Antwort, Natalie.« Er blickt beunruhigt.

»Was ist?«, fragt Nat.

»Bloß, dass die Person, die ich ganz oben auf meine Hitliste gesetzt habe, ein wasserdichtes Alibi hat.«

»Wer?«

»Dr. Kevin Wise.«

»Wieso er?«

»Sagen wir, Aaron Buckley liegt mit seinem Verdacht gegen Wise richtig. Dass der Doc Sherry tatsächlich auf dem Gewissen hat. Und vielleicht ist Laura Richards ja auch stutzig geworden. Als ich mit ihr gesprochen habe, wollte sie mich zwar unbedingt

davon überzeugen, dass Sherrys Mann durchaus als Mörder in Frage kommt. Aber vielleicht hatte sie bloß Angst, Wise könnte von ihren Verdächtigungen Wind bekommen und mit ihr das Gleiche machen wie mit ihrer Freundin und Kollegin.«
»Diese Theorie ist nicht besonders stichhaltig, wenn du sagst, Wise hat ein wasserdichtes Alibi für die Zeit, in der Laura überfahren wurde. Woher weißt du überhaupt, dass es so wasserdicht ist?«
»Weil ich sein verdammtes Alibi bin. Ich war von zehn vor acht bis zehn nach acht bei ihm. Sein Wagen müsste schon Düsenantrieb haben, sonst hätte er es von Weston nicht in fünf Minuten ins Univiertel schaffen können.« Er reibt sich nachdenklich das Kinn. »Er hat allerdings gesagt, er wäre um acht zum Essen verabredet. Könnte also immerhin sein, dass er sich mit Laura Richards treffen wollte.«
Nat kramt in der Handtasche nach ihrem Handy. Irgendwann wird sie sich einen von diesen Gürtelclips kaufen und das Handy an der Hüfte tragen. Als sie es schließlich hervorholt, sieht sie in der Liste mit den gewählten Nummer nach und findet, was sie sucht.
»Würdest du mir verraten, wenn du anrufst?«, fragt Leo schließlich, als sie sich das Telefon ans Ohr hält. Als die Stimme vom Band ertönt, reicht sie Leo das Handy.
Er blickt finster. »Das ist die Stimme von Kevin Wise.«
»Ich hab nachgesehen. Seine Privatnummer steht nicht im Telefonbuch. Ich hab sie in Laura Richards' Adressbuch gefunden.«
Leo zuckt die Achseln. »Das muss nicht viel heißen. Das ganze Personal im Seniorenheim könnte seine Nummer haben.«
»Das lässt sich ja leicht nachprüfen.«
Er nickt.
»Ebenso leicht nachzuprüfen ist, ob Wise heute Abend bei Laura Richards angerufen hat. Oder irgendwo anders. Auch wenn feststeht, dass er sich nicht mir ihr treffen konnte, er kann jemand anderen an seiner Stelle geschickt haben«, sagt Nat. »Ich weiß nicht, ob der Mord an Sherry Buckley und der Mordanschlag auf Laura Richards mit diesen dubiosen Todesfällen

im Seniorenzentrum zu tun haben, aber ich halte es durchaus für möglich.«

»Ich werde einen meiner Leute hier Wache schieben lassen. Ich postiere ihn direkt auf der Intensivstation. Und sorge dafür, dass er sie nicht aus den Augen lässt, auch wenn sie verlegt wird.«

Leo nimmt sein Handy und tippte eine Nummer ein. »Silver? Fahren Sie raus zu Wise, dann zur Morrow Farm Residence. Ich will wissen, wo der Doc und das Ehepaar Morrow heute Abend nach acht waren.«

Silver vergeudet keine Zeit mit Fragen, erkundigt sich nicht einmal nach Laura Richards' Zustand. »Bin schon unterwegs. Melde mich, sobald ich die Antworten habe.«

40

Hinter Nat und Leo wird es laut. Eine Frau mittleren Alters, das graue Haar mit Schnee bedeckt, in blauer Trainingshose und einem dick wattierten roten Parka, schreit einen Pfleger am Aufnahmeschalter an. Megan schmiegt sich an sie.

»… sie ist meine Schwester, und ich möchte sofort mit einem Arzt sprechen …«

Der Pfleger versucht, die aufgelöste Frau zu beruhigen, doch vergeblich.

»… werde sie verklagen …«

Nat geht zu der Frau und legt ihr eine Hand auf die Schulter. »Kommen Sie doch mit in die Halle, dann sage ich Ihnen, was ich bisher erfahren habe.«

»Wird sie wieder gesund?« Die durchdringende Schärfe ist aus der Stimme der Frau gewichen. Aus der Entfernung hatte Nat zwischen den Schwestern keine Ähnlichkeit feststellen können, aber aus der Nähe sieht sie, dass beide die gleichen blaugrauen Augen und eine ähnliche Statur haben. Nat vermutet, dass Laura einige Jahre jünger als ihre Schwester ist.

»Jenni«, sagt Nat sanft, »im Warteraum ist ein Getränkeautomat.« Sie holt einen Fünfer aus ihrem Portemonnaie. »Megan, geh doch mit Jenni, ja? Zieht euch eine Cola.« Sie blickt sich nach Will Burdett um.

»Will ist gegangen«, sagt Jenni zu Nat. »Er kriegt in Krankenhäusern immer zu viel. Ich hab ihn angerufen, damit er uns herfährt, als das Krankenhaus anrief. Länger hat er es hier nicht ausgehalten.«

Nat bedauert es nicht, dass er weg ist.
Sie gibt Jenni die fünf Dollar. Dann tätschelt sie sanft Megans Schulter. »Deine Tante und ich wollen uns nur kurz unterhalten.«
Megan nickt bedrückt, kann sich aber anscheinend nicht von ihrer Tante losreißen.
»Schon gut, Kleines. Bring mir doch eine Sprite mit, ja?«
Megan seufzt schwer und schlurft mit Jenni davon.
Leo kommt zu den beiden Frauen draußen vor dem Warteraum. Megans Tante mustert ihn argwöhnisch, bis er ihr seine Dienstmarke zeigt. Zu Nats Verblüffung scheint es sich beruhigend auf die aufgeregte Frau auszuwirken, dass Leo bei der Polizei ist.
»Ich bin Alice Nicholson, Lauras ältere Schwester. Ich wohne in Somerville. Ich war schon im Bett. Ich hab mir rasch was übergezogen und bin gleich hergefahren, als Megan anrief. Sie hat gesagt, ihre Mutter sei beim Überqueren der Straße von einem Auto überfahren worden.« Schweiß sammelt sich in den Furchen ihrer Stirn, und sie öffnet ihren Parka. Darunter trägt sie einen weißen Pullover.
Nat deutet auf eine Bank an der Wand. »Setzen wir uns doch.«
»Ist es … sehr schlimm?«
»Sie ist auf der Intensivstation«, erwidert Nat, während sie sie zu der Bank führt und sich neben sie setzt. »Sie liegt im Koma. Die nächsten achtundvierzig Stunden werden …« Nat stockt. Sie will den Teufel nicht an die Wand malen. »Dann lässt sich genauer sagen, wie schwer ihre Verletzungen sind.«
»Danke«, sagt Alice schlicht und blickt daraufhin Leo an, der vor der Bank stehen geblieben ist. »Ein Unfall mit Fahrerflucht?«
»Ja.«
»Und niemand hat den Wagen gesehen, der … der Laura überfahren hat?«
»Bislang hat sich keiner gemeldet.«
»Das liegt an diesem fürchterlichen Wetter«, murmelt Alice. »Der Fahrer hat bestimmt Panik bekommen und ist schnell weitergefahren. Oder er hat nicht mal mitgekriegt …«

»Beides ist durchaus möglich«, sagt Leo und wirft Nat einen raschen Blick zu.
Nat konzentriert sich auf Megans Tante. »Hat Ihre Schwester einen Freund, Alice?«
Alice Nicholson sieht sie zunächst verblüfft, dann misstrauisch an. »Was hat denn das damit zu tun, dass –«
»Nichts. Nichts, ich frage nur, weil sie heute Abend noch weggefahren ist, vielleicht um sich mit jemandem zu treffen –«
»Ich liebe meine Schwester, aber wir erzählen uns nicht alles. Ich hab von ihrem Mann überhaupt nichts gehalten, lange bevor Laura ihn endlich durchschaut und die Scheidung eingereicht hat.«
»Hat Ihre Schwester mal einen gewissen Dr. Wise erwähnt?«, fragt Leo.
»Ich kann mich nicht erinnern. Möglich wär's. Irgendwie kommt mir der Name bekannt vor. Aber Laura hat mir nicht viel mehr über ihre Arbeit erzählt als über persönliche Dinge.« Sie blickt zu Leo hoch. »Glauben Sie, meine Schwester war heute Abend mit jemandem zusammen, als sie überfahren wurde?«
»Das wissen wir nicht.«
Alice betrachtet Leo aufmerksam. »Sie glauben, dass es vielleicht kein Unfall war, nicht?«
»Das ist noch völlig –«
»Wer um Himmels willen würde meiner Schwester so etwas antun wollen?«
»Wann haben Sie zuletzt mit Laura gesprochen?«, fragt Leo.
»Ich weiß nicht. Irgendwann am Wochenende. Sonntag, glaube ich. Ja genau, am Sonntagnachmittag.«
»Wie hat sie geklungen?«
Alice antwortet nicht direkt. Ein vielsagendes Zögern. »Wir haben nur ganz kurz telefoniert. Sie klang … hektisch.« Alice' Augen glänzen vor Tränen, und sie presst eine zitternde Hand an die Brust. »Sie glauben, es war ein Mordversuch. Mein Gott, jemand wollte meine kleine Schwester umbringen.«
Im selben Moment tauchen Jenni und Megan in der Halle auf. Megan hat zwei Dosen Cola in den Händen. Eine davon ist bereits offen.

Nat gibt Alice, die die beiden Mädchen noch nicht gesehen hat, einen Hinweis, und die Frau betupft sich rasch die Augen.
Als Megan bei ihrer Tante ist, hat Alice Nicholson ihre Tränen wieder unter Kontrolle.
»Sprite gab's nicht, Tante Alice.«
»Macht nichts.« Alice nimmt die Cola und streicht dem Mädchen zärtlich eine Haarsträhne aus dem Gesicht. »Deine Mom ist zäh, Meg. Sie schafft das. Und bis sie wieder auf den Beinen ist, wohnst du bei mir und Onkel Joe. Du kannst Kirsties Zimmer haben. Ist irgendwie komisch, dass ihr Zimmer leer ist.« Sie blickt Nat und Leo an. »Kirstie studiert seit kurzem an der Northwestern.« Sie wendet sich rasch wieder Megan zu. »Ich fände es schön, mal wieder einen Teenager im Haus zu haben.«
»Ich will aber hierbleiben. Im Krankenhaus. Bei Mom«, sagt Megan trotzig und kaut dann wieder an ihren Fingernägeln.
»Wir bleiben noch eine Weile hier, dann fahren wir nach Hause und versuchen, etwas zu schlafen. Morgen früh kommen wir gleich wieder her.« Sie zieht Megan die Hand vom Mund weg. »Komm, wir gehen mal in die Cafeteria, vielleicht haben die ja eine warme Suppe oder so. Ich bin völlig durchgefroren.« Sie lächelt Jenni an. »Euch zwei täte auch noch was anderes gut im Magen als nur kalte Cola.«
»Jenni wohnt zur Zeit bei uns«, murmelt Megan. »Ihre Mom … ist ermordet worden, und ihr Dad ist im Gefängnis.«
Diese Mitteilung haut die arme Frau förmlich um. »O Gott. Wie … wie furchtbar.«
Jenni sieht hilflos und verlegen aus.
»Na, dann kommst du natürlich auch mit zu uns. Wir haben noch einen Schlafsack. Das ist kein Problem.« Aber ihr Angebot klingt gezwungen, obwohl sie bemüht ist, unter den gegebenen Umständen so gastfreundlich wie möglich zu wirken.
Jenni beißt sich auf die Lippe, um so die Tränen aufzuhalten, die hervorzubrechen drohen.
»Ich dachte eigentlich, ich nehm Jenni mit zu mir«, sagt Nat.
Leo wirft ihr einen zornigen Blick zu.
Aber Jennis Augen glänzen vor Dankbarkeit.

»Ich müsste kurz mal mit Leo sprechen«, sagt Nat rasch, weil sie nicht riskieren will, dass er in Jennis Beisein irgendetwas sagt. »Alice, wie wär's, wenn Sie mit den Mädchen in die Cafeteria gehen und schon mal was essen? Wir kommen in ein paar Minuten nach.«

Sobald die drei gegangen sind, blickt Nat Leo trotzig an.

»Jenni hat doch sonst niemanden, Leo. Und Megan und ihre Tante haben es im Moment schwer genug. Außerdem ist doch wohl offensichtlich, dass Alice Nicholson Jenni nicht bei sich haben will. Die einzige Alternative wäre eine Pflegestelle, und das will ich ihr nicht zumuten. Megan hat das ganz richtig gesagt. Jennis Mutter ist gestern ermordet worden. Ihr Vater sitzt in einer Arrestzelle. Ihr Stiefvater ist wegen Kidnapping verhaftet worden. Jenni muss bei jemandem wohnen, den sie kennt und dem sie vertraut.«

»Du lässt dich persönlich zu stark auf die Sache ein, Natalie.« Er sagt zwar nicht *schon wieder*, aber Nat weiß, was er denkt. Im Laufe der Jahre hat sie den Satz schon öfter aus seinem Mund gehört.

»Sie ist fünfzehn, Leo. Außerdem«, fügt sie hinzu, »wissen wir doch beide – auch wenn es nur ein Bauchgefühl ist –, dass der Anschlag auf Laura Richards irgendwie mit dem Mord an Sherry Buckley zusammenhängt. Woher wollen wir wissen, dass Jenni nicht auch in Gefahr ist?« Noch ehe Nat sieht, wie der finstere Ausdruck wieder auf Leos Gesicht erscheint, begreift sie, dass sie sich die letzte Bemerkung besser hätte sparen sollen.

»Wenn du recht hast und Jenni in Gefahr ist, dann bist du auch in Gefahr, wenn sie bei dir wohnt –«

»Bei mir ist es sicher.«

Er wirkt keineswegs beruhigt. »Natalie –« Doch ehe er einen weiteren Versuch starten kann, sie zur Vernunft zu bringen, klingelt sein Handy. Er knurrt leise »Mist«, sieht erst auf dem Display nach, wer der Anrufer ist, und geht dann ran.

»Ja, Silver?« Er dreht das Handy so, dass Nat mithören kann.

»Er ist zu Hause. Behauptet, schon den ganzen Abend. Gibt Ihnen dafür die Schuld. Er sagt, er wollte eigentlich ausgehen, aber weil Sie ihn so lange in die Mangel genommen haben, ist es dann zu spät gewesen.«

»Haben Sie ihn gefragt, wo er hinwollte? Mit wem er sich treffen wollte?«

»Was denken Sie denn?«

»Und?«

»Und er hat gesagt, das ginge mich gar nichts an.«

»Was ist mit seinem Wagen?«

»Steht in seiner schicken Dreiergarage, und er sagt, ich könne mir die Karre ansehen, wenn ich ihm einen Durchsuchungsbeschluss zeige.«

»Hat er gesagt, warum er nicht ans Telefon gegangen ist, als ich vor einer Weile angerufen hab?«

»Er sagt, er lässt den Anrufbeantworter immer anspringen und geht nur ran, wenn es jemand ist, mit dem er sprechen will.«

»Wo sind Sie jetzt?«

»Auf dem Weg zum Seniorenheim.«

»Okay. Vielleicht haben wir ja da mehr Glück«, sagt Leo ohne Überzeugung.

»He, zumindest wissen wir, dass Aaron Buckley nicht den Wagen gefahren hat, schließlich liegt der in einer Zelle auf Eis. Apropos, was machen wir mit Buckley, wenn Wise wirklich keine Anzeige erstattet?«

»Wir können ihn vierundzwanzig Stunden festhalten. Lassen wir ihn ruhig über Nacht schmoren.«

Eine Sorge weniger für ein Weilchen. Aber von seiner Verdächtigenliste im Fall Sherry Buckley will er seinen Exkollegen doch noch nicht streichen. Auch wenn die Wahrscheinlichkeit durch die Sache mit Laura Richards vielleicht ein wenig gesunken ist, Leo ist längst nicht bereit, von nur einem Täter in diesen zwei Fällen auszugehen. Denn genau wie Nat glaubt auch er nicht an einen Unfall mit Fahrerflucht oder gar an einen Zufall. Zwischen beiden Fällen besteht eine Verbindung. Möglicherweise mehr als eine. Möglicherweise mehr, als er derzeit auch nur ahnen kann …

»Ich ruf Sie nach meinem Besuch bei den Morrows an«, sagt Silver.

»Alles klar, danke. Tut mir leid, dass ich Ihnen den Abend verdorben hab.«
»Hört sich an, als hätten Sie auch nicht gerade viel zu lachen. Ich meine, im Augenblick.«
Leo legt kommentarlos auf.
Gleich darauf kommt eine ältere Frau aus dem Warteraum. Sie weint leise, während sie hektisch in ihrer Handtasche wühlt.
Nat greift in ihre Jackentasche und holt ein sauberes Taschentuch hervor. Sie geht hinüber und reicht es der Frau, die dankbar nickt. »Soll ich Ihnen etwas Wasser holen? Oder jemanden für Sie anrufen?«, fragt Nat sanft.
»Mein Mann Sol. Er hatte einen Schlaganfall.«
»Das tut mir sehr leid.«
»Meine Tochter ist auf dem Weg hierher. Ich such die Damentoilette ... ach da vorn.« Sie legt Nat eine zitternde Hand an die Wange. »Danke, sehr freundlich.«
Nat dreht sich zu Leo um, aber der starrt wie gebannt auf den Boden vor seinen Füßen.
Nat geht zu ihm zurück und sieht, dass er auf das Foto blickt, das sie von Will Burdetts Spiegel stibitzt hat. Es muss ihr aus der Tasche gefallen sein, als sie das Taschentuch herausgenommen hat. Sie hatte es völlig vergessen.
Leo geht in die Hocke, hebt das Foto auf, betrachtet es noch einen Moment und blickt dann zu Nat hoch.
»Wieso trägst du ein Foto von Sherry Buckley mit dir rum?«

41

Die Atmosphäre in der großen Krankenhauscafeteria ist bedrückend. Hier geht niemand freiwillig essen. Hier isst man, weil man Hunger hat. An einigen Tischen sitzen Besucher mit Patienten. Einige davon schieben Venentropfständer mit sich herum, an denen Beutel mit irgendwelchen Flüssigkeiten hängen. Manche Tische sind von nur einer Person oder zwei besetzt, von alten oder jungen Leuten, die mit grimmigen Gesichtern geistesabwesend in ihrem Essen stochern. Ein halbes Dutzend Familien sind da, Eltern, die ihre Kinder ermahnen, leise zu sein, obwohl die Kleinen noch gar nicht richtig verstehen können, wieso.

Die zwei Mädchen sitzen zusammen mit Megans Tante an einem Vierertisch in der Nähe der Kassen. Alice Nicholson hat tatsächlich eine Schüssel Suppe vor sich stehen, aber anscheinend kaum einen Löffel davon gegessen. Megan und Jenni halten sich jeweils an einem Becher Kakao fest, den sie offenbar nur benutzen, um sich die Hände zu wärmen.

»Willst du irgendwas?«, fragt Leo Nat.

Ehe sie antworten kann, klingelt wieder sein Handy. Er wirft einen Blick aufs Display.

»Es ist Silver«, sagt er, bevor er den Anruf annimmt. Als er drangeht, deutet er zum Eingang und geht in die Richtung.

Nat würde ihm am liebsten folgen, weil sie gerne wüsste, ob Leos Partner etwas Neues herausgefunden hat. Sie fragt sich auch, ob Leo Silver zu Will Burdett schicken wird, damit er den Jungen fragt, warum er am Spiegel in seinem Zimmer ein

Foto von Jennis Mom geklemmt hat. Aber Nat ist so gut wie sicher, dass Leo den Highschool-Basketballer selber befragen will. Und Nat wäre furchtbar gern dabei.
Ihr Blick schweift von Leo zu Megan, die sie mit hoffnungsvollen Augen ansieht. Nat geht zu den dreien an den Tisch.
»Tut mir leid, noch nichts Neues«, sagt sie entschuldigend. Megans Augen füllen sich mit Tränen, und sie steht auf, murmelt, sie müsse zum Klo. Ihre Tante läuft ihr nach. Jenni bleibt sitzen, beide Hände um den Becher Kakao gelegt.
»Warum passiert das alles?«, fragt Jenni und sieht Nat traurig an.
»Wenn ich das nur wüsste.«
»Danke, dass ich ... heute Nacht mit zu Ihnen kann.« Jenni blickt Nat nicht in die Augen. Ihr Gesicht ist gerötet.
»Die Einladung gilt nicht nur für heute, Jenni. Du kannst bleiben, bis –« Nat merkt, dass sie nicht weiß, wie sie den Satz beenden soll. Bei ihrer Spontaneinladung an Jenni hat sie nicht darüber nachgedacht, wie eine langfristige Unterbringung für den Teenager aussehen könnte.
»Ich finde schon was, Nat«, sagt Jenni treuherzig. »Sie müssen sich keine Sorgen machen, dass ich zu lange bleibe.«
Aber Nat macht sich Sorgen. Wo könnte das Mädchen sonst hin?
»Ich könnte auf jeden Fall bei Will unterkommen. Er hat mich heute Abend wieder gefragt, ob ich mit zu ihm möchte.«
Nat ist erleichtert, dass Jenni das Angebot ausgeschlagen hat, aber sie fragt sich auch, warum. Und das Foto von Jennis Mutter in Wills Zimmer geht ihr nicht aus dem Kopf. Sie hält es für durchaus möglich, dass er das Foto selbst geschossen hat. Aber das ist vorläufig reine Spekulation.
»Willst du nicht mit zu ihm wegen seiner Großmutter?«, fragt Nat.
»Nein. Ich meine, sie tut mir schon leid. Na ja, eigentlich tut mir Will noch mehr leid. Ist ganz schön schwer für ihn, vor allem, weil seine Eltern so gut wie nie zu Hause sind, und wenn sie mal da sind, hacken sie auf ihm rum.«
»Wieso?«

»Aus dem gleichen Grund wie Buck und Mom. Weil er letztes Jahr Ärger mit den Cops wegen Drogen hatte. Dann im Sommer, weil er mit seinen Kumpels gesoffen hat und sie dann irgend so ein ätzendes Hotelzimmer demoliert haben. Wegen der Drogen konnten die Cops ihm nichts nachweisen, aber beim zweiten Mal haben sie ihn dann erwischt. Er leistet noch immer gemeinnützige Arbeit, und sein Dad hat ihm radikal das Taschengeld gekürzt. Will kann's kaum erwarten, nächstes Jahr aufs College zu kommen, dann ist er endlich von da weg.«

»Mir ist immer noch nicht klar, warum du nicht lieber bei ihm wohnen willst. Versteh mich nicht falsch. Ich bin froh, dass du nicht bei ihm wohnst, Jenni. Ich persönlich ...«

»Sie mögen ihn nicht?«

»Das wollte ich nicht sagen.«

»Aber es stimmt, nicht?«

Nat blickt Jenni direkt in die rot geränderten Augen. »Ja, es stimmt. Ich trau ihm nicht.« Sie wartet ein paar Sekunden. »Gerade hast du gesagt, dass deine Mom nicht viel von ihm gehalten hat. Aber als ich dich davor mal gefragt hab, hast du gesagt, sie mochte Will.«

»Schätze, sie hatte ... gemischte Gefühle.«

»Sie wollte nicht, dass du mit ihm gehst.«

»Sie hat verstanden, warum ich mit ihm zusammen sein wollte. Ich meine, er ist ein toller Typ. Und er kann richtig süß sein.«

»Hat Will deine Mom gemocht?«, fragt Nat betont beiläufig. Aber Jennis Augen werden schmal, und sie wirkt plötzlich argwöhnisch. »Was wollen Sie damit sagen?«

»Gar nichts, Jenni. Ich hab bloß eine Frage gestellt.«

»Ja, aber ich weiß, was Sie denken. Und Sie liegen total daneben.«

»Ich denke gar nichts«, lügt Nat, aus Sorge, das Mädchen könnte es sich plötzlich anders überlegen und nicht mit zu ihr nach Hause kommen wollen.

Tatsächlich hat Jenni genau diesen Gedanken. »Ich kann Will anrufen. Er holt mich ab. Ich kann bei ihm schlafen –«

»Jenni, ich möchte wirklich, dass du mit zu mir kommst. Es tut mir leid, wenn ich dich verärgert habe.«

Jenni nickt. Dass sie so überraschend schnell nachgibt, verrät Nat, dass das Mädchen tatsächlich lieber bei ihr bleiben möchte als bei Will. Den eigentlichen Grund dafür muss Nat erst noch herausfinden. Aber nicht jetzt, nicht an diesem Ort.

»Ich hab die fünfhundert Dollar, die ich beiseitegelegt hab. Ich könnte mir ein Zimmer suchen … das ginge schnell –«

»Du bist noch minderjährig, Jenni.«

»Ich könnte mich für mündig erklären lassen. Eine Schulfreundin von mir hat das gemacht. Und sie wird erst im Juni sechzehn.« Sie seufzt unglücklich. »Aber das kostet bestimmt auch wieder Geld.«

»Jenni, du hast sogar sehr viel mehr Geld als die fünfhundert Dollar, die du gespart hast.« Nat spürt, wie sich ihr der Magen umdreht, als sie daran denkt, wie Jenni an das Geld gekommen ist.

»Wie meinen Sie das?«

»Hat deine Mutter dir nie erzählt, dass sie eine … Lebensversicherung hatte?«

»Eine Versicherung? Nein«, sagt Jenni. »Davon hat sie nie was gesagt.«

»Sie hat dich als einzige Begünstigte eingetragen.« Nat weiß selbst nicht, welche Reaktion sie erwartet hat, aber ganz sicher hat sie nicht damit gerechnet, dass Jenni den Kopf auf die Arme auf dem Tisch sinken lässt und in haltloses Schluchzen ausbricht. »Sie ist wirklich tot. Sie ist wirklich tot.« Das wiederholt sie, bis Nat mit ihrem Stuhl näher rückt und dem Mädchen einen Arm über den bebenden Rücken legt.

42

Als Leo zurückkommt, hat Jenni den Kopf wieder vom Tisch gehoben und trinkt einen Schluck von ihrem lauwarmen Kakao.

»Ich habe Megan und ihre Tante in der Halle gesehen«, sagt er. »Alice hat Megan überreden können, mit ihr nach Hause zu fahren. Sie kommen morgen früh wieder. Jenni, ich soll dir von Megan sagen, dass du sie jederzeit auf dem Handy anrufen kannst.«

Jenni erwidert nichts.

»Gibt's was Neues von Silver?«, fragt Nat.

»Nein.«

Leo nimmt neben Nat, gegenüber von Jenni, Platz. Er blickt sie ruhig an, dann legt er das Foto, das Nat aus Will Burdetts Zimmer hat mitgehen lassen, vor sie auf den Tisch.

Jenni zuckt zusammen, als ihr Blick darauf fällt.

Nat würde Leo am liebsten ohrfeigen für seine mangelnde Sensibilität. Ausgerechnet jetzt, gleich nach dem Zusammenbruch, den das Mädchen ihretwegen hatte. Sie durchbohrt ihn mit Blicken, doch seine Augen sind unverwandt auf Jenni gerichtet.

»Kennst du das Foto?«, fragt er. Wenigstens ist sein Tonfall sanft, nicht bedrohlich.

»Das ist meine Mutter«, erwidert sie schroff, sichtlich bemüht, eine neue Tränenflut zu unterdrücken.

»Ich meine dieses spezielle Foto – hast du das schon mal irgendwo gesehen?«, präzisiert Leo.

Jenni schüttelt den Kopf, während sie weiter auf das Bild starrt.

»Weißt du, wo es aufgenommen wurde?«
»In der Sporthalle an der Boston Tech«, sagt sie ohne Zögern. »Ich erinnere mich an den Pullover. Den hatte sie bei dem Spiel der Black Hawks an, vor ein paar Wochen.« Sie spricht mit ausdrucksloser, monotoner Stimme, als hätte sie Angst, sonst wieder die Fassung zu verlieren.
»Glaubst du, sie hat gerade aufs Spielfeld geguckt, als das Foto gemacht wurde?«
Jennis gebannter Blick hält an, jede Gefühlsregung ist aus ihrem Gesicht gewichen. »Nein. Nein, ich glaub nicht.«
»Nein«, sagt Leo. »Das hab ich auch gedacht. Es sieht aus, als würde sie zur Seite schauen. Auf die Anzeigetafel?«
Jenni kann die Augen nicht von dem Foto losreißen. Sie beantwortet die Frage nicht.
»Weißt du, wer es aufgenommen hat?«
Jenni schüttelt den Kopf.
»Oder warum es in Will Burdetts Zimmer gefunden wurde?«
Jennis Augen schießen hoch zu Leos Gesicht. Die erneute Gefühlswallung ist ihr deutlich anzusehen: heiße Wut. »Nein«, sagt sie schrill. »Sie lügen. Sie erzählen beschissene Lügen.« Die Tränen, die sie die ganze Zeit unterdrückt hat, überschwemmen ihre Augen. Doch trotz der Tränen, die ihr über die Wangen laufen und auf das Foto tropfen, sind ihr Hass und ihre Feindseligkeit unübersehbar.
»Jenni, Jenni, es gibt doch Gott weiß wie viele Möglichkeiten, wie Will an das Foto gekommen sein könnte«, versucht Nat sie zu beruhigen.
Aber das Mädchen blickt Nat genauso feindselig an, wie sie Leo ansieht.
»Ja klar«, zischt sie. »Und eine davon kenn ich.«
Sie richtet ihren zornigen Blick wieder auf Leo. »Wenn Sie unbedingt jemanden verhören wollen, dann schlage ich Ihnen Kyle Fisher vor. Ich wette, der hat das Foto gemacht, das Schwein. Diese beschissene geile Sau.« Jenni hebt die Hände vors Gesicht und bedeckt die Augen.
Leo und Nat tauschen fragende Blicke aus. *Wer zum Teufel ist Kyle Fisher?* Und selbst wenn Jenni recht hat und dieser Fisher

das Foto geschossen hat, würde das noch lange nicht erklären, wie es in Will Burdetts Hände gelangt ist und warum er es dort aufgehängt hat, wo Teenager Fotos von ihren Freundinnen oder von angehimmelten Mädchen aufhängen.

43

Nat weiß, dass Jenni nur deshalb mit zu ihr kommt, weil sie eingesehen hat, dass sie im Augenblick nirgendwo anders hinkann. Vom Krankenhaus zu Nats Wohnung in Brookline am Rande von Boston ist es nicht sehr weit, aber Nat nimmt absichtlich einen kleinen Umweg, um die Fahrt zu verlängern, damit Jenni Zeit hat, sich wieder zu beruhigen. Natürlich auch in der Hoffnung, dass sich die Anspannung zwischen ihnen wieder legt. Es schneit noch immer heftig, und ein paar der Straßen, die Nat wählt, sind noch nicht geräumt worden. So brauchen sie auch ohne Nats Zutun länger.

»Ich hoffe, du magst Hunde. Ich hab einen drei Jahre alten Golden Retriever. Sie heißt Hannah. Sie ist ein tolles Tier«, sagt Nat in die Stille hinein.

»Hunde sind in Ordnung«, murmelt Jenni. »Mein Dad sagt, wir kriegen einen, wenn er draußen ist.«

Noch ein mögliches Minenfeld, das es zu umschiffen gilt.

Und so gern Nat etwas mehr über Kyle Fisher erfahren würde als das, was Leo Jenni bereits hat entlocken können – nämlich dass er der Coach von Will Burdetts Basketballteam ist –, spricht sie das Thema wohlweislich nicht an.

Wieder herrscht Schweigen im Wagen.

»Kann ich das Radio anmachen?«, fragt Jenni schließlich.

»Aber keinen Rap, bitte.«

Der Hauch eines Lächelns umspielt Jennis Lippen, als sie eine der Radiotasten drückt, die auf einen Oldie-Sender eingestellt ist.

Nat schmunzelt, als sie die letzten Takte von *Earth Angel* hört. »Das ist sogar für mich ein Oldie.«

»Wie alt sind Sie?«

»Vierunddreißig. Seit letztem Monat.«

»Wahnsinn.«

»Wahnsinn, so alt sind Sie? Oder Wahnsinn, Sie sehen keinen Tag älter aus als dreiunddreißig?«, fragt Nat leichthin.

»Wahnsinn, Sie sind ganz schön jung dafür, dass Sie es bis ganz nach oben geschafft haben.«

»Oh, danke, aber ich bin längst nicht ganz oben.«

»Aber Sie wollen da hin«, sagt Jenni.

»Manchmal ja. Manchmal hätte ich nicht übel Lust, alles hinzuschmeißen und einen Buchladen oder so aufzumachen.«

»Haben Sie viel Geld?«, fragt Jenni geradeheraus.

»Nein.«

Wieder tritt Stille ein, die nur ein weiterer Oldie im Radio füllt. *»Blue moon, you saw me standing alone …«*

Jenni wartet, bis der Song zu Ende ist. »Sie haben gar nicht gesagt, wie viel … na ja … die Lebensversicherung?«

Nat sieht, dass die Ampel, auf die sie zusteuert, auf Gelb springt, und bremst ab, um rechtzeitig bei Rot zum Stehen zu kommen. Dann stellt sie das Radio leiser und blickt zu Jenni hinüber. »Fünfzigtausend Dollar.«

Jennis Augen werden groß. »Fünfzig*tausend*?«

Nat hat keinen Zweifel, dass Jennis Verblüffung echt ist. Was bedeutet, dass sie zumindest keine Ahnung von der Höhe der Summe hatte. Und damit wiederum ist ausgeschlossen, dass das Mädchen seine Mutter aus Habgier ermordet haben könnte.

»Das Geld wird sehr wahrscheinlich in einem Treuhandvermögen für dich angelegt, Jenni. Wenn deine Mutter ein Testament gemacht hat, hat sie sicherlich jemanden als Erbschaftsverwalter bestimmt –«

»Ich hoffe nicht Buck«, fällt Jenni ihr ins Wort.

Das hofft Nat auch. »Ich würde eher auf einen Anwalt tippen«, spekuliert Nat ins Blaue hinein.

»Ja, kann sein. Sie hatte da jemanden. Eine Anwältin. Hab den Namen vergessen.«

Die Ampel schaltet auf Grün. Jenni dreht das Radio lauter.
»*Und für alle Romantiker unter Ihnen, die jetzt hoffentlich an ihre Liebsten gekuschelt vor einem prasselnden Kaminfeuer sitzen in dieser kalten, verschneiten Nacht, singt Paul Anka* ›Put Your Hand On My Shoulder‹.«
Als der Song beginnt, stöhnt Jenni auf.
Nat schmunzelt. »Okay, ich glaube, wir können ein paar Jahrzehnte weiterdrehen.«
Jenni beugt sich rasch vor und stellt einen anderen Sender ein, seufzt dann erleichtert auf, als eine Männerband *»Pinch me, pinch me«* singt.
»Barenaked Ladies«, sagt Jenni.
»Wie bitte?«
Jenni lacht. Es ist das erste Lachen aus dem Mund des Mädchens seit der Ermordung ihrer Mutter. Nat wird richtig froh ums Herz, obwohl sie keine Ahnung hat, worüber Jenni lacht.
»So heißt die Band, die da singt. Barenaked Ladies.«
»Bloß dass es keine Ladys sind, richtig?«
»Richtig«, sagt Jenni, die zwar nicht mehr lacht, aber noch immer lächelt.

Silvers Anruf erreicht Leo, als er auf dem Weg nach Cambridge ist.
»Beide waren da, Sir Graham und Lady Hilary«, sagte Silver trocken.
»Und lassen Sie mich raten: Sie waren den ganzen Abend zu Hause.«
»Sie sind ein richtiger Hellseher, Lieutenant.«
»Ich vermute mal, es war auch sonst niemand da, der ihr Alibi bestätigen könnte.«
»Minerva.«
»Wer zum Teufel –«
»Ihre Siamkatze. Ich wurde offiziell vorgestellt.«
»Na toll. Und ihre Autos?«
»In der Garage. Ich könnte ja mal aus Versehen durchs Fenster einstei–«
»Fahren Sie nach Hause, Silver. Wir sehen uns morgen früh.«

44

»Jenni, darf ich vorstellen, Hannah. Hannah, das ist Jenni. Sie ist heute unser Gast, also benimm dich bitte vorbildlich.«
Die Golden-Retriever-Hündin blickt ihr Frauchen mit schiefgelegtem Kopf an und bellt einmal kurz auf, um gleich darauf an Jenni hochzuspringen und ihr die Vorderpfoten auf die Brust zu stemmen.
Nat will ihren übermütigen Hund schon ausschimpfen, doch da sieht sie das Lächeln auf Jennis Gesicht. Als Hannah sich streckt, um der Besucherin freundlich die Wange zu lecken, beugt Jenni sich sogar ein bisschen vor, um es ihr leichter zu machen.
»Hannah mag dich«, sagt Nat herzlich.
»Ich liebe Hunde«, gesteht Jenni, die Hannah hinter den Ohren krault. »Durfte nie einen eigenen haben. Meine … meine Mom war allergisch. Aber wenn mein Vater raus ist und wir unsere Wohnung haben, wollen wir uns einen Dalmatiner anschaffen. Sie wissen schon. Die mit den schwarzen Flecken.«
»Wunderschöne Hunde.«
Hannah bellt.
Nat und Jenni lachen.
»Nicht so schön wie du, Hannah.« Nat packt ihre Hündin am Halsband und zieht sie von Jenni weg. »So, jetzt lass unseren Gast mal einen Moment in Ruhe, damit er sich den Mantel ausziehen und es sich bequem machen kann.«
»Ich hab Sie mir gar nicht mit einem Hund vorstellen können, als Sie vorhin erzählt haben, Sie hätten einen«, sagt Jenni.

Sie zieht sich die Lederjacke aus, die nass von geschmolzenen Schneeflocken ist, denn die Stadt wird noch immer von einer weißen Decke überzogen.

»Kannst sie da hinhängen«, sagt Nat und deutet auf eine Holzgarderobe neben der Tür. Hannah, die widerwillig gehorchte, als Nat ihr »Sitz!« befohlen hat, wartet derweil hechelnd auf die Erlaubnis, die neue, nette Besucherin noch besser kennenzulernen.

»Wir haben was gemeinsam: Wir mögen beide Hunde«, sagt Nat und stellt die Reisetasche mit Jennis Sachen ab, die sie am Tag zuvor rasch in der Wohnung der Buckleys zusammengepackt hatte. Dann zieht sie ebenfalls ihre nasse Jacke aus und hängt sie neben die von Jenni. Beide stellen ihre durchweichten Schuhe auf die Gummimatte unter der Garderobe. Sobald sie damit fertig sind, blickt Jenni Nat verlegen an, fast so, als fühlte sie sich entblößt, wie sie da auf Socken steht.

»Okay, Hannah, dann wollen wir Jenni mal ihr Zimmer zeigen«, sagt Nat, fasst das Halsband des Hundes mit einer Hand, nimmt die Reisetasche in die andere, und geht vor Jenni den Flur hinunter.

Nat hört das Tappen von Jennis Füßen auf dem Eichenboden erst, als sie und Hannah das Gästezimmer betreten.

Jenni bleibt an der Tür stehen, und als Hannah zu ihr läuft und sich an ihr Bein schmiegt, streichelt sie ihr den Kopf. Nat, die jetzt das Bettsofa aufdeckt, ist froh, dass sie es bereits frisch bezogen und eine warme Mohairdecke dazugelegt hat.

»Das sieht gemütlich aus«, sagt Jenni.

»Für ein Schlafsofa ist es wirklich bequem. Du kannst auspacken, wann du willst, und deine Sachen da in den Wandschrank hängen.« Sie deutet auf eine Tür. »Und da drin sind noch mehr Kissen und Decken.« Sie geht zu dem senffarben gestrichenen Kiefernholzschrank, den sie erst kürzlich auf einem Antikmarkt in einer ehemaligen Fabrik in den Berkshires entdeckt hat. Der Schrank ist eins ihrer Lieblingsstücke und bietet nicht nur Platz für Bettwäsche in den unteren Regalfächern, sondern im oberen Teil auch für einen Fernseher. Sie nimmt die Fernbedienung vom Apparat und wirft sie aufs Bett.

Jenni bleibt an der Tür stehen und streichelt Hannah. Sie wirft Nat einen unsicheren Blick zu. »Wo … wo schläft Ihr Hund?«
Hannah schläft immer bei Nat, nur manchmal, wenn die Umstände es verlangen, muss sie vorübergehend auf den Flur. Hannah kann von Glück sagen, dass Leo ganz vernarrt in sie ist und er sie immer wieder zu ihnen in das große Bett gelassen hat, wenn sie tatsächlich schlafen wollten.
Es war lange her, dass Hannah im Flur warten musste, bis Nat und Leo sie wieder ins Schlafzimmer ließen. Für einen kurzen Moment heute Abend im Giorgio's hatte Nat gedacht, Leo würde diese Nacht bei ihr verbringen. Würde ihr Friedensschluss auch nach diesem abgebrochenen romantischen Dinner anhalten? Würde Leo wieder unsicher werden? Oder sie?
»Hannah würde vermutlich gern hier bei dir schlafen, wenn du sie lässt«, sagt Nat in der Hoffnung, dass ihr Retriever auch mitspielt. Offenbar verstehen Hannah und Jenni sich auf Anhieb. Es könnte sie beide freuen.
»Ich … hätte nichts dagegen.«
»Ich bin manchmal noch länger wach und sehe fern oder lese. Hannah stört weder das Licht noch der Ton. Sie kann immer schlafen.« Nat sagt das, damit Jenni kein schlechtes Gewissen hat, falls sie nicht einschlafen kann und das Licht oder den Fernseher anlassen will. Da sieht sie, wie ein ängstlicher Ausdruck über Jennis Gesicht huscht.
Nat will schon fragen, was sie hat, doch dann kann sie es sich denken. Jenni möchte nicht nur Hannahs Trost, sondern auch ihren Schutz. Sie hat Angst. Hatte Nat nicht vor weniger als einer Stunde Leo gegenüber ihre Befürchtung erwähnt, dass Jenni in Gefahr sein könnte?
Jenni denkt anscheinend das Gleiche.
Aber hat Jenni vor jemand Bestimmtem Angst? Ihrem Stiefvater vielleicht? Dr. Kevin Wise? Oder vor dem Mann, mit dem Leo sich unterhalten wollte – Kyle Fisher, der Trainer des Basketballteams?
In Anbetracht der Verfassung des Mädchens befindet Nat, dass die Frage Zeit hat. Anders als Leo geht es Nat derzeit mehr um Jenni als um die Morduntersuchung. Sie hat bereits beschlossen,

Jenni eine Weile bei sich zu behalten. Weil sie ihr, nach allem, was sie durchgemacht hat, ein wenig das Gefühl von Stabilität vermitteln will, aber auch, weil sie das Mädchen mehr und mehr ins Herz geschlossen hat. Nats frühere Therapeutin würde vermutlich sagen, dass sie sich zu stark mit der Jugendlichen identifiziert. Hatte Leo im Grunde nicht das Gleiche zu ihr gesagt?
Nat sieht auf die Uhr. Es ist kurz vor elf. Es war ein langer Tag, und in der Nacht davor hatte sie kaum ein Auge zugetan. Sie ist völlig geschafft, und wenn Jenni nicht da wäre, würde sie jetzt ein Bad nehmen, dann ins Bett gehen und hoffentlich sofort in Tiefschlaf fallen. Aber Nat sieht Jenni an, wie aufgekratzt sie ist.
Sie setzt sich auf eine Ecke des Bettes. »Es ist noch nicht sehr spät. Es sei denn, du bist müde –«
»Nein, nein«, sagt Jenni rasch.
»Dann komm und setz dich.«
Jenni entscheidet sich für das Sofa am Erkerfenster. Ehe sie es sich auf dem blau-weißen Sitzkissen bequem machen kann, springt Hannah hoch und möchte zu ihr auf den Schoss. Jenni hat nichts dagegen, im Gegenteil.
»Glauben Sie, Ihr Freund von der Polizei erzählt dem Coach, was ich gesagt habe?« Jenni streichelt dem Hund über den Rücken und wirft Nat einen verstohlenen Blick zu.
»Was ist dieser Kyle Fisher für ein Typ?«, fragt Nat, statt Jennis Frage zu beantworten.
»Er war früher Profispieler. Will hat mir mal gesagt, in welchem Verein, aber ich kann mich nicht erinnern. Nicht sehr lange. Er hatte dann irgendeine Verletzung und musste aufhören.«
»Und er trainiert die Black Hawks schon die ganze Zeit, die Will auf der Boston Tech ist?«
»Nein. Ich glaube, als er anfing, war Will schon auf der Schule. Will sagt, Fisher habe aus der Mannschaft erst ein Spitzenteam gemacht.«
»Will mag ihn anscheinend.«
Jennis Stirn legt sich in Falten. »Will hält ihn für einen erstklassigen Coach.«
»Wie fand deine Mom ihn?«

Nicht nur Jenni blickt Nat böse an, sondern auch Hannah.
Nat könnte sich selbst in den Hintern beißen, weil sie so unvorsichtig gewesen ist, und will sich entschuldigen. Aber da redet Jenni los.
»Der Coach ist total bescheuert. Er hat versucht, meine Mom anzubaggern, als sie mit mir zu Wills erstem Spiel gegangen ist. Und dabei saß seine Frau ganz in der Nähe auf der Tribüne. Der Mann ist ein Schwein.«
Hannah spürt Jennis wachsende Empörung, und sie ist gar nicht glücklich darüber. Sie bellt Nat zweimal an, um ihren Unmut zum Ausdruck zu bringen.
Nat ignoriert den Hund. »Hat seine Frau das mitbekommen?«
»Können wir vielleicht das Thema wechseln?«, sagt Jenni abrupt. »Ich will nicht darüber –« Sie stockt, und ihr ohnehin schon blasses Gesicht wird weiß.
»Jenni, was ist los?«
Das Mädchen schüttelt den Kopf.
Nat steht vom Bett auf und geht zu ihr. Auf dem Sofa ist kein Platz mehr, weil Hannah sich lang darauf ausgestreckt hat und den Kopf fest auf Jennis Schoß drückt, also kniet Nat sich vor das Mädchen.
»Hast du Angst vor Kyle Fisher, Jenni?« Dabei wollte sie doch eigentlich etwas behutsamer vorgehen.
Jenni wendet den Blick ab. Hannah dagegen beäugt ihr Frauchen mit unverhohlenem Missfallen.
»Er war in deine Mom verschossen«, vermutet Nat. Sie hat Sherry Buckley zwar nie persönlich zu Gesicht bekommen, aber dem Foto nach zu urteilen war sie eine Frau, die überall die Blicke auf sich zog und vermutlich auch Herzen entflammte. Dabei kommt ihr Will Burdett in den Sinn …
Da sie nun schon einmal angefangen hat, kann Nat nicht so ohne Weiteres wieder aufhören. »Hat der Coach sie zu Hause angerufen? Ist er vorbeigekommen? Weiß er, wo sie gearbeitet hat? Will könnte es ihm erzählt haben, nicht? Der Coach könnte Will ausgefragt haben –«
Jenni fängt an, auf der Unterlippe zu kauen. »Bitte, hören Sie auf!«

»Hat deine Mom sich öfter mal ein Spiel angesehen?«
Jenni nagt weiter an ihrer Lippe, die Augen noch immer abgewendet.
War die Anziehung einseitig? Oder beruhte sie auf Gegenseitigkeit? Falls ja, wusste Jenni Bescheid? Konnte sie den Coach deshalb nicht ausstehen? Hatte sie deshalb gesagt, ihr Stiefvater hätte mit seinem Verdacht, es lief was zwischen seiner Frau und Kevin Wise, völlig danebengelegen?
Schließlich schaut Jenni Nat in die Augen. Der Blick ist so ernst und flehend, dass Nat von Mitgefühl für das Mädchen ergriffen wird. »Der Coach hat versprochen, Will eine tolle Empfehlung für die Uni zu schreiben. Fisher war eine große Nummer an der Northwestern, der Star im Team und so. Und Will träumt davon, da zu studieren. Der Coach kann ihm das ermöglichen. Wenn ich Will das alles vermassele, verzeiht er mir nie.«
»Das hier hat nichts mit Will zu tun«, sagt Nat. *Es sei denn, Kyle Fisher hat Sherry Buckley ermordet. Oder Will Burdett war es selbst. Was bedeuten würde, sie und Leo hätten in eine völlig falsche Richtung ermittelt. Andererseits war er es, der gesagt hat, sie sollten keine Möglichkeit außer Acht lassen. Hatte er diese Möglichkeit schon die ganze Zeit im Auge? Hatte er Jenni deshalb mit dem Foto überrascht?*
Irgendetwas, was Jenni eben gesagt hat, klingt Nat noch in den Ohren. »Northwestern, hast du gesagt?«
»Ja, eine super Uni. Sie gehört zu den Top Ten –«
»Jack Dwyer, mein Stellvertreter, hat da studiert. Du hast ihn schon ein paarmal im Horizon House gesehen.«
Jenni nickt. »Vielleicht haben die sich gekannt. Sind ja ungefähr gleich alt«, sagt sie.
»Vielleicht.« Nat beschließt, das herauszufinden. Erst recht, wenn Kyle Fisher auf Leos Verdächtigenliste landet. Aber selbst wenn der Coach als Sherry Buckleys Mörder in Frage käme, warum hätte er dann Laura Richards überfahren sollen? Vielleicht hatte Sherry ihrer Kollegin von dem aufdringlichen Coach erzählt oder von ihrer Affäre mit ihm, falls sie eine hatten. Fisher könnte befürchtet haben, Laura würde der Polizei von der Affäre erzählen. Und dann wäre er der Hauptverdächtige.

Aber Laura Richards hatte Fisher mit keinem Wort erwähnt, als sie von Leo und seinem Partner vernommen wurde. Oder als Nat mit ihr sprach. Andererseits war Nat nicht entgangen, wie nervös sie war. Hatte sie Angst? Vielleicht war sie ja nicht wegen Kevin Wise nervös gewesen. Sondern wegen Kyle Fisher.
Lass keine Möglichkeit außer Acht.
Selbst wenn Kyle Fisher scharf auf Sherry Buckley gewesen war, machte ihn das noch lange nicht zum Mörder. Nat tendierte nach wie vor zu Kevin Wise. Er war die beste Verbindung zwischen den beiden Opfern, Sherry und Laura Richards. Und Laura hatte die Privatnummer von Kevin Wise. War da irgendwas zwischen ihnen gewesen? Nicht unbedingt eine Affäre. Vielleicht irgendetwas Geschäftliches. Was, wenn Laura Richards nicht nur wusste, dass gewisse Todesfälle auf der Morrow Farm trotz ärztlicher Atteste keine natürliche Ursache hatten, sondern sie für ihr Schweigen bezahlt worden war? Oder wenn sie nur deshalb schwieg, weil man ihr gedroht hatte?
Doch von Laura Richards war nichts zu erfahren, wenn sie nicht überlebte. Und dann bereit war, sich endlich alles von der Seele zu reden.
»Er war gestern nicht in der Schule«, sagt Jenni kaum hörbar.
Nat, die noch ihren Gedanken nachhängt, ist sich nicht sicher, ob das Mädchen überhaupt etwas gesagt hat.
»Der Coach«, sagt Jenni. »Als ich mich gestern Nachmittag mit Will im Park getroffen habe, hat er gesagt, er hätte kein Training, weil der Coach krank wäre.« Jenni schlingt die Arme um Hannah und drückt den Hund an sich, vergräbt das Gesicht in das seidige goldene Fell.
Nat starrt Jenni an, als ihr klar wird, dass die Worte des Mädchens von großer Bedeutung sein könnten. Wenn Kyle Fisher gestern Nachmittag nicht in der Schule war und für den Mord an Sherry kein Alibi hat, dann hatte Nat mit Kevin Wise vielleicht doch den Falschen im Visier.
Nat sieht, dass Jenni zittert. Nicht vor Kälte, wie Nat weiß, denn im Zimmer ist es fast schon zu warm.
»Jenni, was ist denn?«

Sie zuckt die Achseln. »Ich glaub, ich … fühl mich nur ein bisschen fremd hier …«
Nat legt dem Mädchen eine Hand auf die Schulter. »Ich war vorhin nicht ganz ehrlich. Hannah hat in Wirklichkeit einen sehr leichten Schlaf. Wenn sie irgendwas Verdächtiges hört, dann bellt sie wie verrückt. Ich wollte nur nicht, dass du denkst, sie würde dich stören, wenn du versuchst zu schlafen.«
Jenni blickt auf. »Oh, sie würde mich nicht stören. Überhaupt nicht«, sagt sie, mit einem so erleichterten Ausdruck im Gesicht, dass es Nat fast wehtut.
»Aber sie wird nicht so schnell was Verdächtiges hören«, fährt Nat fort. »Die Wohnung hat eine sehr teure Alarmanlage. Die macht nicht nur einen Höllenlärm, sondern ist noch dazu direkt mit der Polizeiwache zwei Querstraßen weiter verbunden.«
Jenni nickt und hält die Hand vor den Mund, um herzhaft zu gähnen. Auch Hannah gähnt. Jenni und Nat müssen beide lachen.
Und dann knurrt Jennis Magen.
»Weißt du was? Bevor wir ins Bett gehen, brauchen wir beide was zu essen«, sagt Nat bestimmt. »Ich mach die besten Käseomeletts der Stadt. Komm. Wir tun beide kein Auge zu, wenn unsere Mägen die ganze Nacht rumoren.«
Hannah bellt, als Jenni sich vom Fensterplatz erhebt.
»Kann ich Hannah einen Hundekuchen geben?«, fragt Jenni schüchtern.
Sofort springt Hannah aufgeregt auf und ab.
»Das wirst du jetzt wohl müssen.« Nat schmunzelt. »Wenn Hannah das Wort hört, gibt sie erst wieder Ruhe, wenn sie einen bekommen hat.«

45

Jenni folgt Nat in die Küche. Hannah überholt beide, baut sich vor einem Schrank neben der Spüle auf und drückt die Nase in die Türritze.

»Schätze, da bewahren Sie die *Sie-wissen-schon* auf«, sagt Jenni.

»Gut geraten. Aber gib ihr nur einen. Sie soll nicht noch mehr verwöhnt werden als sowieso schon.«

Jenni nimmt ein Stück Hundekuchen aus einer Dose im Schrank. Hannah setzt sich augenblicklich hin, fegt mit ihrem hektisch wedelnden Schwanz den Boden, während sie Jenni aus großen, braunen Augen sehnsüchtig anblickt.

»Bitte sehr, mein Mädchen.«

Kaum hat Hannah die Belohnung ergattert, rast sie so schnell davon, dass sie auf den Fliesen in Rutschen gerät.

Nat lacht. »Sie hat Angst, du könntest es dir anders überlegen und die Köstlichkeit für dich behalten wollen. Du siehst sie erst wieder, wenn sie damit fertig ist, sich die Schnauze zu lecken.«

Nat öffnet den Kühlschrank und nimmt Eier, ein Stück Cheddarkäse und Butter heraus.

»Es ist schön hier«, sagt Jenni und sieht sich in der warmen, freundlichen Küche mit den Kalksteinfliesen, den Kirschholzschränken und den Arbeitsflächen aus schwarzem Granit um. Nat hatte erst vor wenigen Wochen alles komplett erneuern lassen. Nicht, dass die alte Küche unbedingt eine Renovierung gebraucht hätte. Der Grund war eher der, dass Nat etwas brauchte. Und etwas Besseres war ihr nicht eingefallen. Vielleicht war es albern, vielleicht wollte sie nur nicht daran erinnert werden, wie Leo in der alten Küche für sie beide einen Mitternachtssnack machte, nachdem sie miteinander geschlafen hatten.

Aber was ist schon albern?

»Danke.« Nat schlägt Eier in eine Schüssel.

»Ich meine, die ganze Wohnung. Sie ist … richtig schön.«

»Ich möchte, dass du dich hier wie zu Hause fühlst, Jenni. Und du sollst wissen, dass du so lange bleiben kannst, wie –«

»Leben Sie schon immer allein hier?«, fällt Jenni ihr ins Wort.

»Nein. Nein, ich war verheiratet, als ich hier eingezogen bin. Wir haben uns scheiden lassen.«

»Hat er Sie betrogen oder Sie ihn?« Sie sagt das völlig sachlich.

Nat blickt sie an. »Beziehungen sind kompliziert, Jenni. Wenn sie schiefgehen, dann liegt das nie nur an einem Vorkommnis oder einer Person. Wenn ein Paar wirklich glücklich ist, dann …« Nats Stimme stockt. War sie wirklich glücklich mit Leo? Wenn ja, wieso hatte sie ihn dann betrogen?

»Ach, schon gut. Geht mich ja nichts an«, sagt Jenni rasch.

»Tut mir leid. Es tut immer weh, wenn etwas nicht so funktioniert, wie man es sich … erhofft hatte.«

Nat widmet sich wieder den Eiern und quirlt sie kräftig in der Schüssel auf.

»Ich schneid schon mal den Käse«, bietet Jenni an und tritt an die Arbeitsplatte.

»Super.« Nat holt ein kleines Holzbrett und ein Messer und legt das Stück Käse auf das Schneidebrett. Als Jenni das Messer nimmt, zuckt sie zusammen. Klar, denkt Nat, dass das Messer sie an den Tod ihrer Mutter erinnert.

Oder steckt mehr dahinter? Nat ist entsetzt, dass sie überhaupt den Gedanken hat, Jenni könnte ihrer Mutter ein Messer in den Rücken gestoßen haben. Aber der Gedanke ist da, hat sich festgesetzt in irgendeiner Spalte ihres Gehirns, ob sie es will oder nicht.

»He, ich hab die Milch vergessen. Geheimzutat in meinem Omelettrezept. Holst du mir bitte die Milchpackung aus dem Kühlschrank?«

Jenni lässt das Messer fallen, als hätte sie sich die Hand verbrannt, und eilt zu dem Edelstahlkühlschrank.

»Ach ja, und im oberen Schrank neben dem Herd sind Gläser. Gießt du uns beiden ein Glas ein?« Während sie redet, schneidet Nat rasch ein paar Scheiben Käse ab und wirft das Messer in die Spüle.

Einige Minuten später lassen sie sich beide ihre Omeletts schmecken. Hannah, die ihren Hundekuchen rasch verputzt hat, ist wieder da und lauert unter dem Tisch darauf, dass irgendwas für sie abfällt.

»Ich hatte echt Hunger«, gibt Jenni zu, nachdem sie ihr ganzes Omelett in Minutenschnelle gegessen hat.

»Ich auch.« Nat kaut noch auf dem letzten Bissen.

»Es war total lecker.«

»Lust auf Nachtisch? Ich hab Eis –«

Jenni blickt Nat an. »Sie hatten recht. Was Sie über Beziehungen gesagt haben, vorhin.«

Nat beschwört sich innerlich, die Jugendliche nicht zu drängen. Sich ganz nach ihr zu richten.

»Ach das.«

»Meine Mom …« Jenni stockt, senkt rasch den Blick auf ihren leeren Teller.

Nat wartet. Traut sich nicht einmal zu atmen.

»Sie war nicht glücklich. Ich meine … ich glaube, sie … war nie glücklich. Nicht mal mit meinem Dad … ich meine, bevor es richtig kaputtging zwischen ihnen. Ich hab ihr immer die Schuld gegeben … aber es war eigentlich nicht ihre Schuld. Ich meine, dass sie sich mit meinem Dad nicht verstanden hat.«

Nat hält weiter die Luft an.

»Sie war durcheinander. Ich glaub, vorher hab ich das nicht akzeptieren können. Und ich wusste …«

Wieder eine Pause.

Nat atmet tief ein und hält dann die Luft an.

»Ich hab gewusst, was alle denken würden. Was Buck denken würde, das war klar. Er würde es nie verstehen. Er war stinkwütend auf sie. Aber … aber jetzt … ich glaub jetzt …« Jenni wischt sich über die Augen, die in Tränen schwimmen. »Ich

wünschte, ich könnte ihr sagen, dass ich es verstehe. Aber jetzt ist es zu spät dafür.«
Während Jenni spricht, hat sie die Augen die ganze Zeit auf ihren Teller gerichtet. Als sie schließlich den Blick hebt und Nat ansieht, wirkt sie völlig ausgelaugt.
»Ich muss dringend ins Bett. Kann ich?«
»Sicher.« Aber Nat schwirrt der Kopf, während sie zu verarbeiten versucht, was Jenni da gerade gesagt hat. Oder zumindest angedeutet hat. Hat sie das richtig verstanden? Wollte Jenni ihr sagen, dass Sherry mit keinem ihrer Ehemänner glücklich war oder in keiner ihrer Beziehungen? Beziehungen zu Männern, wohlgemerkt. Wollte Jenni ihr sagen, dass ihre Mom nicht nur ganz allgemein durcheinander war, sondern *sexuell* durcheinander? Wenn das stimmt, könnte das die ganze Untersuchung über den Haufen werfen.
Nat hat hämmernde Kopfschmerzen. Schlafmangel, Stress, der viel zu kurze Abend mit Leo, ein verstörter Überraschungsgast ... Vielleicht deutet sie Jennis Äußerungen ja völlig falsch. Sie braucht einfach nur zwei Aspirin und einen erholsamen Schlaf.
Jenni zögert. »Ich kann noch helfen, die Küche aufzuräumen.«
Nat denkt einen Augenblick über das Angebot nach. Wenn Jenni noch bleibt, erzählt sie vielleicht ein bisschen mehr und füllt ein paar der Leerstellen in Nats Kopf. Doch dann blickt sie das Mädchen an und bemerkt die Erschöpfung und die Traurigkeit – der Tod ihrer Mutter hat sichtlich Spuren hinterlassen. Für heute Abend reicht es. Sie brauchen beide dringend Schlaf.
»Kein Problem«, sagt Nat und versucht, möglichst beruhigend zu klingen. »Dein Bad ist direkt gegenüber von deinem Zimmer, und es liegen frische Handtücher da. Dusch jetzt oder morgen früh, wie du willst.«
»Morgen früh, glaub ich«, sagt Jenni und unterdrückt ein Gähnen.
»Wegen morgen, Jenni. Ich fahr um neun ins Horizon House und bleibe bis Mittag dort. Hast du vielleicht Lust mitzukommen und den Vormittag da zu verbringen? Du wolltest doch ohnehin vorbeikommen. Danach könnten wir zusammen was

essen und vielleicht nachmittags ins Kino gehen. Irgendwas Seichtes wäre genau das Richtige. Was sagst du dazu?«

Jenni sagt nichts.

Nat hat den Vorschlag spontan gemacht, allein von dem Gedanken getrieben, Jenni nicht allein zu lassen. Und sie will auf keinen Fall, dass sie sich mit Will Burdett trifft, womit sonst zu rechnen wäre. Ob auch gegen den Basketballer ermittelt wird oder nicht, Nat traut Burdett genauso wenig, wie Aaron Buckley ihm traut.

46

Kyle Fisher ist ein massiger Mann in den Vierzigern mit militärisch kurz geschorenem rotblondem Haar. Er hat ein leicht sommersprossiges Gesicht, auffällig blaugrüne Augen und einen kräftigen Hals. Ein Typ, den Frauen vielleicht als männlich attraktiv bezeichnen würden, denkt Leo. Der Coach trägt eine schwarze Trainingshose und ein weißes T-Shirt, das seine muskulösen Arme und die breite sportliche Brust gut zur Geltung bringt. Obwohl es noch immer schneit und ein kalter Wind bläst, scheint Fisher kein bisschen zu frieren, als er in der offenen Tür seines Häuschens in einer schäbigen Gegend von East Cambridge steht und Leo mustert.

»Ich möchte mit Ihnen über Sherry Buckley sprechen, Mr. Fisher«, sagt Leo höflich, nachdem er sich kurz ausgewiesen hat.

»Kenne ich nicht.«

»Lesen Sie keine Zeitung, Mr. Fisher? Sehen Sie kein Lokalfernsehen? Hören Sie kein Radio?«

»Ach so … ja klar, die Frau, die erstochen wurde. Doch, von der Sache hab ich gehört. Aber ich kenne die Frau nicht. Tut mir leid.« Er will die Tür wieder schließen.

»Sie kennen aber die Tochter des Opfers.«

Fisher lässt die Tür los und verschränkt die Arme. »Nicht dass ich wüsste.«

»Es ist die Freundin Ihres Spielmachers. Jenni Dunbar.«

Fisher schüttelt langsam den Kopf. »Der Name sagt mir nichts. Kann sein, dass ich sie mal mit Burdett zusammen gesehen habe. Wissen Sie, ich rate meinen Jungs eigentlich eher ab, sich zu sehr auf Mädchen einzulassen. Das stört nur ihre Konzentration, verstehen Sie? Burdett hat Talent. Richtig Talent. In ein paar Wochen kommt ein Scout von meiner alten Uni, Northwestern, der ihn sich ansehen will. Wenn der Junge keinen Mist baut.« Seine Augen werden schmal. »Oder schon welchen gebaut hat«, knurrt er.

Leo will gerade nachhaken, als er sieht, wie ein Wagen in die schmale Einfahrt einbiegt und hinter einem alten GM Jimmy parkt. Der Geländewagen lässt den kompakten Pkw klein erscheinen, der so dick mit Schnee bedeckt ist, dass weder die Automarke noch die Farbe zu erkennen ist. Bevor Leo an der Tür geklingelt hat, war er zu dem GM gegangen und hatte ihn so gut er konnte im spärlichen Licht seiner Taschenlampe überprüft. Es schneit noch immer so stark, dass der Wagen selbst dann eine dicke Schneedecke hätte, wenn Fisher ihn noch vor einer Stunde gefahren wäre.

»Mensch, Kyle, steh doch nicht einfach da. Komm und hilf mir«, ruft die Fahrerin des Pkw, als sie aussteigt.

»Ihre Frau?«, fragt Leo.

Die Höflichkeit des Trainers ist wie weggeblasen. »Hören Sie, ich hab Ihnen nichts zu sagen, also verschwinden Sie und bleiben Sie mir vom Hals«, blafft er und schiebt sich an Leo vorbei, stapft dann mit seinen Turnschuhen durch den tiefen Schnee zu dem Wagen hinüber.

Die Frau, die einen schwarzen Parka mit Kapuze trägt, hebt zwei Einkaufstüten vom Rücksitz des Wagens. Als Fisher bei ihr ankommt, nimmt er ihr die Tüten grob aus der Hand. Leo sieht, wie die Frau in seine Richtung schaut und dann etwas zu ihrem Mann sagt. Statt etwas zu erwidern, wirft Fisher einen Blick über die Schulter. In dem schwachen Licht, das aus der offenen Autotür fällt, kann Leo Kyle Fishers Gesicht nicht klar erkennen, aber er vermutet stark, dass der Coach bestimmt nicht erfreut ist, ihn noch immer dort stehen zu sehen.

Leo kann sich vorstellen, dass mit dem Coach nicht gut Kirschen essen ist, wenn seine Jungs nicht parieren. Wie sauer wird er bei einem Detective von der Polizei reagieren? Und wie reagiert er bei Frauen, die sich nicht an seinen Spielplan halten?

Die Frau im Parka beugt sich wieder in den Fond des Wagens, um noch mehr Einkaufstüten herauszuholen. Leo sieht, wie Fisher ihren Arm packt, sie herauszieht und etwas zu ihr sagt, was Leo nicht verstehen kann, weil seine Stimme zu leise ist. Aber die Antwort der Frau ist mühelos zu verstehen.

»Spinnst du, Kyle? Wohin willst du denn fahren?«

Fisher stößt sie förmlich auf die Rückbank, wirft die Einkaufstüten hinter ihr her, knallt dann die Tür zu und springt hinters Lenkrad.

Leo rennt los, über den Rasen, verflucht sich im Stillen dafür, dass er am Morgen Halbschuhe angezogen hat, die sich augenblicklich mit kaltem, nassem Schnee füllen. Obwohl er kaum eine Chance hat, Fisher noch aufhalten zu können.

Doch Leo hat Glück – die Frau hatte den Zündschlüssel abgezogen. Als Leo die Fahrertür aufreißt, sitzt Fisher halb nach hinten gedreht da und schreit die verwirrte und wütende Frau an, sie soll ihm den Schlüssel geben.

»Mrs. Fisher?«, fragt Leo.

Der Coach presst die Lippen fest zusammen, die Augen starr auf seine Frau gerichtet.

»Ja. Wer sind Sie? Und was haben Sie mit meinem Mann gemacht, dass er halb angezogen die Flucht ergreifen will?« Im Licht der Deckenlampe, die beim Öffnen der Autotür wieder angegangen ist, kann Leo Kyle Fishers Frau zum ersten Mal richtig sehen. Sie ist wunderschön. Ja, sie hat eine auffällige Ähnlichkeit mit Elizabeth Taylor in ihrer besten Zeit. Ohne die Kapuze ist ihr seidiges, rabenschwarzes Haar zu sehen. Es fällt ihr in üppigen Wellen auf die Schultern. Ihr Teint ist vergleichbar mit feinem, hellem Porzellan, und die weit auseinanderstehenden blauen Augen wirken zwar nicht so violett wie die der Schauspielerin, sind aber dennoch faszinierend.

Leo stellt sich vor. Und ehe er ihr sagen kann, warum er da ist, flüstert sie heiser. »Sherry. Sie sind wegen Sherry gekommen.«

Leo kann Kyle Fishers Atem hören. Laut und schnell, als hätte der Mann einen Hundert-Meter-Spurt hinter sich statt der zehn Schritte über den Rasen. Da er nicht den Eindruck erweckt, als wäre er körperlich in schlechter Form, tippt Leo auf erhöhte Nervosität.

Mrs. Fisher würdigt ihren Gatten keines Blickes. Als wäre er für sie zur *persona non grata* geworden. Sie öffnet die Tür und steigt aus dem Wagen, ohne die Kapuze wieder aufzusetzen.

»Kommen Sie mit ins Haus«, sagt sie und geht an Leo vorbei, ohne an die Einkaufstüten zu denken. Anders als Leo und der Coach trägt Mrs. Fisher praktische Winterkleidung, eine dicke Kordhose, die sie unten in halbhohe, pelzbesetzte Stiefel gesteckt hat, in denen ihre Füße trocken bleiben, während sie über den schneebedeckten Rasen zur Haustür eilt.

Leo folgt ihr. Als er die offene Tür erreicht, ist die Frau des Coach bereits im Haus verschwunden. Er hört das laute, wütende Knallen einer Autotür und dann die knirschenden Schritte von Kyle Fisher, der hinter ihm hergestapft kommt.

47

Die verblüffende Ähnlichkeit zwischen Jocelyn Fisher und Elizabeth Taylor beschränkt sich aufs Gesicht, denn von der Figur her sind sie nicht zu vergleichen. Im Gegensatz zu der Schauspielerin, die schon in jungen Jahren eher üppig gebaut war, ist die Frau des Coach flach wie ein Brett. Mrs. Fisher, die schon die Schuhe ausgezogen hat, dürfte fast einsachtzig groß sein, und ohne den Parka hat sie den schlanken, schlaksigen Körper eines pubertierenden Jungen. Sie trägt einen weiten, königsblauen Rollkragenpullover über ihrer Kordhose, in dem sie ein wenig verloren wirkt. Leo könnte sich gut vorstellen, dass sie mal Model war. Und selbst mit den feinen Fältchen, die jetzt im helleren Licht des Wohnzimmers um ihre Augen und in den Mundwinkeln zu erkennen sind, könnte sie immer noch als Model arbeiten. Mit ein bisschen professioneller Retusche wäre es ein Leichtes, ihr tatsächliches Alter zu kaschieren, das Leo auf irgendwo zwischen Mitte bis Ende dreißig schätzt.

»Bestehe ich die optische Prüfung?«, fragt Jocelyn sarkastisch.

Leo räuspert sich verlegen. »Ich möchte mit Ihnen und Ihrem Mann über –«

»Ja, das hatten wir bereits geklärt«, sagt sie barsch und nimmt auf einem mattweißen Veloursledersofa Platz. Der ganze Raum ist in unterschiedlichen Weiß- und Beigetönen gehalten, mit vereinzelten Akzenten in Rot – zwei leuchtend rote Zierkissen auf der Couch, eine Sammlung roter Glaskrüge auf einem weißen Regal an einer cremefarbenen Wand, eine blutrote Samtborte unten an den milchkaffeefarbenen Vorhängen. Den

deutlichsten Akzent im Raum setzt jedoch Jocelyn Fisher selbst, deren volle Lippen einen auffällig ähnlichen Ton haben wie die Samtborte. Ihre Figur zieht vielleicht nicht unbedingt viele Männerblicke auf sich, aber es fällt Leo schwer, nicht in das feine Gesicht der Frau zu starren, und er ist überzeugt, dass das anderen Männern ähnlich geht.
Kyle Fisher hingegen geht es im Augenblick nicht so. Er würdigt seine Frau keines Blickes. Er steht mit verschränkten Armen am Kamin, die Augen auf die steinerne Kaminplatte gerichtet. Leo wirft einen unauffälligen Blick auf den weiß lackierten Holzsims, auf dem einige gerahmte Fotos stehen: ein offizielles Hochzeitsbild, das aussieht, als wäre es vor gut zehn Jahren entstanden, ein weiteres Foto, auf dem das Paar zusammen mit einem zweiten Pärchen zu sehen ist und alle vier erheblich jünger aussehen als jetzt – alle bis auf Jocelyn mit einem strahlenden Lächeln im Gesicht –, eins von Kyle Fisher im Trikot der Cleveland Cavaliers, einen Basketball in den fleischigen Händen, und schließlich eine Gruppenaufnahme mit dem Coach vorn in der Mitte und seinem Highschoolteam, den Black Hawks, hinter ihm.
Auch Leo bleibt stehen und positioniert sich so, dass er beide Eheleute im Blick hat. Da der Coach noch immer ungehalten wirkt, beschließt er, mit der Ehefrau anzufangen. Sie scheint zwar auch gereizt zu sein, aber das Gefühl richtet sich eindeutig gegen ihren Mann.
»Wie gut kannten Sie die Verstorbene, Mrs. Fisher?«
»Sie kam zu allen Heimspielen. Mit ihrer Tochter. Sie war ein großer Fan der Black Hawks.«
Leo bemerkt den kurzen, finsteren Blick, den sie ihrem Mann zuwirft, der noch immer den Kopf gesenkt hält. Von wegen der Coach hat Sherry nicht gekannt. Hatte Kyle Fisher was mit dem Opfer? Wenn ja, wusste seine Frau davon? Dass manche Ehefrauen die Geliebten ihrer untreuen Männer töten, ist so alt wie die Menschheit. Nicht selten erledigen sie die Ehebrecher gleich mit.
Leo hat plötzlich einen üblen Geschmack im Mund. Wie kommt es nur, dass ein Mann, der mit so einer schönen Frau gesegnet

ist, die Kirschen in Nachbars Garten begehrt? Aber wer weiß, vielleicht war Kyle Fishers Garten mit Dornen gepflastert.
Er mustert Jocelyn Fisher ein zweites Mal, diesmal ohne sich um ihre mögliche Reaktion zu scheren. Ja, denkt er, diese Frau könnte durchaus stachelig sein.
Interessanterweise lässt sie Leos erneute Inspektion schweigend über sich ergehen.
»Gehen Sie auch zu allen Spielen der Black Hawks?«, fragt er sie.
»Nicht zu allen.« Ihr Ton ist knapp.
»Aber oft genug, um Sherrys Bekanntschaft zu machen.« Leo formuliert das nicht als Frage.
»Wir haben ein paarmal zusammengesessen. Geplaudert. Ich interessiere mich nicht so wahnsinnig für Basketball, Lieutenant, sehr zum Leidwesen meines Mannes.«
Leo registriert, wie sich die Muskeln im Gesicht des Coach anspannen. Offenbar ein wunder Punkt.
»Haben Sie beide sich angefreundet?«, fragt Leo die Ehefrau.
Sie antwortet nicht sofort. »Nein, angefreundet würde ich nicht sagen, Lieutenant.«
»Was würden Sie dann sagen?«, hakt er nach.
»Sie waren höchstens gute Bekannte«, wirft Kyle Fisher ein. »Diese Fragen bringen überhaupt nichts und kosten den Steuerzahler unnötig Geld. Wieso verhören Sie nicht die Leute, die in Frage kämen als … Täter?« Er hustet, als könnte er damit das kurze Zaudern überspielen.
»Wenn der Lieutenant es für sinnvoll hält, uns Fragen zu stellen, dann von mir aus«, sagt Jocelyn ruhig. »Ich nehme an, es geht hier in erster Linie darum festzustellen, ob mein Mann und ich Alibis für die Tatzeit haben.«
Sie behält auch unter Druck die Nerven, denkt Leo. Weil sie nichts zu verbergen hat oder weil sie nicht nur äußerlich Ähnlichkeit mit Elizabeth Taylor hat? Wer weiß, vielleicht ist sie ja eine unterschätzte, aber dennoch exzellente Schauspielerin.
»Um welchen Zeitraum geht es denn, Lieutenant? Die Stunden, für die wir ein Alibi brauchen?«
Aus den Augenwinkeln sieht Leo, wie Kyle Fishers beeindru-

ckender Bizeps hervortritt, als er die verschränkten Arme anspannt. Er starrt nicht mehr zu Boden. Sein strenger Blick ist jetzt auf seine Frau gerichtet, sein Mund zu einer dünnen Linie zusammengepresst.
Dem Mann ist das aufbrausende Temperament deutlich anzusehen. Interessant, wie viele der Verdächtigen diese Eigenschaft gemeinsam haben – Fisher, Aaron Buckley, Dr. Kevin Wise, Will Burdett. Aber Leo weiß auch, dass Männer – und Frauen –, die als friedfertig gelten, ohne Weiteres zu Mördern werden können. Jeder kann zum Äußersten getrieben werden. Entscheidend ist, den Auslöser dafür zu finden.
»Im Fernsehen hieß es gestern Abend, dass Sherry irgendwann am Nachmittag erstochen wurde«, sagt Jocelyn. »Also, ich war gestern den ganzen Nachmittag arbeiten, Lieutenant. Und auch den ganzen Vormittag.«
»Und wo arbeiten Sie?«, fragt Leo.
»Ich bin Anwaltsgehilfin in der Kanzlei Watson, Phillips und Cobb. State Street 132 in Boston. Genauer gesagt, ich war fast den ganzen Tag in der juristischen Fachbibliothek der Boston University und hab Fallrecherchen gemacht für Anwalt Cobb. Es ist für Ihre Ermittlungen zwar nicht sachdienlich, aber ich war auch heute den ganzen Tag in der Bibliothek. Ich muss einen riesigen Berg an Literatur –«
Leo fällt ihr ins Wort. »Und heute Abend?«
Zum ersten Mal wirkt Jocelyn Fisher ein wenig verunsichert. Weiß Sie, dass diese eher beiläufig wirkende Frage doch durchaus sachdienlich ist? Oder ist sie lediglich über die Frage selbst verblüfft? Wie auch immer, sie erholt sich rasch wieder. »Ich dachte, das wäre offensichtlich, Lieutenant. Ich war im Supermarkt. Mein fettarmes Vanilleeis schmilzt jetzt sicher schon in einer Einkaufstüte auf dem Rücksitz meines Wagens.«
Leo merkt gar nicht, dass er eine Augenbraue hochzieht, bis Jocelyn Fisher lächelt. »Sie denken vermutlich, ich müsste mir wegen Kalorien keine Gedanken machen, aber mein Magen verträgt leider nichts mit hohem Fettgehalt, und ich bin verrückt nach Eiscreme. Nicht alle achten auf die Kalorien, weil sie schlank bleiben wollen.«

Leo interessiert sich nicht sonderlich für ihre Ernährungsregeln. Ihm brennt etwas Dringlicheres unter den Nägeln. »Sie sagen, Sie waren heute den ganzen Tag an der Uni.«
»Ja. Aber warum ist das wichtig? Ich dachte, es ginge darum, wo ich gestern war.« Ein angespannter Tonfall schleicht sich in Jocelyn Fishers Stimme. Draußen peitscht der kalte Wind gegen die Fenster. Und auch im Innern scheint es kühler zu werden.
»Wann haben Sie die Bibliothek verlassen, Mrs. Fisher?«
»Gestern oder heute?« Ja, sie verliert eindeutig die Geduld.
»Ich bin noch bei heute Abend.«
Leo sieht, wie sie ihrem Mann wieder einen kurzen eindringlichen Blick zuwirft. Leo kann ihre Miene nicht deuten. Dafür aber die von Kyle. Er blickt verwirrt und misstrauisch zugleich.
»Ich würde sagen, kurz vor sieben. Die Bibliothek schließt um sieben, und ich erinnere mich, die Glocke gehört zu haben, die kurz vor Schluss ertönt, und da hab ich meine Sachen zusammengepackt.«
»Dann waren Sie also kurz nach sieben an Ihrem Wagen.«
Die Boston University liegt an der Commonwealth Avenue. Also nicht weit von der Babcock Street, wo Laura Richards vor wenigen Stunden überfahren wurde. Allerdings beträgt die Zeitdifferenz über eine Stunde, der Mordanschlag auf Laura geschah nämlich gegen Viertel nach acht.
Vielleicht hat Jocelyn die Bibliothek um sieben verlassen, sich aber noch länger an der Uni aufgehalten. Vielleicht hat sie sich mit Laura Richards getroffen? Wenn ja, weshalb? Welche Verbindung konnte zwischen Jocelyn Fisher und der Krankenschwester bestehen? Welches Motiv sie dafür haben könnte, die Krankenschwester mit dem Auto zu überfahren, ist Leo allerdings schleierhaft. Trotzdem bohrt er weiter, man kann schließlich nie wissen, was sich noch alles aus der Tiefe zutage fördern lässt.
Sie zuckt die Achseln. »Um den Dreh.«
»Und dann sind Sie auf direktem Weg zum Supermarkt gefahren?«

»Ich werde ja wohl kaum über zwei Stunden einkaufen gewesen sein, Lieutenant.«
Leo blickt auf seine Uhr, obwohl er fast auf die Minute genau weiß, wie spät es ist. 22 Uhr 35. »Über drei Stunden, um genau zu sein.«
»Hören Sie, diese Fragerei geht zu weit«, schaltet Kyle Fisher sich ein. »Sie können nicht hier hereinspaziert kommen und meine Frau schikanieren.«
»Kyle«, sagt Jocelyn schneidend. »Der Lieutenant schikaniert mich nicht. Wie wär's, wenn du die Lebensmittel aus dem Auto holst und sie verstaust?« Aus ihrem Mund klingt das nicht wie ein Vorschlag.
»Ich geh nirgendwohin«, entgegnet er aggressiv und ballt die Fäuste, sodass sich sein Bizeps erneut eindrucksvoll wölbt. Er sieht aus, als würde sich in ihm eine Explosion aufbauen. Wie ist er wohl, wenn er richtig hochgeht, fragt sich Leo.
»Ich bin ins Fitnessstudio gefahren«, sagt Jocelyn ruhig, die ihren Mann jetzt ignoriert, als wäre er tatsächlich die Einkaufstüten aus dem Auto holen gegangen. »Ich versuche, jeden Abend hinzufahren, aber ich schaffe es nicht immer.«
»Welches Fitnessstudio?«
»So, das reicht«, fährt Kyle wütend dazwischen. »Sherry ist gestern Nachmittag ermordet worden, nicht heute Abend. Wenn Sie nicht endlich sagen, was diese Fragen sollen, möchte ich, dass Sie verschwinden.«
»Kein Problem, Mr. Fisher. Wenn es für Sie und Ihre Frau angenehmer ist, können wir unsere Unterhaltung auch morgen auf dem Präsidium fortsetzen. Sie können gern Ihren Anwalt mitbringen.« Leo fängt an, den Reißverschluss seiner Jacke zu schließen.

48

»Nein, warten Sie«, sagte Jocelyn. »Hören Sie nicht auf Kyle.« Sie sagt das so, als wäre sie es gewohnt. »Was auch immer der Grund für Ihre Fragen ist, ich möchte es jetzt hinter mich bringen. Das Fitnessstudio heißt Golden Gym und ist nicht weit vom Kenmore Square. Es war ziemlich leer, aber der Typ am Empfang erinnert sich wahrscheinlich an mich.«

»Davon gehe ich aus«, sagt Leo.

»Ach ja, vorher war ich noch bei Barnes and Noble, um mir was zum Lesen zu kaufen, fürs Laufband. Aber ich hab nichts Interessantes gefunden, nur eine Weile in Zeitschriften rumgeblättert.«

Leo nickt.

»Ich habe etwa eine Stunde trainiert, dann hab ich geduscht und mich angezogen. Meine Sportsachen sind im Kofferraum. Anschließend bin ich zum Supermarkt und dann hierher.«

Leo nimmt die Hand vom Reißverschluss seiner Jacke. »Danke, Mrs. Fisher. Schön dass Sie so kooperativ sind. Spart uns beiden Zeit und Mühe.«

»Und gestern, Lieutenant«, sagt Jocelyn unaufgefordert, »hab ich den ganzen Nachmittag an einem Tisch im dritten Stock der Unibibliothek gesessen. Es sind zwar immer mal wieder ein paar Leute vorbeigekommen, aber ich saß mit dem Rücken zum Gang, und ich bezweifle, dass sie überhaupt von mir Notiz genommen haben.«

»Nochmals danke«, sagt Leo locker. »Wenn Sie vielleicht Ihre Einkäufe aus dem Wagen holen möchten –«

Sie nickt und geht zur Tür.
»Ach, noch eine Frage, Mrs. Fisher. Kennen Sie Laura Richards?«
»Laura Richards?«, wiederholt sie.
»Die kennen wir nicht«, wirft Fisher ein, obwohl seine Frau noch gar keine Antwort gegeben hat.
»Sherry und Laura waren Kolleginnen und gut befreundet«, erklärt Leo.
Jocelyn zuckt die Achseln. »Ich hatte keinen privaten Kontakt zu Sherry und daher auch nicht zu ihren Freundinnen und Kolleginnen. Wie ich vorhin schon sagte, wir haben nur bei ein paar Basketballspielen zusammengesessen.«
»Laura hat Sherry manchmal zu einem Spiel begleitet. Sie könnten sie kennengelernt haben.« Das ist die Verbindung zwischen den drei Frauen. Welche Bedeutung sie hat, ist Leo noch nicht klar. Aber es könnte sich klären.
»Hab ich aber nicht«, sagt sie knapp. Und dann, als fürchtete sie, zu barsch geklungen zu haben, fügt sie mit einem sanfteren Ton in der Stimme hinzu. »Tut mir leid, dass ich nicht weiterhelfen kann. Steht die Krankenschwester denn unter Verdacht?«
Leo legt den Kopf schief. »Ich kann mich nicht erinnern, erwähnt zu haben, dass Laura Richards Krankenschwester ist.«
»Ich hab es angenommen, Lieutenant. Sie sagten, die beiden Frauen waren Kolleginnen.«
Leo lächelt. »Ja. Sehr gut, Mrs. Fisher.«
Sie erwidert das Lächeln nicht, aber sie wirkt auch nicht verunsichert. Nachdem Sie Leos Blick noch einen Moment lang standgehalten hat, schaut Jocelyn ihren Mann an.
»Sag dem Lieutenant, wo du gestern Nachmittag und heute Abend warst, Kyle«, befiehlt sie. Jede Sanftheit ist aus ihrer Stimme gewichen.
»Ich war heute Abend zu Hause. Wo soll ich denn sonst gewesen sein?«, faucht er. »Und nein, es ist niemand zu Besuch gekommen, und angerufen hat auch keiner, okay?«
Jocelyn seufzt. »Sie müssen meinem Mann verzeihen. Er hat zurzeit sehr viel Stress.«

»Halt den Mund, Jos«, warnt Kyle sie.
»Du benimmst dich wirklich ...« Sie sucht kurz nach Worten und sagt dann: »... wie ein Vollidiot.« Sie blickt Leo direkt an. »Kyles Vertrag steht am Ende des Schuljahres zur Verlängerung an, und er hat die Angewohnheit, sich mit dem Schulleiter anzulegen. Kann gut sein, dass aus der Verlängerung nichts wird.«
»Aber Sie haben doch ein erfolgreiches Team. Und einen Top-Spielmacher.«
»Da haben Sie verdammt recht, und wenn die Arschgeigen mich rausschmeißen wollen, dann bin ich mal gespannt, was aus ihrem heißgeliebten Team wird«, sagt Kyle leidenschaftlich. Doch der Anflug von Angst im Gesicht des Coach entgeht Leo nicht. Und er ist neugierig, was der Schulleiter der Boston Tech wohl an Kyle Fisher auszusetzen hat. Aber das kann er immer noch nachprüfen, falls nötig.
»Waren Sie gestern in der Schule, Mr. Fisher?«
»Wo soll ich denn wohl sonst gewesen sein?« Der Coach hebt einen Arm und fährt sich mit einer Hand über das kurz geschorene Haar, dann stopft er beide Hände in die Taschen seiner Trainingshose.
»Genau das würde ich gerne wissen.«
»Was soll das heißen?« Fishers Erwiderung klingt zwar herausfordernd, aber besonders aggressiv wirkt er im Augenblick nicht. Schweißperlen tauchen wie Pickel auf seiner gerunzelten Stirn auf.
»Waren Sie gestern im Training, Coach?«
Fishers Kiefernmuskeln zucken. »Ich war fast den ganzen Tag in der Schule. Aber ich hatte höllische Kopfschmerzen. Deshalb hab ich nach der letzten Stunde beschlossen, nach Hause zu fahren und mich hinzulegen.« Nach einer Pause fügt er hinzu. »Ich hab das Training ausfallen lassen.« Er blickt seine Frau nicht an. Jocelyn jedoch sieht jetzt zu ihm herüber. Nur für einen Augenblick. Dabei ist ihr Gesichtsausdruck unergründlich.
»Wann war Ihre letzte Unterrichtsstunde zu Ende?«
Der Coach wird rot im Gesicht. »Hören Sie, das ist doch verrückt. Ich hab nichts damit –«

Leo zuckt die Achseln. »Es ist eine einfache Frage, Mr. Fisher. Wenn Sie nicht antworten, brauche ich nur in der Schule anzurufen.«
»Also schön. Zehn nach eins. Ich war um halb zwei zu Hause. Ich bin gleich ins Bett und hab bis kurz vor vier geschlafen.«
»Hat Sie jemand nach Hause kommen sehen? War irgendjemand hier bei Ihnen?«, fragt Leo.
»Nein. Und nein.«
»Haben Sie Ihre Frau angerufen, um Bescheid zu sagen, dass Sie sich nicht wohlfühlen?«
»Ich hatte Kopfschmerzen. Daran stirbt man nicht.«
Nein, denkt Leo, an einem Messer im Rücken schon eher.
Fisher gerät zunehmend in Rage, ganz im Gegensatz zu seiner Frau, die ganz still geworden ist, fast so, als wäre sie nicht mehr da. Wo ist sie mit ihren Gedanken?, fragt sich Leo. Diese Frau ist ihm ein ausgesprochenes Rätsel. Von allen Personen, die er im Zuge der beiden Ermittlungen bisher vernommen hat, ist Jocelyn Fisher ganz sicher am wenigsten zu durchschauen.
»Außerdem«, zischt der Coach, »brauche ich kein gottverdammtes Alibi. Ich kannte Sherry schließlich kaum.«
Leo wirft der Ehefrau einen Blick zu. Sie presst die blutroten Lippen zusammen, als fürchte sie, sonst irgendwas von ihren beunruhigenden Gedanken preiszugeben. Etwas, was sie später bereuen könnte.
Wortlos zieht Leo das Foto von Sherry Buckley aus der Innentasche seiner Jacke. Er geht zu dem Coach hinüber. Noch immer schweigend hält er es ihm vors Gesicht. Kyle Fisher klappt der Mund auf.
»Was ist das?«, fragt Jocelyn Fisher, die näher kommt, um sich das Foto selbst anzusehen.
Schwer zu sagen, wessen Gesicht weißer wird.
»Hat einer von Ihnen eine Digitalkamera?«, fragt Leo leise.

49

»Kann ich Will anrufen? Damit er weiß, dass ich hier bin?«, fragt Jenni, als sie die Küche verlässt.

»Es ist schon spät. Du kannst ihn morgen anrufen«, sagt Nat und stellt die schmutzigen Teller in die Spülmaschine.

»Ich weiß, dass Sie ihn nicht leiden können –«

Nat dreht sich zu ihr um. »Ich muss ihn ja auch nicht leiden können, Jenni.«

»Wegen des Fotos … von meiner Mom, nicht? Sie glauben, er … er war in sie verknallt.«

»Und, war er?«

Jenni wird rot, obwohl sie ein empörtes Gesicht aufsetzt. »Das ist doch krank.«

Als würden nicht andauernd »kranke« Sachen passieren. Die Gefängnisse waren voll mit Leuten, die etwas »Krankes« getan hatten.

»Will muss das Foto im Büro vom Coach entdeckt haben. Wahrscheinlich hat er es geklaut, weil er wusste, dass ich es nicht gut gefunden hätte, wenn der Widerling es hat.«

»Klingt einleuchtend«, sagt Nat. Ihr leuchtet hingegen nicht ein, warum Will das Foto, statt es einfach wegzuwerfen, an den Spiegel in seinem Zimmer geklemmt hatte. Wieder hat sie Sherry Buckley auf dem Foto vor Augen.

Ja, sie war eine Frau gewesen, die den meisten Männern den Kopf verdrehen konnte. Und sogar manchem Jugendlichen. Hatte der gutaussehende, athletische, achtzehn Jahre alte Basketballstar ihr womöglich den Kopf verdreht?

»Jenni, ich glaube, vorläufig ist es am besten, wenn niemand weiß, dass du bei mir wohnst – nicht einmal Will.«
»Ja, okay«, sagt sie widerwillig. »Aber morgen ruf ich ihn an.«
»Komm jetzt, wir müssen schlafen.« Nat legt Jenni eine Hand auf den Rücken, um sie aus der Küche zu dirigieren, aber Jenni weicht vor der Berührung zurück. Hannah folgt ihnen, als sie den Flur hinuntergehen.
An der Tür zum Gästezimmer bleiben alle drei stehen. Jenni krault Hannah den Kopf. »Sie schläft wahrscheinlich sonst bei Ihnen, nicht? Ich komm schon allein klar.«
Hannah bellt kurz auf, als wollte sie Widerspruch einlegen. Um ihre Absichten noch deutlicher zu machen, läuft sie schnurstracks ins Gästezimmer und springt aufs Bett.
Nat lacht. Und sogar Jennis Stimmung hebt sich ein wenig.
»Schlaft schön, ihr beiden«, sagt Nat.

»Hab ich dich geweckt?« Nat wirft einen Blick auf die Uhr. Es ist nach elf.
Falls ja, so ist es Jack Dwyer jedenfalls nicht an der Stimme anzuhören. »Ist was passiert?« Er ist sogleich in Alarmbereitschaft.
»Nein«, sagt sie, was ganz und gar nicht stimmt, aber was heute Abend geschehen ist, hat nichts mit dem Horizon House zu tun. »Ich hab nur eine komische Frage an dich.«
»Deine Fragen sind niemals komisch, Nat«, sagt Jack.
»Sagt dir der Name Kyle Fisher zufällig was?« Sie will ihm schon weitere Informationen geben – dass er etwa zur selben Zeit wie Jack an der Northwestern studiert hat, aber wie sich herausstellt, kann sie sich das sparen.
»Dieser Drecksack. Den vergess ich im Leben nicht. Woher kennst du ihn denn? Sag es nicht. Er wird ins Horizon House verlegt.«
»Wie kommst du darauf, dass er im Gefängnis ist?«
Leo lacht rau auf. »Stimmt das etwa nicht?«
Nat hat schon ein *Noch nicht* auf der Zunge, doch stattdessen fragt sie Jack, was mit Fisher nicht stimmt.

»Er hat eine Studentin vergewaltigt, mit der ich befreundet war«, sagt Leo grimmig.
Nat spürt ein Prickeln im Nacken. »Vergewaltigt? Ist er verurteilt worden?«
»Er ist nicht mal verhaftet worden. Sie wollte ihn nicht anzeigen.«
»Wieso nicht?«
»Da fragst du noch, Nat? Wie viele Studentinnen – ach, was sag ich, wie viele junge Mädchen, Frauen – sind denn bereit, die ganzen unangenehmen Folgen auf sich zu nehmen, die sie erwarten, wenn sie Anzeige erstatten?«
»Hast du versucht, sie zu überreden?«
»Ich hab mir den Mund fusselig geredet.«
»Er ist also ungestraft davongekommen.«
»Nein, nein, das kann man so nicht sagen.«
»Du hast ihm einen Besuch abgestattet.«
»Ja, wenn du es so ausdrücken willst. Ich hoffe, das Schwein hat noch ein paar Narben von meinem Besuch zurückbehalten.«
»Weißt du, was er nach dem Studium gemacht hat?«
»Der Drecksack war kurze Zeit Basketballprofi, in Cleveland, glaub ich, musste aber nach einer Verletzung aufhören. Würde mich nicht wundern, wenn er sich die Verletzung nicht auf dem Spielfeld zugezogen hat.«
»Noch eine Vergewaltigung?«
»Oder er hat was mit der Freundin eines Mannschaftskameraden angefangen.«
»Okay, Jack, danke. Wir sehen uns morgen. Es sei denn …«
»Moment mal. Nicht so schnell, Nat. Wieso interessierst du dich für Fisher? Und wieso könnte es sein, dass du morgen nicht zur Arbeit kommst?«
»Jenni Dunbar wohnt bei mir.«
»Wie bitte?«
»Ich erzähl dir alles morgen, Jack.«
Sie legt auf, ehe er noch etwas sagen kann, und wählt sofort Leos Handynummer.
»Bist du noch bei Kyle Fisher?«, fragt sie, sobald Leo sich meldet.

»Nein. Ich bin auf dem Weg nach Hause. Ich hab eben im Krankenhaus angerufen. Laura Richards' Zustand ist unverändert. Was gibt's denn?«

»Jack kennt Kyle Fisher von der Northwestern –«

50

»Menschenskind, was machst du denn hier?« Jack steht in seinen weißen Boxershorts an der halbgeöffneten Tür seiner Wohnung und blickt Leo Coscarelli missmutig an.
»Ich hab nur ein paar Fragen wegen Kyle Fisher.«
»Um diese Uhrzeit? He, Mann, kann das nicht bis morgen warten? Was hat das Schwein denn überhaupt ausgefressen?«
»Kann sein, dass er eine Frau ermordet und eine andere mit dem Auto angefahren hat, die jetzt im Koma liegt«, sagt Leo.
»Scheiße.« Aber Jack öffnet die Tür nicht weiter, um Leo hereinzulassen.
»Du bist doch ohnehin wach, Jack. Und ich könnte einen Drink vertragen.«
»Einen Drink? Wir sind nicht gerade Trinkkumpanen, Leo«, sagt Jack trocken. Nicht dass sie es je waren, aber ihr Verhältnis hat sich drastisch verschlechtert, seit Leo erfahren hat, dass Jack und Natalie miteinander geschlafen haben, wenn auch angeblich nur ein einziges Mal. Aber auch ein einziges Mal kann ausreichen, um ein Kind zu zeugen. Und weder Jack noch Leo würden jemals wissen, von wem Natalie schwanger war, bevor sie die Fehlgeburt hatte. Sie waren beide mit Natalies Entscheidung einverstanden gewesen, keinen Vaterschaftstest machen zu lassen, aber Leo hat seitdem öfters gedacht, es wäre vielleicht besser, wenn er Gewissheit gehabt hätte, obwohl er nicht hätte sagen können, warum.
Nach Natalies Fehlgeburt – unmittelbar nachdem Jack von einer Kugel getroffen worden war, die eigentlich Natalie galt – hatte

Leo Jack einige Male im Krankenhaus besucht und sich sogar zu zwei, drei Pflichtbesuchen gezwungen, als Jack anschließend in der Reha war. Doch seitdem hatten sie nur ganz selten Kontakt, was, wie Leo weiß, ihnen beiden nur recht ist.

Im Augenblick scheint Jack ganz besonders darauf erpicht zu sein, alles so zu belassen, wie es ist.

Und irgendetwas an Jacks Sträuben, ihn in die Wohnung zu lassen, macht Leo stutzig.

»Wir können den Drink auch weglassen«, sagt er, um deutlich zu machen, dass er erst wieder geht, wenn er bekommen hat, was er will.

Die beiden Männer starren einander mehrere Sekunden lang an. Dann hebt Jack kapitulierend die Hände und tritt von der Tür zurück.

Leo hat gerade mal zwei Schritte in Jacks Wohnung gemacht, als ihm sonnenklar wird, warum Jack ihn unbedingt wieder loswerden wollte.

»Wer ist denn da, Schatz?«

Kaum hat Nicki Holden, die aus Jacks Schlafzimmer kommt, dies gesagt, sieht sie selbst, wer da ist. Sie schließt kurz die Augen, öffnet sie wieder, als hoffe sie, dass sie nur eine Fata Morgana gesehen hat.

Leo behält die Augen offen, während er die Mutter seines Sohnes anschaut, die nur ein Badetuch um ihren Körper trägt.

»Sag jetzt bitte nicht, es ist nicht, wonach es aussieht«, sagt Leo heiser, weil seine Kehle plötzlich staubtrocken ist.

»Saublöd, dass du es so erfahren musst, Leo, aber –«

Leo hebt eine Hand, schüttelt den Kopf. Jack schließt den Mund.

Alle drei stehen da, schweigend, als wären sie auf einer Beerdigung. Aber irgendwie kommt es Leo auch so vor.

Er hat jetzt nur eine einzige Frage. Und sie hat nichts mit Kyle Fisher zu tun.

»Weiß Natalie Bescheid?«

Leo schäumt vor Wut, als er nach unten zu seinem Wagen geht, und irrationalerweise richtet er fast all seinen Zorn auf Natalie.

Zwar haben weder Nicki noch Jack seine Frage beantwortet, ob Natalie über die beiden im Bilde war, doch Jacks Blick sprach Bände.

Und Natalie hat ihm kein Wort gesagt. Kein einziges beschissenes Wort.

Natalie hat ihn hintergangen.

Schon wieder.

Er ist so sauer, dass er von Jack direkt zu Natalies Straße fährt und ein Stück von ihrem Haus entfernt parkt. Doch dann bleibt er im Wagen sitzen, bei laufendem Motor, kurz vor Mitternacht, und fragt sich, was er jetzt machen soll. In ihre Wohnung stürmen und eine Erklärung verlangen? Und das, obwohl Natalie zurzeit einen Gast hat?

Und wie würde Natalie darauf reagieren, dass er sich wegen Nicki und Jack so aufregt?

Er weiß wie. Sie würde gleich annehmen, dass er eifersüchtig ist. Dass er noch immer starke Gefühle für die Mutter seines Kindes hegt. Dass der Kuss im Giorgio's und das damit einhergehende Versprechen ihm nur wenig bedeuten.

Er schlägt mit den Fäusten aufs Lenkrad. Das ist einfach idiotisch. Er kann so was jetzt wirklich nicht gebrauchen. Er hat einen Mord aufzuklären. Vielleicht sogar zwei Morde, ehe die Nacht vorbei ist.

Fahr nach Hause, sagt er sich. *Schlaf ein paar Stunden. Befass dich später mit dem Mist. Nachdem dir hoffentlich eine Lösung eingefallen ist. Denn bisher ist dir verdammt nochmal für gar nichts eine Lösung eingefallen.*

51

Zunächst baut Nat das Geräusch in ihren Traum ein – es ist ein hohes Jaulen. Und es hält an, wird hartnäckiger, eindringlicher. Aber ergibt irgendwie keinen Sinn. Wie das in Träumen oft so ist. In diesem ist sie im Horizon House, das von bewaffneter Polizei und Militär umstellt ist. Die Häftlinge, die ebenfalls bewaffnet sind, feuern aus den Fenstern. Nat will den Aufstand beenden und ist auf dem Weg nach oben zu den Zimmern der Insassen, doch alle Zimmer sind leer. Sie blickt zum Fenster hinaus und sieht, dass der einzige Cop da draußen jetzt Leo ist, und er hat eine Uzi auf sie gerichtet. Er droht damit zu schießen, wenn sie sich nicht friedlich ergibt.

Aber was macht Hannah da? Denn selbst im Traum weiß Nat, dass es ihr Hund ist, den sie im Hintergrund jaulen hört. Sie kennt das Jaulen. Es ist ein Geräusch, dem sie Beachtung schenken muss. Während sie sich das sagt, wird ihr auf einer halbbewussten Ebene klar, dass das Jaulen ihres Hundes vielleicht gar nichts mit ihrem Traum zu tun hat.

Im selben Moment zwingt Nat sich aufzuwachen. Ja, das Jaulen ist real. Hannah ist wegen irgendetwas ganz außer sich. Benommen tastet Nat nach dem Schalter der Nachttischlampe. Sie findet ihn, doch nichts passiert, als sie ihn betätigt. Das Zimmer bleibt schwarz.

»Verdammt«, murmelt sie und schlägt die Decke zurück. Ist die Birne durchgebrannt? Sogar in ihrem Flanellnachthemd spürt Nat die kühle Luft. Was ist mit der Heizung los? Es muss unter fünfzehn Grad im Raum sein.

Sie flucht vor Schmerz, als sie sich den Zeh am Bett stößt, und humpelt weiter Richtung Tür.
Das Jaulen geht weiter. Was hat ihr Hund denn bloß? Nat spürt ein ängstliches Kribbeln.
Sie tastet an der Wand nach dem Schalter für die Deckenlampe. Findet ihn. Betätigt ihn.
Nichts passiert.
Scheiße. Das Unwetter muss einen Stromausfall verursacht haben, wie fast jedes Jahr im Winter mindestens einmal. Nat macht sich Vorwürfe. Obwohl es stark geschneit hat, als sie nach Hause kam, hat sie nicht einen Gedanken an mögliche Auswirkungen des Unwetters verschwendet. Und sie hat dummerweise nicht mal daran gedacht, eine Taschenlampe in ihrem Zimmer bereitzulegen. Oder in Jennis Zimmer.
Wie spät ist es? Wie lange hat sie geschlafen? Dank ihrer dichten Vorhänge kann sie nicht mal erkennen, ob es draußen schon hell ist.
Hannahs Jaulen verändert sich, klingt jetzt wie leise klagend. Ein Anflug von Panik überkommt Nat, wie Nadelstiche auf der Haut.
Wenn der Strom ausgefallen ist, dann funktioniert auch ihre Alarmanlage nicht.
Nein, beruhigt sie sich rasch wieder, die Anlage schaltet in dem Fall auf Batteriebetrieb um.
Aber wann hat sie zuletzt eine neue Batterie eingelegt? Die Sicherheitsfirma empfiehlt, die Batterie alles sechs Monate auszutauschen.
Ihre Angst nimmt zu, als sie die Schlafzimmertür ganz vorsichtig einen Spalt breit öffnet. In der Diele ist es so dunkel wie in ihrem Zimmer. Dabei hat sie dort extra ein Licht angelassen, bevor sie ins Bett ging. Für den Fall, dass Jenni mitten in der Nacht wach wird und zur Toilette muss.
Du liebe Zeit, das Mädchen kriegt es bestimmt mit der Angst, wenn sie aufwacht und es ist stockdunkel. Ist Hannah deshalb so beunruhigt? Ist Jenni im Dunkeln aufgewacht? Reagiert der Hund auf Jennis Panik? Oder ist was Schlimmeres passiert?
Nat reißt die Tür auf und eilt durch die Diele zum Gästezim-

mer. Als sie an der offenen Badezimmertür vorbeikommt, knirscht irgendetwas unter ihrer rechten Ferse, und sie spürt einen stechenden Schmerz, als ein Stück von dem, auf das sie getreten ist, durch die Haut dringt.
Diesmal jedoch unterdrückt sie einen Schmerzensschrei. Was, wenn es mehr ist als ein Stromausfall?
Beängstigende Bilder tauchen vor ihrem geistigen Auge auf, während Nat sich mit aller Willenskraft darauf konzentriert, zum Gästezimmer zu kommen, zu Jenni. Sie muss herausfinden, warum Hannah so verstört ist.

»Mensch, Silver, schlafen Sie denn nie?«, knurrt Leo sauer, weil er aus dem Tiefschlaf gerissen wurde. Dennoch ist er auf der Stelle hellwach. Ärzte und Cops sind gleichermaßen darin geübt, in Sekundenschnelle voll da zu sein. Wer das nicht kann, hält nicht lange durch.
»Tut mir leid, Lieutenant«, entschuldigt sich Silver. »Ich dachte nur, Sie würden es gern sofort erfahren. Wie es aussieht, haben wir die Tatwaffe im Mordfall Buckley gefunden. Sie wird gerade im Labor untersucht. Aber den Bericht müssten wir –«
Leo schwingt bereits die Beine aus dem Bett, wirft einen Blick auf die Leuchtanzeige seines Weckers. Es ist kurz nach vier. »Wo wurde sie gefunden?«
»In Buckleys Wohnung. Das heißt, eigentlich davor.«
Leo steigt in die Hose, die er über einen Stuhl geworfen hat. Das Telefon zwischen Ohr und Schulter geklemmt, zieht er den Reißverschluss hoch und greift nach dem Hemd von gestern, das ebenfalls auf dem Stuhl liegt.
»Was? Wir haben doch noch am selben Tag jeden Zentimeter von dem verdammten Haus durchkämmen lassen.«
»Ja, ich weiß. Keine Ahnung, wieso das Messer übersehen wurde.«
»Wo genau lag es?«
»In einem Behälter für alte Zeitungen. Unter einem dicken Stapel *Boston Globes*.«
»Wer hat es gefunden?«
Ein kurze Pause. »Na ja, ich. Ich konnte nicht schlafen, da hab

ich gedacht, ich schau mich nochmal ein bisschen … am Tatort um.«

»Irgendwas ist seltsam an der Sache. Unsere Leute hätten die Waffe doch niemals übersehen.« Leo hat sein Hemd jetzt an. Er geht zum Schrank, holt ein Paar Wanderschuhe heraus. Er zieht sie an, macht sich nicht erst die Mühe, ein Paar Socken zu suchen. Immer noch besser als die durchnässten Halbschuhe, die er gestern anhatte. Und hoffentlich muss er diesmal nicht durch Schnee stapfen.

»Ja, das denke ich auch. Ich stell mir das so vor: Irgendwann nach der ersten Durchsuchung ist der Täter zurückgekommen, wahrscheinlich über die Feuertreppe, die in die Gasse hinterm Haus führt –«

»Warum hat der Täter die Feuertreppe nicht benutzt, nachdem er Sherry erstochen hatte?« Leo denkt die Frage eher laut, als dass er sie stellt. Und ärgert sich, dass er nicht früher daran gedacht hat.

»Vielleicht wusste er da noch nichts von der Feuertreppe. Oder er hat vor Panik keinen klaren Gedanken fassen können und ist automatisch zur Wohnungstür raus.«

»Vielleicht wusste er nichts von der Feuertreppe«, wiederholt Leo. »Was bedeuten würde, dass der Täter nicht in der Wohnung gewohnt hat oder häufig zu Besuch gekommen ist.«

Da kämen einige Leute in Frage. Der Erste, der Leo einfällt, ist Kyle Fisher. Ein Mann, der scharf auf Sherry war, was aber höchstwahrscheinlich nicht auf Gegenseitigkeit beruhte. Aber vielleicht trog der Schein ja.

Er denkt wieder darüber nach, was ihm die alte Nachbarin von unten erzählt hat. Dass jemand ins Badezimmer gekommen ist, als das Opfer unter der Dusche stand, jemand, über dessen Auftauchen Sherry Buckley keineswegs beunruhigt war. Möglicherweise jemand, den sie erwartet hat. *Du bist schnell da …*

Mrs. Morrison hat vermutet, dass der Mann, der ins Bad gekommen ist, auch der Täter war. Aber was, wenn *zwei* Männer im Spiel waren? Wenn dem Mann, über den Sherry sich gefreut hat, kurze Zeit später ein Mann gefolgt ist, über den sie sich ganz und gar nicht gefreut hat?

Und wenn es so war, spekuliert Leo weiter, wäre dann nicht denkbar, dass nicht der Täter, sondern der Liebhaber des Opfers fluchtartig das Gebäude durchs Treppenhaus verlassen hat? Und dass der Täter über die Feuertreppe hinterm Haus geflohen ist? Das würde bedeuten, dass der Liebhaber in ernster Gefahr ist, es sei denn, er hat das Weite suchen können, ohne von Sherrys Mörder gesehen zu werden. Und wenn es so abgelaufen ist, müsste der Liebhaber doch wohl gesehen haben, wer die Wohnung betreten hatte. Er müsste wissen, wer Sherry ermordet hat.

In diesem Licht betrachtet, kann Leo sich plötzlich einen ganz anderen Ablauf vorstellen. Sherry trifft sich zum Schäferstündchen mit ihrem mysteriösen Liebhaber, und plötzlich kommt ihr Mann herein. Der Liebhaber türmt aus der Wohnung, was die schweren, polternden Schritte erklärt, die Mrs. Morrison gehört hat. Buckley dreht durch, ersticht seine untreue Frau und flieht über die Feuertreppe. Und selbst wenn Aaron Buckley den Liebhaber gar nicht zu Gesicht bekommen hat, würde er nicht automatisch Kevin Wise verdächtigen? Buck war ja ohnehin schon überzeugt, dass seine Frau und der Doc ihre Affäre in dem Motel wieder hatten aufleben lassen. Würde der Cop von der Sitte auf seine eigene verquere Art es nicht für gerechtfertig halten, den Arzt für den Tod seiner Frau verantwortlich zu machen? Wenn Wise nicht mit Sherry ins Bett gegangen wäre, hätte Buckley sie ja auch nicht im Affekt getötet.

Aber warum hat Buckley Wise dann nicht da draußen im Wald erledigt?

Vielleicht, weil er es einfach nicht konnte. Vielleicht, weil seine Schuldgefühle ihn am Ende doch eingeholt haben. Vielleicht haben er und Wise in dem Wald einen Pakt geschlossen. Wise würde den Mund halten, und Buckley würde ihn am Leben lassen. Das passte. Das passte alles.

Aber leider sind damit andere Möglichkeiten nicht ausgeschlossen. Sherrys Tochter weiß natürlich von der Feuertreppe, genau wie Buckley. Was, wenn sie es war, die nach Hause kam und ihre Mutter mit einem Mann im Bett erwischte? Was, wenn es

daraufhin zwischen ihnen zum Streit gekommen ist und Jenni impulsiv ein Messer ergriffen hat?
Leo spürt, wie sich Unruhe in seiner Brust regt. Jenni wohnt bei Natalie. Jenni könnte eine Mörderin sein. Natalie könnte in Gefahr sein.
Moment, nicht so hastig. Selbst wenn Jenni wirklich ihre Mutter erstochen hat, nachdem sie sie mit einem Typen im Bett erwischt hat und ausgerastet ist – was für einen Grund hätte Jenni dann, Natalie etwas anzutun? Keinen, eigentlich. Es sei denn, Natalie ist ihr auf die Schliche gekommen …
Und er muss immer noch klären, wie Laura Richards in das alles hineinpasst.
Wenn sie hineinpasst –
Nein, sagt er sich mit Entschiedenheit, *es kann hier keine Zufälle geben. Es muss irgendwo eine Verbindung geben.* Er kann es fühlen, aber nicht ganz den Finger drauf legen …
»Ich kann Sie denken hören, Lieutenant«, meldet sich Silvers Stimme. »Möchten Sie drüber reden?«
»Machen Sie sich erst mal Ihre eigenen Gedanken, und dann vergleichen wir«, sagt Leo barsch.
»Jawohl, Sir, Lieutenant. Ich ruf Sie an, sobald das Labor –«
»Ich bin in zehn Minuten da.« Das Telefon rutscht Leo von der Schulter und fällt scheppernd zu Boden.
»Scheiße«, brummt er und hofft, dass seine Mutter oder sein Sohn nicht von dem Krach wach geworden sind.

52

Wie der Rest der Wohnung ist auch Jennis Zimmer stockdunkel. Sobald Nat die Tür öffnet, kommt Hannah angelaufen, unterbricht kurz ihr Gejaule für ein lautes, drängendes Bellen. Doch ehe Nat die Hand nach dem Hund ausstrecken kann, läuft Hannah zurück in den Raum und setzt ihr unglückliches Jaulkonzert fort.

»Jenni?«, ruft Nat. »Ich bin's, Jenni. Ich glaub, der Strom ist ausgefallen, durch den Schneesturm. Ist alles in Ordnung?«

Keine Antwort. Im Dunkeln tappt Nat zum Gästebett, tastet die Matratze ab. Das Bett ist leer.

Nats Puls beschleunigt sich. »Jenni?« Diesmal ruft sie lauter. Hannah kommt zu ihr, bellt, läuft dann wieder weg. Nat folgt den Geräuschen des Hundes. Zum Wandschrank. Die Tür ist verschlossen. Hannah steht davor. Nat muss sie wegschieben, um an den Türknauf zu kommen.

»Jenni? Jenni, bist du da drin?« Nat presst ein Ohr an die Tür. Was, wenn nicht das Mädchen da drin ist? Oder wenn sie nicht allein ist?

Nat spürt, wie ihre Hand zittert, als sie nach dem Türknauf fasst. Sie hat Angst.

Was, wenn Jenni Will doch angerufen und ihm gesagt hat, wo sie ist, und wenn Will etwas mit dem Mord an ihrer Mom zu tun hat …?

Hör auf damit, ruft Nat sich selbst im Stillen zur Räson. Sie darf nicht zulassen, dass die Panik mit ihr durchgeht.

Mach die verdammte Schranktür auf.

Langsam dreht sie den Griff. Jetzt, wo Nat da ist und sich kümmert, ist Hannah unheimlich still geworden. Aber Nat kann das schwere, ängstliche Hecheln des Hundes hören.
Kaum ist die Tür weit genug auf, flitzt Hannah auch schon hinein. Und das Gejaule geht mit verstärkter Lautstärke erneut los.
Nat kann in dem stockfinsteren Schrank nichts erkennen.
»Jenni?« Nat kniet sich hin, tastet mit den Händen von dem Hund zu einer zusammengerollten Gestalt auf dem Boden. Die Gott sei Dank lebt. Nats Hand ist auf dem Rücken des Mädchens gelandet, der sich gleichmäßig hebt und senkt. Aber Jenni rührt sich nicht und reagiert auch nicht auf ihren Namen.
Ist sie angegriffen worden? Oder bloß ohnmächtig? Was wollte Jenni überhaupt im Wandschrank? Noch während Nat diese Fragen durch den Kopf schießen, fängt sie an, das Mädchen abzutasten, wobei sie inständig betet, mit nichts Nassem und Klebrigem – wie Blut – in Berührung zu kommen.
Aus Angst, dass irgendetwas gebrochen sein könnte, will Nat das Mädchen im Dunkeln nicht bewegen. Sie beschließt, Hannah zur Bewachung bei Jenni zu lassen und in der Küche nach einer Taschenlampe zu suchen. Falls wirklich der Strom im Viertel oder sogar in der ganzen Stadt ausgefallen ist, funktioniert auch ihr Telefon nicht mehr. Zum Glück hat sie ja noch ihr Handy im Schlafzimmer, um die Polizei und einen Rettungswagen zu rufen.
»Ich bin gleich wieder da, Jenni«, sagt sie, obwohl Jenni sie wohl kaum hört. Hannah dagegen bellt einmal kurz, als hätte sie verstanden.
Erst als Nat aus dem Zimmer eilt, erinnert der stechende Schmerz in der Ferse sie daran, dass sie selbst verletzt ist. Sie lehnt sich gegen die Wand in der Diele und hebt den Fuß. Das warme, klebrige Gefühl von Blut bestätigt ihren Verdacht. Vorsichtig berührt sie die Wunde, um zu sehen, ob irgendetwas – Glas, Metall was auch immer – darin steckt. Sie fühlt nichts, setzt den Fuß wieder auf und beschließt, sich später darum zu kümmern.
Eine funktionierende Taschenlampe ist nicht leicht zu finden.

Die erste, die sie aus ihrer Schublade ausgräbt, hat keine Batterien. Die zweite, eine winzige Lampe an einer längst ausrangierten Schlüsselkette, hat eine Batterie, die aber leer ist. Sie tastet weiter blind in der großen Schublade herum, bis ihr einfällt, dass Leo ihr vor einigen Monaten eine von diesen Taschenlampen mit einem Magneten daran gekauft und an die Seite ihres Kühlschranks geheftet hat.

Sie betet, dass die Lampe funktioniert, während sie zum Kühlschrank humpelt. Da ist sie, genau dort, wo Leo sie hingehängt hat. Sie zieht sie ab und knipst sie an. Licht!

Ach Leo, ich danke dir.

Sie leuchtet in der Küche herum, stellt erleichtert fest, dass alles so aussieht wie immer. Falls jemand in die Wohnung eingebrochen ist, hat er sich nicht für diesen Raum interessiert.

Nat sieht auch eine Spur blutige Fußabdrücke auf den Fliesen. Sie gerät kurz in Panik, bis sie begreift, dass es ihre eigenen sind.

Sie hinterlässt eine neue Spur, als sie zur Küche hinaushastet, aber sie will möglichst schnell zurück ins Gästezimmer und sich um Jenni kümmern. In der Diele schließlich sieht sie im Lichtkegel der Taschenlampe, woran sie sich den blutenden Schnitt in der Ferse zugezogen hat. Ein zerschmettertes Glas. Das Glas, das sie im Badezimmer stehen hat.

Sie ist schon wieder im Gästezimmer, als ihr einfällt, dass sie ja ihr Handy aus dem Schlafzimmer holen wollte.

Später, erst muss sie nach Jenni sehen.

Hannah bellt, als das helle Taschenlampenlicht auf sie fällt. Nat schwenkt es durch den Raum. Sie sieht das benutzte Bett, das eingedrückte Kopfkissen, die wie in Eile aufgeschlagene Decke. Aber ansonsten wurde nichts durcheinandergebracht.

Die Vorhänge am Fenster sind ein Stück geöffnet. Durch den Spalt sieht Nat, dass es draußen dunkel ist, aber sie kann nicht erkennen, ob es noch immer schneit. Erleichtert registriert sie, dass das Fenster fest geschlossen ist. Und dass die Straßenlaternen nicht funktionieren. Auch in den Wohnungen gegenüber brennt nirgendwo Licht. Also doch ein Stromausfall.

Sekunden später ist Nat wieder an der offenen Tür des Wandschranks und richtet die Taschenlampe auf Jenni, die noch immer reglos daliegt. Nat lässt das Licht über die Jugendliche gleiten, die ein enges T-Shirt und eine babyblaue Flanellpyjamahose trägt, Sachen aus Jennis Zimmer, die Nat für sie gepackt hatte.

Hier drin ist es noch kälter als in Nats Schlafzimmer. Nat zieht einen Wollmantel von einem Bügel im Schrank – sie trägt ihn nicht mehr und wollte ihn längst schon einmal mit ins Horizon House nehmen. Jetzt breitet sie ihn über Jenni aus, legt dann die Taschenlampe so auf den Boden, dass sie weiter auf das Mädchen scheint, und hält zwei Finger an Jennis Hals, um den Puls zu fühlen. Er ist ein wenig langsam, aber kräftig.

Nat streicht der Jugendlichen die Haare aus dem Gesicht, das praktisch kalkweiß ist. Das Mädchen sieht aus wie jemand, der vor Angst fast gestorben ist.

Falls ja, hat dann wirklich nur die Dunkelheit Jenni Dunbar so viel Angst eingejagt, dass sie sich im Wandschrank verkrochen hat und in Ohnmacht gefallen ist?

»Jenni«, sagt Nat sanft und tätschelt dem Mädchen leicht die Wange. Zuerst erntet sie keine Reaktion, aber als sie ihren Namen mehrmals wiederholt, sieht sie, wie Jennis Augenlider flattern.

Nat will aufstehen, um ein feuchtes Handtuch aus dem Bad zu holen und es Jenni auf die Stirn zu legen. Aber sie schafft es nicht bis auf die Beine. Ein Schlag trifft sie von hinten.

Bevor ihr schwarz vor Augen wird, hört sie Hannah wie verrückt bellen.

Beiß den Mistkerl, ist Nats letzter Gedanke, ehe sie das Bewusstsein verliert.

53

Auf dem Griff des Fleischermessers sind verwischte Fingerabdrücke von drei Personen, und auf der Klinge reichlich Blut. Das Labor kann das Blut eindeutig Sherry Buckley zuordnen, und obwohl die Abdrücke auf dem Griff nicht vollständig sind, reichen sie für eine Identifizierung aus: Sie stammen vom Opfer selbst, von ihrem Mann Aaron Buckley und Jenni Dunbar.

»Verwischt wurden die Abdrücke vermutlich von der letzten Person, die das Messer in die Hand genommen hat. Wahrscheinlich mit Handschuhen«, sagt Silver, der mit Leo einen dünnen Kaffee in der Halle vor dem Labor trinkt.

»Damit sind weder die Tochter noch Buckley aus dem Rennen. Ich meine«, fährt Silver fort, »beide können schließlich die Handschuhe getragen haben.« Aber besonders überzeugt klingt er nicht.

Leo sieht auf die Uhr. Es ist ein paar Minuten nach fünf.

»Was meinen Sie, Lieutenant?«, fragt Silver.

»Ich meine, wir haben eine Mordwaffe und viel zu viele Verdächtige«, knurrt er. »Und es ist gut möglich, dass noch mehr dazukommen.«

Silver lächelt. »Sie sind kein Morgenmensch, was?«

Leo bedenkt den Neuling mit einem bösen Blick.

»Ich hoffe, ich hab nicht bei irgendwas gestört, als ich bei Ihnen zu Hause angerufen habe. Ich meine zwischen Ihnen und Nata... Mrs. Price.«

»Mrs. Price war nicht in meinem Bett, Silver. Sie liegt in ihrem Bett in ihrer Wohnung. Ende der Diskussion.«

»Wenn Sie nicht über sie reden wollen, schön. Ich hab nicht gefragt, also müssen Sie auch nichts erzählen, Sir.«
Leo blickt seinen neuen Partner wütend an. »Was zwischen mir und Natalie ist oder nicht ist, hat mit dieser Ermittlung nichts zu tun.«
»Was würde Freud dazu sagen ...«
»Es reicht, Silver.«
»Jawohl, Sir, Lieutenant.« Der Neuling salutiert rasch.
Leo nimmt probeweise einen Schluck von dem widerlichen Gebräu, aber auf leeren Magen schmeckt es noch schlimmer. Er durchquert die Halle und wirft den Pappbecher in einen Abfalleimer. »Auf der anderen Straßenseite ist ein Diner, der rund um die Uhr aufhat. Ich weiß nicht, ob Sie Hunger haben, aber ich könnte ein paar Pfannkuchen vertragen, dazu eine Portion Rührei ...«

»Rührei mit Speck, aber schön knusprig.«
»Alles klar«, sagt die Kellnerin leicht lallend.
Leo vermutet, dass sich die Frau im mittleren Alter mit schlecht blondierten Haaren und einem Gewichtsproblem in den ruhigen frühmorgendlichen Stunden ein paar Schlückchen in der Küche gegönnt hat. Wahrscheinlich mehr als nur ein paar.
»Wenn der Speck weich ist, geht er zurück«, erklärt er mit schneidender Stimme.
»Schon klar.« Sie hat seine Bestellung nicht notiert und blickt mit trüben Augen Leos Partner an. »Für Sie das Gleiche?«
»Äh ... nein. Ich möchte bloß zwei Spiegeleier. Keine Bratkartoffeln, keine Beilage.«
Leo verzieht das Gesicht. »Essen Sie immer so?«
»Nach ein, zwei Morden schon«, sagt Silver trocken.
Leo hat noch einmal auf der Intensivstation nachgefragt. »Laura Richards liegt noch immer im Koma, Zustand unverändert. Was bedeutet, dass wir noch keinen zweiten Todesfall oder gar Mord haben.«
»Soll mich das optimistisch stimmen?«
Leo lacht rau auf. »Um Gottes willen, nein. Optimismus ist für jeden Cop der Ruin.«

»Na, dann besteht für mich ja vorerst keine Gefahr.«
Sie trinken beide den Kaffee, den die Kellnerin schon gebracht hat, ehe sie welchen bestellen konnten. Er schmeckt nur unwesentlich besser als die Brühe aus dem Automaten drüben im Labor. Aber dieser hier ist immerhin trinkbar.
»Also was meinen Sie, Silver?«
»Wozu?«
Leo blickt ihn finster an. »Na, ich frag Sie bestimmt nicht nach Ihrer Meinung zu meinem Privatleben, Mann.«
»Nein, ich weiß. Das hab ich bereits verstanden, *Sir*. Ich war nur nicht sicher, ob Sie mich nach Sherry Buckley oder Laura Richards gefragt haben.«
»Nach beiden. Und hören Sie endlich auf mit dem ewigen Sir. Cos reicht vollkommen.«
»Glauben Sie, wir haben es hier mit *einem* Täter zu tun, Cos?«
»Sie sind kein Psychologe, Silver. Sie sollten meine Fragen nicht mit Gegenfragen beantworten. Ich hege die Hoffnung, dass Sie sich in Ihrer Birne vielleicht Ihre eigenen Gedanken machen.« Er grinst den Neuling ironisch an, als hätte die verbale Attacke nicht schon gereicht.
»Ich weiß nicht«, sinniert Silver, ohne gekränkt zu wirken. »Zwischen den beiden Frauen besteht eine Verbindung. Sie haben zusammen in dem Seniorenheim gearbeitet und sie waren befreundet. Wenn wir von *einem* Täter ausgehen, würde ich mich, glaub ich, auf dieses Bindeglied konzentrieren.«
»Sie meinen die Morrow Farm Residence.« Leo mäßigt seinen Tonfall. Er war nicht fair, seinen eigenen Frust an dem jungen und unerfahrenen Partner auszulassen.
Silver nickt. »Wenn da irgendein krummes Ding mit den beiden verstorbenen Heimbewohnerinnen gelaufen ist, und sowohl Sherry als auch Laura Bescheid wussten oder sogar Beweise hatten, dass in beiden Fällen die Todesursache vertuscht wurde, dann könnte der Doc ein ausreichendes Motiv gehabt haben, die beiden Krankenschwestern zum Schweigen bringen zu wollen. Ein Jammer, dass er für gestern Abend ein Alibi hat.«
Leo runzelt die Stirn. »Dafür ist das Alibi der Morrows reichlich dünn.«

»Das stimmt. Würde mich nicht wundern, wenn die drei unter einer Decke stecken«, sagt Silver mit einem verschmitzten Lächeln. Er nimmt wieder einen Schluck Kaffee und verzieht angewidert das Gesicht. »Ich habe zu Hause eine erstklassige Espressomaschine, und ich bin ganz schön verwöhnt, was Kaffee angeht.«

»Ich hab zu Hause eine erstklassige Mutter, die einen wunderbaren Kaffee kocht«, sagt Leo mit einem Lächeln.

Silver betrachtet ihn nachdenklich. »Ich hätte Sie nicht für einen Mann gehalten, der noch bei seiner Mutter wohnt. Nicht, dass daran irgendwas auszusetzen wäre«, schiebt er rasch hinterher.

»Sie hilft mir mit meinem Kind.« Mehr will Leo nicht zu dem Thema sagen.

»Es könnte auch sein, dass wir es mit zwei Tätern zu tun haben«, sagt Silver, und Leo weiß, dass er die Botschaft klar und deutlich verstanden hat. »Möglich, dass Buckley seine Frau umgebracht hat und Laura Richards von jemand anderem überfahren wurde. Was Sherry betrifft, so hatte Buckley die Mittel und das Motiv – er war überzeugt, dass sie eine Affäre mit Kevin Wise hatte. Außerdem hat er kein nennenswertes Alibi, und vielleicht hat er die Handschuhe absichtlich getragen, um uns in die Irre zu führen, wie ich schon gesagt habe – damit wir glauben, dass eine vierte Hand an dem Messer war. Für einen Cop gar nicht so abwegig, sich so einen Trick einfallen zu lassen. Und ich hab über die Feuertreppe auf der Rückseite des Hauses nachgedacht. Was, wenn Buckley seine Frau sogar in flagranti ertappt hat? Vielleicht ist sie deshalb früher nach Hause gekommen. Auf einen Quickie mit ihrem Lover.« Silver zuckt mit einer Augenbraue. »Es ist schließlich meistens der Gatte, stimmt's?«

»Jedenfalls oft. Aber ich krieg immer ein komisches Gefühl im Magen, wenn die Puzzleteile bei einem Mord so glatt zusammenpassen.« Aber hat Leo nicht erst vorhin dieselben Puzzleteile zusammengesetzt?

»Sind Sie sicher, das komische Gefühl rührt nicht von Ihrem nagenden Hunger?«

Wie aufs Stichwort erscheint die Kellnerin mit dem Essen, und

es ist alles wunschgemäß. Leo läuft beim Anblick der knusprigen Speckstreifen das Wasser im Mund zusammen.
»Ich möchte, dass Sie heute Vormittag zum Seniorenheim fahren, vielleicht kann ja jemand dort bestätigen, Dr. Wise an dem Nachmittag, als Sherry ermordet wurde, gesehen zu haben.«
Silver nickt. »Wenn er auch dafür ein solides Alibi hat, müssen wir ihn als Liebhaber oder Mörder von Sherry ausschließen.«
»Seien Sie nicht zu enttäuscht«, sagt Leo ernst. »Kann sein, dass wir dem Mistkerl und seinem Arbeitgeberpärchen noch was nachweisen, bevor die Ermittlungen zu Ende sind.«
Aber Silver hängt seinen eigenen Gedanken nach. »Andererseits, es könnte auch die Tochter gewesen sein«, grübelt er, während er vorsichtig mit der Gabel zuerst mitten in ein Eigelb, dann in das andere sticht, sodass es über das Weiße läuft.
Leo schneidet ein Stück von seinem Speck ab und stopft es sich in den Mund. Die Kellnerin kommt mit einer Kanne Kaffee zurück und füllt die Tassen auf.
»Vielleicht hat sie zusammen mit ihrem Freund den Mord an der Mutter geplant. Beide haben kein gutes Alibi«, stellt Silver klar.
»Und das Motiv?«
Silver hat eine Antwort parat. »Geld von der Lebensversicherung.«
»Vorausgesetzt, Jenni wusste davon.«
»Stimmt. Vielleicht hatte sie andere Motive. Vielleicht war es keine vorsätzliche Tat. Ein Streit, der eskaliert ist, vielleicht hat Mom ihr den Kopf gewaschen, weil sie die Schule geschwänzt hat oder sich immer noch mit ihrem Drogi von Freund trifft. He, vielleicht ist Mom dahintergekommen, dass ihr Töchterlein auf den Strich gegangen ist. Sie haben sich richtig gefetzt, und plötzlich war das Messer da.« Silver seufzt. »Aber man muss schon ganz schön kaltblütig sein, um der eigenen Mutter ein Messer in den Rücken zu stoßen. Da hätte ich eher auf den Stiefvater als Jennis Opfer getippt. Den hasst sie. Und sie würde mit Sicherheit wollen, dass wir glauben, der Stiefvater habe ihre Mutter getötet.«
»Dann wäre da immer noch der Fall Laura Richards. Buckley

saß in Haft, als sie überfahren wurde. Und Jenni Dunbar war bei Megan, als Megans Mom den Anruf erhielt. Damit kommt sie schon mal nicht als Fahrerin in Frage. Mann, wir wissen ja nicht mal, ob sie überhaupt Auto fahren kann.«

»Okay«, sagt Silver. »Aber so schnell lass ich die beiden noch nicht vom Haken.«

Leo muss über die Beharrlichkeit seines jungen Partners lächeln. Der Neuling ist wirklich nicht auf den Kopf gefallen. Er ist gescheit, gründlich. Außerdem lässt er sich nicht so leicht einschüchtern und hat einen trockenen Humor – alles in allem wird Dan Silver ihm immer sympathischer.

»Jeder von beiden – Jenni oder Buckley – könnte einen Komplizen gehabt haben. Jenni könnte ihren Freund überredet haben, Laura Richards zu überfahren. Und Buckley – der könnte einen Kumpel angeheuert haben.«

Leos Augenbrauen gehen in die Höhe. »Schöner Kumpel wäre das.«

Silver zögert. »Ein Cop bei der Sitte hat ständig mit irgendwelchen zwielichtigen Typen zu tun. Vielleicht schuldet einer ihm einen großen Gefallen. Oder sie haben ein Geschäft ausgehandelt.« Silver sieht Leos skeptische Miene. »He, es ist doch kein Geheimnis, dass es auch schmutzige Cops gibt, vor allem bei der Sitte. Buckley könnte auch so einer sein. Obwohl, wenn er die Hand aufhält, bin ich überrascht, dass er nicht verschwenderischer lebt.«

»Früher hat er ziemlich viel getrunken. Vielleicht tut er das ja noch immer«, murmelt Leo.

»Da haben Sie's.«

»Damit ist aber nicht die Frage nach dem Warum geklärt. Warum hätten Buckley oder Jenni Laura Richards aus dem Weg räumen wollen?«

»Es gibt einen Grund. Wir haben ihn bloß noch nicht gefunden.«

Silver widmet sich bedächtig und mit offensichtlichem Genuss den Spiegeleiern. Dann tunkt er eine Ecke der Serviette in sein Wasserglas und wischt sich mit der nassen Spitze über die Lippen.

»Meinen Sie, wir sollten ein wenig Druck auf die Tochter ausüben? Sie und ihren Freund zum Verhör aufs Präsidium bringen?« Silver stockt, als er in Leos Gesicht einen seltsamen Ausdruck sieht.

»Scheiße.«

Silver starrt Leo an. »Was ist?«

»Burdett. Menschenskind. Das passt.« Leos Herz rast. Aber sein Verstand rast noch schneller.

»Soll das heißen, sie stimmen meiner Theorie zu, dass Jenni und Burdett unter einer Decke stecken? Dass sie ihren Freund überredet hat, Richards über den Haufen zu fahren? Dass er –«

Leo fällt ihm ins Wort. »Stellen Sie sich vor, Sie wären ein junges Mädchen, Dan.«

»Fällt mir nicht leicht, aber okay«, sagt Silver langsam.

»Und Sie wären bis über beide Ohren in diesen traumhaften, sexy Basketballstar der Highschoolmannschaft verknallt.«

Ein kleines Lächeln erscheint auf Silvers Lippen. »Das kann ich mir leichter vorstellen.«

»Und eines schönen Tages kommen Sie früher von der Schule und finden Ihre Mutter –«

»– mit meinem sexy Freund im Bett«, beendet Silver den Satz, wobei ihm die Worte förmlich aus dem Mund sprudeln und sein Puls mindestens so schnell rast wie Leos. »Scheiße ist das richtige Wort. Aber wie kommen Sie darauf, dass Burdett es mit der Mutter seiner Freundin getrieben hat?«

»Die Nachbarin von unten hat vor einigen Wochen gesehen, wie Burdett abends nach oben zur Wohnung der Buckleys gegangen ist. Und kurz bevor sie ihm im Treppenhaus begegnet ist, hat sie jemanden aus der Wohnung kommen hören. Sie hat angenommen, es sei die Mutter und dass Burdett zu Jenni wollte, aber was, wenn es Jenni war, die die Wohnung verlassen hat –«

Silvers Aufregung nimmt zu. »Dann war er vielleicht am Donnerstag auch bei der Mutter, und Jenni hat sie zusammen erwischt. Aber wenn es so gelaufen ist, hätte Burdett dann nicht verhindert, dass Jenni ihre Mutter tötet? Ich meine, ein hundert Kilo schwerer Riese und ein zierliches Mädchen ...«

»Vielleicht war er nicht da.«

»Jetzt bin ich verwirrt«, sagt Silver.

»Jenni könnte gewartet haben, bis er gegangen ist. Und in dieser Zeit hat sie sich so in ihre Wut reingesteigert, dass sie schon regelrecht rotsah, als ihre Mom nackt in die Küche spaziert kam, vielleicht um sich ein Glas Wasser zu holen.«

Der Schatten eines Zweifels huscht über Silvers Gesicht. »Aber die beiden, Jenni und Burdett, waren doch ein Herz und eine Seele, als wir sie danach zusammen gesehen haben. Wenn sie gewusst hat, dass er mit ihrer Mutter im Bett war, und wenn sie ihre Mutter deswegen umgebracht hat, dann müsste sie ihn doch meiden wie die Pest und schon gar nicht so tun, als könnte sie nicht von ihm lassen, oder? Das leuchtet mir nicht ein.«

»Überlegen Sie doch mal, Sie sind eine Fünfzehnjährige und verrückt vor Liebe, und auf einmal ist der Mensch, der für Sie die größte Bedrohung darstellt, beseitigt –«

»*Verrückt* vor Liebe«, sagt Silver. »Das könnte die Strategie werden, mit der ihr Anwalt sie vor Gericht verteidigt.«

Leo hebt eine Hand. »Nicht so schnell, Partner. Wir haben bislang nicht mehr als eine mögliche Theorie. Zwei Theorien, denn Buckley alias den eifersüchtigen Ehemann können wir nicht als Hauptverdächtigen ausschließen.«

»Ja, Buckley wäre auch nicht gerade begeistert davon gewesen, dass seine Frau es mit dem Basketballstar der Schule treibt.« Silver runzelt die Stirn, weil ihm ein Einwand kommt. »Aber dann hätte Buckley sich Burdett vorgeknöpft, nicht Wise. Es sei denn, wie Sie gesagt haben, Jennis Freund konnte verduften, ehe Buckley ihn zu Gesicht bekam.«

»Lassen wir mal Freunde von jungen Mädchen und schmutzige Cops beiseite«, sagt Leo. »Wir haben noch immer keine Erklärung dafür, wieso Jenni oder Buckley die Krankenschwester aus dem Weg haben wollten.«

Silver reibt sich geistesabwesend übers Kinn, während er kurz darüber nachgrübelt. »Ich hätte eine. Jedenfalls für Jenni. Mal angenommen, Laura wusste von Sherry und Will. Vielleicht hat Sherry sich Laura anvertraut. Und Laura hat gestern Abend gegenüber Jenni durchblicken lassen, dass sie im Bilde ist. Jenni kriegt Panik, weil sie befürchten muss, dass Laura uns von Sherrys Affäre mit Will erzählt und wir uns dann die ganze Sache zusammenreimen können –«

Je energievoller Silver wird, desto mehr fühlt Leo seine Energiereserven schwinden. »Okay, okay. Wir haben noch ein ganzes Stück Arbeit vor uns«, sagt er müde.

Aber Silver ist nicht mehr zu stoppen. »Ich glaube, wir sollten Burdett unter Druck setzen, vielleicht gibt er irgendwann zu, dass er was mit der Mutter seiner Freundin hatte. Und wir sollten den Kühler seines Autos genau unter die Lupe nehmen. Wenn er Richards überfahren hat und wir mit stichhaltigen Beweisen aufwarten können, bricht er vielleicht zusammen, und dann taucht ein teurer Anwalt auf und redet Burdett zu, er soll mit uns einen Deal machen, indem er Jenni den Wölfen vorwirft …«

»Wir bräuchten einen Gerichtsbeschluss, um uns Burdetts Wagen vorzunehmen, und dafür haben wir noch nicht genug in der Hand.«

»Aber nichts hindert uns daran, schon mal einen flüchtigen Blick auf die Karre zu werfen.«

Leo verzieht das Gesicht. »Der Wagen ist vermutlich mit zehn bis fünfzehn Zentimeter Schnee bedeckt. Ein flüchtiger Blick wird uns nicht viel verraten.«

Silver lässt sich in seinem Eifer nicht entmutigen. »Dann setzen wir eben bei Jenni die Daumenschrauben an. Wenn sie ihre Mom wirklich umgebracht hat, muss es sie doch vor Schuldgefühlen schier zerreißen, jetzt wo ihre Wut abgeklungen ist. Ich könnte sie ins Präsidium bringen, ihr klarmachen, dass wir ernsthaft …« Silver verstummt und runzelt die Stirn. »Wo wohnt Jenni eigentlich? Sie war doch bei Laura Richards und ihrer Tochter untergekommen, aber –« Silvers Augen werden schmaler, während sie beobachten, wie Leo die Kaffeetasse an die Lippen führt.

»Ist sie bei Burdett? Wohnt sie bei ihm? He, kein Problem. Wir holen sie beide zum Verhör, trennen sie, ich könnte den Jungen nehmen, Sie –«

»Sie ist nicht bei Burdett.«

»Wo –?« Dan Silver fährt sich mit einer Hand über den leichten Bartschatten. Doch die Bartstoppeln sind bei ihm auch nach über zwölf Stunden Dienst noch immer nicht deutlich sichtbar. Leo dagegen hätte sich vor mindestens zwölf Stunden dringend rasieren müssen.

»Ach, Cos, bitte nicht.«

Leo stellt die Tasse ab. »Vergessen wir nicht, Silver: Was wir hier machen, ist noch reine Spekulation.«

»Jenni Dunbar ist eine Verdächtige, eine verdammt gute Verdächtige sogar. Und sie wohnt bei Ihrer Freundin?«

»Natalie kann auf sich selbst aufpassen.« Leos Ton ist knapp, aber nicht etwa, weil der Neuling seine Kompetenz überschritten hätte. Er versucht nur, sich seine eigene, wachsende Sorge nicht anmerken zu lassen. »Hören Sie, selbst wenn wir mit unseren Spekulationen richtigliegen, heißt das noch längst nicht, dass wir es mit einer jugendlichen Serienkillerin zu tun haben. Sie hat ihre Mutter in einem Anfall von Eifersucht und Wut erstochen, weil Mommy mit ihrem Freund im Bett war. Natalie ist keine Bedrohung für Jenni. Es besteht also kein Grund zu der Annahme, dass sie wirklich in Gefahr ist.«

Auf Silvers attraktivem Gesicht macht sich Skepsis breit. »Vielleicht ist Jenni schwach geworden und hat gestanden oder sich durch irgendwas verplappert.«

»Wieso meinen Sie?«

»Schuldgefühle können sehr stark sein, Lieutenant. Glauben Sie mir, ich kenne mich mit Schuldgefühlen aus. Ich hab zwar nie ein Verbrechen begangen, aber ich wusste immer, wenn meine Eltern erfahren, dass ich schwul bin, ist das für sie schlimmer, als wenn ich ein Verbrecher wäre.«

»Sie haben es ihnen nicht erzählt?«

»Doch, das meine ich ja. Meine Schuldgefühle wurden irgendwann unerträglich für mich. Alles – selbst wenn meine Eltern mich rausgeschmissen oder auf immer verstoßen hätten – war besser auszuhalten als die Schuldgefühle. Stellen Sie sich vor, Jenni hat ihre Mom tatsächlich umgebracht, unter was für schweren Schuldgefühlen muss sie dann leiden? Wenn sie es nicht mehr aushält und wenn sie bei jemandem ist, von dem sie glaubt verstanden zu werden –«

Leo rutscht unruhig hin und her, und seine Nervosität steigt von Minute zu Minute. Wenn das Mädchen etwas zu gestehen hätte, wäre Natalie dann nicht genau der Mensch, dem Jenni sich anvertrauen würde? Aber was dann? Leo weiß, dass Natalie Jenni auffordern würde, sich zu stellen. Das würde die Jugendliche aber nicht wollen. Aber dann wäre es bereits zu spät. Dann wüsste Natalie ...
Er ruft sich zur Räson, weil seine Phantasie mit ihm durchgeht. Das alles waren reine Vermutungen, angefangen damit, dass Jenni ihre Mutter erstochen hat. Sie hatten keine Beweise, nur eine vage Theorie. Der Mörder konnte genauso gut Buckley oder Wise sein oder der Basketballcoach, ja sogar Will Burdett. Er hat eine ganze Reihe von Verdächtigen und jede Menge Mutmaßungen, die alle und jeden mit der einen oder sogar mit beiden Taten in Verbindung bringen.
Silver trinkt einen Schluck Kaffee, während er seinen Vorgesetzten mustert. »Ich will den Teufel nicht an die Wand malen. Ich bin sicher, Ihrer Freundin ... ich meine Natalie geht es gut.«
»Ja«, sagt Leo in Gedanken, während er auf seine Uhr sieht. Es ist kurz vor halb sechs. »Ich ruf in ein paar Minuten bei ihr an. Sie ist Frühaufsteherin.«
Leo bemerkt, wie die Mundwinkel seines Partners nach oben gehen. Klar, woher sollte er wissen, dass Natalie Frühaufsteherin ist, wenn zwischen ihnen beiden nichts läuft? Außerdem hat Leo seinen Partner nicht korrigiert, als er Natalie als seine Freundin bezeichnete.
»Hören Sie«, sagt Leo widerwillig, »es geht Sie zwar nichts an, aber Natalie und ich standen uns mal sehr nahe. Vielleicht immer noch. Es ist kompliziert, verstehen Sie?«
»Nicht direkt, aber ich hab eine lebhafte Phantasie. Jedenfalls kann ich mir sehr gut vorstellen, verrückt nach einem sexy Basketballer zu sein.«
»Na, diesmal fordere ich Sie nicht auf, sich irgendwas vorzustellen. Im Gegenteil, Sie sollen sich gar nichts vorstellen, klar?«
»Jawohl, Sir, Cos.«
Leo ruft die Kellnerin, damit sie Kaffee nachfüllt. Silver lehnt ab.

»Und, wie haben sie's aufgenommen, Ihre Eltern? Ich meine … als Sie ihnen erzählt haben, dass Sie schwul sind?«
Silver lächelt. »Michael und ich fahren jedes Jahr zum Pessahabend hin. Sie mögen ihn sehr. Aber es war nicht Liebe auf den ersten Blick. Es hat eine Weile gedauert.«
Sie essen einige Augenblicke schweigend weiter.
Dann stellt Silver eine Frage. »Sind die immer so kompliziert? Mordermittlungen?«
Leo grinst. »Sie finden die hier kompliziert?«

54

Fünf Minuten später klappt Leo sein Handy zu. »Los, kommen Sie«, sagt er und wirft einen Zwanziger auf den Tisch.
Silver springt wie der Blitz auf. Ein Blick in das Gesicht seines Partners genügt, um zu wissen, dass sich Fragen erübrigen. Natalie Price ist nicht ans Telefon gegangen. Er folgt Leo nach draußen. Er weiß, wo es hingeht. Was er nicht weiß – was Leo Coscarelli Sorgen macht – ist, was sie vorfinden werden, wenn sie ankommen.
»Versuchen Sie es nochmal.« Leo wirft Silver sein Handy zu, als sie in den Wagen gestiegen sind, und sein Partner drückt die Wahlwiederholung. Er lässt es klingeln, bis der Anrufbeantworter anspringt. Er spricht keine Nachricht drauf.
»Vielleicht sind sie früh aufgestanden und irgendwohin frühstücken gegangen. Sie sagten, sie sei Frühaufsteherin. Vielleicht –«
»Hören Sie auf«, sagt Leo heiser. Er hat keine Lust zu erklären, dass Natalie niemals frühstückt. Sie trinkt zwei Tassen Kaffee, und das war's. Und welcher Teenager ist vor sechs Uhr morgens wach, wenn er sich nicht aus dem Bett quälen muss, weil er Schule hat? Heute ist Samstag. Trotz des Schocks, den sie erlitten hat, kann Leo sich nicht vorstellen, dass Jenni Dunbar um diese Uhrzeit schon auf ist.
Es sei denn …
Nein, Schluss damit, keine Spekulationen mehr. Auch von Dan Silver will er keine mehr hören.
Er will nur endlich dort sein.

Der Verkehr hält sich so früh am Morgen noch in Grenzen. Normalerweise würden sie über fünfzehn Minuten brauchen, doch Leo schafft es in der Hälfte der Zeit. Und dennoch kommt ihm die Fahrt endlos vor.

In dem Hochhaus, wo Nat wohnt, hat der Nachtportier noch nicht Feierabend gemacht. Schichtwechsel ist erst um acht Uhr morgens. Leo kennt den Mann von der Nacht- und den von der Tagesschicht.

»Jerry.«

»Hallo, Lieutenant, lange nicht gesehen.« Er mustert Dan Silver neugierig und möglicherweise auch interessiert. Jerry, jung, braunes Haar mit raffinierten blonden Strähnchen, spürt intuitiv, ob ein Mann schwul ist oder nicht. Leo registriert die Blicke, die der Portier und sein Partner wechseln, aber der von Silver ist äußerst kurz. Ein Blick und vielleicht der leiseste Anflug eines Lächelns.

»Ist heute Nacht jemand reingekommen, den Sie nicht kannten?«, fragt Leo Jerry, der seine Augen förmlich von Silver losreißen muss.

Der Portier hört an Leos Tonfall, dass es sich nicht um einen privaten Besuch handelt, und ist sofort voll konzentriert. »Wir hatten gut zweieinhalb Stunden im ganzen Viertel einen Stromausfall, durch den Schneesturm. Von zirka halb drei bis fünf. Der Fahrstuhl ging natürlich auch nicht. Aber zwei ältere Mieter im Haus haben es mit der Angst gekriegt. Ich musste Kerzen und Taschenlampen raufbringen, und ein Weilchen bei einer alten Lady babysitten. Ich kann also nicht beschwören, dass niemand hier rein oder raus ist, als ich gerade nicht auf meinem Posten war. Ich hätte nicht gedacht … du lieber Himmel, geht es um Mrs. Price? Ist was passiert?«

Das mulmige Gefühl in Leos Magengrube wird immer stärker. Er läuft zum Aufzug, als ihm auf halbem Weg einfällt –

Verdammt. Er hatte Natalies Wohnungsschlüssel vor zwei Wochen von seinem Schlüsselbund abgemacht. Er hatte sich angefühlt, als würde er ihm ein Loch in die Tasche brennen. Große Erleichterung hatte er anschließend allerdings auch nicht verspürt.

Und heute Abend dann im Giorgio's hatte er endlich das Gefühl gehabt, dass sie beide doch noch die Kurve kriegen könnten. Er hatte deutlich gespürt, dass der Wunsch, wieder miteinander ins Reine zu kommen, bei Natalie genauso groß war wie bei ihm. Das war natürlich, ehe er Nicki bei Jack überrascht hatte. Hatte Natalie ihm die Sache mit den beiden verschwiegen, weil sie Angst hatte, er würde so reagieren, wie er reagiert hat? Mannomann, es gibt einiges zu klären.

Im Augenblick betet er nur, dass er und Natalie überhaupt noch die Chance haben, es zu versuchen.

»Jerry, ich brauch Ihren Schlüssel.«

Jerry saust in sein kleines Büro und ist gleich darauf mit dem Ersatzschlüssel für Natalies Wohnung wieder da. Er gibt ihn Leo und läuft dann mit ihm zum Aufzug.

Silver wartet und hat bereits den Knopf gedrückt. Gleich darauf gleiten die Aufzugtüren auf, und ein Mann im mittleren Alter in Joggingsachen wird von einem Golden Retriever in die Halle gezogen. Im ersten Moment hält Leo den Hund für Hannah. Seine Hände ballen sich schon zu Fäusten, als Jerry das Pärchen begrüßt.

»Morgen, Mr. Kaufmann.« Dann bückt der Portier sich und krault dem Hund den Kopf. »Wie geht's dir denn, Frazier, alter Junge.«

Leo gelingt es nicht ganz, seine Fäuste wieder zu lösen, als er und Silver den Aufzug betreten. Die Türen schließen sich schon, da ruft Leo dem Portier noch rasch zu: »Lassen Sie niemanden aus dem Gebäude, bis ich es sage. Und bleiben Sie verdammt nochmal auf Ihrem Posten.«

Jerry nickt, mit einem nervösen Lächeln auf den Lippen. »Wird gemacht.«

Die Türen gehen zu. Silver steht gleich neben den Knöpfen, doch Leo beugt sich vor und drückt den für Natalies Etage. Dann baut er sich direkt vor den Chromtüren auf, um sofort rausspringen zu können, wenn die Türen aufgehen.

Keiner der Männer spricht während der Fahrt nach oben ein Wort. Das einzige Geräusch in der engen Kabine ist das Duett ihrer schweren Atemzüge.

Als der Aufzug im siebenten Stock hält, zwängt Leo sich durch die Türen, sobald sie weit genug auf sind.
»Sie geben mir Deckung«, sagt Leo zu seinem Partner und zieht seine Pistole aus dem Schulterholster. Silver folgt seinem Beispiel.
Im Nu ist Leo an Nats Wohnungstür, links auf halber Höhe des Flurs. »Hier ist es.«
»Wollen Sie erst mal klingeln?«
»Nein. Im besten Fall jag ich ihnen höchstens einen kurzen Schrecken ein.« Leo steckt den Schlüssel ins Schloss. Er kann das Zittern seiner Hand spüren, als er den Schlüssel dreht und das metallische Klicken des Riegels hört. Es ist lauter, als er gedacht hätte. Oder liegt das nur an seinen überreizten Nerven? Dennoch, falls jemand in der Wohnung ist, der nicht drin sein sollte und das Geräusch hört –
Die Stille ist es, die Leo die Haare zu Berge stehen lässt, noch ehe er die Tür öffnet. Normalerweise bellt Natalies extrem beschützerische Hündin los, sobald jemand direkt vor der Wohnung stehenbleibt. Ganz abgesehen davon, dass sie schnurstracks zur Tür fegt, entweder um einen Gast zu begrüßen oder jemanden, dem sie nicht über den Weg traut, in Schach zu halten. Hannah weiß immer, wenn Leo kommt. Sie hat für ihn ein spezielles Begrüßungsbellen.
Aber es ist kein Bellen zu hören. Überhaupt kein Geräusch.
Leo hebt eine Hand und signalisiert Silver, der drei Schritte entfernt steht, dass er warten soll.
Als er die Tür vorsichtig aufdrückt, hält er die Pistole mit dem Lauf nach oben, den Finger am Abzug. Selbst jetzt noch hegt er die Hoffnung, dass Hannah vielleicht tief und fest schläft, jeden Augenblick wach wird und bellend angelaufen kommt.
Aber als Leo die Tür ganz geöffnet hat, gähnt ihm nach wie vor nur Stille entgegen. Ehe er einen Schritt in die Wohnung setzt, späht er hinein. Das Morgenlicht fällt durch die Reihe Fenster im Wohnzimmer direkt vor ihm bis in die Diele, sodass Leo kein Licht einschalten muss. Er wirft einen kurzen Blick ins Wohnzimmer, wo er nichts Beunruhigendes entdecken kann, schaut dann rasch nach rechts. Zur Garderobe. Natalies

Jacke, die sie gestern Abend anhatte, hängt an einem Haken, ihre Schuhe stehen auf der Gummimatte. Aber Jennis Jacke ist nirgends zu sehen. Ihre Schuhe auch nicht.

Ebenso wenig wie Hannahs Leine.

Das Szenario, das er Silver eben noch im Diner dargelegt hat, mit Jenni als Mörderin ihrer Mutter, nimmt in seinem Kopf plötzlich erschreckend reale Züge an. Jenni hat ihre Mom erstochen, ihren Freund dazu gebracht, Laura Richards zu überfahren, und dann hat die Jugendliche Natalie erledigt und Reißaus genommen. Eiseskälte schließt sich um seine Brust und breitet sich dann über den ganzen Körper aus. Wut und Panik kämpfen in ihm um die Oberhand.

Leo schiebt sich in die Wohnung, und als er nach links den Flur hinunter zur halb geschlossenen Tür des Gästezimmers und dahinter zur offenen Tür von Natalies Schlafzimmer blickt, sieht er vor der Badezimmertür die Glasscherben auf dem Holzboden liegen. Einen Moment lang verliert er das Gleichgewicht und muss sich an der Wand abstützen, damit ihm die Knie nicht nachgeben. Er will zur Beruhigung tief Atem holen, aber die Luft bleibt ihm in der Kehle stecken.

Tränen brennen ihm in den Augen. *Wenn ihr sie mir weggenommen habt, bring ich euch um –*

Tja, wenigstens eins ist ihm jetzt klar. Er liebt sie. Natalie Price ist mit absoluter Sicherheit die Frau, die er liebt.

Er wünschte nur, diese Erkenntnis wäre ihm unter anderen Umständen gekommen.

55

Als Leo ein schwaches Stöhnen aus Nats Gästezimmer hört, reißt er sich zusammen. Vielleicht ist es ja doch nicht so schlimm, wie er befürchtet hat. Er spricht ein stilles Gebet, während er sich dem Zimmer nähert.

Silver, der einen Schritt in die Wohnung gemacht hat, um die Tür zu versperren, falls jemand die Flucht ergreifen will, hört das Stöhnen ebenfalls. Sogleich entsichert er seine Pistole.

Leo dreht sich nicht um, aber er weiß, dass sein Partner hinter ihm ist. Lautlos deutet er zuerst auf die angelehnte Tür des Gästezimmers, dann auf den Durchgang, der ins Wohnzimmer führt, als Signal für Silver, diesen Raum mit dem dahinterliegenden Esszimmer und der Küche auszukundschaften.

Beide Cops gehen vorsichtig, aber entschlossen zu Werke.

Wieder dringt ein Stöhnen aus dem Gästezimmer, diesmal etwas stärker, und Leo drückt sich gleich rechts von der Tür mit dem Rücken flach an die Wand. Seine Pistole ist schussbereit.

Silver kommt aus dem Wohnbereich zurück und gibt Leo mit einem Kopfschütteln zu verstehen, dass die Räume sauber sind.

Ob sich im Gästezimmer mehr als eine Person befindet? Eine verletzte und eine, die auf der Lauer liegt?

Kalte Angst strömt Leo durch den Körper. Er atmet einmal tief durch, um sich zu wappnen, dann holt er mit dem Bein aus und versetzt der Tür mit der Schuhsohle einen gewaltigen Tritt, wobei er den Rest des Körpers weiterhin aus der Schusslinie

hält. Die Tür fliegt auf und knallt gegen die Wand, ohne dass sie durch irgendetwas blockiert wird.
Silver ist jetzt nur noch eine Armlänge von Leo entfernt. Beide pressen sich noch einen Augenblick lang dicht an die Wand.
»Ohhh«, ertönt eine leise Frauenstimme, die Leo sogleich erkennt.
Natalie. Das ist Natalie. Sie lebt. Eine Welle der Erleichterung reißt Leo mit solcher Wucht mit, dass er blindlings ins Zimmer gestürmt wäre, wenn sein junger Partner ihn nicht von hinten festgehalten hätte. Für Leo eine notwendige, wenn auch im Augenblick unerwünschte Erinnerung daran, dass impulsive Handlungen in ihrem Job böse Folgen haben können.
Leo schaltet rasch wieder in den Profimodus. Silver sieht das offenbar, denn er lässt Leos Jacke los. Tief gebückt schleicht Leo auf die andere Seite der Tür, und Silver rückt auf seiner Seite nach.
Dann, auf ein Nicken von Leo hin, springen beide Männer in den Raum, die Waffe im Anschlag. Silvers Augen huschen durch das Zimmer, aber Leos Blick richtet sich gebannt auf nur eine einzige Stelle. Auf nur eine einzige Gestalt: Natalie, die mit dem Gesicht nach unten auf dem Boden liegt, direkt vor der offenen Tür des Wandschranks.
Während Silver weiter Wache hält, eilt Leo schnurstracks zu Natalie.
»Nicht bewegen«, warnt er sie, als sie Anstalten macht, sich auf den Rücken zu drehen. Solange nicht feststeht, wie schwer ihre Verletzung ist, möchte er, dass sie so liegen bleibt. Er legt behutsam einen Finger seitlich an ihren Hals.
»Leo?« Ihre Stimme ist schwach, aber ihr Puls ist kräftig. Leos eigener rasender Puls normalisiert sich ein wenig, der Adrenalinrausch ebbt ab.
»Ich bin da, Liebes«, sagt er sanft.
»Was ist passiert?« Ihr Kopf ist in seine Richtung gedreht, und er bückt sich tief, damit sie ihn sehen kann. Hinter sich hört er, wie Silver am Telefon einen Rettungswagen und die Spurensicherung bestellt.
Leo lächelt Natalie zärtlich an, streicht ihr ein paar Locken –

die normalerweise von einem Nackenknoten gezähmt werden, ihrer *Businessfrisur*, wie sie gern sagt – aus dem Gesicht. »Ich hab eigentlich gehofft, das könntest du mir sagen.«

»Ich hab ... einen Schlag abgekriegt.« Sie verzieht das Gesicht. »Auf den Hinterkopf.«

Behutsam, zärtlich tastet Leo ihr mit den Fingerspitzen den Kopf ab, bis er eine golfballgroße Beule fühlt und Natalie gleichzeitig vor Schmerz aufstöhnt.

»Das tut weh«, sagt sie gepresst.

»Kann ich mir denken. Tut dir sonst noch was weh?«

»Nein. Ich glaub nicht –« Plötzlich nehmen ihre Augen einen ängstlichen Ausdruck an. »Jenni. Ist mit Jenni alles in Ordnung?«

»Ich weiß nicht. Sie ist nicht hier. Ist wohl abgehauen, nachdem sie dich k. o. geschlagen hat.«

»Nein.«

»Schsch, schon gut. Denk jetzt nicht darüber nach.«

»Der Rettungswagen und die Jungs von der Spurensicherung müssten in zehn Minuten hier sein«, sagt Silver. »Ich mach noch schnell einen letzten Kontrollgang durch die Wohnung, dann fahr ich runter in die Halle und warte da auf Sie.«

»Danke, Dan«, sagt Leo.

»Ja, kein Problem, Lieutenant.«

»Leo.«

Silver lächelt. »Jawohl, Sir, Lieutenant. Ich meine, kein Problem, Leo.«

»... leichte Gehirnerschütterung. Wir können Sie einliefern und für vierundzwanzig Stunden zur Beobachtung dabehalten ...«

»Das ist nicht nötig«, fällt Natalie dem Sanitäter ins Wort. Sie liegt jetzt auf dem Schlafsofa, wo Leo sie vorsichtig hingetragen hat, nachdem der Sanitäter sein Okay gegeben hatte.

»Gibt es irgendeinen anderen Grund, warum sie besser ins Krankenhaus sollte?«, fragt Leo.

»Nein, eigentlich nicht. Im Krankenhaus bekommt sie alle vier Stunden Schmerzmittel verabreicht –«

»Ich sorge dafür, dass sie die Tabletten bekommt. Danke, Leute. Ihr wart großartig.« Leo nickt den anderen beiden vom Rettungsteam, ein Mann und eine Frau, zu, die an der Tür stehen. Silver wartet mit dem Spurensicherungsteam in der Diele darauf, dass Leo das Gästezimmer zur Untersuchung freigibt. Die Sanitäter sammeln ihre Ausrüstung zusammen und verlassen mit der leeren Trage den Raum.

Auch Leo macht Anstalten zu gehen.

»Wo willst du hin?« In Natalies zittriger Stimme schwingt Panik mit.

»In dein Schlafzimmer, um ein paar Sachen für dich zu packen.«

»Wieso?«

»Weil du mit zu mir kommst.«

»Nein, Leo. Das kann ich deiner Mutter nicht zumuten –«

»Sie und Jakey werden sich riesig freuen, wenn sie dich ein bisschen umsorgen können, und das weißt du auch.«

Natalie lächelt schwach. Und auch sie wird sich freuen. Wie Leo ganz genau weiß.

»Ich muss Jack anrufen und ihm sagen, dass ich heute nicht ins Büro komme.« Leo, der gerade den Raum verlässt, bleibt bei Nats Bemerkung wie angewurzelt stehen. Nat sieht, dass sich sein Rücken anspannt, aber er dreht sich nicht um.

»Ich erledige das.« Seine Stimme klingt plötzlich schroff, was Nat besonders auffällt, da er bis jetzt so ganz anders zu ihr gewesen ist. Aber sie denkt sich nichts weiter dabei, schließlich reagiert Leo jedes Mal gereizt, wenn Jacks Name fällt.

Nat schiebt sich mit Mühe hoch in eine sitzende Position, was mit erheblichen Schmerzen einhergeht. Mann, wie gern würde sie den Mistkerl in die Finger kriegen, der ihr eins über den Schädel gegeben hat.

»Leo«, ruft sie. »Was glaubst du, wo Jenni und Hannah sind?« Im Augenblick weiß Nat lediglich, dass sie verschwunden sind. Sie ist nicht mal sicher, ob derjenige, der sie bewusstlos geschlagen hat, auch das Mädchen und den Hund mitgenommen hat. Was sie allerdings weiß – und wovon sie Leo schließlich überzeugen konnte – ist, dass Jenni sie nicht angegriffen haben

kann, weil das Mädchen bewusstlos im Wandschrank lag, als Nat von hinten getroffen wurde.
Leo taucht zwei Minuten später in der Tür des Gästezimmers auf und hält einen Bademantel hoch. »Ist der hier richtig?«
Sie nickt geistesabwesend. »Hast du gehört, was –«
»Ja. Ich hab's gehört. Und ich hab da schon ein paar Ideen. Wir werden sie finden.«
Ob er sie beide auch lebend finden wird, steht auf einem anderen Blatt, denkt Natalie.

56

Silver ruft an, als Leo Natalie gerade zu seiner Wohnung im North End fährt, Bostons *Little Italy*. Natalie betrachtet Leo, während er mit einem finsteren Ausdruck im Gesicht seinem Partner lauscht.

»Ich bin in zwanzig Minuten da, spätestens. Die sollen sich nicht vom Fleck rühren.«

Sobald Leo aufgelegt hat, lächelt er Nat an. »Mein Partner hat sie gefunden. Beiden geht's gut.«

»Wo sind sie?«

»Bei Will Burdett zu Hause. Ich übergebe dich der Obhut von Mom und Jakey und dann –«

»Ich komme mit.«

»Kommt gar nicht in Frage, Natalie. Du bist nicht in der Verfassung –«

»Ich hab eine Beule am Kopf. Das ist nicht der Rede wert.«

»Du wurdest bewusstlos geschlagen. Du hast eine Gehirnerschütterung.«

»Eine *leichte* Gehirnerschütterung.«

»Ich hätte dich ins Krankenhaus bringen lassen sollen.«

»Leo, ich will auf keinen Fall –«

»Ich mach dir einen Vorschlag. Ich hol sie ab und bring sie zu dir in meine Wohnung. Hannah und Jenni. Sie können auch bei uns bleiben. Jakey ist ja ganz vernarrt in Hannah und freut sich bestimmt wie ein Schneekönig. Okay?«

»Was wird denn deine Mom dazu sagen, wenn sie plötzlich das ganze Haus voll Leute hat?«

»Meine Mom ist Italienerin. Was meinst du wohl, was sie dazu sagt?«
Nat muss lächeln. Sie weiß, was Anna Coscarelli denken wird: je mehr desto besser. Sie wird ihre berühmte Lasagne und unzählige andere Köstlichkeiten zaubern und alle mit zwei, drei Nachschlägen mästen.
»Und du hältst mich auf dem Laufenden?« Nat wäre es noch immer lieber, wenn sie mitkommen könnte.
»Großes Ehrenwort.« Sie spürt den Druck von Leos Hand auf ihrem Oberschenkel und legt ihre Hand auf seine.
»Jenni ist unschuldig, Leo. Nicht nur an dieser Beule an meinem Kopf. Ich bin sicher, sie hat ihre Mutter nicht getötet. Und du weißt auch, dass sie Laura Richards nicht überfahren haben kann.«
Leo schweigt. Er teilt Natalies Überzeugung nicht. Inzwischen weiß er von seinem Partner, dass die Spurensicherung weder verdächtige Fingerabdrücke noch irgendetwas gefunden hat, was als Waffe für den Angriff auf Natalie in Frage käme. Der Täter muss den Gegenstand mitgenommen haben. Oder die Täterin.
»Aber sie weiß etwas, was sie einfach nicht über die Lippen bringt«, fährt Nat fort.
Leo wirf ihr einen fragenden Blick zu und biegt in die Hanover Street ein, die schmale, gewundene Einkaufsstraße des North End. Sie kommen am Giorgio's vorbei, wo sie ihr romantisches Dinner abbrechen mussten. Auf beiden Straßenseiten reihen sich Restaurants, Trattorien und Cafés aneinander. Selbst bei geschlossenen Autofenstern steigt Nat ein Hauch von Knoblauch und Olivenöl in die Nase, vermischt mit der salzigen Seeluft, die vom Bostoner Hafen herüberweht.
»Glaubst du, es hat was mit ihrem Freund zu tun?«, fragt Leo.
»Glaubst du, Will hat mir den Schlag versetzt? Und ist dann mit Jenni und meinem Hund zu sich nach Hause geflohen? Das halte ich für unwahrscheinlich.«
»Hältst du es denn für wahrscheinlich, dass Will Burdett eine Beziehung mit Jennis Mutter hatte?«
Nat fährt verblüfft in ihrem Sitz hoch, vergisst die Verletzung

am Kopf, bis ihr ein stechender Schmerz durch den Hinterkopf schießt. Unwillkürlich schreit sie auf.
»Alles in Ordnung?«, fragt Leo ernsthaft beunruhigt.
»Nein, im Gegenteil. Soll das heißen, du weißt mit Sicherheit, dass Will und Sherry –«
»Nicht mit Sicherheit. Noch nicht.«
Nat lehnt behutsam den Kopf wieder gegen die Kopfstütze. »Du musst dich irren, Leo.«
»Na ja, wäre nicht das erste Mal, dass ich mich irre. Aber es wäre auch nicht das erste Mal, dass ich recht habe.«

Hunde können wankelmütig sein, genau wie Menschen. Als Leo das Haus der Burdetts betritt, rekelt sich eine fröhlich mit dem Schwanz wedelnde Hannah quer über den Füßen von Grandma, ohne Jenni oder Will, Freda, Dan Silver und einen Polizisten in Uniform auch nur eines Blickes zu würdigen.
»Mrs. Burdett hat dem Hund ein dickes Steak gegeben«, sagt Silver zu Leo, um die junge Liebe des Golden Retrievers zu der alten Frau zu erklären.
Jenni und Will sitzen dicht nebeneinander auf einer schicken, unbequem aussehenden, pfirsichfarbenen Ledercouch, die Finger fest ineinander verschlungen. Und in krassem Gegensatz zu Mrs. Burdetts heiter abwesendem Blick der Zufriedenheit und der genervten Miene der Haushälterin wirken die jungen Leute verängstigt.
»Ich weiß, ich hätte die Polizei rufen sollen«, sagt Jenni, und ihre Stimme schnappt über, sobald Leo seinen Blick auf sie richtet, »aber ich hatte Angst.«
»Dan, bleib doch bitte mit dem Officer hier bei Mrs. Burdett und ihrer Betreuerin.« Er bedeutet den beiden Jugendlichen mit dem Zeigefinger, aufzustehen und ihm zu folgen. Sie zögern beide, werfen einander nervöse Blicke zu.
Leo ist bereits auf dem Weg aus dem Salon. Ohne sich umzudrehen sagt er: »Das ist keine Bitte«, und marschiert geradewegs über den Flur zu Wills Zimmer.
Eine Minute später sitzen Jenni und Will erneut dicht nebeneinander auf Wills ungemachtem Bett. Leo steht an die Kom-

mode mit dem Spiegel gelehnt, wo Nat kürzlich das Foto von Sherry Buckley entdeckt hatte.

Jenni ergreift zuerst das Wort. »Ich hatte Angst, Sie würden glauben, ich hätte das getan«, sagt sie, ihre Stimme fast piepsend.

»Was getan?«, fragt Leo ruhig.

»Nat niedergeschlagen. Als ich zu mir kam, war sie ... wie geht's ihr ... geht's ihr gut? Ich hatte einfach furchtbare Angst. Und es war so dunkel. Und Hannah war völlig aus dem Häuschen. Ich hab Hannah gepackt und bin raus aus der Wohnung. Es war alles dunkel. Der Aufzug ging nicht. Ich musste die Treppe nehmen. Hannah hat gejault. Ich hab Will vom Handy aus angerufen, sobald ich draußen war, und ihm gesagt, er soll mich abholen –«

»Aber du hast nicht die Polizei angerufen, um Hilfe für Natalie zu holen?« Leos Ton ist scharf und vorwurfsvoll. Er spürt, wie seine Kiefermuskeln sich anspannen, und er muss sich zusammenreißen, damit er nicht auf die Jugendliche zustürmt und sie durchschüttelt.

»Ich ... ich hatte einfach Angst. Die Polizei hätte meinen Anruf bis zu meinem Handy zurückverfolgen können.«

Will sieht Leo wütend an, während er versucht, seine Freundin zu trösten. »Es ist nicht deine Schuld. Jen. Du hast nichts getan.«

»Das kann man wohl sagen«, bestätigt Leo bitter.

Jenni lässt den Kopf hängen. »Ich wollte anrufen, sobald ich hier war, aber als Will gesehen hat, in welchem Zustand ich bin, hat er mich gleich ins Bett gesteckt. Ich war wirklich todmüde –«

»Sie hat auf der ganzen Fahrt hierher geschlafen«, wirft Will ein.

»Ich hätte die Polizei gleich nach dem Aufwachen angerufen, aber ich hab noch geschlafen, als der andere Detective vor der Tür stand. Geht es Nat gut? Bitte sagen Sie doch was.«

»Sie hat eine Gehirnerschütterung –«

»O nein.« Jenni vergräbt das Gesicht an Wills Brust.

So wütend er auch auf das Mädchen ist, aus Erleichterung, dass alles noch einigermaßen glimpflich ausgegangen ist, empfindet

er schließlich doch einen Funken Mitleid für Jenni. »Sie ist bald wieder gesund. Sie ruht sich zurzeit aus.«
Jenni hebt den Kopf und blickt forschend in Leos Gesicht, um abzuschätzen, ob er auch wirklich die Wahrheit sagt.
»Sie hat ihr nichts getan«, sagte Will hitzig. »Sie war selbst ohnmächtig, als es passiert ist.«
»Woher weißt du das?«
»Sie hat es mir erzählt. Daher.« Seine Furcht schlägt in Aggressivität um.
Leo fixiert Jenni mit stählernem Blick. »Erzähl, was passiert ist.«
»Ich bin mitten in der Nacht aufgewacht und musste zum Klo. Ich wollte die Nachttischlampe anmachen, aber die ging nicht.« Sie zuckt die Achseln. »Ich hab mir nichts dabei gedacht, höchstens, die Birne wäre kaputt. Dann hab ich mich in den Flur getastet und weiter ins Bad. Auch da ging das Licht nicht. Erst da wurde mir ein bisschen mulmig. Und als ich aus dem Badezimmerfenster geguckt hab, sah ich, dass draußen auch alles stockdunkel war. Das hat mich dann wieder ein bisschen beruhigt. Ich hab auf einen Stromausfall getippt, durch den Schneesturm. Das passiert bei uns zu Hause auch öfters.« Ihre Augen werden feucht, als die Wirklichkeit sie schlagartig wieder einholt – *bei uns zu Hause* gibt es nicht mehr.
»Erzähl weiter«, sagt Leo ein bisschen sanfter.
Will nickt Jenni aufmunternd zu.
Sie räuspert sich, aber ihre Augen bleiben wässrig. »Ich … ich hab im Dunkeln gepinkelt, und dann hab ich ein Glas auf dem Waschbecken ertastet. Ich hab es mit Wasser gefüllt und wollte es mit in mein Zimmer nehmen. Und …«, sie beißt sich auf die Lippe, »… als ich aus dem Bad kam, hab ich … ein Geräusch im Flur gehört und bin vor Schreck zusammengezuckt. Dabei ist mir das Glas aus der Hand gerutscht und auf den Boden gefallen. Ich bin schnell in mein Zimmer und hab die Tür zugemacht.«
»Was war das für ein Geräusch?«
»Zuerst ein Quietschen oder Piepsen. Ich dachte, vielleicht ist es eine Maus. Ich kann Mäuse nicht ausstehen.« Sie schaudert

und beißt sich dann wieder auf die Unterlippe, die schon ganz rissig ist.
»Aber dann wusste ich ... es war keine Maus. Mäuse tragen schließlich keine Schuhe. Denn sobald ich die Tür zuhatte, hab ich Schritte im Flur gehört.«
»Schritte«, wiederholt Leo.
Sie nickt. »Ich ... hab gedacht ... es wäre Nat. Aber da fing Hannah an zu knurren. Wie ein leises Grollen in der Kehle, und das hätte sie nicht gemacht bei ihrem Frauchen. So was machen Hunde einfach nicht, stimmt's? Daher wusste ich, es muss jemand eingebrochen sein. Und ich weiß nicht, wie, weil Nat geschworen hat, sie hätte eine todsichere Alarmanlage.«
Wieder durchläuft sie ein Frösteln. Will tätschelt ihr zärtlich das Knie mit seiner freien Hand.
»Ich hab im Dunkeln nach meinem Handy gesucht ... um die Polizei anzurufen ... und Hannah hat inzwischen richtig wütend geknurrt ... und dann hab ich gehört, wie die Tür von meinem Zimmer aufging ... und ich hab mich schnell im Wandschrank verkrochen.« Sie weint jetzt und erzählt schluchzend weiter. »Ich hatte total Angst, und ich hatte das Gefühl, ich krieg keine Luft mehr, und mir ist schwindelig geworden und schlecht. Es hat sich alles gedreht ... und dann muss ich ohnmächtig geworden sein. Ich weiß nur, als ich wieder zu mir gekommen bin, lag Nat auf dem Boden, und ich hab gedacht, der Einbrecher hätte sie umgebracht. Ich hätte sie nicht einfach so liegen lassen dürfen. Ich weiß. Ich weiß. Es tut mir so leid.« Jetzt bricht sie vollends zusammen.
»Die Ärmste ist total fertig, sehen Sie das denn nicht?«, sagt Will. »Sie hat Ihnen alles erzählt. Jetzt lassen Sie sie gefälligst in Ruhe!«
Ohne etwas zu erwidern, schlendert Leo zur Schlafzimmertür, öffnet sie und ruft seinen Partner.
»Dan, kommst du mal kurz?«
Als Silver da ist, bittet ihn Leo, Jenni und den Hund zu ihm nach Hause zu fahren, und schreibt seine Adresse auf.
»Warum bringen Sie sie dahin?«, fragt Will. Jenni hat aufgehört zu weinen, aber sie wirkt benommen und erschöpft.

Leo hilft ihr aufzustehen, während Will die Hand seiner Freundin weiter umklammert. »Natalie ist bei mir zu Hause. Bei meiner Mutter und meinem Sohn. Dort bist du auch sicher. Das verspreche ich.«
»Nat ist dort?« Jennis Augen füllen sich wieder ein wenig mit Leben. »Okay.«
»Ich finde, du solltest nicht mitfahren, Jenni«, sagt Will mit Nachdruck. »Ich ruf den Anwalt von meinem Dad an und sage, er soll herkommen, und –«
»Jenni braucht keinen Anwalt, Will. Aber du solltest ihn trotzdem anrufen, wer weiß, vielleicht brauchst du ja einen.«
Will springt jäh auf und lässt Jennis Hand los, als hätte sie sich urplötzlich in ein Stück glühende Kohle verwandelt. »Wofür sollte ich einen Anwalt brauchen? Ich hab verdammt nochmal nichts getan. Ich lass mir diesen Scheiß von Ihnen nicht anhängen. Kommt nicht in Frage, Mann. Niemals –«
»Dan, nimmst du bitte Jenni jetzt mit?« Leo übergibt die Jugendliche an seinen Partner, der behutsam ihren Arm nimmt und sie aus dem Zimmer führt. Sie wirft ihrem Freund nicht mal mehr einen Blick zu. Silver schließt unaufgefordert die Tür hinter sich, sobald er mit Jenni im Flur ist.
»Setz dich, Will. Wir unterhalten uns jetzt mal ein bisschen von Mann zu Mann.«

57

»Was hattest du in aller Herrgottsfrühe in der Wohnung von Natalie Price zu suchen, Will?«
»Was? He, was reden Sie denn da, Mann? Ich war nicht da. Ich meine, ich war nicht oben. Jenni hat draußen auf mich gewartet. Ich hab fest geschlafen, als sie mich in Panik angerufen hat, damit ich sie abhole. Fragen Sie Freda. Die ist auch vom Telefon wach geworden – Jenni hat auf dem Festnetz angerufen, nachdem sie's auf meinem Handy versucht hat und ich nicht rangegangen bin. Das war in meiner Jacke in der Diele. Jedenfalls, Freda war sauer, weil sie geweckt wurde, sie hat einen Nebenapparat an ihrem Bett stehen und ganz schön gemeckert, dass man sie geweckt hat –«
»Wusstest du, dass Jenni bei Natalie Price war?«
»Nein … ja, okay. Sie hat mich angerufen, kurz bevor sie ins Bett gegangen ist. Sie hat sich gedacht, dass ich mir Sorgen um sie mache. Was auch stimmte.«
»Dann bist du also so ziemlich der Einzige, der wusste, dass sie da war.«
Will schluckt schwer. »Kann sein«, murmelt er. »Aber ich bin wirklich erst hingefahren, als sie mich angerufen hat.«
»Und vorher? Du warst mit Megan und Jenni bei den Richards in der Wohnung und bist gegangen, als Natalie Price gekommen ist, so gegen acht.«
»Ja. Und?«
»Wo bist du hin?«
»Nach Hause.«

»Hat Freda dich kommen sehen?«
Burdett zögert kurz mit der Antwort. »Nein. Sie hat meiner Großmutter beim Baden geholfen und sie bettfertig gemacht. Ich bin direkt in mein Zimmer, hab eine Weile am Computer gespielt, und dann hat Jenni angerufen und mir das mit Megans Mom erzählt, und ich bin auf dem schnellsten Weg zu ihnen ins Krankenhaus.« Dann fällt bei dem Basketballspieler der Groschen. »He, wieso sollte ich Megans Mutter überfahren? Gott, das ist doch krank, Mann. Sie sind ja nicht ganz dicht. Oder denken Sie, so 'nem jungen Typen wie mir können Sie alles anhängen? Hauptsache, Sie kriegen Ihren Fall gelöst?« Er springt auf. »Ich ruf den Anwalt von meinem Dad an.«
Leo zuckt die Achseln. »Nur zu. Sag ihm, er soll aufs Präsidium kommen.«
Burdett setzt sich wieder aufs Bett. »Hören Sie, ich hab nichts getan. Ich beantworte Ihre Fragen, okay? Aber bringen wir's endlich hinter uns.«
»Okay. Wo warst du Donnerstagnachmittag? Zwischen eins und drei?«
Will blinzelt rasch. »Ich hab … Besorgungen für Freda gemacht.«
Leo geht zur Zimmertür.
»Moment. Wo wollen Sie hin?« Will ist wieder aufgestanden.
»Deine beiden Alibis überprüfen, bei Freda«, sagt Leo ruhig.
»Warten Sie. Nicht so schnell … ich muss kurz überlegen.«
Leo dreht sich zu Will um.
»Was gibt's zu überlegen? Welches Märchen du mir als Nächstes auftischen willst? Ich verliere langsam die Geduld, Burdett. Und ich glaube nicht, dass dir das gefallen wird.«
Wills Mund zuckt. Er starrt nervös auf die geschlossene Tür, als würde im Flur jemand stehen und lauschen, und blickt dann noch ängstlicher zurück zu Leo. Er atmet so schwer, dass Leo sehen kann, wie sich seine Brust unter dem schwarzen Sweatshirt hebt und senkt. »Versprechen Sie mir, dass Jenni nichts von unserem Gespräch erfährt?«
»Ich glaube nicht, dass du in der Position bist, mich um ein Versprechen zu bitten, Will.«

Die Schultern des Jungen sinken herab. Ebenso sein Kopf. »Okay, Scheiße … Ich bin wirklich nicht stolz auf mich. Und ich hab das ehrlich nicht gewollt. Ich meine, na ja, es war einfach … komplett bescheuert. Ich weiß nicht, was ich mir dabei gedacht hab –«

»Erspar mir dein Geschwätz«, sagt Leo scharf.

Will legt beide Hände an die Stirn und verzieht das Gesicht. »Ich war … ich war bei Megan, okay? So, jetzt ist es raus. Wir waren bei ihr. Sie hat mich um kurz nach eins angerufen und gesagt, sie hätte der Lehrerin erzählt, ihr sei nicht gut, und ist dann nach Hause gegangen. Sie … sie wollte, dass ich rüberkomme und … ich bin hin. Ihre Mutter war bei der Arbeit, wir hatten die Wohnung für uns. Sie war schon das ganze Schuljahr hinter mir her und … he, ich bin nun mal auch nur ein Mann.«

Ein Scheißkerl, das bist du. »Wie spät warst du bei ihr?«

»Gegen zwanzig nach eins, und ich bin erst um halb vier wieder gefahren. Und das auch nur, weil Jenni mich auf dem Handy angerufen hat und sich mit mir im Park treffen wollte.«

»Wird Megan deine Geschichte bestätigen?«

»Das ist keine Geschichte, Mann. Das ist die Wahrheit. Ich war mit ihr im Bett, okay? Mehrmals, okay? Sie wollte es und … ich hab ihr den Gefallen getan. Aber Megan bedeutet mir nichts. Ich meine, es war nur Sex. Mehr nicht.«

»War es mit Jennis Mutter auch nicht mehr?«

Will taumelt, als ihn die Wucht von Leos Frage trifft. Seine Augen werden groß – vor Verblüffung oder Panik kann Leo nicht sagen. »Was?«

Leo beschließt, es mit der Wahrheit nicht ganz so genau zu nehmen. »Die Nachbarin im ersten Stock hat vor ein paar Wochen gesehen, wie du hoch zur Wohnung der Buckleys gegangen bist.«

»Na und? Ich wollte zu Jenni. Ich war einige Male bei ihr zu Hause. Wenn ihre Mom Überstunden gemacht hat und ihr Stiefvater arbeiten war. Aber richtig wohl war Jenni nie dabei, deshalb war ich nicht so oft da –«

»Sherry Buckley war an dem betreffenden Abend zu Hause«, sagt Leo sachlich.

»Ach ja?« Die Grimasse, die Will zieht, ist echt. Er ist in die Enge getrieben. Und wirkt auf einmal deutlich weniger großspurig und deutlich jünger. Leo ist überzeugt, auf der richtigen Spur zu sein.
»Ja«, erwidert Leo.
»Das kapier ich nicht.« Die Stimme des jungen Mannes bricht.
»Das ist noch nicht alles. Kurz bevor du nach oben gegangen bist, hat die Nachbarin Jenni weggehen sehen.«
»Das kann doch gar nicht sein«, murmelt Will, mit Schweißperlen auf der Stirn.
»Und ob das sein kann, wenn du zum Beispiel zu Sherry wolltest und nicht zu Jenni.«
Will macht einige Schritte rückwärts, bis er gegen das Bett stößt. Seine Knie knicken ein, und er plumpst förmlich auf die Matratze. Er hebt die Hände vors Gesicht, die Ellbogen auf den Knien, die Beine weit gespreizt, die Fersen seiner Turnschuhe vom Boden gehoben.
»Sherry hat dich angerufen, stimmt's?«
»Nein. Nein, sie hat mich nie angerufen. Nie.«
»Selbst wenn Megan dein Alibi bestätigt, woher sollen wir wissen, dass sie dich nicht nur decken will?«
Will schüttelt weiter den Kopf.
»Am besten du redest endlich, Will. Es sieht nicht gut für dich aus. Deinen Traum von einem Sportstipendium an der Northwestern im nächsten Herbst kannst du vergessen. Und Basketball in einer Knastmannschaft ist ein echter Albtraum im Vergleich zu Basketball in einem Team an einer Elite-Uni. Soll ich dir mal aufzählen, wie –?«
»Okay, okay, hören Sie auf, okay?«, fleht Will, die Worte gedämpft durch die Hände vor seinem Gesicht.
»Warst du letzten Donnerstag bei Sherry Buckley, Will?«
Will lässt die Hände sinken und blickt Leo flehend an. »Nein. Nein, ich schwöre – ich war am Donnerstag bei Megan. Das ist die Wahrheit. Sie müssen mir glauben.«
»Hast du das Foto von Jennis Mutter gemacht?«
Wills Augen huschen zum Spiegel. Der klägliche Rest Farbe

weicht aus seinem Gesicht, als er begreift, dass er sich verraten hat. Und das Foto ist jetzt verschwunden.

»Ein Glück, dass wir es weggenommen haben, ehe Jenni heute Morgen herkam, was?«

Will presst die Augen zu. »Ich hab das Foto nicht gemacht.«

»Wer dann?«

Will schüttelt einfach nur wieder den Kopf. »Ich hab's gefunden. Ich … hab's behalten.«

»Wo hast du's gefunden?«

»Weiß ich nicht mehr«, murmelt er.

Leo bohrt nicht weiter nach. »Dann erzähl mir von der Woche, als du zu Hause bei Sherry warst.« Er wechselt das Thema ganz beiläufig, aber die Wirkung auf den Jungen ist fast bemitleidenswert. Er fängt an zu heulen. Leo spürt allerdings keinen Funken Mitleid für Will Burdett.

»O Mannomann«, murmelt Will zwischen Schluchzern.

»So, jetzt ist Schluss mit dem Theater, Burdett«, sagt Leo schroff.

»Okay, ich … ich war bei ihr. Nicht am Donnerstag. Ich meine … die Woche zuvor.« Will schnieft jetzt laut, aber das Weinen hat er unter Kontrolle. »Sie war total heiß. Klar, sie war … älter … aber, Wahnsinn, so eine wie sie hatte ich noch nie gesehen. Und sie kam zu all meinen Spielen, und ich hab gedacht –«

»Du hast gedacht, sie interessiere sich für dich.«

Er nickt. »Aber dann hab ich rausgefunden, dass ich … mich getäuscht hab.«

»Wie hast du das rausgefunden?«

Eine lange Pause.

»Komm schon, Will. Spuck den Rest auch noch aus.«

»Also, Jenni hat mich an dem Abend angerufen. Bevor ich hingefahren bin. Sie hat gesagt, ihre Mom wär zu Hause und sie hätten sich total gezofft und sie würde zu Megan gehen. Sie hat gefragt, ob ich auch hinkomme. Aber … aber ich hab gesagt, ich hätte schon was anderes vor.«

»Nämlich zu Jennis Mutter nach Hause zu fahren, weil du wusstest, dass Jenni bei ihrer Freundin war und Buckley schon bei der Arbeit.«

Er nickt kläglich. »Das war dämlich. Ich war total dämlich«, murmelt er. Dann blickt er Leo wieder ernst an. »An dem Abend ist nichts passiert, das schwöre ich hoch und heilig. Ich schwöre es beim Leben meiner Großmutter.«
»Irgendwas passiert immer, Will. Du musst mir genau erzählen, was da war.«
»Sie ... Sherry ... Mrs. Buckley ... wollte mich nicht mal reinlassen. Sie ... sie war nicht allein, okay. In der Zeit, als Jenni schon weg war und bevor ich hinkam, ist jemand anders bei ihr aufgetaucht. Sie hat mich so richtig klassisch abgewimmelt.«
»Wer war bei Jennis Mom?«
Will verzieht das Gesicht, als würde die Frage ihm körperliche Schmerzen bereiten. »Ich weiß es nicht.«
»Raus mit der Sprache, Will.«
»Ich schwöre –«
»Ja, ja. Schon gut. Wer *könnte* es denn gewesen sein?«
»Ich weiß nicht«, beteuert er.
»Hast du nicht vielleicht irgendwas gehört, als du vor der Wohnungstür standest?«
Der Schweiß, der sich wie ein dünner Film über seine Stirn gelegt hat, bricht ihm jetzt aus allen Poren. »Nein.«
»Du hast jemanden gehört. Du hast seine Stimme erkannt –«
»Nein, Ehrenwort.« Er zögert. Leo sieht ihm an, dass er mehr weiß. Er wartet.
»Jenni hat mich später angerufen. Nachdem sie wieder nach Hause gegangen war. Sie ... war ganz außer sich.«
»Weil ihre Mutter ihr erzählt hatte, dass du da gewesen warst?«
Will lacht schrill auf. »Nein. Sie hatte keine Ahnung, dass ich da gewesen war. Jedenfalls, als sie bei Megan ankam, stellte sich raus, dass Megan schon verabredet war und gerade wegwollte. Ich glaub, diese Sache mit Megan, dass sie in mich verknallt war und so, das war so 'ne Konkurrenzgeschichte mit Jenni –«
Leo seufzt laut auf. »Bleiben wir beim Thema.«
Will wird rot. »Ja, klar, okay. Also, wie gesagt, Jenni hat mich angerufen, und sie war total aufgewühlt.« Er hält inne, wischt sich mit dem Ärmelaufschlag des Sweatshirts über die schweiß-

nasse Stirn. »Das ist so 'ne Sache mit Jenni. Sie ist schnell sauer. Sie braucht ganz schön viel Aufmerksamkeit, Mann.«

Und du brauchst dringend 'ne Tracht Prügel. »Weshalb war Jenni an dem Abend so außer sich?«

»Sie … na ja … sie ist gleich wieder nach Hause, als Megan zu ihrem Date abgehauen ist.«

Will Burdett erzählt quälend langsam und stellt Leos Geduld auf eine harte Probe. Aber er lässt den Jungen weiterreden.

»Jedenfalls, ihre Mom hatte sie ja nicht so schnell zurückerwartet, klar? Und Jenni ist natürlich mit ihrem Schlüssel in die Wohnung. Und kaum war sie drin, da hat sie … so Geräusche gehört.« Wieder bricht er jäh ab.

»So Geräusche«, wiederholt Leo.

»Sie wissen schon.« Und Will unterstreicht seine Worte mit einem vielsagenden Blick.

»Erklär's mir trotzdem.«

»Mann. Aus dem Schlafzimmer. Ihre Mom hat's getrieben, okay? Jenni ist ausgeflippt. Sie ist aus dem Haus und hat mich von der Straße aus angerufen. Sie war total fertig.«

»Wegen dem, was sie gehört hat?«

»Nicht nur gehört. Die Schlafzimmertür stand einen Spalt offen. Jenni hat kurz reingesehen.«

»Ich nehme an, Sherry Buckley lag nicht mit ihrem Mann im Bett.«

Will schnaubt höhnisch, sagt aber nichts.

»Also, wer war er?«

Will Burdetts Lippen verziehen sich zu einem hässlichen Grinsen. »Es war kein *er*, okay? Es war kein Mann.«

58

»Können Sie mir das je verzeihen, Nat?« Jenni steht unsicher in der Tür von Anna Coscarellis Schlafzimmer, in das Nat gleich nach ihrem Eintreffen von Anna verfrachtet worden war. Als Jenni dann mit Hannah kam, ließ Hannah sich zunächst von Leos sechs Jahre altem Sohn begrüßen, lief dann zu ihrem Frauchen und pflanzte sich neben sie aufs Bett. Jetzt waren Jakey und seine Großmutter dabei, für Nat ein besonderes Frühstück zuzubereiten.

»Komm rein und schließ die Tür, Jenni«, sagt Nat leise. Ihr lädierter Kopf ruht auf drei Kissen. Sie trägt eins von Annas Baumwollnachthemden, und über der Daunendecke ist zusätzlich eine ziemlich verschlissene Babydecke mit Motiven von der Sesamstraße ausgebreitet, eine vorübergehende Leihgabe von Jakey. *Damit geht's mir immer schon bald wieder besser, wenn ich krank bin. Du kannst sie den ganzen Tag behalten. Aber wenn ich ins Bett gehe, brauch ich sie wieder.*

Zögerlich betritt Jenni das Zimmer und schließt dann die Tür hinter sich. Hannah beobachtet das Mädchen, rührt sich aber nicht von der Stelle.

»Ich hätte den Krankenwagen rufen sollen. Es tut mir so schrecklich leid.«

Nat klopft auf die Bettkante. »Wir machen alle mal dumme Fehler, Jenni. Besonders, wenn wir Angst haben.«

»Ich wünschte …« Jenni schließt die Augen. Sie hat ein paar Schritte in den sonnigen Raum gemacht, wo ein beruhigender Lavendelduft in der frischen, sauberen Luft liegt.

»Was denn?«
Langsam öffnet Jenni die Augen. »Ich wünschte, ich könnte die Zeit zurückdrehen, und es wär nochmal Donnerstagmorgen. Ich wünschte, ich hätte mich nicht mit meiner Mom gestritten und ... sie angeschrien. Ich wünschte ... sie wäre noch am Leben und ich könnte eine zweite Chance haben. Ich hab einen Riesenmist gebaut.«
»Setz dich zu mir, Jenni.«
»Sie sind immer so nett zu mir, Nat. Ich hab das nicht verdient. Ich hab überhaupt nichts verdient.«
Nat setzt sich auf, obwohl ihr bei der Bewegung wieder ein stechender Schmerz durch den Kopf jagt, während Jenni langsam zum Bett kommt und sich vorsichtig auf der Kante niederlässt. Hannah liegt daneben und leckt Jenni die Hand.
»Ich möchte dir helfen, Jenni.«
»Es ist ... zu spät.«
»Für deine Mutter. Aber nicht für dich. Du hast mir gestern Abend erzählt, du fändest es schade, dass du sie nicht besser verstanden hast.«
Jenni nickt und lässt den Kopf hängen.
»Du hast angedeutet, dass deine Mutter irgendwie unzufrieden war.«
Jenni sagt nichts und bringt es nicht fertig, Nat anzusehen.
»Sie hatte ein Verhältnis mit einer Frau, nicht?«, fährt Nat fort.
Jenni beißt sich auf die Lippe, was sie in den letzten paar Tagen ständig tut, sodass die Haut schon ganz rissig ist.
»Keiner wusste das«, sagt Jenni mit so leiser Stimme, dass Nat sie kaum verstehen kann. »Außer Will. Ich hab's Will erzählt, aber er hat geschworen, er würde es nicht weitersagen. Er hätte es gar nicht schwören müssen. Ich weiß, dass er den Mund hält.«
»Wieso bist du dir da so sicher?«
Jenni zögert. »Ich weiß es einfach.«
»Sieh mich an, Jenni.«
Gerade als Jenni nervös die Augen hebt und Nat anschaut, klopft es an der Tür. Vor Schreck springt Jenni auf.

»Jakey, warte mal –«, sagt Anna, als Leos Sohn schon die Schlafzimmertür halb geöffnet hat.
»Ich hab für dich Mickymaus-Pfannkuchen gemacht«, verkündet Jakey stolz, ohne auf seine Großmutter zu hören, die mit einem Tablett in den Händen hinter ihm steht. »Grandma hat geholfen, nicht wahr, Grandma?«
Anna verdreht die Augen. Dann blickt sie Nat an, und ihre Miene wird ernst. »Was soll das werden, Natalie? Wer hat denn was von Aufsetzen gesagt?«
»Jenni wollte mir eben noch ein Kissen mehr in den Rücken schieben, damit ich eure herrlich duftenden Pfannkuchen essen kann«, sagt Nat rasch, und Jenni schnappt sich geistesgegenwärtig ein noch unbenutztes Kissen vom Bett und steckt es flink hinter Nat.
»Mickymaus-Pfannkuchen«, sagt Jakey. »Mit Ohren und allem. Den Ahornsirup musst du selbst drauf tun, weil Grandma sagt, ich tu immer zu viel drauf, und das magst du vielleicht nicht. Aber du magst es doch, oder?«
»Ich bin ganz verrückt auf Sirup«, sagt Nat mit einem Lächeln, gerührt von Jakeys Wärme und Arglosigkeit. *Lass ihn seine Fröhlichkeit und Unbeschwertheit niemals verlieren. Lass ihn niemals leiden*, betet sie, während sie einen verstohlenen Blick auf Jenni wirft, die erfolglos versucht, ihre Beklommenheit zu verbergen.
»… ihn für dich drübergießen?«, fragt Jakey und kommt vor Anna hereingestürmt. »Und für dich haben wir auch Mickymaus-Pfannkuchen gemacht, Jenni, obwohl Grandma sagt, du bist vielleicht schon zu alt für so was. Aber du bist nicht so alt wie Natalie –«
»Jetzt ist gut, Jakey«, sagt Anna und stellt das Tablett mit zwei Tellern Pfannkuchen, einem Krug mit Sirup, einer Tasse Tee, einem Glas Milch, Servietten und Besteck auf den Nachttisch neben Nat.
Jakey nimmt den Krug und verteilt den ganzen Inhalt gewissenhaft auf die beiden Teller Pfannkuchen – auch Jenni hat es ihm gestattet –, will sich anschließend aber nicht von der Großmutter aus dem Zimmer führen lassen.

»Wieso darf ich nicht zugucken, wie sie essen?«, jammert Jakey, als Anna ihn zur Tür bugsiert.
»Weil das hier ein Mädchenfrühstück ist, deshalb.«
»Aber du bist auch ein Mädchen, Grandma.«
Die Tür schließt sich hinter ihnen, sodass Nat nicht mehr hören kann, welche Erklärung Anna für Jakey parat hat.
»Erst essen wir, und dann unterhalten wir uns«, sagt Nat resolut.
Jenni nagt wieder an ihrer malträtierten Lippe. »Ich glaub, ich krieg keinen Bissen runter.«
Nat blickt das Mädchen direkt an. »Weißt du, wer mich letzte Nacht in meiner Wohnung niedergeschlagen hat?«
»Nein. Ich schwöre.«
»Hast du deine Mutter erstochen?« Nat stellt die Frage scheinbar ganz ruhig, aber innerlich hämmert ihr das Herz in der Brust, und sie hat erneut Zuflucht zu einem stillen Gebet genommen.
Jenni erwidert Nats Blick. »Nein.« Sie sagt das fest und ohne Zögern.
Nat hat das Gefühl, als wäre ihr ein riesiger Felsbrocken von der Brust gehoben worden. Sogar der Schmerz im Hinterkopf lässt nach. »Gut. Dann schlage ich vor, wir essen jetzt unsere Mickymaus-Pfannkuchen, und anschließend reden wir über alles.«

59

»Wissen Sie was Neues über meine Schwester? Ich hab nämlich vor zwanzig Minuten im Krankenhaus angerufen, und da wurde mir gesagt, sie läge noch immer im Koma und ihr Zustand sei unverändert. Megan und ich wollten gerade hinfahren.« Alice Nicholson hat ihre Jacke schon in der Hand.

Megan kommt an die Tür und bleibt nervös hinter ihrer Tante stehen. Sie hat bereits einen Daunenparka an, der aussieht, als wäre er ihr ein paar Nummern zu groß. Ihre Tante hat vermutlich darauf bestanden, dass sie etwas Wärmeres anzieht als die kurze Bomberjacke, und ihr eine Jacke von ihrer Tochter geliehen.

»Ist meine Mutter …?«

»Es geht ihr so, wie deine Tante gesagt hat«, beruhigt Leo das aufgewühlte Mädchen, soweit ein Zustand im Koma überhaupt eine Beruhigung sein kann. »Aber ich muss mit dir reden, bevor ihr hinfahrt. Es dauert auch nur ein paar Minuten.«

»Worüber denn?« Megan ist sogleich auf der Hut.

Als Alice Nicholson den Argwohn ihrer Nichte sieht, kommt sie ihr sofort zu Hilfe. »Das hat doch sicherlich Zeit. Megan möchte möglichst schnell zu ihrer Mutter.«

»Wie gesagt, es dauert höchstens ein paar Minuten. Verschwenden wir keine Zeit mit Diskussionen«, sagt Leo mit fester Stimme.

»Na schön«, sagt Alice, obwohl es nicht ehrlich klingt. »Dann stellen Sie Ihre Fragen.«

»Ich glaube, es ist Megan vielleicht lieber, wenn wir uns unter

vier Augen unterhalten.« Er blickt das Mädchen an. »Es liegt bei dir.«
Megan seufzt. »Wir können in die Küche gehen.«
»Schatz, soll ich nicht doch dabei –«
»Ist schon okay, Tante Alice.«

Ehe Leo überhaupt dazu kommt, Megan eine Frage zu stellen, platzt sie schon heraus: »Weiß sie es?«
Leo hebt eine Augenbraue, erwidert aber nichts.
»Er hat's ihr gesagt, nicht? Und jetzt hasst Jenni mich, nicht? Kann ich verstehen. Es war total bescheuert. Wieso kann Will nicht einfach seine blöde Klappe halten?« Tränen treten ihr in die Augen. »Dabei war es nicht mal … schön. Ich fühl mich total mies. Und er war … na ja … das einzig Gute daran ist wohl, dass sie ihn jetzt in den Wind schießt. Jenni ist zu gut für Will Burdett. Er ist ein echtes Arschloch.« Sie holt endlich Luft.
»Ich muss Einzelheiten wissen, Megan.«
Sie wird puterrot.
»Ich meine, Zeit und Ort. Oder waren es *Zeiten* und *Orte*?«
»Nein«, sagt sie, ohne zu zögern. »Bloß das eine Mal. Und …« Ihre Stimme wird zittrig. »Wenn ich mir vorstelle, dass wir … ich meine … genau zu der Zeit, als Jennis arme Mom … Und jetzt werde ich dafür bestraft. Jetzt ist meine Mom –« Sie kann sich nicht mehr beherrschen und bricht in Tränen aus. Leo hat allmählich das Gefühl, in den Tränenströmen anderer Menschen unterzugehen.
Alice Nicholson kommt in die Küche gestürmt, schlingt die Arme tröstend um ihre Nichte und blickt Leo entrüstet an. »Ich möchte, dass Sie jetzt gehen.«
Er nickt. Er hat die Antworten auf seine Fragen erhalten. Doch als er fast aus der Küche ist, dreht er sich noch einmal kurz zu dem weinenden Mädchen um. »Er hat es ihr nicht gesagt, Megan. Sie weiß es nicht. Du musst selbst entscheiden, wie du damit umgehst.«

»Meine Güte, Natalie, du willst doch nicht etwa weg?«
»Mir geht's gut, Anna. Ich muss mir dein Auto leihen. Und ich

hoffe, es stört dich nicht, dass ich mir ein paar Sachen von dir geborgt habe.« Nat steht in der Tür zur Küche. Sie trägt eine Jeans und einen Rollkragenpullover von Leos Mutter. Beides passt ihr so einigermaßen, da Anna Coscarelli die gleiche Größe hat wie sie und nur ein bisschen kräftiger ist. Nat ist erleichtert, dass Jakey nicht im Raum ist, so bleibt es ihr erspart, auch die Fragen des Kindes beantworten zu müssen.

»Leo reißt mir den Kopf ab, wenn du nicht auf der Stelle kehrtmachst und dich wieder ins Bett legst.«

»Es ist sehr wichtig, Anna.«

»Wo ist Jenni?«

»Sie hat sich auf dein Bett gelegt. Ist wahrscheinlich schon eingeschlafen.« Nat lächelt. »Sie braucht das mehr als ich.«

»Ich kann dich nicht gehen lassen, Natalie. Leo hat gesagt, du hättest eine Gehirn–«

»Leo hat ein wenig übertrieben, Anna«, fällt Nat ihr ins Wort.

»Du weißt, mein Sohn liebt dich.«

Der Satz trifft Nat mit überraschender Wucht, aber sie ist sicher, dass genau das in Annas Absicht lag.

»Bitte leih mir dein Auto.«

»Er war das ganze letzte Jahr unausstehlich. Wieso könnt ihr zwei eure Probleme nicht lösen?«

Nat ringt sich ein Lächeln ab. »Wir sind dabei.« Leos Mutter weiß nichts von der Fehlgeburt und natürlich auch nicht, dass Nat unsicher war, ob sie überhaupt von Leo schwanger war. Unwillkürlich fragt Nat sich, wie Anna diese hässliche Wahrheit wohl verkraften würde.

»Dann beeilt euch bitte«, sagt Anna entschlossen und geht zur Küchentheke.

Nat glaubt, Anna wolle den Autoschlüssel für sie holen, doch stattdessen greift sie zum Telefonhörer.

»Nicht Leo anrufen, Anna.«

»Ich wähle seine Nummer. Du redest mit ihm.«

»Anna, das ist jetzt wirklich nicht der richtige Zeitpunkt –«

»Du erklärst ihm, wo du hin willst und warum das dringender ist, als dich richtig auszukurieren.« Während sie das sagt, tippt sie bereits die Nummer ein.

60

»Ich mach das Spielchen nur mit ...«
Nat lächelt Leo an, der am Lenkrad seines Wagens sitzt. »... weil du weißt, dass ich stur bin und sonst allein gefahren wäre.«
»Glücklich bin ich nicht damit«, knurrt er.
»Ich weiß. Deine Mutter hat's mir erzählt.«
Leo übersieht fast eine rote Ampel und tritt im letzten Moment fest auf die Bremse. Nat wird nach vorn geschleudert und knallt, als sie wieder nach hinten gegen den Sitz geworfen wird, mit ihrer Beule gegen die Kopfstütze. Sie schluckt einen Schmerzensschrei herunter, weil sie genau weiß, dass Leo das als Vorwand nehmen würde, um sie prompt zurück in seine Wohnung zu bringen.
Leo ist noch so mit Nats letzter Bemerkung beschäftigt, dass er gar nicht merkt, welche Folgen sein Bremsmanöver für Nat hat.
»Was hat sie denn sonst noch so alles erzählt?«, fragt Leo heftig.
Nat ignoriert das Pochen im Hinterkopf. Es sieht Leo gar nicht ähnlich, seine Wut gegen seine Mutter zu richten. Ihn wurmt offensichtlich noch etwas anderes.
»Was ist mit dir los, Leo?«
Er mustert sie aus zusammengekniffenen Augen. Dann blickt er zu der roten Ampel hoch. Seine Finger vollführen einen Trommelwirbel auf dem Lenkrad.
»Du hast es dir wieder anders überlegt mit uns, nicht wahr?« Nat hört die Angst in ihrer eigenen Stimme.

Sein Blick klebt an der roten Ampel. »Du hättest es mir sagen können, Natalie. Du hättest es mir sagen *müssen*. Ich kam mir vor wie ein Vollidiot, als ich –« Er beißt die Zähne zusammen. Die Ampel wird grün. Er gibt genauso heftig Gas, wie er zuvor auf die Bremse getreten ist, und der Wagen schießt förmlich über die Kreuzung. Zum Glück hat Nat es kommen sehen und ist vorbereitet.

Sie fahren ein Stück schweigend, bis sie aus dem North End raus sind und am Government Center vorbei Richtung Storrow Drive fahren.

»Du kamst dir wie ein Vollidiot vor, als du was?«, sagt Nat schließlich, weil sie das Gefühl hat, nichts, was er sagen wird, kann schlimmer sein als die Unsicherheit des Wartens.

»Als ich Jack und Nicki überrascht hab.« Er spuckt die Namen aus, als hätte er sich an ihnen verschluckt.

»Zusammen?«, fragt sie albernerweise.

Der anklagende bohrende Blick, den sie von ihm erntet, fährt ihr durch alle Glieder.

»Ich hab's erst vor ... vor zwei Tagen erfahren, Leo. Und ich wusste nicht – Jack hat gesagt, sie hätten ... noch nicht miteinander geschlafen.«

»Inzwischen wohl schon«, sagt Leo trocken, beide Hände so fest ums Lenkrad gelegt, als wäre es Jack Dwyers Hals.

»Und jetzt bist du wütend.« O doch, dieses Wissen ist schlimmer als die Unsicherheit des Wartens. Er liebt Nicki Holden noch immer. Er fühlt sich nicht von Nat verraten, sondern von Nicki.

Leo nimmt etwas Gas weg und atmet geräuschvoll ein. »Ich weiß nicht, was ich empfinde.«

Nat nickt, obwohl Leo sie nicht anschaut und die müde Resignation in ihrem Gesicht nicht sehen kann.

»Aber ich weiß, was ich *nicht* empfinde«, sagt er, als er wieder auf eine Ampel zufährt, die schon rot ist. Diesmal muss er wenigstens keine Vollbremsung machen.

Ein schwacher Trost in Anbetracht der Tatsache, dass der Schmerz in Nats Brust noch schlimmer ist als der in ihrem Schädel.

Leo wendet sich ihr zu. Jetzt blickt Nat zu der Ampel hoch.
»Sieh mich an, Natalie«, sagt er sanft.
Sie reagiert nicht. In diesem Augenblick weiß sie, dass sie nicht die Kraft für irgendwelche tröstenden Worte hat. Schlimmer noch, sie hat Angst davor, dass sie in Tränen ausbricht und sich lächerlich macht.
Er streckt einen Arm aus. Seine Hand ergreift sachte ihr Kinn, und er dreht ihr Gesicht in seine Richtung. »Ich weiß, dass ich Nicki nicht mehr liebe.«
»Du kannst nicht wissen –«
»Ich liebe dich, Natalie. Ich liebe dich. Und ich will dich nicht verlieren.«
Der Fahrer des Wagens hinter ihnen hupt. Die Ampel ist auf grün gesprungen.
Als hätte Leo Coscarelli nicht gerade die Worte ausgesprochen, auf die sie – so kommt es ihr zumindest vor – ihr Leben lang gewartet hat, richtet er seine Aufmerksamkeit wieder auf die Straße und fährt weiter.
Als Leo etliche stille Minuten später auf dem Storrow Drive in südlicher Richtung fährt, sagt er: »Glaubst du, dass du dafür bereit bist?«
»Natürlich bin ich das«, platzt sie heraus.
Zum ersten Mal, seit sie von seiner Wohnung losgefahren sind, erhellt ein Lächeln sein ernstes Gesicht. »Ich meinte eigentlich das Gespräch mit ihr.«
Nat spürt, wie ihr die Röte ins Gesicht schießt. Sie blickt zum Seitenfenster hinaus, damit er es nicht sieht. »Ich weiß. Das meinte ich auch.«
»Du bist eine miserable Lügnerin, Natalie. Zumindest bei mir. Und das ist verdammt gut so.«
Jetzt lächelt Natalie ebenfalls. Ja, es ist verdammt gut.

Als sie auf der Massachusetts Avenue die Harvard Brücke nach Cambridge überqueren, spürt Natalie, wie die Anspannung in ihr wächst. Ist sie bereit dafür? Im Augenblick könnte sie nicht sagen, was sie erwartet. Sind sie und Leo unterwegs zu einem weiteren Opfer, einer Mordkomplizin oder einer Mörderin?

Kyle Fisher trägt Jeans und ein graues Sweatshirt, als er die Tür öffnet. Sobald sein Blick auf Leo fällt, will er sie ihnen gleich wieder vor der Nase zumachen. Leo stellt einen Fuß in die Tür.
»Ich kann auch mit einem Durchsuchungsbeschluss wiederkommen.«
»Um wonach zu suchen, verdammt?«
»Blutspuren«, sagt Leo grimmig.
Der Coach blinzelt rasch und vergisst völlig, dass er eben noch die Tür schließen wollte.
»Dürfen wir reinkommen?« Leos Ton ist ruhig und höflich.
»Wer ist denn da, Kyle?«, ertönt Jocelyn Fishers Stimme aus dem Innern.
Ohne ein Wort tritt Fisher zur Seite und öffnet die Tür ganz. Nat geht zuerst hinein, unmittelbar gefolgt von Leo, der die Tür hinter sich schließt.
Als Nat Jocelyn Fisher zum ersten Mal sieht, ergeht es ihr ähnlich wie Leo bei seiner ersten Begegnung mit der Frau. Sie ist überwältigt von ihrer atemberaubenden Schönheit. Obwohl sie einen bunt karierten Flanellbademantel trägt, der ihr viel zu groß ist und wahrscheinlich ihrem Mann gehört, obwohl sie ungekämmt und völlig ungeschminkt ist, kann Nat auf der Stelle nachvollziehen, warum sich Sherry Buckley von diesem hinreißenden Wesen angezogen fühlte. Genau wie sie verstehen kann, dass Jocelyn Fisher Jennis wunderschöne Mutter begehrenswert fand. Die eine dunkel, die andere blond, beide auf ihre jeweils eigene unnachahmliche Art faszinierend.
Leo hingegen lässt sich diesmal nicht von Jocelyns Schönheit ablenken, vielleicht weil er darauf vorbereitet ist.
Jocelyn steht auf der anderen Seite des Wohnzimmers, etwa fünf Meter von Leo entfernt, der nicht weit von der geschlossenen Eingangstür verharrt. Ihre Blicke treffen sich.
Nat nutzt die Gelegenheit, sich leise in einen Sessel zu setzen. Ihr Kopf pocht, obwohl Anna Coscarelli ihr erst vorhin zwei Aspirin gegeben hat.
Kyle Fisher hat sich neben seine Frau aufgebaut und starrt Leo mit solcher Wut an, als könnten jeden Moment Flammen aus seinen Augen schießen.

»Weiß er Bescheid?«, fragt Leo die Frau des Coachs.
Bis zu diesem Augenblick hat Jocelyn Fisher eine gewisse Fassung wahren können. Doch die drei Worte aus Leos Mund genügen, und sie wirkt plötzlich wie eine Frau am Rande des Zusammenbruchs. Ihre Augen lösen sich jäh von Leo, und sie lässt den Blick hektisch durch den Raum huschen, als wüsste sie auf einmal nicht mehr, wo sie sich befindet. Und als fürchte sie Gefahren von überall, wo ihre Augen landen.
Als ihr dann klar wird, dass an Flucht nicht zu denken ist, richtet sie den Blick zögernd erneut auf Leo. Selbst in diesem Moment bleibt ihr Gesicht fast unerträglich schön.
»Nein.« Sie stößt das Wort mit einem lauten Atemzug aus.
Kyles feindselige Miene bekommt Risse. Seine Augen jagen von seiner Frau zu Leo und wieder zu seiner Frau.
Ein guter Schauspieler?, fragt sich Nat. Oder ist der Sportlehrer nichts weiter als ein unschuldiger Zuschauer, der jetzt gleich ziemlich verletzt werden wird?
»Na, dann erzählen Sie mal«, sagt Leo, ohne Jocelyn aus den Augen zu lassen.
»Was zum Teufel redet der da, Jos? Weißt du, was er meint?« Kyles Wut wird von einer wachsenden Anspannung gezügelt, die so intensiv ist, dass Nat sie förmlich von ihrem Sessel aus riechen kann.
Unvermittelt gleiten Jocelyns Augen zu Nat. Nat muss an den alten Spruch denken, dass die Augen der Spiegel der Seele sind. Die Augen dieser Frau verraten schon fast zu viel. Doch ihr Mann blickt seine Frau forschend an, und Nat erkennt an seinem verwirrten Gesichtsausdruck, dass er rein gar nichts versteht.
»Mr. Fisher, kommen Sie, wir gehen in die Küche –« schlägt Nat vor.
Der Coach fällt ihr ins Wort. »Ich geh nirgendwohin, solange ich nicht weiß, was hier gespielt wird. Was meinten Sie vorhin für Blutspuren?«, fragt er Leo.
Jocelyn schreit leise auf. »Ich hab ihr nichts getan. Ich hab ihr nichts getan.«
»Jos, was redest du denn da?« Die ganze Wut des Coachs ist

verpufft. In seiner Stimme schwingt Panik mit. »Jos, nun sag schon. Was meinst du damit? Wem hast du nichts getan?« Er legt einen Arm um seine Frau, will sie an sich ziehen. Aber sie ist wie eine Eisskulptur, ein erlesenes gefrorenes Kunstwerk. Kyle scheint die Kälte zu spüren, denn er lässt sie rasch wieder los.
»Ich habe sie geliebt.« Jocelyns Stimme ist ein heiseres Flüstern. »Ich habe Sherry geliebt.«
»Was?« Fisher verliert fast das Gleichgewicht, das Geständnis seiner Frau erschüttert ihn bis ins Mark.
Er hat wirklich keine Ahnung, das sieht Nat. Und sie streicht ihn innerlich von ihrer Verdächtigenliste.

61

Kyle Fisher kann die Enthüllung seiner Frau noch immer nicht fassen. »Wenn du gesagt hättest, ein Mann – egal wer –, ich hätte es verstanden. Ich wär stinksauer gewesen, aber ich hätte es verstanden. Aber eine *Frau*? Du hast mit einer *Frau* geschlafen? Wieso? Ich meine, du bist doch nicht lesbisch. Auf keinen Fall, Jos. Mann, wenn ja, würde ich das doch wissen. In acht Jahren Ehe hätte ich das doch wohl gemerkt.«

»Du merkst gar nichts, Kyle. Du hast nie was gemerkt.« Jocelyn sagt das ohne einen Anflug von Feindseligkeit in der Stimme. Sie spricht es bloß als traurige Tatsache aus.

»Soll das heißen, es gab noch andere? Andere Frauen? Du warst mit mehr als nur einer Frau im Bett?«

Jocelyn wendet den Blick von ihrem Mann ab. Er packt sie so fest, dass sie aufschreit.

»Lassen Sie sie los, Kyle«, sagt Leo mit ruhigem Nachdruck.

»Ich muss hier raus«, sagt Fisher und stößt seine Frau mit solcher Kraft von sich weg, dass Jocelyn das Gleichgewicht verliert und hinfällt.

»Sie gehen nirgendwo hin, bis ich es Ihnen erlaube«, schnarrt Leo, während Nat zu Jocelyn eilt und ihr auf die Beine hilft.

»Ich hab Training –«

»Dann muss die Mannschaft eben warten.«

Nat spürt das Zittern in Jocelyn, als sie sie zum Sofa führt. Nat setzt sich ebenfalls hin, da ihr von der Anstrengung übel wird.

»Hast du die Frau umgebracht, Jos?«, stößt Kyle hervor. Sein Gesicht ist dunkelrot.

»Hast *du*?«, kontert sie.
»Du spinnst doch total! Du bist völlig wahnsinnig!«
»Weil ich jemanden geliebt habe, der zärtlich war, liebevoll, wunderschön –?«
»Halt die Klappe. Du machst mich krank. Ich kenne dich nicht mehr. Ich weiß nicht mehr, wer du überhaupt bist.«
»Das erste Mal in all den Jahren, dass du zu mir ehrlich bist, Kyle«, sagt Jocelyn mit einem wehmütigen Lächeln.
»Wie wär's, wenn Sie auch zu mir ehrlich wären, Jocelyn?«, fordert Nat leise.
Jocelyn wendet den Kopf und blickt Nat zum ersten Mal an. »Es ... tut mir leid.«
Nat nickt, hält dann abrupt inne, weil die Bewegung ihr einen schmerzhaften Stromstoß durch den Hinterkopf jagt. »Woher wussten Sie, dass Jenni bei mir war?«
Jetzt ist es Leo und nicht Jocelyns Mann, der die Frau mit Blicken durchbohrt. »*Sie* haben Natalie niedergeschlagen?«
Kyle ist irritiert. Er lehnt sich haltsuchend gegen die Wand.
Jocelyn presst die Augen zu. »Ich wusste nicht, was ich machen soll. Ich hatte Angst.«
»Angst, Jenni würde mir das von Ihnen und Sherry erzählen?«, fragt Nat seelenruhig.
Jocelyn bringt nur ein schwaches Nicken zustande.
»Jenni hat gedacht, Sie beide hätten sie an dem Tag nicht gesehen«, sagt Nat.
»An welchem Tag?«, wirft Leo ein, als wollte er ihr auf der Stelle ihre Rechte vorlesen.
»Das war vor zwei Wochen, nicht?«
Jocelyn nickt. »Wir haben sie nicht gesehen.«
Kyle Fisher lässt sich in den nächstbesten Sessel fallen, wie eine kaputte Puppe.
Leo bleibt stehen. »Und wie haben Sie dann –?«
»Will Burdett hat es Ihnen erzählt«, rät Nat.
»Ja«, bestätigt sie schwach. »Er ist gleich zu mir gekommen, nachdem er es von Jenni erfahren hatte.«
Kyle blickt einen Moment auf, dann zuckt er mit den breiten Schultern und starrt nach unten auf seine Basketballschuhe.

»Haben Sie Sherry erzählt, dass Jenni es wusste?«, fragt Nat.
Jocelyn schüttelt den Kopf. »Sherry hatte auch so schon genug Probleme. Ich hatte Angst, sie würde es nicht verkraften.«
»Will war auch gestern Abend hier bei Ihnen, als Jenni ihn anrief, um ihm zu sagen, dass sie bei mir wohnt.«
Kyle ist augenblicklich hellwach. »Blödsinn, ich war zu Hause, das müsste ich doch wissen.«
»Du lagst oben und hast geschnarcht, Kyle.« Eine Emotion – überwiegend Abscheu – hat sich in die Stimme seiner Frau geschlichen.
»Wie spät war das?«, fragt Leo.
»Gegen Mitternacht.«
»Was zum Teufel hat der kleine Scheißer um *die* Uhrzeit hier getrieben?«, faucht Kyle.
Jocelyn verliert die Beherrschung. »Du sagst es, Kyle. Er hat es hier getrieben, und zwar mit mir. Okay? Kapierst du? Wir haben hier mitten im Wohnzimmer gevögelt. Genau hier auf der Couch.« Tränen quellen ihr aus den Augen, und in jedem Wort von ihr steckt der gleiche Ekel vor ihrem Mann, ein Ekel, der ihr auch in das wunderschöne Gesicht geschrieben steht.
»Du bist ja abartig. Männer, Frauen, Jungs. Hast du's auch mit kleinen Mädchen gemacht?«, schreit Kyle und steht auf, die Hände zu Fäusten geballt.
»Setzen Sie sich, Kyle.« Leo sieht ihm in die Augen, während er mit der Pistolenhand in seine Jacke greift. Der Coach versteht und lässt sich wieder in den Sessel fallen.
»Und Will hat Ihnen gesagt, wo Jenni war?«
»Nein«, sagt Jocelyn. »Ich hab mitbekommen, wie er die Adresse wiederholt hat, als er sie sich nebenan notiert hat.«
»Will Burdett hat Sie erpresst, nicht?«, sagt Nat leise. »Solange Sie ihm gegeben haben, was er verlangte, würde er Ihrem Mann nichts von Ihrer Beziehung zu Sherry verraten.«
Der Coach presst die Lippen zusammen, aber seine Augen sprechen noch immer Bände.
Erneut sammeln sich Tränen in Jocelyns Augen. »Und er wollte Buck nichts verraten.«

»Aber nach Sherrys Ermordung hatten Sie Angst, Jenni würde ausplaudern, was zwischen Ihnen und ihrer Mutter war.« Leo macht dort weiter, wo Nat aufgehört hat.
»Ich wollte Jenni nichts tun. Ich schwöre. Ich musste einfach nur mit ihr reden. Ihr erklären, was ... was Sherry mir bedeutet hat. Und was ich ihr bedeutet habe.«
»Um drei Uhr morgens?«, sagt Leo skeptisch.
»Ich war verzweifelt. Als Will endlich gegangen war, konnte ich nicht schlafen. Ich musste immerzu an Jenni denken, und dann bin ich einfach ins Auto gestiegen und nach Brookline gefahren.« Sie blickt Nat an. »Ich wollte bei Ihnen vor dem Haus im Auto warten. Ich hatte gehofft, Sie würden morgens irgendwann zur Arbeit gehen und ich könnte dann nach oben und mit Jenni reden.«
»Und dann kam der Stromausfall.«
Jocelyn lächelt traurig. »Glücklicher Zufall, hab ich mir gesagt. Als ich gerade vor dem Haus hielt, sah ich, wie der Portier sein Büro verließ, und ich hab mich in die Halle geschlichen. Die Schlüssel hingen in seinem Büro, mit Namen dran. Ich hab mir Ihren genommen und bin die Treppe hoch zu Ihrer Etage. Ich war kaum in Ihrer Wohnung drin, da hat mich auch schon Ihr Hund gehört oder gewittert und fing an zu bellen. Dann ging irgendwo ein Glas zu Bruch. Ich hab mit meiner winzigen Schlüssellampe in die Richtung geleuchtet, aus der das Geräusch gekommen war, und gerade noch gesehen, wie Jenni in ihr Zimmer lief und die Tür schloss. Ich wusste, ich hätte auf der Stelle wieder verschwinden sollen, aber da Jenni wach war, hab ich gedacht, ich könnte doch in ihr Zimmer gehen und ... Aber als ich hineinging, ist der Hund erst richtig wild geworden, und ich konnte Jenni nirgends sehen, und ich dachte, nichts wie weg hier, zumal es sowieso verrückt war, einfach so in eine fremde Wohnung einzudringen –«
Kyle Fisher schnaubt höhnisch.
Jocelyn übergeht ihn. »Als ich Jennis Tür gerade wieder aufmachen wollte, hörte ich Sie kommen und hab mich schnell hinter dem Vorhang versteckt. Ich hab Panik gekriegt, als Sie Jenni gerufen haben. Ich wusste ja nicht, was mit ihr passiert

war, aber ich wusste, wenn Sie mich erwischen würden …« Ihr Atem geht rasch und schwer.

»Hören Sie, ich weiß, was ich getan hab, ist furchtbar –«

»Ich würde sagen, kriminell«, wirft Leo bissig ein.

Jocelyn blickt Leo aus glanzlosen Augen an. »Ja, Sie haben recht, klar. Ich hab ihr mit einer Vase, die auf der Kommode stand, auf den Kopf geschlagen. Sie ist nicht kaputtgegangen. Ich hab irgendwie gedacht … gehofft …, dass die Verletzung dann ja nicht so schlimm sein kann. Ich hab die Vase wieder zurückgestellt und bin abgehauen.«

Das heißt, die Spurensicherung wird ihre Fingerabdrücke finden können.

Kyle fängt an, vor sich hinzumurmeln: »Ich glaub, ich träume. Das kann doch alles nicht wahr sein.«

»Reden wir über Donnerstagnachmittag, Jocelyn«, sagt Nat sanft.

Wieder kommen Jocelyn die Tränen. »Sherry hat mich von der Arbeit aus angerufen. Sie hat gesagt, sie müsse raus aus dem Laden, und sie wollte mich sehen, ich sollte zu ihr nach Hause kommen. Sie meinte, Buck wäre noch mindestens eine Stunde im Fitnessstudio.« Sie wirft Leo einen kurzen Blick zu. »Ich war nicht die ganze Zeit in der Bibliothek, das war gelogen.«

»Sie stand unter der Dusche, als Sie ankamen«, sagt Leo, und Jocelyns Augen weiten sich vor Verblüffung, dass er das weiß.

»Hat Sie Ihnen erzählt, warum Sie es auf der Arbeit nicht mehr ausgehalten hat und früher gegangen ist?«, fragt Nat.

Jocelyn zögert. »Sie hatte … Streit mit jemandem gehabt«, sagt sie vage.

»Mit Kevin Wise?«, fragt Leo nach.

Aber Nat schüttelt den Kopf. Allmählich sieht sie die Zusammenhänge klarer. »Mit Laura Richards.«

Leo hängt etwas hinterher. Als Nat in seine Richtung schaut, sieht sie, wie sein Verstand arbeitet.

Jocelyn wischt sich mit dem Ärmel des Bademantels über die tränennassen Wangen. »Laura ist … gestört. Sie ist eine hochgradig gestörte Frau.«

Leo schaut Nat an, wartet ab, wie sie darauf reagiert.

»Sie war auch in Sherry verliebt«, sagt Nat. Aber diesmal liegt sie falsch.
Ein gequältes Lächeln malt sich auf Jocelyns Lippen ab. »Nein. Nicht in Sherry. In mich.« Sie seufzt schwer.
»O Gott«, murmelt Kyle Fisher. »Ich bin mitten in einem Lesbenalbtraum.«
Jocelyn ringt sich ein mattes, humorloses Lächeln ab. »Tut mir leid, Kyle.« Aber in ihrem Tonfall ist keine Spur von Bedauern.
»Erzählen Sie uns von Laura«, sagt Leo. »Von Ihnen und Laura.«
»Laura hat sich gleich an mich rangemacht, als wir uns bei einem Spiel der Black Hawks kennenlernten. Sie war mit Sherry da. Als ich Sherry das erste Mal sah, fühlte ich mich auf der Stelle zu ihr hingezogen, und ich wusste, dass es umgekehrt auch so war. Aber … aber sie hatte noch nie … was mit einer Frau gehabt, und sie war noch nicht bereit dazu.«
»Aber Laura Richards war bereit«, sagt Nat.
»Ja. Wir haben uns einmal getroffen. Es war keine gute Idee. Ich hab Laura erzählt, dass ich von Sherry fasziniert war. Sie … sie hat das nicht besonders gut verkraftet.«
»Und sie hat es noch schlechter verkraftet, als Sie und Sherry ein Paar wurden«, sagt Nat.
»Wir haben uns möglichst diskret verhalten, aber Laura war unglaublich wachsam. Und als sie Sherry zur Rede gestellt hat, hat Sherry ihr die Wahrheit gesagt.«
»Wann war das Gespräch zwischen den beiden?«, fragt Nat, obwohl sie bereits eine Vermutung hat, mit der sie diesmal richtig liegt.
»Am Donnerstag. Beim Mittagessen in der Cafeteria.«
»Laura muss geschockt gewesen sein. Einen Verdacht zu haben ist eine Sache, die Bestätigung zu erhalten eine ganz andere«, sagt Nat leise.
»Sie war geschockt und wütend. Sie hat gedroht, alles Sherrys Mann und auch meinem zu sagen, wenn wir die Sache nicht beenden.« Jocelyn bedenkt Kyle mit einem völlig emotionslosen Blick. »Sherry und ich wollten … na ja, wir wollten durchbren-

nen, anders kann ich es nicht ausdrücken. Sobald wir alle Vorkehrungen getroffen hätten, wollte Sherry mit Jenni sprechen, und wir drei wären …« Jocelyn presst die Augen zu, dennoch schaffen es die Tränen hindurch.

»Hat Sherry Laura von Ihren Plänen erzählt?«, fragt Nat.

»Um Gottes willen, nein. Sie hat befürchtet, Laura würde nur alles kaputtmachen. Daher hat sie das Thema gewechselt.« Jocelyn stößt ein gequältes Lachen aus. »Sie hat Laura von ihrem Verdacht erzählt, mit dem Tod einer Frau auf ihrer Station vor ein paar Tagen würde es nicht mit rechten Dingen zugehen. Sie hat gesagt, diesmal würde sie Beweise finden und die Verantwortlichen drankriegen.« Sie zögert. »Laura hat gesagt, das wäre nicht nur dumm, sondern auch gefährlich.«

Leo und Nat wechseln einen Blick. Das Bild wird von Minute zu Minute klarer. Sie warten beide, dass Jocelyn fortfährt.

»Vor etwa sechs Jahren hat Laura gesehen, wie ein Pfleger einer Bewohnerin auf Sherrys Station eine Insulinspritze gegeben hat. Kurz darauf war die Bewohnerin tot«, sagt Jocelyn. »Als Laura zum Chefarzt wollte, um ihm von ihrer Beobachtung zu berichten, sah sie, wie derselbe Pfleger just in dem Moment aus dem Büro von Kevin Wise kam und ein dickes Kuvert einsteckte. Laura hat Wise gleich darauf angesprochen, und er hat ihr Schweigegeld gezahlt.«

»Und Sherry hatte von all dem keine Ahnung?«

»Nicht bis letzten Donnerstag. Nicht, bis Laura sie auch bestechen wollte.« Jocelyn kramt aus ihrem Bademantel ein stark benutztes Taschentuch hervor. Sie betupft sich damit die Augen. »Laura kannte Sherry gar nicht richtig. Sonst hätte sie sich denken können, dass Sherry einfach nur enttäuscht und entsetzt über Lauras Beteiligung an der Sache sein würde. Sie hat zwar nichts zu Laura gesagt, aber Laura hat es ihr angemerkt, da bin ich mir sicher. Als Sherry mich anrief, war sie völlig fertig. Als wir … als wir uns dann trafen, haben wir beschlossen, dass sie Jenni am Abend alles erzählen würde und wir abhauen wollten. Ich hab drei Flugtickets nach Tampa in Florida gekauft. Meine Mutter lebt dort. Wir wollten …« Es verschlägt ihr die Sprache.

Aber Leo drängt sie weiter. »Wissen Sie, wer Sherry ermordet hat? Haben Sie gesehen –?«
»Gesehen? Meinen Sie, ich hätte tatenlos dabeigestanden und zugesehen, wie sie …« Jocelyn schnürt es wieder die Kehle zu.
»Mit *sie* meinen Sie Laura Richards?«, fragt Leo nach.
»Ich weiß nicht. Ich weiß nicht, ob sie es war. Wir haben gehört, wie die Wohnungstür aufging, und da hat Sherry mich hastig rausgeschmuggelt.«
»Durch die Küche? Über die Feuertreppe?«, ergänzt Leo.
Jocelyn nickt. »Wir dachten, es sei Buckley. Sherrys Mann.« Sie holt zittrig Luft. »Vielleicht war er es. Ich weiß es nicht. Wäre ich doch bloß geblieben … dann wäre sie vielleicht noch am Leben.«
»Oder«, folgert Nat, »Sie wären jetzt beide tot.«
Jocelyn starrt Nat an, mit emotionsloser Miene, die Tränen auf ihren Wangen getrocknet. »Ich bin doch so gut wie tot.«
Kyle Fisher fängt an zu weinen. All seine Schutzmechanismen – die Wut, die Empörung, der Abscheu – versagen. Nat spürt sogar einen Anflug von Mitleid. Aber nur einen Anflug.
Wenn seine Frau in diesem Moment überhaupt irgendetwas für ihn empfindet, so lässt sie es sich nicht anmerken.
»Ihr Alibi für Donnerstag war eine Lüge, Mrs. Fisher«, stellt Leo fest. »Was ist mit Freitagabend? Haben Sie Laura Richards mit Ihrem Wagen überfahren?«
»Nein.« Sie stockt. »Aber gesehen hab ich sie an dem Abend. Sie hat mich gegen sechs auf meinem Handy angerufen und mich um ein Treffen gebeten. Zuerst hab ich sie abgewimmelt. Ich hab mir selbst nicht getraut. Wenn sie Sherry umgebracht hätte, weiß ich nicht, was ich mit ihr gemacht hätte. Sie hat wohl geahnt, was mir durch den Kopf ging, und sie hat geschworen, dass sie es nicht war.«
»Haben Sie ihr geglaubt?«, fragt Nat.
»Ich … wusste einfach nicht, was ich glauben soll. Ich hab sie schließlich zurückgerufen und mich mit ihr verabredet. Mir war klar geworden, dass ich Gewissheit brauchte. Ich dachte, wenn wir uns treffen, von Angesicht zu Angesicht, dann würde ich es schon merken, selbst wenn sie es nicht zugeben würde.«

»Wann haben Sie sie zurückgerufen?«
»Gegen halb acht. Ich war in einer Kneipe in der Nähe der Bibliothek. Wollte meine Trauer in Bourbon ertränken. Hat aber nicht geklappt.«
»Haben Sie sich dort mit ihr getroffen?«
»Ja, Lieutenant.«
»Und was ist passiert?«
Jocelyn schließt die Augen. »Sie wollte, dass wir uns gegenseitig trösten, nach Sherrys Tod.« Ihre Stimme bebt jetzt vor Empörung. »Ich konnte es nicht fassen. Sie wollte sich tatsächlich an mich ranmachen.«
»Haben Sie die Antwort bekommen, die Sie haben wollten?«, fragt Nat behutsam. »Als Sie Laura gesehen haben, wussten Sie da, ob sie schuldig ist?«
»Ich war einfach zu aufgewühlt, um klar denken zu können. Aufgewühlt und wütend. Ich hab Laura gesagt, sie soll sich zum Teufel scheren, sie sollte mir bloß nie wieder unter die Augen kommen, und dann bin ich aus der Kneipe rausgestürmt und ins Fitnessstudio gefahren. Ich musste meine Wut körperlich abreagieren, und als ich mich wieder beruhigt hatte, bin ich einkaufen gefahren und anschließend nach Hause.«
»Als ich gestern Abend hier war, haben Sie auf mich in der Tat einen äußerst beruhigten Eindruck gemacht«, sagt Leo sarkastisch. »Sie sind eine verdammt gute Lügnerin, Mrs. Fisher.«
»Ich hatte Angst.«
»Vielleicht hatten Sie auch allen Grund dazu.« Leo setzt seinen Angriff fort. »Ich habe nämlich lediglich Ihr Wort, dass noch jemand in die Wohnung kam, als Sie sich mit Sherry bei ihr zu Hause getroffen haben. Vielleicht ist die Wahrheit ja die, dass sie die Affäre mit Ihnen beenden wollte und Sie sie umgebracht haben. Und dann haben Sie sich mit Laura Richards verabredet, um herauszufinden, wie viel sie weiß oder vermutet, und Sie sind zu dem Schluss gekommen, dass sie zu viel weiß oder zu viel vermutet, und daraufhin haben Sie beschlossen, sie auch aus dem Weg zu räumen. Vielleicht sind Sie, nachdem Sie die Kneipe verlassen hatten, ins Auto gestiegen und haben gewartet, bis sie rauskommt. Dann sind Sie ihr gefolgt, und als sie in

die Babcock einbog und über die Straße zu ihrem Auto ging, haben Sie Gas gegeben und sie überfahren.«

Jocelyn zuckt nicht einmal mit der Wimper. »Es ist mir egal, ob Sie glauben, ich hätte Sherry umgebracht und Laura überfahren. Von mir aus können Sie mich einsperren und den Schlüssel wegwerfen. Gestern Abend hab ich gedacht, ich krieg … mein Leben vielleicht doch noch irgendwie wieder in den Griff. Ich wollte eins von den Tickets nehmen und nach Tampa fliegen. Aber dann hab ich alle drei Tickets schließlich doch zerrissen. Ich hab nichts mehr im Leben.« Sie richtet den Blick auf Nat. »Das ist mir klar geworden, nachdem ich Sie in Ihrer Wohnung niedergeschlagen hatte und geflohen war. Wohin sollte ich denn fliehen?«

Schließlich blicken Jocelyn und ihr Mann einander an, Jocelyn mit trockenen, Kyle mit verweinten Augen. Ob es für Jocelyn Fisher in ihrem Leben noch einmal eine Chance gibt oder nicht, der Blick, mit dem die beiden sich ansehen, verrät Nat, dass ihre Ehe nicht die geringste Chance mehr hat.

62

»Ich mach mir Sorgen um sie«, sagt Nat, als sie ins Auto steigen. »Ich halte Jocelyn Fisher für hochgradig selbstmordgefährdet.«

»Du hast ihre Mutter in Tampa angerufen. Sie will herkommen, so schnell sie kann. Kyle ist nicht mehr in der Wohnung, und wenn er überhaupt noch einmal zurückkommt, dann höchstens, um seine Sachen zu holen.«

»Trotzdem –«

»Natalie, die Frau hätte dich beinahe umgebracht. Und es steht längst nicht fest, ob sie nicht doch ihre Geliebte getötet und die Freundin ihrer Geliebten über den Haufen gefahren hat.«

»Ich glaube ihr, Leo.«

»Willst du deshalb keine Anzeige erstatten?« Sein Zorn macht sich erneut bemerkbar. »Ob du ihr die Geschichte abkaufst oder nicht, es gibt keinerlei handfeste Beweise dafür, und das weißt du. Und wenn du Anzeige erstatten würdest, könnte ich sie in eine Zelle stecken und du müsstest dir keine Sorgen machen, weil sie ganz allein ist und sich was antun könnte.«

»Na wunderbar. Als ob das ihre Stimmung heben würde, wenn sie in einer kleinen Zelle hockt. Wahrscheinlich würde sie sich an ihrem BH aufhängen«, entgegnet Nat empört.

»Hätte ich bloß drauf bestanden, dass du zu Hause bleibst«, knurrt Leo und schlägt frustriert mit der Hand aufs Lenkrad. Dann legt er den Rückwärtsgang ein und setzt von der Einfahrt der Fishers auf die Straße.

Nat lehnt sich vorsichtig nach hinten. Ihr Kopf tut jetzt höllisch weh.
»So, und jetzt bring ich dich nach Hause«, sagt Leo barsch und schiebt den Schalthebel auf *Drive*. Doch nach einem Blick auf Nat mäßigt er sein Temperament so weit, dass er nicht zu viel Gas gibt, als er losfährt.
Nat schließt die Augen.
»Schläfst du?«, fragt Leo nach zwei Minuten.
»Nein.«
»Ich glaube ihr auch. Weiß der Henker, warum, aber ich glaube ihr.«
Nat lächelt.
Leo dagegen lächelt nicht. »Aber was haben wir davon?«
»Es bringt uns einen Schritt weiter.«

»Megan hat aus dem Krankenhaus angerufen«, sagt Jenni, kaum dass Nat Leos Wohnung betreten hat.
»Ist ihre Mom –?«
»Unverändert.«
Nat nickt. Sosehr sie hofft, dass Laura Richards durchkommt, sie empfindet nicht mehr so viel Mitgefühl für die Frau wie noch vor ihrem Besuch bei den Fishers.
»Megan hat mich gefragt, ob ich zu ihr nach Hause fahren und ein paar Sachen für sie einpacken kann. Sie will im Krankenhaus bleiben, und ihre Tante will nicht, dass Megan allein ist, falls … Sie wissen schon.«
»Ja, ich weiß.«
»Ich dachte, ich fahre mit der U-Bahn hin. Die Leute nebenan haben einen Schlüssel vom Haus. Ich packe eine Tasche und bring sie ihr ins Krankenhaus. Ich wollte nur warten, bis Sie wieder da sind.«
»Wo sind Anna, Jakey und Hannah?« So still, wie es in der Wohnung ist, können die drei unmöglich zu Hause sein.
»Jakey wollte Hannah einem Freund in der Nachbarschaft zeigen, also ist Anna mit ihnen dahin. Ich soll Ihnen sagen, sie ist rechtzeitig zum Lunch wieder da. Aber wenn Sie Hunger haben, im Kühlschrank steht selbstgemachter Tortellinisalat,

etwas, was sich Caponata nennt und … ich weiß nicht … jedenfalls Berge von Fressalien.«

Nat schmunzelt. »In der *Trattoria Coscarelli* muss niemand je Hunger leiden.«

»Wo waren Sie? Ich hab mir Sorgen gemacht, als ich wach wurde und Sie weg waren. Aber Anna meinte, Sie wären mit Leo unterwegs und ich müsste mir keine Sorgen machen, wenn Sie bei ihrem Sohn wären.« Jenni blickt sie fragend an.

Nat legt der Jugendlichen einen Arm um die Schulter. »Komm, Jenni, wir setzen uns mal kurz.«

Dann bugsiert Nat sie in das große, loftähnliche Wohnzimmer, einen Raum, der ursprünglich zu einer alten Fahrstuhlfabrik gehörte. Ein Teil der Backsteinwände und alten Balken sind erhalten geblieben, was für Charakter und Wärme sorgt. Hier lässt es sich wohnen.

Mensch, hier ließe es sich *leben* …

Nat setzt sich neben Jenni auf eine Couch mit einem dicken, rostbraunen Überwurf und ergreift eine Hand des Mädchens.

»Ich war bei Jocelyn Fisher.« Nat spürt Jennis Versuch, ihre Hand zurückzuziehen, aber Nat lässt nicht los. »Sie hat deine Mutter geliebt, Jenni. Und deine Mutter hat sie geliebt. Deine Mom wollte dich bitten, mit ihnen zusammen nach Tampa zu ziehen –«

»Niemals. Nie im Leben wäre ich da mitgegangen. Ich werde mit meinem Dad zusammenziehen. Ich würde doch nicht … mit einem Lesbenpaar zusammenwohnen.« Jenni schafft es schließlich doch, ihre Hand wegzuziehen. Aber Nat fasst sie an den Schultern und zwingt sie, sitzen zu bleiben.

»Liebe zwischen zwei Menschen – ganz gleich, welchen Geschlechts – ist etwas Seltenes und Wunderschönes, Jenni. Du hast mir selbst erzählt, dass deine Mutter nicht glücklich war und du sie gerne verstanden hättest. Gut, jetzt hast du die Gelegenheit dazu. Ich habe nicht den geringsten Zweifel daran, dass deine Mutter mit Jocelyn Fisher glücklich war, und wenn diese schreckliche Tragödie nicht passiert wäre, dann hätten die beiden zusammen ein schönes Leben gehabt – auch mit dir, wenn du dazu bereit gewesen wärst. Sie hätten vielleicht einen

Weg gefunden, dass du auch bei deinem Dad hättest wohnen können, zumindest teilweise. Da bin ich sicher. Deine Mutter und Jocelyn waren am Donnerstag zusammen. Und ich finde, du solltest wissen, dass deine Mom in dieser kurzen Zeit mit Jocelyn glücklich war.«

»Bitte … hören Sie auf.« Jennis Flehen ist ein heiseres Flüstern.

Nat zieht Jenni an sich. »Ist ja gut, wein dich ruhig aus. Dann rufen wir ein Taxi und packen ein paar Sachen für Megan zusammen.«

Es dauert nicht lange, bis Nats Pullover von Tränen durchtränkt ist.

63

Als Dan Silvers Handy sechsmal klingelt und dann die Mailbox anspringt, ist Leo eher genervt als besorgt. Eigentlich hätte sein Partner sich längst melden sollen.

Er blickt auf die Uhr. Es ist kurz nach zehn Uhr morgens. Silver müsste gegen neun im Seniorenheim gewesen sein, um mit dem Personal und den Heimbewohnern auf Laura Richards' Station zu sprechen, ob man ihr dort für die fraglichen Stunden ein Alibi geben kann. Vielleicht findet er den Täter oder die Täterin ja per Ausschlussverfahren.

Erst als er schon auf der Hanover Street ist, beschließt er, zur Morrow Farm Residence zu fahren, vielleicht hat er bei den Morrows ja mehr Erfolg als sein noch unerfahrener Partner. Er hält Mr. Morrow für den wahrscheinlicheren Kandidaten der beiden. Der alte Knabe war bei der ersten Vernehmung äußerst nervös. Hilary war sichtlich erleichtert, ihn unter einem Vorwand aus dem Zimmer schicken zu können.

Ja, er wird sich auf Graham Morrow konzentrieren, sich allein mit ihm unterhalten, ihn ein bisschen unter Druck setzen, wie Silver sagen würde.

Es schneit nicht mehr, aber Schneeberge türmen sich auf beiden Seiten der freigeräumten Straße. Leo biegt von der Huntington Avenue in die Beacon Street, die durch Brookline zur Route 9 nach Newton führt. Als er die Abfahrt Newton Center nimmt, fällt ihm ein, dass das Motel, in dem Kevin Wise Stammgast war, ganz in der Nähe liegen muss. Wie hieß der Laden nochmal?

Brookside. Genau. Brookside Motel.

Er hält an einer Tankstelle auf der Center Street. Die junge Frau an der Kasse lässt eine Kaugummiblase knallen und schüttelt den Kopf, als er sich nach dem Motel erkundigt. Doch ein Kunde, der hereingekommen ist, um seine Tankfüllung zu bezahlen, stammt aus der Gegend und beschreibt Leo den Weg.

Aber er macht dabei ein komisches Gesicht.

»Stimmt was nicht?«, fragt Leo.

Der Kunde, ein Mann mittleren Alters in einem eleganten Kaschmirmantel, errötet leicht. »Nein, nein. Das Motel ist nur ... nicht gerade das Ritz.«

»Ich will auch nicht ins Ritz.«

Das Brookside Motel erfüllt nicht mal den Standard, den man von preisgünstigen Motels weit unter Ritz-Niveau erwarten würde. Es besteht aus einem langen, schnurgeraden Flachbau mit zwölf Zimmereinheiten und liegt etwas von der Straße zurückversetzt auf einem mit Sträuchern und Kiefern bewachsenen Grundstück. Die blasse Schlammfarbe des Gebäudes war wahrscheinlich früher mal weiß. Links neben jeder der zwölf Türen befindet sich ein Panoramafenster mit Blick auf den Parkplatz und einen umzäunten Pool, der seit mindestens zwanzig Sommern kein Wasser mehr gesehen hat. Vor jeder Zimmereinheit ist eine Abstellfläche für ein Auto von Schnee freigeschaufelt. Aber niemand hat daran gedacht, auch den Zementweg zu räumen, der entlang des ganzen Gebäudes verläuft, sodass jeder, der hier übernachten will – oder vermutlich eher ein, zwei Stunden hier verbringen will –, durch knöcheltiefen Schnee stapfen muss, um zu den Zimmern zu gelangen. Auf keiner der Stellflächen ist zurzeit ein Auto geparkt.

Leo fährt an einem großen Reklameschild vorbei, auf dem das Brookside stolz verkündet, dass sämtliche Zimmer mit Klimaanlage und Pay-TV ausgestattet sind. Neben einem kleinen Holzhaus einige Schritte entfernt steht ein verbeulter Chevy-Pick-up, an dem ein Schneepflug montiert ist. In das Haus führen zwei Türen, über denen je ein Schild prangt, auf dem einen steht PRIVAT, auf dem anderen BÜRO. Als Leo auf die Bürotür zugeht, fragt er sich, ob das Brookside wohl auch mit

einer Heizung ausgestattet ist. Draußen sind es bestimmt sechs Grad unter Null, der Himmel ist wolkenverhangen, und für den späten Nachmittag ist wieder Schneefall angesagt.
Eine kleine Glocke klingelt innen über der Tür, als Leo das Büro betritt, das etwa so groß ist wie eine typische Arrestzelle und fast ebenso trist wirkt. Und es ist fast so kalt wie draußen. Hinter einer Theke mit Kassettenimitat sieht er eine Tür, die bestimmt in den privaten Bereich führt. Sie öffnet sich, gleich nachdem Leo die Außentür geschlossen hat.
»Guten Tag.« Der Mann, der in der Verbindungstür auftaucht, sieht aus wie Ende fünfzig, Anfang sechzig. Er ist kahlköpfig, trägt eine Brille und dürfte weit über drei Zentner auf die Waage bringen. Das Sweatshirt mit dem Namenszug der Eishockeymannschaft Boston Bruins ist ihm viel zu eng und reicht nur halb über seinen kolossalen Bauch. Er muss sich förmlich in die Lücke zwischen Theke und Wand hineinzwängen.
Leo zeigt ihm seine Marke.
»Ich nehme an, Sie wollen kein Zimmer?«
»Sind Sie der Besitzer?«
»Der Manager. Der Besitzer ist in Florida.«
»Betreiben Sie das Motel allein?«
»Sieht es so aus, als würde ich Hilfe brauchen?«, fragt der Manager trocken.
»Vor einer Weile war ein Kollege von mir hier. Sein Name ist Buckley. Er hat Sie gebeten, darauf zu achten, ob –«
»Ja, ich erinnere mich. Ich hab ihn vor ein paar Wochen angerufen, als die Autos hier aufgetaucht sind. *Mr. Smith* und seine Freundin hatten Zimmer drei. Die Freundin hat ihren Wagen direkt hinter seinem geparkt. Drei. Glückszahl.«
»Buckley ist an dem Tag hergekommen, als Sie ihn angerufen haben.«
»Allerdings. Keine zwanzig Minuten später war er da. Muss das Gaspedal bis zum Anschlag durchgetreten haben.«
»Ist er in Zimmer drei reingegangen?«
»Nein.«
»Was hat er gemacht?«
»Hat vielleicht fünfzehn Minuten in seinem Wagen vor Zim-

mer vier gehockt, dann hat er zurückgesetzt und ist wieder weggefahren. Mit quietschenden Reifen.«
»Können Sie Mr. Smith beschreiben?«
»Ich hab noch was Besseres.« Mit großer Mühe beugt sich der Manager zur Seite und holt unter der Theke einen alten Schuhkarton hervor. Er öffnet ihn, kramt darin herum und findet schließlich, was er sucht. Es ist ein Foto, überbelichtet, zu hell, der abgebildete Mann hat den Kopf gesenkt, aber er ist trotz allem eindeutig zu erkennen: Kevin Wise.
»Haben Sie das Foto gemacht?«
»Ein Starfotograf bin ich nicht gerade«, sagt er glucksend mit wabbelndem Dreifachkinn.
»Fotografieren Sie alle Gäste?« Leo denkt, dass der Manager sich vielleicht mit kleinen Erpressungen was dazu verdient.
»Nein. Ihr Kollege hat mich gebeten, Fotos von Mr. Smith und seiner Freundin zu machen. Leider ist nur Mr. Smith hier im Büro gewesen. Und seine Freundin war zu weit weg, um ein passables Foto von ihr schießen zu können.« Er tippt mit einem dicken Finger auf das Foto.
»Darf ich das behalten?«
»Von mir aus. Aber wenn Sie's bei einem Fotowettbewerb einreichen und gewinnen, krieg ich das Preisgeld.« Er gluckst erneut.
Leo wartet, bis der Manager mit dem Lachen fertig ist. »Sie sagen, seine Freundin war zu weit weg für ein passables Foto. Aber Sie haben sie zu Gesicht bekommen?«
»Ganz kurz. Ja.«
»War sie blond?«
Er zuckt die Achseln. »Sie trug ein Kopftuch.«
»Hatten Sie sie davor schon mal gesehen?«
»Ich glaube nicht.«
»Ihn?«
»Nein. Nicht dass ich wüsste.«
»Könnte sechs Jahre zurückliegen.«
»Na, das würde es erklären. Ich bin erst seit vier Jahren hier. Mein Vorgänger hat den Löffel abgegeben. Drüben in Zimmer sieben. Hat sich ein bisschen mit einer Freundin verlustiert.

Hoffe, er ist noch auf seine Kosten gekommen, bevor er die Biege gemacht hat.«

»Wenn Ihnen irgendwas über die Freundin von Mr. Smith einfällt, egal, was, wäre es auf jeden Fall hilfreich«, sagt Leo, der sich in Geduld übt, während er abwartet, bis der Manager sich von einem weiteren glucksenden Lachen erholt hat.

»Nicht viel ... Moment, Moment.« Nachdem er den Schuhkarton erneut durchwühlt hat, hält der Manager einen Ohrring aus Silber und Türkis hoch. »Den hat sie liegen lassen. Es sei denn, er hat Mr. Smith gehört«, sagt er mit einem Augenzwinkern.

»Sind Sie sicher?«

»O ja. Ich gehe immer gleich in die Zimmer, wenn die Gäste gegangen sind. Guck nach, ob sie irgendwas vergessen haben.«

»Klar, bestimmt nicht, um nachzusehen, ob sie die Handtücher geklaut haben«, sagt Leo trocken, bedauert aber die Bemerkung gleich wieder, weil sie dem Manager Anlass für einen erneuten Heiterkeitsausbruch liefert.

»Jedenfalls, an diesen Ohrring kann ich mich deshalb so gut erinnern, weil ich hin und her überlegt hab, ob ich Ihren Kollegen deswegen anrufen soll. Aber nehmen Sie's nicht persönlich, je weniger ich mit der Polizei zu tun hab, desto wohler ist mir.«

Leo nimmt einen kleinen Beweisbeutel aus der Jackentasche. Die Spuren sind zwar mit großer Wahrscheinlichkeit durch den ganzen anderen Kram in dem Schuhkarton verwischt, aber jedes Beweisstück ist besser als gar keins.

»Darf ich?«, sagt Leo und lässt den Ohrring in die Tüte gleiten. Nicht dass ein Nein des Managers ihn daran gehindert hätte.

Kaum hat Leo das Büro verlassen, hält er den Beweismittelbeutel mit dem Ohrring gegen das Licht. Hat sich da ein winziges schwarzes Haar in der Drahtschlaufe verfangen? Natürlich könnte es auch aus dem Schuhkarton stammen, aber andererseits ...

Er ist schon auf halbem Weg zum Seniorenheim – eine Fahrt von zehn Minuten –, als ihm plötzlich etwas einfällt. Er schlägt sich mit der flachen Hand gegen die Stirn, weil er nicht schon früher auf den Gedanken gekommen ist.

Er holt sein Handy hervor und ruft Jim Franklin an, Assistent in der Gerichtsmedizin.
»Sie müssen mir einen Gefallen tun, Jim. Sherry Buckley. Ich muss wissen, ob sie Ohrlöcher hat.«
»Das dauert ein Weilchen. Bleiben Sie dran.«
Fünf Minuten später wartet Leo noch immer mit dem Handy am Ohr, während er schon auf die kreisförmige Einfahrt zu dem Wohnhaus der Morrows rollt. Auf einem der Besucherparkplätze entdeckt er Silvers Landrover.
Schließlich ist Jim wieder am Apparat. »He, Leo. Tut mir leid, dass Sie so lange warten mussten. Heute Morgen ist hier die Hölle los.«
»Das hör ich ungern.«
»Ja, nie ein gutes Zeichen, wenn wir viel zu tun haben. Jedenfalls, die Antwort ist nein. Keine Ohrlöcher. Kann ich sonst noch was für Sie tun?«
»Nein, danke, Jim. Sie haben mir sehr geholfen.«
Als Leo neben dem Landrover hält, seufzt er. Jetzt weiß er also, dass die Freundin, mit der Kevin Wise sich in dem Motel getroffen hat, nicht Sherry Buckley war. Sie hatte die Wahrheit gesagt, als sie Buck erzählte, dass sich bestimmt irgendwer heimlich ihren Wagen ausgeborgt hatte. Leo fragt sich, wie sein Kollege von der Sitte wohl reagiert, wenn er erfährt, dass seine Frau sich an dem Tag nicht zu einem Schäferstündchen mit dem Doc getroffen hat. Und wie er es verkraften wird, wenn er hört, dass Sherry eine Liebesbeziehung zu Jocelyn Fisher hatte.

64

»Komisches Gefühl, hier zu sein«, sagt Jenni, als sie und Nat mitten in Laura Richards' Wohnzimmer stehen.

Irgendwie liegt eine Leichenhausatmosphäre in der Luft. Auch Nat ist beklommen zumute.

»Wir sind ja gleich wieder weg. Geh doch in Megans Zimmer und pack ein, was sie braucht.«

Jenni nickt und eilt den Flur hinunter. Kurz darauf ruft sie: »Hier ist nirgendwo eine Tasche oder ein Koffer, um die Sachen einzupacken.«

»Ich seh mich mal um«, ruft Nat ihr zu. »Leg vorläufig alles aufs Bett.«

Nach einem raschen, erfolglosen Blick in den Wandschrank in der Diele geht Nat durchs Wohnzimmer in Laura Richards' Schlafzimmer. Der Raum ist nahezu aseptisch sauber. Nicht ein Staubflöckchen zu sehen. Das Doppelbett ist akkurat gemacht, Tagesdecke und dazu passende Kissenbezüge sind glatt gestrichen. Ein kleiner Stoffbär sitzt auf einem Kissen, ein Anblick, der Nat einen traurigen Stich versetzt. Eine Mahagonikommode, auf der nichts herumliegt, steht zwischen zwei Fenstern zur Straße, die weißen Jalousien sind halb heruntergelassen. In der hinteren rechten Ecke des Zimmers ist ein Bürodrehstuhl unter einen weißen, kunststoffbeschichteten Schreibtisch geschoben, auf dem zwei Ablagekörbchen übereinander gestapelt sind, das untere ist mit EINGANG beschriftet, das obere mit AUSGANG. Das Ausgangskörbchen ist leer, im Eingangskörbchen liegt ein kleiner Stoß Briefe.

Die Leichenhausatmosphäre ist hier noch stärker. Nat bekommt kaum Luft. Ihr ist, als könnte sie Laura Richards' Gefühlschaos spüren, diese Mischung aus Seelenschmerz, Sehnsucht, Enttäuschung und Eifersucht, die jeden Millimeter des Raumes füllt. Am liebsten würde sie wieder gehen, ohne im Wandschrank nach einem Koffer gesucht zu haben.
Wäre sie diesem Impuls gefolgt, hätte sie das volle Ausmaß an Emotionen, das Laura Richards hier durchlebt haben muss, wahrscheinlich nie aufgedeckt.
Aber auch so wäre es ihr fast entgangen.
Unten im Wandschrank steht ein Koffer, auf dem Regal eine schwarze Reisetasche. Nat greift nach der Reisetasche, weil sie die für eine Jugendliche passender findet. Als sie sie herunterzieht, fällt ihr ein blassblauer Rollkragenpullover, der daruntergestopft worden war, vor die Füße.
Einen Moment lang schenkt sie ihm keine Beachtung, da sie mit der Tasche beschäftigt ist. Erst als Nat sich bückt, um den Pullover aufzuheben, keimt Interesse in ihr auf. In einem Raum, wo alles exakt an seinem Platz ist – selbst Laura Richards' Schuhe sind auf einem Drahtgestell auf dem Boden akkurat aufgereiht –, will ein ungefaltetes Kleidungsstück nicht so recht zu der zwanghaft ordentlichen Krankenschwester passen.
Und dann hält Nat den Rollkragenpullover mit beiden Händen hoch, sodass sie ihn von vorne sehen kann.
Was sie dann sieht, schnürt ihr die Kehle zu. Die roten Streifen und Spritzer auf dem blassblauen Pullover sehen aus wie ein geschmackloses Werk moderner Kunst.
Aber Nat weiß, dass sie keine Kunst vor Augen hat. Sondern ein Beweisstück.
Hinter sich hört sie Jenni leise weinen.
O Gott, hat sie was gesehen?
Nein, unmöglich. Nat steht mit dem Rücken zur Tür. Jenni hätte den Pullover nicht sehen können. Nat stopft ihn sich rasch unter die Jacke, nimmt die Reisetasche und dreht sich um. Jenni steht an der Tür, und Tränen laufen ihr übers Gesicht.
»Sie ist … tot.«

Nat erfasst die stockenden Worte des Mädchens nicht auf Anhieb.
»Laura«, presst Jenni hervor, ehe ihr die Stimme versagt und sie langsam am Türrahmen hinunter zu Boden rutscht. Dann zieht sie die Knie an die Brust, lässt ihr Handy aus der Hand fallen und schlingt die Arme um die Beine.
Nat spürt das Gewicht der Nachricht, den Druck des blutbespritzten Pullovers an ihrem Körper, die Not dieser Fünfzehnjährigen, die bereits weit mehr erlitten hat als irgendwer, egal, ob jung oder alt, erleiden sollte.

Leo geht gerade die Stufen zum Säulenvorbau der Morrow-Villa hoch, als er aus dem Innern des Hauses einen Schuss hört. Der Schreck über das Geräusch wird begleitet von einem Adrenalinstoß, und sein Instinkt übernimmt die Führung. Er hat seine Glock aus dem Holster, entsichert und schussbereit, während er probiert, ob sich die Haustür öffnen lässt. Sollte sie von innen verriegelt sein, muss er eines der kunstvollen Bleiglasfenster einschlagen, weil er es nie im Leben schaffen würde, die massive beschnitzte Eichentür einzutreten.
Als die Tür sich leicht und geräuschlos öffnet, stößt Leo einen kurzen Seufzer der Erleichterung aus. Die drückende Wärme in dem holzvertäfelten Foyer umhüllt ihn, als er sich hineinschleicht. Bei seinem letzten Besuch hier saß an dem Queen-Anne-Schreibtisch links neben der Tür eine spröde Sekretärin mittleren Alters. Jetzt sitzt sie nicht dort. Auch sonst kann Leo keine Menschenseele – tot oder lebendig – entdecken. Aber der Schuss hallt ihm noch immer in den Ohren, und er nimmt, wenn auch nur schwach, den allzu vertrauten Geruch von Schießpulver wahr. Einige Schritte rechts vom Eingang führt die Doppeltür in das luxuriöse Büro, das sich die Morrows teilen. Er hört jemanden in dem Raum schluchzen.
Rasch zieht er seine Lederjacke aus, damit er sich besser bewegen kann, und legt sie auf den Fußboden. Dann nähert er sich vorsichtig der geschlossenen Tür. Leo klopft das Herz wie verrückt, und ihm bricht schon der kalte Schweiß aus, doch die Hand mit der Pistole ist ruhig.

Gerade dreht er den glänzenden Messingtürknauf, als hinter der Tür ein weiterer Schuss ertönt, gefolgt von einem schrillen Schrei.
Leo reißt die Tür auf und wirft sich blitzschnell auf den Bauch. Die Waffe hält er auf Brust- oder Kopfhöhe gerichtet. Mit dieser Position verschafft Leo sich ein Überraschungselement. Aber er weiß auch, dass ihm das nur einen kurzen Vorteil beschert.

65

Nat bringt Jenni wieder zu den Coscarellis, wo sich Jakey auf das Mädchen stürzt, als er sieht, wie traurig Jenni ist. Er nimmt ihre Hand und führt sie in sein Zimmer, um ihr, wie er verkündet, etwas vorzulesen, genau wie sein Daddy oder seine Grandma es immer bei ihm tun, wenn er unglücklich ist.
Anna Coscarelli wartet, bis die beiden verschwunden sind, und sagt dann zu Nat: »Wo wart ihr denn? Was ist passiert? Du siehst aus, als hättest du ein Gespenst gesehen.«
Nat denkt, dass Leos Mutter damit gar nicht so falsch liegt. Sie hat das Gespenst einer Mörderin gesehen, und der Pullover dieses Gespenstes steckt noch immer in ihrer Jacke.
»Ich muss Leo anrufen.«
»Aber setz dich wenigstens dabei hin. Ich hol dir rasch ein Aspirin und eine Tasse Kaffee.«
»Nur das Aspirin, bitte«, sagt Nat und setzt sich auf eine lange Polsterbank gleich neben der Tür.
»Zieh lieber für einen Moment die Jacke aus. Dir wird noch ganz heiß –«, ruft Anna aus der Küche, wo sie sämtliche Arzneimittel in einem Hängeschrank aufbewahrt.
Nat behält die Jacke an und wählt Leos Handynummer.

Kaum fliegt die Tür auf, da klingelt in Leos Tasche das Handy.
Verdammt, wieso hab ich das Ding nicht ausgemacht oder wenigstens auf Vibration gestellt?
Begleitet wird dieser Gedanke von drei schnellen Schüssen in

seine Richtung. Die erste Kugel, die auf Brusthöhe abgefeuert wurde, zischt über ihn hinweg, aber die zwei folgenden finden ihr Ziel. Als Leo aus der Schusslinie rollt, spürt er einen brennenden Schmerz in der linken Schulter, während sein Telefon weiter klingelt. Die Schüsse aus dem Zimmer kamen so schnell, dass er nicht mal erkennen konnte, wer geschossen hat, geschweige denn selbst einen Schuss riskieren. Leo greift hastig mit der linken Hand in die Hosentasche und schreit fast auf, als er das Handy hervorholt, weil ihm bei der Bewegung ein Stechen von der Schulter bis in die Fingerspitzen jagt. Er drückt schnell den Annahmeknopf und presst sich das Gerät ans Ohr.

»Leo –«

»Nat«, flüstert er. »Hör zu –«

»Leo, was ist denn? Wo bist du?«

Ehe er antworten kann, schreit eine Frau: »Um Gottes willen, hör auf. Ich flehe dich an.«

Leo erkennt den Südstaatenakzent, der gestern deutlich schwächer klang. Jetzt, wo Hilary Morrow Todesangst hat, kommt er wesentlich stärker hervor.

Leo beißt die Zähne zusammen, um den Schmerz der Schussverletzung zu ertragen, die hoffentlich nur eine Fleischwunde ist, und schiebt sich in eine sitzende Position, den Rücken gegen die Wand im Foyer gepresst, rechts von der offenen Tür.

»Leo, du machst mir Angst«, sagt Nat.

Leo erwidert nichts, weil er nicht riskieren will, dass der Schütze ihn sprechen hört und vielleicht noch schießwütiger wird, wenn ihm klar wird, dass er telefoniert.

»Bitte, Liebling, leg die Pistole weg. Wir finden bestimmt eine Lösung. Ich verspreche es.« In Hilarys flehender Stimme hallt Verzweiflung und Entsetzen wider.

Liebling. Fleht Hilary ihren Mann oder ihren Liebhaber an?

Es ist zwar nur eine Vermutung, aber Leo glaubt zu wissen, wer die Frau war, die sich vorletzte Woche mit Kevin Wise in dem Motel getroffen hat. Die Frau, die in Zimmer Nummer 3 einen Ohrring verloren hat. Als Leo vor einigen Minuten die Zufahrt hochfuhr, ist ihm das Armband eingefallen, das Hilary Morrow gestern bei der Vernehmung trug. Ein dicker Silberreif, mit

Türkissteinen besetzt. Türkis-Silber-Ohrringe hätten perfekt zu dem Armband gepasst.
Leo hält das Handy weiter am Ohr. Er hört Natalie atmen. Und lauschen. *Braves Mädchen.* »Silver?«, ruft er. »Bist du auch da im Büro, mit den Morrows?«
Es kommt ihm wie eine Ewigkeit vor, bis sich die Stimme seines Partners meldet. »Ja.«
Leo verzieht das Gesicht, teils vor Schmerz, teils vor Sorge. Silvers Antwort war kaum mehr als ein Krächzen.
»Leo«, ertönt Nats leise Stimme, ängstlich, aber auch konzentriert und klar. »Ich hab verstanden. Du bist bei den Morrows. Ich halte die Verbindung hier und ruf die Polizei über das Festnetz an. Leg nicht auf. Bitte, leg bloß nicht auf.«
»Detective? Bitte gesellen Sie sich doch zu uns«, ruft eine männliche Stimme.
Leo versteht es richtig: Es ist keine Einladung, sondern ein Befehl. Er schiebt das Handy, ohne die Verbindung zu unterbrechen, in die Hosentasche und rappelt sich hoch. Die Pistole steckt er zurück ins Holster, aber ohne sie zu sichern.

»Nicht schießen. Er bringt mich sonst um«, ruft Hilary, als Leo in der offenen Tür erscheint.
Jetzt kann er sich ein vollständiges Bild machen, und es ist wahrhaftig kein schöner Anblick.
Silver sitzt auf dem Boden gegen die Couch gelehnt, und Blut sickert am rechten Bein durch den Stoff seiner grauen Hose. Offenbar hat ihn eine Kugel am Oberschenkel erwischt. Ob die Verletzung schwer ist, bleibt abzuwarten. Silver ist blass im Gesicht und hat die Stirn gerunzelt, aber große Schmerzen scheint er nicht zu haben, es sei denn, er kann es gut kaschieren.
Hilary Morrow sitzt auf dem Sofa, das dunkle Haar hängt auf einer Seite herab, weil sich ein Steckkamm gelöst hat. Ihre Wimperntusche ist verlaufen, sodass es aussieht, als hätte sie dunkle Blutergüsse um die Augen. Sie trägt noch immer den Diamantring, an dem sie immerzu nervös herumdreht. Soweit Leo sehen kann, ist sie unverletzt. Aber wenn man an zerrütteten Nerven sterben könnte, wäre sie vermutlich längst tot.

»Wie schön, Sie wiederzusehen, Detective.« Graham Morrow lächelt, als er Leo begrüßt. Der ältere Mann sitzt seiner Frau und dem verletzten Silver direkt gegenüber, der Abstand zwischen ihnen höchstens anderthalb Meter. In der linken Hand hat er eine .32er. Und seine Hand ist absolut ruhig.

Leo bleibt an der Tür stehen und nimmt rasch den Rest des Raumes in Augenschein.

»Nur herein«, fordert Graham Leo auf. »Ich gebe eine kleine Party, weil ich mich zur Ruhe setzen werde, Lieutenant. Na, eigentlich werden wir uns bis Mittag alle zur Ruhe gesetzt haben, in gewisser Weise.«

»Er ist wahnsinnig«, keucht Hilary Morrow. »Er will uns alle umbringen.«

»Voran, Lieutenant«, sagt Graham jetzt barsch. »Nehmen Sie sich einen Stuhl und setzen sie sich neben Ihren Partner. Der ist schön brav.«

Erst als Leo zu dem Stuhl geht, auf den Graham Morrow gedeutet hat, sieht er, dass eine ausgestreckte Gestalt auf dem Boden vor der Terrassentür liegt, die ihnen am nächsten ist. Kevin Wise.

»Der Doctor wollte nach draußen, ein bisschen frische Luft schnappen«, sagt Graham im Plauderton, »aber bei der Kälte draußen fand ich das keine gute Idee.« Er deutet wieder mit einer Handbewegung auf den Stuhl, und Leo setzt sich.

Silver dreht den Kopf so weit zur Seite, dass er Leo ansehen kann. Als der Neuling das Blut sieht, das den Ärmel von Leos braunem Hemd durchtränkt, verzieht er das Gesicht, als täte der Anblick ihm stärker weh als seine eigene Wunde.

»Darf ich Dr. Wises Zustand überprüfen?« Leo schreit die Bitte geradezu heraus, in der Hoffnung, dass Natalie es hören kann.

»Sein Zustand ist stabil, Lieutenant. Stabil im Sinne von unveränderlich.« Graham lächelt vergnügt, während er mit der Pistole weiter genau auf das Herz seiner Frau zielt.

»Er ist tot. Graham hat ihn umgebracht. Und jetzt will er uns alle –«

»Beruhige dich, Hilary«, sagt Graham leicht tadelnd. »Du hast

doch nicht etwa im Ernst geglaubt, ich schaue in aller Ruhe zu, wie ihr zwei euch miteinander amüsiert.«
Graham blickt Leo an. »Ich habe ihr alles gegeben und noch einiges mehr. Und nicht, dass Sie denken, ich wäre kein richtiger Mann mehr. Es ist erstaunlich, was für ein Stehvermögen einem so ein bisschen Viagra beschert. Ich wette, ich halte länger durch als Kevin.« Wieder umspielt ein Lächeln seine Lippen. »Obwohl sich der Vergleich mit Kevin jetzt natürlich erübrigt hat.«
»Haben Sie Kevin Wise deshalb umgebracht, Graham? Weil er eine Affäre mit Ihrer Frau hatte?«, fragt Leo laut, wieder in der Hoffnung, dass Natalie durchs Telefon alles mitbekommt.
»Ich bin nicht taub, Lieutenant. Sie müssen nicht schreien.«
Hilary fängt leise an zu weinen. »Ich hätte die Sache doch beendet, Liebling. Es war bloß eine dumme Bettgeschichte.«
»Halt mich nicht für blöd, Hilary. Und dabei lief unser kleines Geschäft so gut, bis ihr zwei alles ruiniert habt.«
»Welches Geschäft?«, fragt Leo.
Graham lächelt. »Na, na. Unterschätzen Sie mich nicht, Lieutenant.«
»Ihre Schützlinge umbringen, nachdem Sie sie genötigt haben, ihr Vermögen Ihrer Einrichtung zu vermachen?«
»Oh, ich hab sie nie genötigt, Lieutenant. Ältere Frauen finden mich ausgesprochen elegant. Und sie lassen sich leicht betören, besonders von einem deutlich jüngeren Mann. Und dank der geschickten Hände eines exzellenten Schönheitschirurgen und der Tatsache, dass unsere Ladys hier nicht mehr die besten Augen haben, erobere ich ihre altersschwachen Herzen im Sturm.«
»Ein Idiot bist du, Graham«, faucht Hilary. »Wir hatten eine gute Sache am Laufen. Kein Mensch wär je dahintergekommen.«
Graham lächelt und richtet seinen Blick auf Leo. »Ich war wirklich ein Idiot. Ich hätte mir Laura Richards viel früher vom Hals schaffen sollen.«
»Besser spät als nie«, sagt Leo.
Grahams Lächeln wird breiter. Und Leo begreift, dass der Mann

nicht nur wegen Geld gemordet hat und weil er von seiner Frau betrogen wurde. Graham Morrow hat ohne mit der Wimper zu zucken getötet. Er scheint weder Schuld noch Reue, ja, nicht einmal Furcht zu empfinden. Er sitzt auf seinem Thron und betrachtet seelenruhig sein Werk – ein Toter, zwei verletzte Polizisten und eine panische Ehefrau. Wenn Morrow an der Situation überhaupt etwas findet, dann ist es Vergnügen. Er ist fest entschlossen, sie alle drei zu töten.

Bis Mittag werden wir uns alle zur Ruhe gesetzt haben, in gewisser Weise. Als Graham das vorhin sagte, dachte Leo, er hätte vor, erst sie alle drei zu töten und anschließend Selbstmord zu begehen. Jetzt hält er das für unwahrscheinlich. Leo glaubt nicht, dass Morrow nach vollbrachter Tat die Waffe gegen sich selbst richten wird. Nein, für sich hat Morrow einen anderen Ruhestand im Sinn. Leo stellt sich vor, wie dieser Mann, an dessen Händen so viel Blut klebt, sich frohen Herzens von seinem Schlachtfeld erhebt, den Raum verlässt, das Haus, die Stadt, sehr wahrscheinlich das Land. Wer weiß. Vielleicht plant er, nach Mexiko zu gehen. Viele reiche Ruheständler aus den USA und dem Ausland lassen sich in letzter Zeit dort nieder. Womöglich hat er längst ausländische Bankkonten eröffnet, diverse Investitionen getätigt, alles unter Dach und Fach gebracht –

»Ich war Donnerstagnachmittag da«, sagt Graham wie nebenbei und blickt wieder Leo an. »Ich hätte den Mordfall für Sie lösen können. Aber damit hätte ich Ihnen den ganzen Spaß verdorben. Und Ihrem Partner hier auch.«

Dan Silver funkelt Morrow an, obwohl sein Mund vor Schmerz zu einer Grimasse verzogen ist. Leo sieht, dass die Hose seines Partners blutgetränkt ist. Falls er nicht bald ärztliche Hilfe bekommt, sieht es schlecht für ihn aus. Silver ist kalkweiß, und sein Atem geht keuchend. Leo weiß, dass Natalie Hilfe gerufen hat. Aber wie lange wird es dauern, bis die Unterstützung eintrifft? Und was wird das Spezialeinsatzkommando bei einer Geiselsituation schon ausrichten können?

»Wissen Sie immer noch nicht, wer Sherry erstochen hat?«, fragt Graham.

»Warum waren Sie dort?«

Graham lächelt Leo an, das herzlose Lächeln eines kaltblütigen Killers. »Enttäuschen Sie mich nicht, Lieutenant. Ich war bisher richtig beeindruckt von Ihnen.«
»Sie haben gesehen, wie Sherry am Donnerstag von hier weggefahren ist.«
»Fast. Laura hat angerufen und es mir erzählt. Sie saß schon im Auto und ist Sherry nach Hause gefolgt.«
»Sie wussten, dass Laura vorhatte, Sherry umzubringen.«
»Sagen wir, ich hatte so eine leise Ahnung. Laura hatte mir erzählt, dass Sherry uns Probleme machen könnte. Und da ich das Gleiche auch von Laura befürchtete, hab ich es Laura überlassen, sich um Sherry zu kümmern, um mich dann anschließend um Laura zu kümmern. Leider hat sie Sherrys Wohnung zu schnell wieder verlassen, und es waren zu viele Leute da.«
»Sie glauben, Laura hat Sherry ermordet, um sie zum Schweigen zu bringen? Damit sie Ihr grässliches Geschäft hier im Heim nicht verraten konnte?«
Ein leicht verärgerter Ausdruck huscht über Graham Morrows gekonnt geliftetes Gesicht. »Ich habe erst am Donnerstag von Lauras Neigungen erfahren. Und damit natürlich auch von Sherrys. Ich habe Laura in der Kneipe auf der Commonwealth Avenue beobachtet, wie sie eine der schönsten Frauen angehimmelt hat, die mir je unter die Augen gekommen sind. Es war nicht zu übersehen, wie vernarrt Laura in sie war. Was ich gut nachvollziehen konnte. Frauen sind schon faszinierende Wesen.« Er beäugt seine Frau, die sich auf dem Sofa so klein gemacht hat wie möglich.
Während Graham redet, sieht Leo zwei bewaffnete SEK-Beamte in schwarzer Schutzausrüstung draußen vor den Terrassentüren. Er ist sicher, dass noch etliche andere sich an strategisch günstigen Stellen überall auf dem Gelände postiert haben, aber die beiden vor dem Fenster hätten die beste Chance, Morrow mit einem sauberen Schuss unschädlich zu machen. Sie müssen durch die Scheibe schießen und sofort treffen, damit Morrow keine Gelegenheit mehr hat, selbst noch einen Schuss abzufeuern. Sein Schuss würde wahrscheinlich Hilary Morrow töten oder schwer verletzen, da die Pistole ihres Mannes auf

ihre Brust zielt. Leo richtet seinen Blick wieder auf Graham, um ihn nicht unabsichtlich auf die eingetroffene Polizei aufmerksam zu machen.

Aber entweder kann Leo nicht gut genug schauspielern, oder Graham Morrow hat einen sechsten Sinn, der ihn vor Gefahren warnt. Wie auch immer, ehe die Beamten draußen vor der Terrassentür ihr Ziel ins Visier nehmen können, springt Graham auf Leo zu. Er packt ihn, zerrt ihn auf die Beine und umklammert ihn in einer festen Umarmung.

Leo entfährt ein Schrei, als Grahams Arm auf seine Schulterwunde drückt. Gleichzeitig spürt er den kalten Stahl von Grahams Pistole am Hinterkopf.

Graham seufzt und dreht Leo mit dem Rücken zur Terrassentür, während er selbst in die Richtung blickt. »Ich hatte gehofft, es würde alles glatt über die Bühne gehen. Inzwischen sollte ich eigentlich aus Erfahrung wissen, dass es so etwas nicht gibt.«

66

Nat hat das Gefühl, als würde sie ein albtraumhaftes Hörspiel hören. Mit einem Irren als Hauptfigur. Ein Irrer mit einer Pistole. Ein Irrer, der gewissenlos schießen wird. Ohne Bedenken. Der unschuldige Menschen töten wird, die er in seiner Gewalt hat.
Aber das hier ist kein Hörspiel. Keine Radiosendung. Nats Ohrhörer ist mit ihrem Handy verbunden, und was sie da hört, geschieht wirklich. Der Irre ist real. Und einer der unschuldigen Menschen in der Gewalt des Irren ist der Mann, den sie liebt. Sie hat die Polizei alarmiert, und sie weiß, dass ein Spezialeinsatzkommando in Windeseile vor Ort sein wird. Sie weiß, dass die Leute Experten sind, gerade für solche gefährlichen, unkalkulierbaren Situationen ausgebildet. Wenn Leo Coscarelli nicht eine der Geiseln wäre, würde sie die Sache den Experten überlassen. Darauf vertrauen, dass das SEK die Geiseln befreien wird, sofern das überhaupt möglich ist.
Sofern das überhaupt möglich ist –
Gerade diese Einschränkung zwingt sie zu handeln. Sie kann unmöglich untätig bleiben und abwarten, ob es dem SEK gelingen wird, Leos Leben zu retten. Wenn sie nichts unternimmt und Leo nicht überlebt, wie soll sie jemals damit fertig werden? Wie soll sie dann Leos Mutter und seinem Sohn je wieder in die Augen schauen können, wenn sie weiß, dass sie etwas hätte tun können, um Annas einziges Kind, Jakeys Vater zu retten?
Als Anna Coscarelli mitbekam, wie Nat mit der Polizei telefonierte, gab sie ihr den Schlüssel von ihrem Auto. Und dann

drückte sie sie ganz fest, mit Tränen in den Augen. Es fiel kein Wort zwischen ihnen. Das war auch nicht nötig.
Da Nat sich gleich nach ihrem Anruf bei der Polizei in Annas Wagen gesetzt hat, war sie einige Minuten früher in der Morrow Farm Residence als das SEK. Jetzt, hier im Haus, direkt vor dem Büro der Morrows, ist sie nicht mehr auf ihr Handy angewiesen, um zu hören, was gesagt wird. Sie stellt den Ton ihres Telefons auf stumm und lauscht an der Tür.
»Ich war wirklich ein Idiot. Ich hätte mir Laura Richards viel früher vom Hals schaffen sollen.«
»Besser spät als nie.«
»Ich war Donnerstagnachmittag da. Ich hätte den Mordfall für Sie lösen können. Aber damit hätte ich Ihnen den ganzen Spaß verdorben. Und Ihrem Partner hier auch. Wissen Sie immer noch nicht, wer Sherry erstochen hat?«
»Warum waren Sie dort?«
»Enttäuschen Sie mich nicht, Lieutenant. Ich war bisher richtig beeindruckt von Ihnen.«
»Sie haben gesehen, wie Sherry am Donnerstag von hier weggefahren ist.«
»Fast. Laura hat angerufen und es mir erzählt. Sie saß schon im Auto und ist Sherry nach Hause gefolgt.«
»Sie wussten ...«
Plötzlich legt sich eine große behandschuhte Hand auf Nats Mund, und ein Arm schlingt sich ihr um die Taille. Im nächsten Moment wird sie ein Stück vom Boden hochgehoben. Erst nachdem sie mindestens hundert Schritte vom Haus weggetragen und mit dem Gesicht nach vorn gegen den dicken Stamm einer Ulme gedrückt wurde, lässt die Hand ihren Mund und der Arm ihre Taille los.
»Ein Laut und es ist Ihr letzter«, haucht ihr eine raue Männerstimme ins Ohr.
Da sie sich nicht nach dem Angreifer umdrehen kann, weiß Nat nicht, ob die Stimme einem von Graham Morrows Komplizen oder einem Polizisten gehört. Dafür weiß sie ganz genau, dass ihr eine Pistole ins Kreuz gedrückt wird.
Erst als sie einen zweiten Mann in schwarzem Schutzanzug und

mit einer Uzi in der Hand näherkommen sieht, wird ihr klar, dass der Mann, der sie in Schach hält, auch zum SEK gehören muss. Doch auch wenn *sie* sich keine Sorgen mehr machen muss, auf welcher Seite er steht, macht er sich zweifellos welche, wo sie einzuordnen ist.

»Wer sind Sie?«, fragt der Beamte mit der Uzi in einem leisen, bedrohlichen Ton.

»Natalie Price. Ich hab die Polizei alarmiert, als –« Ehe sie den Satz beenden kann, wird die Pistole in ihrem Rücken weggenommen, und sie darf sich umdrehen.

Keiner der beiden Polizisten wirkt sonderlich erfreut oder gar erleichtert darüber, dass sie auf ihrer Seite steht.

Nat stellt sich schon auf eine gehörige Standpauke ein, als das Walkie-Talkie von dem Mann mit der Uzi losplärrt. Er tritt ein Stück beiseite, lauscht mit dem Gerät am Ohr, und einige Sekunden später nickt er seinem bei Nat stehenden Kollegen zu.

Der Beamte mit dem Walkie-Talkie entfernt sich flott. Sein Kollege blickt Nat finster an. »Wo steht Ihr Wagen?«

Nat deutet auf die dicken Pfeiler, die die Einfahrt zu dem Anwesen flankieren. »Draußen auf der Straße.«

»Verlassen Sie augenblicklich das Grundstück, und gehen Sie zu Ihrem Wagen. Das ist ein Befehl, Ma'am.«

Nat hätte fast salutiert, doch sie nickt bloß und stapft Richtung Straße, wo sie Annas Audi abgestellt hat. Auf dem Weg dorthin holt sie ihr Handy hervor und hält es sich ans Ohr –

»... hatte gehofft, es würde alles glatt über die Bühne gehen. Inzwischen sollte ich eigentlich aus Erfahrung wissen, dass es so etwas nicht gibt.«

Nat schaudert vor Kälte und Entsetzen, als sie nicht nur Graham Morrows Worte hört, sondern auch seinen Tonfall.

Sie ist schon fast am Audi, als sie eine dröhnende Stimme über Lautsprecher hört. »Das Gebäude ist umstellt, Mr. Morrow. Legen Sie die Waffe hin und lassen Sie die Geiseln frei. Kommen Sie mit erhobenen Händen heraus. Dann passiert niemandem was.«

Nats Angst wird immer größer. Wenn das SEK Morrow mit

einem gezielten Schuss hätte außer Gefecht setzen können, wäre das längst geschehen. Die Aufforderung an den Geiselnehmer, sich zu ergeben, kann nur eins bedeuten: Ein Schuss wäre zu riskant. Weil eine der Geiseln in der Schusslinie ist.
Nat bleibt abrupt stehen. Graham Morrow wird niemals das Handtuch werfen, davon ist sie überzeugt. Wenn er tatsächlich aus dem Gebäude kommt, dann mit mindestens einer Geisel. Und es besteht die entsetzliche Möglichkeit, dass er vorher die anderen Geiseln erschießt.
Als hätten ihre Befürchtungen fast ihre Gedanken überholt, hört Nat einen Schuss. Er hallt gleichzeitig durch die Luft wie durch ihr Handy. Nats Beine geben nach, und sie fällt im Schnee auf die Knie.
»Ich hab immer noch zwei Leute hier bei mir, die leben und atmen.« Nat hört Graham Morrows Stimme durch ihr Handy, obwohl der Empfang stark verrauscht ist. Die Verbindung wird schwächer. Aber Nat klammert sich an Morrows Worte wie an eine Rettungsleine.
Zwei. Zwei sind noch am Leben.
Einer davon muss Leo sein, betet sie, rappelt sich hoch und geht wieder ganz nah an das Haus der Morrows heran. Jetzt kann sie seine Stimme klar und deutlich auch ohne ihr Handy hören.
»Ich werfe meine Autoschlüssel raus. Mein Wagen ist der silberne BMW auf dem Parkplatz. Ein einzelner Beamter soll ihn vors Haus fahren, den Motor laufen lassen und aussteigen. Er soll die Fahrertür und die Beifahrertür öffnen. Ich werde alles genau beobachten. Wenn ich jemanden zu einem anderen Fahrzeug gehen sehe oder sonst irgendeine krumme Tour mitkriege, fällt hier drin ein weiterer Schuss. Und wenn ein Fahrzeug mir folgt, erschieße ich die Geisel, die ich im Auto mitnehme. Ich denke, inzwischen dürfte klar sein, dass meine Drohungen ernst zu nehmen sind.«
Eine kurze Pause folgt, in der Morrow vermutlich seine Autoschlüssel nach draußen wirft.
»Ihr habt genau zwei Minuten Zeit, um meine Anweisungen auszuführen. Die kleinste Verzögerung, die kleinste Abweichung und die nächste Geisel stirbt.«

Nat sieht, wie eine schwarz gekleidete Gestalt zum Parkplatz rennt und in einen silbernen Pkw steigt.

Eine seltsame Ruhe erfasst sie. Vielleicht, weil sie genau weiß, was sie tun muss. Sie wird sich nicht von irgendwelchen Gedanken irritieren lassen, ob das, was sie vorhat, gelingt oder nicht. Sie wird nicht darüber nachgrübeln, ob Leo Coscarelli verletzt oder tot in dem Büro liegt oder ob er die Geisel ist, die Graham Morrow als lebendes Pfand für seine Flucht ausgewählt hat. Wenn die Sache katastrophal schiefläuft, wird sie es nie erfahren.
Aber sie hat sich entschieden. Und sie konzentriert sich jetzt ganz allein auf ihren Plan.
Ihre Hände umklammern fest das Lenkrad. Ihr Atem ist so ruhig und leise wie der Motor von Anna Coscarellis Auto, das sie rasch in Position gebracht hat, zirka zwanzig Schritte links von den Steinpfeilern am Haupteingang zum Grundstück. Ihr rechter Fuß ruht leicht auf dem Gaspedal. Das Handy hat sie auf den Beifahrersitz geworfen, und auf dem Display steht jetzt ANRUF ABGEBROCHEN.
Sie ist bereit. Und obwohl nur einige Minuten vergehen, kommt es ihr vor wie eine Ewigkeit. Dann endlich sieht Nat den ersten Lichtreflex von der silbernen Motorhaube des BMW, der zwischen den Pfeilern hindurchbraust.
Noch ein letztes rasches Gebet, dass sie sich nicht verrechnet hat, dann tritt sie das Gaspedal mit aller Kraft durch. Augenblicke später vibriert das entsetzliche Geräusch von Metall auf Metall zusammen mit der Wucht der Kollision, als der Audi ungebremst in die Fahrertür des BMW kracht, durch Nats gesamten Körper. Den Aufprall des Airbags, der ihr drei Rippen bricht, spürt sie gar nicht mehr. Auch nicht die Knochen, die ihr in beiden Beinen brechen.
Nat fühlt keinen Schmerz. Den hat sie hinter sich. Es ist ein Segen.

EPILOG

»Hannah vermisst sie immer noch«, sagt Jenni, die den Golden Retriever hinter den Ohren krault. »Sie tut mir so leid.«

»Hilfst du mir, den Baum zu schmücken? Bis auf den silbernen Engel für die Spitze. Das macht Jakey immer«, sagt Anna Coscarelli resolut, während sie vorsichtig den Christbaumschmuck auspackt und auf den Couchtisch legt.

Jenni bückt sich und drückt der Hündin einen Kuss auf den Kopf. »Du Ärmste. Ich weiß, es ist dein erstes Weihnachtsfest ohne sie. Aber warte nur, bis du alle deine Geschenke siehst.«

Anna lächelt das Mädchen an. Sie hat kaum noch Ähnlichkeit mit der Jenni, die sie vor über drei Wochen kennengelernt hat. Sämtliche Piercings – die Stecker, Hanteln und Kreuze – sind verschwunden, in erster Linie Jakey zuliebe. Der hatte Jenni gesagt, wenn sie ihm einen Gute-Nacht-Kuss gab, würde das Metall in ihrem Gesicht im Schein der Nachttischlampe funkeln und ihm Angst machen.

Obwohl Jakey Jennis neonpinkes Haar cool fand, hat sie sich doch entschieden, es umzufärben, in einen Ton, der ihrer natürlichen Haarfarbe näherkommt. Jetzt ist sie fast so blond, wie ihre Mutter es war. Jenni wollte das Foto von ihrer Mutter haben, das Nat in Will Burdetts Zimmer am Spiegel gefunden hat. Es steht jetzt in einem goldenen Rahmen neben ihrem Bett im Gästezimmer der Coscarellis. Ohne die Piercings und mit dem blonden Haar ist die Ähnlichkeit zwischen Mutter und Tochter deutlich zu erkennen.

Jenni findet in dem Weihnachtsschmuck, den Anna auf dem

großen Couchtisch ausgebreitet hat, einen Fotorahmen. Er ist blassblau, und auf jeder Ecke ist ein Teddybär in einem dunkleren Blau geklebt. Oben am Rand steht in Großbuchstaben – MEIN ERSTES WEIHNACHTEN. Auf dem Foto in dem Rahmen wiegt Leo ein Baby in den Armen. Hinter ihm ragt ein herrlich geschmückter Weihnachtsbaum im Wohnzimmer auf, genauso groß wie der, der jetzt an derselben Stelle steht.

»Ich hab ihn noch nie so strahlen gesehen«, sagt Jenni. »Leo, meine ich. Er ist ein stolzer Vater, nicht?«

»Das kann man wohl sagen«, erwidert Anna sanft.

»Wie wunderhübsch er war. Jakey, meine ich.«

Sie müssen beide lachen.

Jenni hängt das gerahmte Foto an einen Zweig in Augenhöhe.

»Perfekt«, sagt Anna. Dann fischt sie eine kleine Schachtel in Geschenkpapier aus der Tasche ihrer Strickjacke. »Das hier ist auch für den Baum. Wir hängen jedes Jahr ein paar neue Sachen dran.«

Jenni zögert, dann nimmt sie die Schachtel von Anna entgegen, packt sie behutsam aus und öffnet den Deckel. Drinnen ist ein weiterer Fotorahmen – dieser ist gelb, und die Ecken sind mit rosa Herzen verziert. Und der Schriftzug oben am Rand lautet – UNSER ERSTES GEMEINSAMES WEIHNACHTEN.

Es ist ein Familienfoto – in gewisser Weise. Als Jenni es sieht, kommen ihr die Tränen. Auf der Aufnahme sitzt sie auf einer Seite des Sofas in Leos Wohnzimmer, neben sich Jakey, der sich an sie schmiegt, und Hannah rekelt sich in voller Länge quer über die beiden. Anna kniet vor ihr und wirkt ein bisschen außer Atem, weil sie sich schnellstens in Pose setzen musste, nachdem sie den Selbstauslöser gedrückt hat. Direkt neben dem Sofa steht Leo, den rechten Arm in einer Schlinge, das linke Bein in Gips, am Kopf ein breites Pflaster, das diagonal von der Stirnmitte über eine Augenbraue bis fast zum linken Ohr verläuft.

»Wir hätten mit dem Foto vielleicht doch besser warten sollen, bis Leo nicht mehr ganz so lädiert aussieht«, sagt Anna.

»Gott, sie war so mutig.«

»Ja«, sagt Anna sanft. »Und Leo hat Riesenglück gehabt.«

»Graham Morrow Gott sei Dank nicht. Ich bin froh, dass er tot ist. Ich weiß, man soll so was nicht sagen, aber das ist mir egal. Ich bin nun mal froh. Ich bin froh, dass sie beide tot sind, er und seine Frau. Und dieser widerliche Doktor auch.«

Anna sagt nichts, tätschelt Jenni aber verständnisvoll die Wange. »Ich muss den Braten aufsetzen, sonst müssen wir das Weihnachtsessen um einen Tag verschieben. Kannst du den Baum allein weiterschmücken, bis Leo und Jakey nach Hause kommen?«

»Klar.«

»Ach ja, in gut einer Stunde kriegst du Unterstützung«, sagt Anna auf dem Weg in die Küche.

»Ja? Wer kommt denn?«

Anna bleibt am Bogendurchgang stehen. »Leos Partner Dan. Und Dans Partner Michael.«

»Ich dachte, Dan liegt noch im Krankenhaus.«

»Er durfte letzte Woche nach Hause. Er ist noch einen Monat länger krankgeschrieben, im Februar soll er dann aber wieder voll einsatzfähig sein, das hat der Arzt Leo versprochen.«

»Nat hat auch Dan das Leben gerettet, nicht?«

»Ja, in gewisser Weise schon.«

Das Telefon klingelt. Anna geht ran. Sie lauscht kurz und sagt: »Einen Moment bitte«, dann legt sie die Hand auf die Sprechmuschel. »Es ist Will Burdett. Er will dir frohe Weihnachten wünschen. Willst du –?«

»Nein«, sagt Jenni ohne Zögern. Und zur Freude von Anna Coscarelli schwingt in der Stimme des Mädchens keine Erbitterung mit. Es wäre nicht gut für Jenni, wenn sie gegen ihren miesen Exfreund weiter Groll hegen würde. Nach den Weihnachtsferien wird Jenni auf eine neue Schule wechseln – eine private reine Mädchenschule in der Stadt. Das war Jennis eigene Entscheidung. Genauso wie es ihre Entscheidung war, zumindest während der Woche im Internat der Schule zu wohnen. Anna hatte ihr gleich am ersten Tag gesagt, dass bei den Coscarellis immer ein Zimmer für sie frei wäre. Sie wohnt nun schon seit drei Wochen bei ihnen und will bis zum Schulbeginn bleiben. Aber ab März, wenn ihr Dad entlassen wird, will sie an einigen

Wochenenden bei ihm wohnen, falls der Bewährungsausschuss grünes Licht gibt. Sie hat die Anwältin ihrer Mutter, die den Nachlass verwaltet, gebeten, von den fünfzigtausend Dollar aus der Lebensversicherung eine Summe abzuzweigen, mit der ihr Dad die ersten sechs Monate die Miete bezahlen kann. Anna hat sich angeboten, eine Wohnung für ihn zu suchen. Eine Wohnung mit zwei Schlafzimmern.

»Jenni wünscht Ihnen alles Gute und bittet Sie, nicht mehr anzurufen«, sagte Anna höflich zu Will Burdett und legt dann gut gelaunt den Hörer wieder auf.

»So, das wäre erledigt«, sagt Anna munter. »Jetzt aber an die Arbeit, Jenni. Ich möchte, dass der Baum wenigstens zur Hälfte geschmückt ist, wenn die anderen kommen.«

»Wo stecken eigentlich Jakey und Leo?«

»Ach, die besorgen rasch ein paar Geschenke.«

»Meinst du, es gefällt ihr?« Jakey legt den Kopf schief und schaut zu seinem Vater hoch.

»Ich hoffe. Was meinst du?«

»Ich fand die Riesenschachtel Pralinen besser. Da waren hundert Pralinen drin, Daddy. Hundert. Hundert Pralinen findet doch wohl jeder toll.«

Leo grinst. »Ich sag dir was. Die kaufen wir auch noch. Sozusagen als Reserve.«

»Ja, super. Falls ihr das hier nicht gefällt.«

»Komm, wir bezahlen und lassen es einpacken«, sagt Leo und nickt der Verkäuferin zu.

»Ich bin sicher, sie wird sich sehr freuen«, sagt die Verkäuferin und nimmt Leos Kreditkarte. »Wenn Sie möchten, hole ich Ihnen rasch die Pralinen aus der Süßwarenabteilung –«

»Nein, danke, nicht nötig«, sagt Leo. »Mir geht's nicht so schlecht, wie ich aussehe.« Sein Bein ist noch gegipst, aber es ist immerhin ein Gehgips, sodass er sich ohne Krücken bewegen kann. Auch die Schusswunde ist bereits ganz gut verheilt, da die Kugeln nur in den Knorpel gedrungen sind. Die Platzwunde an der Stirn, die er sich zugezogen hat, als er in die Windschutzscheibe von Morrows Wagen krachte, musste mit siebzig

Stichen genäht werden. Sie sah noch immer ziemlich furchteinflößend aus.
»Er wird 'ne Riesennarbe haben, aber das sieht bestimmt cool aus, nicht, Daddy?«
Die Verkäuferin lächelt den Jungen an, bedenkt Leo dann mit einem mitfühlenden Blick. »Ein Autounfall?«
»Unfall?«, wiederholt er, und plötzlich klingt seine Stimme weit weg. »Nein. Das war kein Unfall.«
Die Verkäuferin blickt verwirrt. »Na, dann werde ich das hier mal schön verpacken«, murmelt sie.
»Wenn ich es mir recht überlege …«
»Möchten Sie noch etwas?«
»Nein«, sagt Leo. »Ich nehme es so mit, wie es ist. Danke. Vielen Dank.«

»Darf ich es ihr geben, Daddy?«
»Wie wär's, wenn ich es ihr gebe? Und du nimmst die Pralinen?«
Jakey sieht bekümmert aus.
»Aber du wolltest doch, dass sie die Pralinen bekommt, oder?«
»Ja, schon. Aber was, wenn sie sich mehr über die Pralinen freut als über dein Geschenk? Dann bist du traurig.«
Leo hebt seinen Sohn hoch und drückt ihn fest an sich.
Jakey zappelt in den Armen seines Vaters. »Daddy, ich bin schon zu groß. Alle Leute gucken.«
Leo lächelt, als er den Jungen wieder auf die Erde setzt. Tatsächlich, einige Leute haben sich umgedreht und lächeln ebenfalls. Vor allem eine junge Frau, die Leo und Jakey inzwischen ganz gut kennen.
»Seid ihr bereit?«, fragt sie und blickt vom Sohn zum Vater.
»Wir sind bereit«, sagt Jakey und ist schon auf dem Weg zur Tür.
Leo bleibt noch einen Moment stehen und greift mit einer Hand in seine Jackentasche. »Ob sie auch bereit ist, Carrie?«, fragt er nervös.
Die Krankenschwester zwinkert ihm kess zu. »Irgendwie hab ich das Gefühl, dass sie schon lange bereit ist.«

»Daddy, sie freut sich über die Pralinen. Es sind ihre Lieblingspralinen«, sagt Jakey begeistert. »Daddy hat auch ein Weihnachtsgeschenk für dich. Zeig's ihr, Daddy.«

Carrie steht an der offenen Tür des Krankenzimmers. »He, Jakey. Willst du den Weihnachtsmann sehen? Der ist hinten auf der Kinderstation.«

»Ich bin schon sechs, Carrie. Der Weihnachtsmann ist was für kleine Kinder«, sagt Jakey und klingt so klug und erwachsen, dass alle lachen müssen. »Aber ich kann ihn mir ja mal ansehen.«

Carrie streckt ihm eine Hand hin und Jakey hüpft munter zu ihr. »Aber nicht alle Pralinen auf einmal essen. Grandma sagt, davon kriegst du Bauchschmerzen.«

Die Krankenschwester verlässt mit Jakey den Raum und schließt die Tür hinter sich.

Leo geht auf das Bett zu. »Du siehst besser aus.«

»Ich hab versucht, Dr. Harvey zu überreden, mich über Weihnachten rauszulassen, aber keine Chance.«

Leo rückt einen Stuhl ans Bett und lässt den Blick von Natalies Gesicht zu ihren Beinen wandern, die beide noch im Streckverband sind. Und obwohl sie ein hübsches, blassblaues Nachthemd trägt, weiß Leo, dass sich darunter eine lange Narbe verbirgt. Eine der gebrochenen Rippen hatte sich in die Lunge gebohrt und sie kollabieren lassen. Außerdem war es zu inneren Blutungen gekommen. Nachdem Natalie von Rettungskräften aus dem Wrack des Audis geschnitten worden war, hatten die Sanitäter ihr keine großen Überlebenschancen eingeräumt. Sie hatten bezweifelt, dass sie es überhaupt bis ins Krankenhaus schaffen würde.

Aber keiner von ihnen wusste, was Leo wusste: Natalie Price ist eine Kämpferin mit einem eisernen Überlebenswillen.

»Nur noch zwei Wochen, dann bist du den Streckverband los«, sagt Leo und streichelt ihr die Wange. »Dann bist du wieder frei und ungebunden. Und wo wir gerade davon reden –«

»Wo wir gerade *wovon* reden?«, fragt Nat misstrauisch.

»Na ja … von frei und ungebunden und so …« Leo spürt, wie ihm unter dem Hemdkragen der Schweiß ausbricht. Er schiebt eine Hand in die Tasche und holt ein kleines Kästchen hervor. Aber auch seine Hände sind inzwischen feucht, und das Kästchen gleitet ihm aus den Fingern, fällt zu Boden und rutscht unter das Krankenbett. Er stöhnt vor Verlegenheit auf und muss dann auf alle viere, um es aufzuheben.

Nat lächelt. »Eigentlich könntest du gleich dort bleiben«, sagt sie, als er noch immer auf den Knien zu ihr hochblickt.

»Das ist nicht gerade die feine, elegante Art –«

»Du machst das doch nicht bloß, weil ich dir das Leben gerettet habe, oder?«

»Aber ja, Natalie. Genau aus dem Grund. Du hast mir das Leben gerettet. Und zwar in *jeder* Hinsicht. Dafür kann ich dir niemals genug danken.«

»Wir haben viel Zeit.«

»Ist das ein Ja?«

Ihre Augen fallen auf das kleine rote Samtkästchen. »Kommt drauf an. Jakey meint, wenn mir die Pralinen besser gefallen, soll ich dir trotzdem sagen, dass mir dein Geschenk genauso gut gefällt.«

Leo öffnet das Kästchen und nimmt den Ring mit dem einkarätigen, tropfenförmig geschliffenen Diamanten heraus. Natalie hält ihm ihre linke Hand hin, und er schiebt ihr den Ring auf den Finger. Sie hält die Hand hoch und betrachtet das Schmuckstück. Dann legt sie Leo die Hand in den Nacken, zieht ihn näher zu sich heran und drückt ihre Lippen leicht auf seine. »Ich muss schon sagen, dein Geschenk gefällt mir ganz eindeutig genauso gut.«

Elise Title

Noxia

Thriller

Aus dem Englischen von
Ulrike Wasel und Klaus Timmermann

Band 16598

Mord auf dem Campus

Als Kimberly Burke in ihre Studentenwohnung zurückkehrt, erwartet sie ein Bild des Schreckens: Ihre beiden Mitbewohnerinnen wurden grausam ermordet, ihr Exfreund hat sich im Wohnzimmer erhängt. Doch ist es wirklich so, wie es scheint? Oder wurde alles nur inszeniert, um Kimberly zu belasten? Verzweifelt ergreift sie die Flucht.

Als ein Jahr später wieder zwei Studentinnen auf dem Campus verschwinden, muss sie sich der Vergangenheit stellen ...

Fischer Taschenbuch Verlag

fi 16598 / 1

Elise Title

Circe

Thriller

Aus dem Englischen von
Ulrike Wasel und Klaus Timmermann

Band 16773

Ein Fall für Natalie Price

Polizeichef Steven Carlyle wird unter Mordverdacht verhaftet. Er soll eine junge Frau aus der Bostoner Oberschicht getötet haben, die ein Doppelleben als Edelprostituierte führte. Alle Hinweise deuten auf ihn. Doch Superintendent Natalie Price zweifelt an der Schuld ihres Vorgesetzten. Undercover als Callgirl »Samantha« kommt sie einem Komplott auf die Spur, das plötzlich auch ihr Leben bedroht ...

Fischer Taschenbuch Verlag

fi 16773 / 1